DAN GWMWL DU

Dan Gwmwl Du

nofel gan

John Alwyn Griffiths

Hoffwn ddiolch eto i Myrddin ap Dafydd am ei ddiddordeb ac am gyhoeddi'r nofel hon. Hefyd i Nia Roberts am ei gwaith campus yn golygu'r testun a phawb arall yng Ngwasg Carreg Gwalch sy'n gweithio'n ddibynadwy yn y cefndir.

Argraffiad cyntaf: 2015

ⓗ John Alwyn Griffiths/Gwasg Carreg Gwalch

Rhif rhyngwladol: 978-1-84527-533-4

Mae'r cyhoeddwyr yn cydnabod cefnogaeth ariannol
Cyngor Llyfrau Cymru

Cynllun clawr: Olwen Fowler

Cyhoeddwyd gan Wasg Carreg Gwalch,
12 Iard yr Orsaf, Llanrwst, Conwy, LL26 0EH.
Ffôn: 01492 642031 Ffacs: 01492 641502
e-bost: llyfrau@carreg-gwalch.com
lle ar y we: www.carreg-gwalch.com

Cyflwynir y nofel hon i fy mam, Mairwen Griffiths,
ac i Julia am ei chymorth;
hefyd er cof am y Santes Josephine Bakhita
a ddioddefodd brofiadau erchyll,
a phawb arall sydd, hyd heddiw,
yn dioddef dan gwmwl du.

Pennod 1

Tachwedd 2009

Camodd Walter Price, un o bileri'r gymuned a pherchennog Rhandir Canol, stad fwyaf y sir, allan trwy ddrws ffrynt ei blasty i dywyllwch noson aeafol yn niwedd mis Hydref. Clodd y drws derw trwm ar ei ôl. Cododd goler ei got wêr foethus yn dynn o amgylch ei wddf a brasgamodd yr ugain llath ar draws blaengwrt y tŷ tuag at y Volvo gyriant pedair olwyn newydd roedd o wedi'i barcio yno awr ynghynt. Roedd golau diogelwch gwan yn treiddio drwy un o ffenestri'r tŷ gwag y tu ôl iddo, felly doedd o ddim yn teimlo'r angen i ddefnyddio unrhyw oleuni ychwanegol i weld lle roedd o'n troedio. Trodd yn sydyn pan glywodd sŵn traed annisgwyl ar y cerrig mân y tu ôl iddo, a gwelodd wib o gysgod cyn iddo gael ei daro gan rywbeth tebyg i goes caib ar ochr ei ben. Mewn fflach o boen erchyll disgynnodd Walter Price i'r ddaear. Ceisiodd godi'n syth ond daeth nifer o drawiadau eraill, gan ddefnyddio troed yn gyntaf ac yna gydag ergydion dwrn, ar ochr ei foch, dro ar ôl tro. Cododd ei fraich i geisio atal yr ergydion a oedd yn dal i bwnio'i gorff, ond parhau'n ddidostur wnaeth yr ymosodiad nes i Walter glywed llais dyn rywle yn y pellter:

'Dyna ddigon am rŵan, 'ogia.'

Clywodd fwy o sŵn traed ar y cerrig mân, ac yna daeth llonyddwch a distawrwydd. Â'i geg yn waedlyd agored yn erbyn y cerrig, a'i olwg yn pylu, y peth olaf a welodd cyn ymollwng yn anymwybodol oedd dail lliwgar yr hydref ar y graean o flaen ei lygaid.

Wyddai Margiad, howscipar Walter, ddim am faint y bu ei meistr yn gorwedd yn y pwll o waed tywyll cyn iddi ddod ar ei draws. Fflachiodd lampau mawr ei char mewn arc ar draws blaengwrt y plas a bu bron iddi daro'r corff llonydd ar y ddaear o'i blaen.

Neidiodd allan o'r car heb ddiffodd yr injan, a chyda golau'r car yn llewyrch dros yr olygfa echrydus o'i blaen, rhedodd tuag at y corff. Adnabu gôt ei bòs yn syth, a'i chasgliad cyntaf oedd bod Mr Price wedi dioddef trawiad ar ei galon neu strôc, ond yna gwelodd y gwaed, yr holl waed! Oedd o wedi taro'i ben wrth ddisgyn? Rhedodd yn ôl at y car ac estynnodd am ei ffôn symudol.

Cymerodd ugain munud i'r ambiwlans gyrraedd – yr ugain munud hiraf ym mywyd Margiad druan – ond roedd yr hen fachgen yn dal yn fyw er bod ei anadl yn ysgafn ac yn sydyn. Diolchodd y ferch fod y cipar, Marc Mathias, ac Owen Thomas, rheolwr y stad, wedi cyrraedd yn y cyfamser ac wedi gwneud eu gorau i gadw eu meistr yn gynnes ac mor gyfforddus â phosib. Daeth yn amlwg ar unwaith nad salwch oedd yn gyfrifol am ei gyflwr. Gwnaeth y parafeddygon eu gwaith yn gyflym, ac ymhen rhai munudau roedd Walter Price, Rhandir Canol, ar ei ffordd i Ysbyty Gwynedd ym Mangor.

* * *

Roedd Ditectif Sarjant Jeff Evans a'i gariad, Ditectif

Gwnstabl Meira Lewis, newydd gyrraedd cyntedd tŷ rhieni Meira ar gyrion Blaenau Ffestiniog, ac roedd Jeff yn edrych ymlaen, er ei fod braidd yn nerfus, at eu cyfarfod am y tro cyntaf. Yn fuan wedi i Jeff gyfarfod yr heddferch o Heddlu Glannau Merswy ychydig wythnosau ynghynt, tra oedd y ddau'n gweithio efo'i gilydd ar achos difrifol, syrthiodd y ddau, yn annisgwyl, mewn cariad â'i gilydd. Bu'r ffaith i hynny ddigwydd mor sydyn, a Jeff yn ŵr gweddw ers cyfnod gweddol fyr, yn sioc i'r ddau ohonynt.

Roedd Meira ar fin cyflwyno Jeff i Mair, ei mam, pan ganodd y ffôn ar waelod y grisiau. Atebodd Mair yr alwad, a gwyliodd y lleill ei hwyneb yn gwelwi wrth iddi dderbyn neges frysiog am yr ymosodiad ar Walter Price, ei brawd yng nghyfraith.

'Twm,' meddai, â chryndod yn amlwg yn ei llais. 'Owen Thomas, Rhandir Canol sy 'na. Mae rwbath wedi digwydd i Walter. Well i ti siarad efo fo.'

Rhoddodd y ffôn i'w gŵr ac ymddiheurodd yn ffrwcslyd i Jeff a Meira wrth eu tywys o'r cyntedd drwodd i'r lolfa.

Eisteddodd y tri i lawr, Meira ar y soffa wrth ochr Jeff, a Mair ar y gadair freichiau gyferbyn. Dechreuodd Mair fân siarad gan geisio clustfeinio ar sgwrs ffôn Twm yn y cyntedd yr un pryd.

'Wel, Jeff, dach chi ddim yn edrych yn debyg i blisman o gwbl wir,' meddai wrth syllu arno, 'efo'r gwallt cyrliog hir 'na dwi'n feddwl.' Ceisiodd yn aflwyddiannus i gadw'i dwylo'n llonydd a chanolbwyntio ar gyfarfod cymar ei merch am y tro cyntaf.

'Mam!' ebychodd Meira.

Chwarddodd Jeff yn uchel. 'Nid chi ydi'r cynta i ddweud hynna, Mrs Price. Ac nid chi fydd yr olaf chwaith, mae'n siŵr gen i. O leia dwi 'di gneud ymdrech i'w gribo fo heddiw yn sbesial cyn dod yma i'ch cyfarfod chi,' atebodd, gan wneud ei orau i leihau embaras y ddynes o'i flaen.

'Mi wyddoch chi, mae'n siŵr, mai gwraig weddw ydi Meira, Mr Evans.'

'O, Mam, oes isio dechrau sôn am betha fel'na yn syth, oes?'

Gwenodd Jeff ar yr eneth wrth ei ochr, a gafaelodd yn ei llaw. 'Mae'n iawn, 'nghariad i.' Yna trodd yn ôl at ei mam. 'Ydw, dwi'n gwybod, a gŵr gweddw ydw inna hefyd,' atebodd yn hollol agored.

'O, ers faint, felly?'

'Mis neu ddau, ond mi fu Jean yn wael iawn am flynyddoedd, mae gen i ofn.'

'Mae hyn yn sydyn iawn, felly,' myfyriodd Mair, yn bachu ar yr wybodaeth yn syth. 'Sgynnoch chi blant?' gofynnodd eto, yn awyddus, er ei hawydd i glustfeinio ar sgwrs ei gŵr yn y cyntedd, i fwydo ei chwilfrydedd.

'Mam, plis! Gewch chi wybod y cwbwl yn ei dro. Dim rŵan, plis...'

Daeth Tomos Price drwodd o'r cyntedd, a chododd Jeff ar ei draed er mwyn ymestyn ei law tuag ato. Gwnaeth yntau 'run fath.

'Helo Jeff, Twm ydw i. Dwi wedi clywed llawer amdanat ti gan Meira. Croeso mawr i ti, a dwi'n falch iawn o gael y cyfle i dy gyfarfod di o'r diwedd.'

'A finnau chithau, Mr Price,' atebodd, gan ysgwyd ei law yn gadarn.

'Twm ydw i. Dwi wedi dweud. Iawn?'

'Iawn, Twm.' Gwenodd Jeff arno.

Gwenodd Meira hefyd. Yna trodd ei hwyneb yn

ddifrifol. 'Be sy wedi digwydd i Yncl Walter, Dad?'

'Mae'n edrych yn debyg bod rhywun wedi ymosod arno'n gynnar heno. Mae o wedi'i anafu yn o ddrwg, ond mi allai petha fod yn llawer gwaeth. Mi siaradais i efo'r doctor ym Mangor rŵan. Mae o'n gleisiau i gyd ac mae'n cael X-Ray ar ei benglog ar hyn o bryd. Dwi'n teimlo y dylwn i fynd draw yno, a dweud y gwir.'

'Gadewch i mi fynd â chi,' cynigodd Jeff yn syth.

'Ddo' inna hefyd,' meddai Meira. 'Dach chi'n gwybod faint o feddwl 'sgin i ohono fo.'

'Iawn,' cytunodd Twm. 'Gwranda, Mair, does 'na ddim pwynt i ni i gyd fynd. Be am i ti aros yma?'

Cytunodd hithau.

Cymerodd awr dda i gyrraedd yr ysbyty ym Mhenrhosgarnedd. Ar y ffordd yno, deallodd Jeff mai unig frawd hŷn Twm oedd Walter, gŵr gweddw heb blant, a oedd wedi gwneud yn dda iddo'i hun ar hyd ei oes ac yn berchen fferm fawr, a oedd yn debycach i stad wledig, tuag ugain milltir o gartref Twm. Dysgodd Jeff fod Walter yn ŵr diddorol yn ei ffordd ei hun, ond na fu llawer o gymdeithasu rhyngddo a Twm ers eu plentyndod. Fu dim cweryl, dim ond bod y brodyr wedi teithio llwybrau bywyd gwahanol, gan gyfarfod dair neu bedair gwaith y flwyddyn yn unig. Roedd Walter yn hoff iawn o Meira ers iddi gael ei geni, ac yn ei thrin fel ei blentyn ei hun ar yr adegau hynny pan oedd yn ei chwmni. Anfonai anrhegion ati'n gyson yn ystod ei phlentyndod, a mynnodd ei helpu pan adawodd Gymru i ymuno â'r heddlu yn Lerpwl. Bu'n gymorth cadarn iddi pan gollodd ei gŵr yn sydyn flwyddyn a hanner ynghynt. Doedd dim rhyfedd fod Meira'n meddwl y byd ohono.

Dewisodd Jeff fynd am baned a darllen papur newydd tra aeth Meira a'i thad i holi am Walter.

Ymhen awr a hanner, daethant yn eu holau.

'Wel, mae o'n lwcus iawn,' meddai Meira. 'Mae o wedi diodda cyfergyd a nifer o friwiau a chleisiau ar hyd ei gorff – ac mae golwg y diawl arno fo – ond diolch ei fod o'n ddyn mor ffit a chryf o ystyried ei fod yn ei chwe degau. Mi fuasai pethau wedi medru bod llawer iawn gwaeth.'

Pan oedd y tri ohonyn nhw yn y car ar y ffordd adref gofynnodd Jeff y cwestiwn amlwg:

'Be ddigwyddodd felly?'

'Mae o'n meddwl mai dau neu dri boi oedd yn gyfrifol,' atebodd Meira, 'ond all o ddim dweud llawer mwy na hynny.'

'Ydi'r heddlu lleol yn gwybod?' gofynnodd Jeff.

'Ydyn, maen nhw'n gwybod,' atebodd Twm. 'Galwyd nhw i Randir Canol yr un pryd â'r ambiwlans. Maen nhw wedi bod yma'n ei weld o, ond gyrrodd Walter nhw i ffwrdd. Yr heddlu'n dechrau holi ydi'r peth dwytha mae o isio.'

'O? Pam felly?' gofynnodd Jeff, ei reddf dditectif yn stwyrian.

'Ti'm yn nabod Walter, Jeff,' meddai Twm efo gwên fach ar ei wyneb. 'Dyna ydi natur y dyn, wedi bod erioed. Mae o'n un sydd wedi gwneud ei farc ar y byd yma yn ei ffordd ei hun; yn ddyn cyfoethog sy'n un o bileri'r fro 'ma, ond mi ddechreuodd o heb geiniog yn ei boced. Ac mae o'n un sy'n edrych ar ôl ei drafferthion ei hun – dyna mae o wedi'i wneud erioed.'

'Sgwn i pwy fysa'n gwneud y fath beth iddo fo?' mentrodd Jeff eto, heb wybod a ddylai brocio Twm am wybodaeth mor fuan ar ôl ei gyfarfod. Ond ditectif oedd o wedi'r cyfan, ac os na fyddai o'n gofyn, roedd yn siŵr y buasai Meira'n gwneud.

Chafodd o ddim ateb yn syth, a dechreuodd Jeff feddwl ei fod o wedi gofyn gormod.

'Be sy ar eich meddwl chi, Dad?' gofynnodd Meira.

'Wel,' ochneidiodd Twm o'r sedd gefn ymhen eiliad neu ddwy, 'mae o wedi gwneud lle da iddo fo'i hun, ond mae o wedi sathru ar draed llawer un ar ei ffordd i fyny hefyd.'

'Sut mae o'n defnyddio'r tir?' gofynnodd Jeff, gan newid ei ongl. Gwyddai o brofiad ei bod weithiau'n annoeth rhuthro.

'Defnyddio pob glaswelltyn, mae hynny'n sicr i ti. Mae'r ffarm yn un helaeth, yn agos i bum mil o aceri. Mae o'n cadw defaid i fagu ŵyn, gwartheg – hynny ydi, y gwartheg Duon Cymreig gorau yn y fro. Mae ganddo aceri o datws, ffa, rwdins a chnwd i fwydo'r anifeiliaid. Mae o'n caniatáu pysgota ar ei lyn can acer yn ystod yr haf. Mae gweddill y tir wedi'i baratoi, ac yn cael ei gadw ar gyfer dod â grwpiau o bobl o bob cwr o'r byd i saethu gêm arno yn ystod y gaeaf.'

'Dyn prysur iawn felly,' awgrymodd Jeff.

'Heb amheuaeth.'

'Ydi o'n byw ar y ffarm ei hun?'

'Ydi. Mae 'na nifer o fythynnod ar y tir ac mae o'n byw yn un ohonyn nhw. Mae 'na blasty mawr ar y stad sy'n cael ei osod yn dŷ haf o'r gwanwyn ymlaen ac yn cael ei ddefnyddio yn llety i'r saethwyr yn ystod y gaeaf.'

'Diddorol iawn. Efallai y ca' i gwrdd â fo rhyw dro.'

'Debyg iawn. Mi fydd o allan o'r ysbyty mewn diwrnod neu ddau i ti.'

'Gyda llaw,' gofynnodd Jeff, fel petai'r cwestiwn yn un ffwrdd-â-hi, ond gwyddai Meira fod hynny'n bell o'r gwir. 'Ble ddigwyddodd yr ymosodiad 'ma?'

'Wrth ddrws ffrynt y tŷ mawr,' atebodd Twm. 'Tua chwarter i wyth.'

'Tŷ mawr?'

'Ia, y tŷ mawr,' esboniodd Meira, 'Plasty Rhandir Canol. Dyna maen nhw'n galw'r lle. Y tŷ mawr – i wahaniaethu rhyngddo fo a'r tai eraill ar y stad.'

Roedd hi'n bell ar ôl hanner nos pan gyrhaeddon nhw 'nôl i gartref rhieni Meira.

'Dach chi'm yn cychwyn adra heno, Jeff. Ma' hi'n rhy hwyr o lawer,' gorchymynnodd Twm wedi i'r car ddod i aros. 'Arhoswch yma efo ni. Mae gynnon ni stafell sbâr, a'r gwely'n barod.'

Teimlodd Jeff law Meira'n gwasgu ei ben glin yn nhywyllwch y car.

'Diolch yn fawr, Twm,' meddai.

Ymhen hanner awr dda, gorweddai Jeff yn dawel rhwng y cynfasau ffres, a'i lygaid agored yn syllu i'r düwch o'i amgylch. Daeth nifer o gwestiynau i'w feddwl. Pwy fuasai'n ymosod ar ddyn fel Walter Price? Nid dyma'r math o ddyn fyddai'n cael ei herio, neu ei rybuddio, fel hyn yn arferol, ym mhrofiad Jeff. Oedd o wedi gwylltio rhywun yn ddiweddar? Ar draed pwy oedd o wedi sathru wrth wneud ei ffortiwn? Ceisiodd Jeff argyhoeddi ei hun nad ei fusnes o oedd hynny. Roedd Walter Price wedi gwrthod gwneud adroddiad i'r heddlu, a mater iddo fo oedd hynny hefyd.

Caeodd ei lygaid ond neidiodd yn sydyn pan glywodd ddrws yr ystafell wely yn agor.

'Dim smic!' Clywodd lais Meira o'r tywyllwch.

'Hogan ddrwg wyt ti ...' sibrydodd Jeff.

Pennod 2

Pan gerddodd i lawr y grisiau i'r gegin fore trannoeth, synhwyrodd Jeff awyrgylch oeraidd rhwng Meira a'i mam, a doedd dim rhaid gofyn beth oedd yr achos.

'Bore da ... Jeffrey,' meddai Mrs Price heb edrych i'w gyfeiriad, gan bwysleisio ei enw llawn. 'Gysgoch chi'n iawn?'

'Do diolch, Mair,' atebodd yntau, gan geisio mabwysiadu anffurfioldeb y noson cynt. 'A chitha?' gofynnodd.

'Hmm,' oedd yr unig ateb.

Gwelodd Jeff fod Meira'n gwneud ei gorau i atal gwên, ond doedd o ddim yn teimlo y gallai o wenu'n ôl.

'Be gymri di i frecwast, 'nghariad i?' gofynnodd Meira. Amneidiodd at amrywiaeth o bacedi grawnfwyd. 'Neu, os leci di, mae 'na facwn ac wy.'

'Na, mi wneith dipyn o'r uwd 'ma, trwy ddŵr a mymryn o lefrith ar ei ben o wedyn, os gweli di'n dda.'

Dechreuodd Meira ei baratoi ac aeth Mair â llond basged o ddillad allan i'w rhoi ar y lein yn yr ardd.

'Mae Mam dipyn yn hen ffasiwn 'sti,' esboniodd Meira.

'Be ddigwyddodd?'

'Mi aeth hi i fy stafell wely i nôl dillad i'w golchi a gweld na wnes i gysgu yno neithiwr.'

'Twt, twt!' atebodd Jeff. 'Ditectif fel ti yn gadael cliwiau fel'na ar dy ôl! Er, ella bysan ni wedi medru bod yn gallach, a finna yma am y tro cynta.'

'Fy mai i oedd o, os wyt ti'n cofio, Jeff, a dwi wedi dweud hynny wrthi. Rargian, mae'n amser iddi sylweddoli 'mod i'n ddynes yn f'oed a f'amser, yn ddeg ar hugain, a dwi wedi dweud hynny wrthi hefyd. Ond paid â phoeni, ma' hi'n siŵr o ddadmer cyn bo hir. Siwgr?' gofynnodd, wrth roi'r uwd o'i flaen. Plygodd ato a phlannu cusan ar ei foch.

'Llwyaid go dda, plis, i wneud yn siŵr bod gen i nerth i wynebu'r diwrnod.'

'Doedd 'na ddim byd yn bod ar dy nerth di neithiwr,' meddai, gan wenu.

'Ble mae dy dad bore 'ma?'

'Wedi mynd i jecio'r defaid.'

'O, ydi o'n ffarmio hefyd?'

'Dim llawer, ond ers iddo ymddeol yn fuan o'r chwarel, mae'r doctor wedi dweud mai digon o ymarfer yn yr awyr iach ydi'r peth gorau iddo fo, gan fod yr hen lwch 'na wedi effeithio ar ei ysgyfaint. Mi brynodd dipyn o dir ar ochr y mynydd ac mae'n cadw hanner cant o ddefaid yno. Wrth ei fodd. Dyna lle fydd o'n mynd i ddianc. Ond paid â phoeni amdano fo, Jeff. Mae o lawer nes i'r ganrif hon nag ydi Mam. Mae o wedi dweud y ceith o air efo hi ar ôl i ni fynd allan.'

'Dwi jyst yn teimlo y bysa'n well taswn i wedi dechrau ar delerau da, wyddost ti.'

'Dwi'n amau bod Dad yn meddwl y byd ohonat ti yn barod, Jeff, a phan fyddan nhw'n sylweddoli faint dw inna'n feddwl ohonat ti, mi fyddi di'n siŵr o gael sêl bendith y ddau. Heb os nac oni bai.'

Ar hynny, canodd ffôn symudol Jeff yn ei boced. Atebodd a siaradodd am funud yn unig, cyn ei roi yn ôl yn ei boced.

'Irfon Jones, y Ditectif Brif Arolygydd oedd hwnna, ac yn swnio'n reit ddifrifol. Mae o isio 'ngweld i cyn gynted â phosib, er 'mod i wedi cymryd tridiau o wyliau, ac mi roedd o'n gwrthod rhoi esboniad i mi dros y ffôn am ryw reswm. Mi a' i lawr i Lan Morfa bore 'ma, ond mi fydda i yn f'ôl yma cyn gyda'r nos. Gyda llaw, mae'r DBA yn gofyn sut wyt ti ar ôl cael dy daflu allan o'r awyren 'na ar faes awyr Caernarfon. Ddeudais i dy fod ti'n dod yn ôl atat dy hun yn araf.'

'Araf? Nes i'm dy glywed di'n cwyno neithiwr,' atebodd Meira gan afael amdano mewn coflaid a phwyso'i cheg yn dyner yn erbyn ei wefusau.

* * *

'Fy ngwahardd o'm gwaith? Be dach chi'n feddwl, fy ngwahardd?' gofynnodd Jeff wrth sefyll o flaen desg ei bennaeth, y Ditectif Brif Arolygydd Irfon Jones.

'Rŵan, Jeff, paid â chodi dy lais. Cymer bwyll. Dydi pethau ddim mor ddrwg â hynny. Ond mae'n rhaid gwneud pethau'n iawn. Mae'r Comander Toby Littleton yn Llundain wedi gwneud cwyn dy fod ti wedi ymosod arno, ac mewn cwyn sydd yn ymddangos yn un mor ddifrifol – ymosod ar uwch swyddog Heddlu'r Met – mae'n rhaid dilyn protocol a dy wahardd di dros dro yn ystod yr ymchwiliad.'

Roedd Irfon Jones wedi ceisio trin y mater gyda gofal a phwyll. Roedd ganddo fo a Jeff berthynas broffesiynol dda ac roedd faint fynnir o barch yn rhedeg y ddwy ffordd, hyd yn oed pan oeddynt yn tynnu'n groes – rhywbeth a fyddai'n digwydd yn reit aml o ganlyniad i dueddiad Jeff i blismona yn ei ffordd anystywallt ei hun.

'Rois i glustan iddo fo, ond dim mwy nag yr oedd y diawl yn ei haeddu. Mi welsoch chi be ddigwyddodd eich hun.'

'Do, mi welais i, ynghyd â dwsin o swyddogion eraill yn cynnwys y Dirprwy Brif Gwnstabl. Ac rydan ni i gyd yn dy gefnogi di – gan gynnwys y Prif Gwnstabl ei hun hefyd, fel mae'n digwydd.'

'Ond pam y fath helynt felly?' gofynnodd Jeff, yn gostwng ei ben a thynnu ei ddwylo trwy gyrls ei wallt du trwchus.

'Fel y gwyddost ti, mae Comander Littleton yn bennaeth y Gangen Arbennig yn Llundain. Mae o'n ddyn pwerus, ac mae hyd yn oed clust y Prif Weinidog ganddo. Mae o wedi mynd uwchben ein Prif Gwnstabl ni ac yn syth i Gomisiwn Annibynnol Cwynion yn Erbyn yr Heddlu. Nhw sydd wedi gorchymyn dy fod ti'n cael dy wahardd dros dro tra bod ymchwiliad i dy ymddygiad yn cael ei gynnal. Dwi'n cydymdeimlo efo chdi, Jeff, ond does yna ddim y medra i, na neb arall yn Heddlu Gogledd Cymru, ei wneud ynglŷn â'r mater. Maen nhw wedi apwyntio Ditectif Uwch Arolygydd o Heddlu Sir Gaer, dyn o'r enw Gordon Holland, i arwain yr ymchwiliad a dwi'n cymryd y bydd o angen dy weld di rhyw dro cyn bo hir. Hynny ydi, ar ôl cyfweld y tystion i gyd a chyflawni pa bynnag ymholiadau eraill sydd eu hangen.'

'Mae hwn yn ymchwiliad i gŵyn o ymosodiad, ac mae hynny'n fater troseddol, wrth gwrs,' sylweddolodd Jeff.

Gafaelodd Irfon Jones yn y pensil ar ei ddesg a dechrau chwarae â hi fel y byddai'n gwneud ar achlysuron anghyfforddus. Edrychodd yn syth i lygaid Jeff.

'Ydi,' oedd yr oll a ddywedodd. Gwyddai'r ddau'r goblygiadau.

'Ac os ydi'r achos yn mynd yn fy erbyn i, mwy na thebyg y bydda i'n cael fy niswyddo – fy ngharcharu hyd yn oed.' Lledodd ias oer drosto, oherwydd gwyddai yn union beth oedd yn debygol o ddigwydd i blismon dan glo.

'Paid â meddwl rhy bell ymlaen, Jeff. Mi gei di gefnogaeth gen i a phrif swyddogion eraill y ffôrs yma. Mae hynny'n sicr.'

'Be dach chi'n wybod am y Ditectif Uwch Arolygydd Gordon Holland 'ma?'

'Mae ganddo'r enw o fod yn ddyn caled a thrwyadl, ditectif ac ymchwiliwr heb ei ail, un sydd byth yn gadael carreg heb ei throi.'

'Dydi hynna ddim yn gwneud i mi deimlo damed gwell. Pryd mae'r ymchwiliad yn dechrau?' gofynnodd.

'Heddiw,' cadarnhaodd Irfon Jones. 'Rhaid i mi ofyn am dy gerdyn gwarant swyddogol di mae gen i ofn, Jeff, a dy rybuddio di nad wyt ti i ddod ar gyfyl unrhyw orsaf heddlu tan y bydd hyn i gyd drosodd. Mae'r grymoedd arbennig sydd gan bob plismon wedi'u cymryd oddi arnat ti hefyd, felly dos i dy ddesg rŵan i nôl unrhyw bethau personol y byddi di eu hangen. Mi fydd yn rhaid i mi ddod efo chdi, mae gen i ofn.'

Yn sicr, hwn oedd isafbwynt gyrfa'r Ditectif Brif Arolygydd Irfon Jones, heb sôn am un Ditectif Sarjant Jeff Evans.

Ystyriodd Jeff yrru tuag adref a threulio gweddill y dydd yng nghwmni potel wisgi, ond na, penderfynodd, wnâi o ddim hunandosturio. Diolch i'r nefoedd am Meira – roedd o angen ei chwmni, ei chariad a'i chymorth yn fwy na dim arall ar hyn o bryd.

Piciodd adref i nôl dillad glân ac yna anelodd drwyn y car i gyfeiriad Porthmadog, Maentwrog ac i fyny i Ffestiniog at Meira. Roedd hi wedi hen ddechrau tywyllu pan gyrhaeddodd yno. Parciodd ei gar o flaen y tŷ carreg. Roedd hi'n dechrau bwrw glaw wrth iddo gerdded y llwybr byr tuag at y drws, a gwelodd y cymylau duon yn disgyn yn isel dros fynyddoedd y Moelwyn yn y pellter. Efo'i galon drom, edrychodd o'i gwmpas. Ble oedd car Meira?

Canodd gloch y drws derw a disgwyliodd. Oedd rhywun gartref? Canodd hi eto ac agorodd y drws.

'O, chi sy 'na,' oedd cyfarchiad Mair Price. 'Well i chi ddod i mewn o'r glaw 'ma. Drwadd yn y gegin ydw i, wrthi'n paratoi swper.' Dilynodd Jeff hi.

'Lle mae pawb?' gofynnodd.

'Mae Meira a'i thad wedi mynd i Fangor i nôl Walter o'r ysbyty.'

'Yn barod?'

'Ma'r llob gwirion wedi ei ryddhau ei hun o'r ysbyty yn erbyn cyngor y meddygon.'

'Dipyn yn annoeth, dach chi'm yn meddwl?'

'Ydi, ond un fel yna ydi Walter, dach chi'n gweld – wneith o ddim gwrando ar neb na dim, dim ond ar ei lais ei hun. Panad?'

'Diolch, te os gwelwch yn dda.'

'Ylwch, mae 'nwylo fi'n flawd i gyd. Wnewch chi helpu'ch hun?'

'Siŵr iawn,' atebodd Jeff. 'Ga i wneud un i chi?'

'Diolch, llaeth efo un o'r bomars 'na plis.'

'Bomars?'

'Ia, y tabledi bach siwgr 'na yn y bocs 'cw. Pwyswch y cap ac mi ddisgynnith un allan fel bom.'

Gwenodd Jeff. 'Llaeth dach chi'n ddweud am lefrith, ia?' sylwodd. 'O le dach chi'n dod felly, Mair, os ga i ofyn?'

'Ganllwyd, ger Dolgellau.'

'Glannau'r Fawddach? Lle braf.' Dewisodd Jeff droi'r pwnc i faterion mwy difrifol. Teimlai fod yr amser yn iawn. 'Ylwch, Mair, ynglŷn â neithiwr.' Oedodd i chwilio am y geiriau gorau. 'Wel, dwi'n teimlo na chawson ni ddechreuad da iawn.'

'Peidiwch, plis, Jeff. Mae Twm a fi wedi cael sgwrs heddiw, a dwi'n sylweddoli mai Meira oedd ar ... neu mai hi ddaru ... Wel, mae hyn i gyd wedi digwydd yn gyflym, a chithau 'mond newydd golli eich gwraig a phob dim. Dim ond isio'r gorau i fy hogan fach ydw i.'

'Dwi'n dallt hynny, Mair, a dyma fi, rhyw lwmp blêr, diarth wedi landio yn eich cartref chi ac yn cymryd mantais. Dim dyna'r argraff ro'n i isio'i roi, coeliwch fi.'

Sychodd Mair ei dwylo ac aeth i eistedd ato wrth y bwrdd, ond ni ddywedodd air.

'Dyma'r gwir, Mair. Dwi wedi treulio'r pedair blynedd ddiwetha'n edrych ar ôl fy ngwraig, yn ei gwylio'n marw'n ara deg. Es yn ôl i fy ngwaith yn fuan iawn ar ôl ei hangladd oherwydd mai dyna'r unig ffordd y gallwn i ddelio efo'r peth. O fewn amser byr, mi gwrddais â Meira. Do'n i ddim yn chwilio am neb arall ar y pryd a doedd gen i ddim bwriad o fentro i unrhyw fath o berthynas chwaith. Ond fel y digwyddodd petha, syrthiais mewn cariad efo hi, a hitha efo finna, dwi'n falch o ddweud ... a wel, dyma ni. Mae Meira a finna'n hollol onest efo'n gilydd, a gobeithio eich bod chi'n sylweddoli rŵan 'mod i'n trio bod yn onest efo chithau hefyd, a Twm wrth gwrs.'

Gafaelodd Mair yn llaw Jeff a daeth deigryn i'w llygaid.

'Edrychwch ar ei hôl hi,' meddai. 'Dyna'r cwbwl fedra i ofyn.'

Rhoddodd Jeff ei law arall ar ben ei llaw hi. 'Mi edrychwn ni ar ôl ein gilydd i chi, ac mae hynny'n addewid. O,' ychwanegodd, 'un peth arall, Mair, galwch fi'n Jeff o hyn allan, plis, dim mwy o'r Jeffrey 'na. Enw hogyn drwg ydi Jeffrey. 'Dan ni'n dallt ein gilydd?'

Chwarddodd Mair trwy ei dagrau.

Agorodd drws y gegin heb iddynt ei glywed, a phan edrychodd y ddau i fyny safai Meira o'u blaenau, yn syllu ar y ddau yn geg agored.

Pennod 3

'Jeff, dwi isio i ti gyfarfod aelod arall o'r teulu,' meddai Meira. 'Dyma Yncl Walter.' Camodd Meira i'r naill ochr gan adael i'w hewythr ddod trwy ddrws y gegin.

Cododd Jeff ar ei draed i wynebu dyn yn ei chwe degau hwyr, ychydig dros bum troedfedd a hanner. Roedd ei lygad chwith yn glais chwyddedig ac roedd rhwymyn rownd ei ben nad oedd yn cuddio'r holl friw ar ochr dde ei dalcen. Gwelodd Jeff archoll yn y fan honno a awgrymai fod pwy bynnag a ymosododd arno wedi defnyddio arf o ryw fath, neu wedi bod yn gwisgo modrwy pan oedd o'n dyrnu'r hen ddyn. Symudodd Walter yn araf ac yn boenus i gyfeiriad Jeff ac estynnodd ei law chwith i'w gyfeiriad yn ofalus gan fod ei fraich dde mewn sling. Estynnodd yntau ei law yn ôl ato heb wneud ymdrech i'w hysgwyd yn rhy galed.

'Sut ydach chi, 'ngwas i? Dwi 'di clywed ych hanes chi.'

'Sut ydach *chi*, dyna ydi'r cwestiwn pwysicaf,' atebodd Jeff.

'O, dydi hyn yn ddim i boeni yn ei gylch. Mi fydda i wedi dod ataf fy hun mewn tridiau, siŵr i chi. Sut wyt titha, Mair?' gofynnodd, yn troi yn araf at ei chwaer yng nghyfraith a oedd yn dal i sefyll wrth y bwrdd. 'Mae'n ddrwg gen i ddod â phroblem fel hyn i ddrws dy dŷ di.'

Gwelodd Mair fod Twm yn sefyll yn y drws yn edrych arni, ac yn ysgwyd ei ben tu ôl i'w frawd, cystal â dweud wrthi y buasai'n egluro'r cyfan pan gâi gyfle.

'Dwn i'm be sy haru chi wir, ddyn, yn rhyddhau'ch hun o'r ysbyty 'na mor fuan. Dach chi'm yn ffit i edrych ar ôl eich hun yn y cyflwr yna.'

'Dyna pam 'dan ni 'di dweud wrtho fo na cheith o ddim mynd adra heno,' meddai Meira'n gadarn. 'Ei fod o i aros fan hyn nes bydd o'n well,' ychwanegodd, gan edrych ar ei thad am gymorth wedi iddi adael y gath allan o'r cwd. Synhwyrodd fod meddwl ei mam yn carlamu fel yr oedd hi'n llygadu'r pedwar o'i blaen. Ni fu Mair a Walter erioed yn agos iawn.

'Wel, mi fydd yn rhaid i chi ddefnyddio ystafell Meira felly, Walter, ac mi gei di,' meddai, gan droi at ei merch, '... wel, dwyt ti ddim ei hangen hi, nag wyt?' Ni wyddai tri o'r gweddill lle i droi. Collodd Walter arwyddocâd ei geiriau'n llwyr.

'Mi a' i i baratoi'r bwrdd bwyd,' cynigodd Meira cyn i'w mam newid ei meddwl.

Ymhen ugain munud, daeth Mair a Meira â'r bwyd trwodd.

'O ble ddaeth y gwin yna?' gofynnodd Mair pan welodd y botel a'r gwydrau ar y bwrdd.

'Fi ddoth â hi, Mair,' meddai Jeff. 'Gobeithio ei bod hi at eich tast chi.'

'Fyddan ni ddim yn yfed yn rheolaidd yma, Jeff,' esboniodd Twm. 'Nadolig a phen-blwydd ella, neu ryw achlysur arbennig.'

'Wel dyna ni, felly,' torrodd Walter ar draws ei frawd. 'Achlysur arbennig. Y teulu bach efo'i gilydd am y tro cyntaf. Agora'r botel 'na wnei di, Twm, cyn i mi farw o syched. Dwi ddim i fod i yfed efo'r holl dabledi ges i cyn gadael Bangor, ond wneith un bach ddim drwg dwi'n siŵr.'

Gwenodd Meira wrth weld yr edrychiad ar wyneb ei mam pan sylweddolodd fod y bleidlais wedi mynd yn ei herbyn. Agorodd Twm y botel, cododd a symudodd i sefyll y tu ôl i'w wraig, gan roi ei law ar ei hysgwydd. Cynigodd dywallt o'r botel.

'Mi gymri di beth, yn gwnei?' gofynnodd. Rhoddodd Mair ei llaw ar ben llaw ei gŵr i gadarnhau ei chydsyniad. Cododd ei gwydryn hanner llawn. 'Achlysur arbennig felly,' meddai. 'I'r teulu. Croeso, Jeff, ac iechyd gwell i chi, Walter.'

Daeth gwên i wyneb pawb a sylwodd Jeff ar y cynhesrwydd yn llygaid Meira wrth iddi edrych arno. Rhoddodd yntau winc slei iddi.

Ar ôl y pryd, yng nghwmni'r ddau frawd, penderfynodd Jeff droi'r pwnc yn ôl at y digwyddiadau diweddar.

'Oes ganddoch chi unrhyw syniad pwy ymosododd arnoch chi, Walter?' gofynnodd.

'Gofyn fel plismon ydach chi, Jeff, neu fel un o'r teulu?' atebodd Walter.

'Dwi ddim ar ddyletswydd ar hyn o bryd, Walter, a'ch dewis chi ydi riportio'r mater i'r heddlu neu beidio. Ond fel aelod newydd o'r teulu bach 'ma,' meddai, gan ddefnyddio geiriau Walter ei hun yn ofalus, ac oedi i giledrych tuag at Twm i chwilio am ei gefnogaeth, 'dwi'n teimlo dyletswydd i ddweud fy marn.'

Cafodd sylw llawn y ddau yn syth.

'Mae fy mhrofiad i'n dweud wrtha i nad ymosodiad ar hap oedd hwn,' eglurodd. 'Mae rhywun wedi cynllunio'r holl beth. Dwi ddim isio'ch cynhyrfu chi, ond mae'n rhaid i chi ystyried ydi'r un peth yn debygol o ddigwydd eto. Oes gan rywun rywbeth yn eich erbyn chi? Rydach chi wedi'ch anafu yn reit ddrwg yn barod, ond ddim yn rhy ddifrifol. Efallai na fyddwch chi mor ffodus y tro nesa.'

Gwyddai'r ddau fod synnwyr yng ngeiriau Jeff. Synhwyrodd yntau fod Walter yn ystyried y sefyllfa yn ofalus cyn ateb.

'Wel, diolch i chi am roi eich barn, Jeff. Does gen i ddim bwriad o gwbl o wneud cwyn i'r heddlu, ond ella y byddai modd i mi gael sgwrs efo chi am y peth fory, os ydi hynny'n gyfleus? Mi ystyria i'r sefyllfa dros nos.'

Daeth Mair â phum cwpaned o goffi drwodd ar hambwrdd, ond mynnodd Jeff fynd â phaneidiau Meira ac yntau yn ôl i'r gegin i'w hyfed.

'Mi helpa i Meira i olchi'r llestri,' meddai. 'Dwi isio gwneud fy rhan, Mair, gan eich bod chi wedi bod wrthi drwy'r pnawn yn paratoi'r bwyd bendigedig 'na. Mae'n amser i chi roi'ch traed i fyny.'

'Diolch, Jeff,' atebodd. 'Dach chi'n ffeind iawn.'

Gwenodd Twm o glust i glust.

Safai Jeff wrth y sinc, ei lewys wedi eu torchi a'i ddwylo yng nghanol y dŵr sebonllyd.

'Welais i 'rioed y fath newid yn agwedd Mam,' meddai Meira. 'Be wnest ti iddi?'

'Mi gawson ni sgwrs fach gall pan gyrhaeddais i 'nôl pnawn 'ma. Dyna'r cwbl.'

'Dwi'n meddwl bod Nhad wedi gwneud ei ran hefyd. Gyda llaw, pam roedd Irfon Jones isio dy weld di heddiw?'

Adroddodd Jeff yr holl hanes wrthi.

'O, Jeff, mae'n wir ddrwg gen i.' Gafaelodd amdano'n dynn. 'Be wnei di?' Roedd hi'n deall y goblygiadau gystal â fo.

''Sna'm llawer fedra i wneud, dim ond aros allan o'r ffordd a disgwyl i'r ymchwiliad orffen.'

'Wel, dwyt ti'm yn un da am fod yn llonydd a gwneud dim, nag wyt?'

'Mater o raid ydi hi'r tro yma, 'nghariad i. Mater o raid.'

Erbyn i'r ddau orffen cadw'r llestri, roedd Twm a Mair yn eistedd yn y lolfa, a Walter wedi mynd i'w wely.

'Ma' raid bod yr holl win 'na wedi effeithio arno fo, wedi iddo fo gymryd y tabledi 'na,' meddai Mair. 'Dwi'n meddwl a' inna i fyny rŵan hefyd.'

'A finna,' ychwanegodd Meira. 'Mi gewch chi'ch dau gyfle i ddod i nabod eich gilydd ychydig yn well,' meddai, gan edrych ar ei thad a Jeff.

Caeodd Meira ddrws y lolfa ar ei hôl a chododd Twm i roi darn arall o bren ar y tân. Gwelodd Jeff hynny yn arwydd ei fod o'n hapus i eistedd a siarad am sbel eto. Twm agorodd y drafodaeth:

'Un rhyfedd ydi Walter, wsti, Jeff, mewn mwy nag un ffordd. Mae o'n meddwl y gall o ddelio efo hyn ei hun, ond a dweud y gwir, dwi'n poeni amdano – yn enwedig ar ôl beth ddeudist ti.'

Dewisodd Jeff beidio ag ateb yn syth oherwydd roedd hi'n amlwg fod gan Twm fwy ar ei feddwl. Cododd Twm, aeth at y drws ac edrychodd i fyny'r grisiau. Agorodd ddrws cwpwrdd tu ôl i'r gadair gyfforddus ac estynnodd botel o wisgi brag a dau wydryn allan ohono. 'Rwbath ar ei ben o?' gofynnodd.

'Mymryn bach o ddŵr, os gwelwch chi'n dda.'

Rhoddodd Twm y gwydryn yn ei law. 'Rhyngddat ti a fi mae hyn,' meddai, a'i lygaid yn codi tua'r llofft uwch ei ben.

'Dallt yn iawn.'

Eisteddodd y ddau yn nistawrwydd yr ystafell am eiliad yn gwrando ar sŵn y pren yn clecian wrth ddechrau llosgi.

'Ti'n gweld, Jeff, nid dyma'r unig ddigwyddiad cyffrous ym mywyd Walter yn ddiweddar. Mi ddeudis i wrthat ti ei fod o wedi dechra efo'r nesa peth i ddim, yn do? Wel, mae o wedi llwyddo ar hyd ei oes trwy fod yn blwmp ac yn blaen efo pawb. Rhy barod i agor ei geg weithiau – ac mae o'n ddyn cyfrwys iawn.'

'Mi sylwais i hynny,' atebodd Jeff. 'Mi oedd o isio digon o amser i feddwl cyn ateb fy nghwestiwn i, doedd?'

'Mae o wedi ymddiddori mewn pwyllgorau ar hyd ei oes,' parhaodd Twm, 'ac wedi cael ei ffordd ynddyn nhw hefyd, ond nid trwy ddadlau. Mae o'n fwy o unben, os ti'n fy nallt i. Mi glywais yn ddiweddar ei fod o wedi colli wyneb yn y clwb pysgota – wedi colli ei le ar y pwyllgor ar ôl bod yn gadeirydd am ugain mlynedd. Ar ben hynny, mae o wedi colli'i awdurdod ar bwyllgor y tîm pêl-droed hefyd – rwbath i'w wneud â'r ffaith fod 'na berchennog neu noddwr newydd. Ella fod gan hwnnw, Sydney Higgs, rywbeth yn ei erbyn o. Wn i ddim, wir.'

'Pam dach chi'n meddwl fod hynny'n gysylltiedig â'r ymosodiad 'ma, Twm?'

'Mae'n anodd esbonio, Jeff, gan nad wyt ti'n ymwybodol o natur Walter. Mae'r busnes efo'r pwyllgorau yn ymddangos yn beth bach ar ei ben ei hun, ond mae cael ei drin fel hyn yn hollol estron iddo. Dydi o erioed wedi colli parch yn unman o'r blaen, ac yn sicr does 'na neb, cyn hyn, wedi meiddio gwneud unrhyw niwed corfforol iddo. Fel ti'n dweud, mae rhywun wedi cynllwynio i ymosod arno a dwi'n amau'n gryf fod y cynllwyn yn llifo'n ddyfnach na'r hyn rydan ni wedi'i weld yn barod.'

'Pa reswm sydd 'na felly i ddyn sydd mor gadarn a chryf fel rheol gael ei fygwth fel hyn?' Roedd Jeff yn awyddus i glywed barn Twm.

'Fel ro'n i'n dweud, Jeff, dyn cyfrwys sy'n dweud ei farn ydi Walter. Mi fysa rhai yn ei ddisgrifio fel dyn busnes brwnt a didostur. Fedra i ddim ond meddwl ei fod o wedi pechu yn erbyn rhywun yn anfaddeuol yn ddiweddar.'

'Pwy sydd â digon o rym yn y cyffiniau 'ma i wneud y fath beth? Mi fysa'n rhaid iddo fod yn berson reit ddylanwadol a chyfrwys i allu gwneud hyn i ddyn fel Walter.'

'Mae hynny'n wir,' atebodd Twm, 'a fedra i'm meddwl am neb yn yr ardal sydd â'r natur na'r modd i wneud y fath beth.'

Gwyddai Jeff yn union beth oedd nesaf ar feddwl Twm, ac atebodd y cwestiwn heb iddo orfod gofyn.

'Wel, mae'n anodd i mi wneud dim yn swyddogol. Dwi wedi fy ngwahardd o fy ngwaith am sbel ar gyflog llawn tra maen nhw'n ymchwilio i ryw fater. Mae Meira yn gwybod yr holl hanes, ond peidiwch â dweud wrth Mair plis. Dwi ddim isio iddi boeni, a dwi'n ffyddiog y bydd popeth drosodd cyn bo hir heb unrhyw gyhuddiad,' meddai'n gelwyddog.

'Tydi hynny yn ddim o'm musnes i, Jeff, ond gad i mi wybod os oes rwbath y galla i ei wneud i helpu.'

'Mi fyswn i'n fodlon siarad efo Walter er mwyn trio cael mwy o wybodaeth allan ohono fo,' meddai Jeff, gan anwybyddu'r cynnig, 'ond dim ond os ydi o'n fodlon siarad, wrth gwrs.'

'Gawn ni weld bore fory.'

Pennod 4

Cododd Jeff yn gynnar fore trannoeth a phenderfynodd fynd am dro ar ei ben ei hun. Ar ôl digwyddiadau'r wythnosau, y misoedd a'r blynyddoedd diwethaf roedd arno angen ystyried ei sefyllfa bresennol. Dywedodd Meira yn syth ei bod hi'n deall. Roedd hi wedi dod i ddeall natur gymhleth ei chariad newydd yn gyflym iawn ac yn awyddus iddo ailddarganfod ei hun yn ei amser ei hun.

Cerddodd Jeff yn hamddenol ar hyd y ffordd i gyfeiriad Maentwrog a chamodd i gae drwy'r giât gyntaf a welodd ag arwydd llwybr cyhoeddus arni. Edrychodd ar y cymylau uwch ben mynyddoedd y Moelwyn, yn ysgafn erbyn hyn ar ôl glaw trwm oriau'r nos, a dechreuodd ei feddwl grwydro. Myfyriodd ar y newidiadau yn ei fywyd yn ystod y tri mis blaenorol. Er ei fod wedi treulio bron i dair blynedd yn gofalu am ei wraig, yn gwylio ei hiechyd yn dirywio'n ddyddiol, roedd wedi medru dianc i'w waith drwy'r cyfnod anodd hwnnw, ac wedi llwyddo i ddatrys dau o'r achosion mwyaf difrifol a welodd yr heddlu lleol erioed. Ond roedd wedi sylweddoli yn ddiweddar mai ei waith oedd ei unig ddihangfa. Yn fuan ar ôl marwolaeth Jean, yng nghanol un o'r achosion mwyaf dychrynllyd i effeithio ar Brydain gyfan, cyfarfu â Meira ac, yn annisgwyl, syrthiodd mewn cariad â hi. Yn ystod yr achos hwnnw, wrth geisio'i hachub o ddwylo terfysgwyr, y bu iddo golli rheolaeth arno'i hun a tharo un o brif swyddogion Heddlu'r Met. Canlyniad hynny oedd y gwaharddiad a wynebai nawr. Gallai'r ymchwiliad hwn ddryllio'i holl yrfa – ac yntau'n hollol ddiymadferth i ddylanwadu ar ei ffawd. Troediodd ymlaen ac arhosodd i edrych ar y mynyddoedd mawr o'i flaen. Gwyddai fod Meira'n paratoi i fynd yn ôl i Lerpwl cyn bo hir i ailafael yn ei gyrfa fel plismones yn y ddinas. A ddylai o fynd yno efo hi am sbel? Ond eto, sut fyddai o'n llenwi ei ddyddiau yn y fan honno? Gwyddai'r ateb. Gwneud dim ond aros a disgwyl iddi ddod adref o'i gwaith yn ddyddiol. Na, fuasai hynny byth yn gweithio. Beth oedd yr ateb felly? Roedd yr ysfa i ymchwilio i drafferthion Walter Price yn tyfu, ond os nad oedd yr hen fachgen yn awyddus i unrhyw un fusnesa yn ei fywyd personol, doedd hynny ddim yn opsiwn chwaith. Efallai y câi benderfyniad Walter wedi iddo ddychwelyd i'r tŷ. Ceisiodd feddwl sut roedd hi'n bosib iddo ddarganfod pwy oedd yn gyfrifol am yr ymosodiad ar Walter heb ddefnyddio manteision a hawliau safle ditectif sarjant yn Heddlu Gogledd Cymru.

Ni wyddai Jeff fod Meira a Walter yn trafod yr un peth yn ei absenoldeb.

'Panad?' Gwenodd Meira arno wrth iddo ddod drwy'r drws.

''Swn i wrth fy modd efo coffi,' meddai'n ddiolchgar, a'i chusanu'n llawn ar ei gwefusau gan fwytho tonnau trwchus ei gwallt du.

'Wnest ti fwynhau'r cerdded?'

'Do wir. Lle braf ydi hwn.'

Eisteddodd Jeff wrth fwrdd y gegin a daeth Meira â dwy gwpaned o goffi draw, ac eistedd wrth ei ochr.

'Sut mae Walter erbyn hyn?' gofynnodd Jeff.

'Cryfach o lawer. Mae o'n sôn am fynd adra fory.'

Oedodd am ychydig ac yna parhaodd. 'Gwranda, Jeff,' meddai ychydig yn wyliadwrus. 'Ti'n gwybod bod rhaid i mi fynd yn ôl i 'ngwaith mewn diwrnod neu ddau, ond does gen ti ddim llawer ar dy blât am sbel.' Teimlodd dipyn yn ansicr cyn mentro ymhellach.

'A ti isio i mi ffeindio allan pwy sy tu ôl i'r hyn sy'n digwydd i dy Yncl Walter,' meddai Jeff, yn gwenu wrth syllu i'w llygaid glas tywyll. Daeth gwên i wefusau Meira hefyd pan glywodd ei ateb.

'Wel ia, dyna be oedd gen i dan sylw. Nid yn unig fi, ond Yncl Walter hefyd.'

'O, ydi o wedi newid ei feddwl felly?'

'Hanner newid. Wneith o ddim cwyn i'r heddlu ond mae'n fodlon i ti wneud ymholiadau cyn belled â bod neb yn sylweddoli mai plismon wyt ti.'

'A sut ydw i yn mynd i wneud hynny, dŵad?' meddai Jeff yn gellweirus.

'Mi wyt ti'n siŵr o ffeindio ffordd, a fysa neb yn meddwl mai ditectif wyt ti wrth sbio arnat ti. Mae pawb yn dweud hynny,' atebodd. 'Ddoi di drwadd i'r lolfa i gael gair efo fo?'

Deffrôdd Walter yn y gadair freichiau pan gerddodd Jeff a Meira i mewn i'r ystafell a thaclusodd y papur newydd ar ei lin. Gwelodd Jeff yn syth fod fflach sionc yn ei lygaid nad oedd yno'r noson cynt.

'Dach chi'n edrych yn well,' meddai.

'Llawer iawn gwell, 'machgen i. Rŵan ta, wyt ti am fy helpu i ffeindio pwy sy tu ôl i'r holl firi 'ma?' Roedd Twm yn iawn, meddyliodd Jeff, doedd Walter ddim yn un i wastraffu geiriau.

'Ro'n i'n meddwl nad oeddech chi isio plismon yn brasgamu ar draws eich bywyd personol chi,' meddai Jeff, yn benderfynol o beidio ateb y cwestiwn uniongyrchol yn syth. Roedd o'n awyddus i ddarganfod mwy am yr hyn oedd ar feddwl Walter.

'Dyna'r peth dwytha dwi isio.'

'Pam felly?'

'Am fod yr heddlu'n siŵr o ofyn cwestiynau, a holi am bob math o wybodaeth sy'n ddim byd i'w wneud efo'r achos. Rhai fel'na ydach chi'r diawlad.' Gwenodd ar y ddau.

'Be sy'n gwneud i chi feddwl na wna inna'r un peth?'

'Mi fyddi di'n gweithio ar dy ben dy hun, a thu allan i dy ddyletswydd fel plisman.'

Ciledrychodd Jeff ar Meira a gwelodd hi'n nodio tuag ato, digon i roi ar ddeall i Jeff fod Walter yn gwybod am ei sefyllfa swyddogol bresennol.

'A sut, meddach chi, ydw i'n mynd ati i holi pobl heb iddyn nhw ddeall mai plisman ydw i?' gofynnodd.

'I gychwyn,' meddai Walter, gan godi i eistedd yn dalsyth yn ei gadair am y tro cyntaf. 'Cyn belled ag y gwn i, does neb yn agos i'r tŷ 'cw yn dy nabod di nag yn gwybod mai plisman wyt ti. Yn ail, be am smalio mai perthynas o bell i mi wyt ti – aelod o'r fyddin wedi dod adra o Afghanistan ar ôl rhyw brofiadau cas, a dy fod ti isio seibiant acw. Os oes rhywun yn gofyn i ti am y fyddin, wel, mae'n ddigon hawdd i ti ddweud nad wyt ti isio trafod y peth.'

'Mae'n swnio fel tasach chi wedi meddwl am bob dim, Walter.'

'Mi gei di aros mewn fflat yn y plas. Lle bach digon cyffordus, a buan ddôi di i adnabod a dysgu am bawb ar y stad.'

'Ond mae yna un peth pwysig arall, Walter. Os dwi'n

cytuno i wneud hyn i gyd, bydd yn rhaid i mi gael yr holl wybodaeth dwi'n ofyn i chi amdano – fedrwch chi ddim cadw unrhyw fanylyn yn ôl, ydach chi'n deall?'

'Dwi'n siŵr y down ni i ddallt ein gilydd, 'machgen i.' Tro Walter oedd hi i beidio ateb cwestiwn yn uniongyrchol yn awr, ond roedd Walter Price yn hen law ar wneud hynny.

'Mi ystyria i'r peth heno a gadael i chi wybod yn y bore, Walter. Ydi hynny'n iawn?'

Deffrowyd pawb yn y tŷ am hanner awr wedi chwech fore trannoeth pan ganodd y ffôn. Roedd Owen Thomas, rheolwr stad Rhandir Canol, ar frys i ddweud wrth Walter fod nifer o ffenestri'r bwthyn lle roedd Walter yn byw wedi cael eu malu yn ystod y nos. Darganfuwyd y llanast, meddai, gan Marc Mathias y cipar, a oedd ar y ffordd i fwydo'r adar yn blygeiniol y bore hwnnw, ac roedd yr heddlu ar eu ffordd.

Synnodd Jeff pan dderbyniodd Walter y newydd heb arwydd o gyffro. Doedd dim dwywaith mai cynhyrfu Walter oedd pwrpas yr ymosodiad hwn unwaith yn rhagor. Buasai wedi bod yn ddigon hawdd llosgi'r tŷ i'r llawr petai awydd gwneud hynny ar bwy bynnag oedd wrthi, tybiodd Jeff, felly mae'n rhaid mai'r amcan oedd gwneud bywyd Walter mor anghyffforddus â phosib. Gwyddai Jeff o brofiad fod mwy o'r un peth i ddod. Beth oedd Walter ei hun yn ei wybod tybed?

'Dwi am fynd adra cyn gynted ag y medra i bore 'ma. Mi ffonia i Now Thomas i ddod i fy nôl i os oes rhaid,' meddai Walter, wrth fwyta'i frecwast.

Edrychodd Meira tuag at Jeff, ei llygaid yn llawn o'r cwestiynau oedd ar wefusau pawb yn y gegin.

'Does dim rhaid i chi ffonio Now Thomas na neb arall,' meddai Jeff. 'Mi ddo i draw efo chi ac aros acw am ddiwrnod neu ddau fel ddaru ni drafod ddoe. Ond cofiwch,' meddai, ac oedi am eiliadau i wneud y pwynt, 'dwi'n addo dim, ac unwaith y bydda i'n meddwl ei bod hi'n amser imi drosglwyddo'r mater i'r heddlu yn swyddogol, dyna be wna i. Ydi hynny'n glir?'

'Digon teg, 'machgen i. Digon teg.'

'Mae 'na un peth arall 'swn i'n lecio'i wybod, Walter,' meddai Jeff, gan edrych arno'n ddifrifol ar draws y bwrdd.

'Gofynna,' gorchmynnodd.

'Oes ganddoch chi unrhyw glem, unrhyw syniad o gwbl pwy sy'n gyfrifol am hyn i gyd?'

'Nag oes. Tasa Duw yn fy lladd i'r munud 'ma, dwi'n dweud y gwir, Jeff. Does gen i ddim syniad ac mae hynny'n efengyl i ti.'

'Ydach chi wedi pechu yn erbyn rhywun yn ddiweddar?'

'Ma' hynny'n ddigon posib. Mae petha felly'n digwydd ym myd busnes bob dydd, fel y gwyddoch chi i gyd. Ond fedra i ddim meddwl am neb fysa'n mynd i'r fath raddau i ddial.'

'Mi gychwynnwn ni'n reit handi felly,' awgrymodd Jeff, 'ond yn gynta, dwi isio llun da o'r briw 'na wrth ochr eich llygad chi, Walter, cyn iddo wella llawer mwy. Wyt ti wedi dod â'r camera da 'na efo chdi, Meira?' gofynnodd.

Aeth Meira i nôl ei chamera a thynnodd lun o'r briw anghyffredin a edrychai fel petai'n argraff o ben anifail corniog o ryw fath.

'Well i ti beidio dod ar gyfyl Rhandir Canol am sbel, Meira,' meddai Jeff, 'rhag ofn fod rhywun yn y cyffiniau'n gwybod mai plismones wyt ti. Wyt ti'n cytuno?'

'Ydw,' meddai, 'gwaetha'r modd. Ond gwranda, mae gen i hen fag i fyny yn yr atig sy'n edrych yn debyg i'r math o fagiau mae milwyr yn eu cario. Mi ddo' i â fo i lawr, i ti gael rhoi dy stwff ynddo fo. Ella y bydd o help i ddarbwyllo pobol mai milwr wyt ti. 'Sa'n well i ti dorri dy wallt yn gwta, dŵad?' awgrymodd efo gwên fawr ar ei hwyneb.

'Dos i'r diawl ... 'nghariad i,' atebodd Jeff. 'Mae'r cyrls 'ma 'di cymryd blynyddoedd i mi eu tyfu.'

I fyny'r grisiau, allan o olwg pawb, lapiodd Meira ei breichiau o amgylch canol Jeff a gadael i'w phen orffwys ar ei ysgwydd.

'Diolch i ti,' meddai. ''Dan ni i gyd yn ddiolchgar i ti. A chofia, bydda'n ofalus. Mae pwy bynnag sy tu ôl i hyn yn siŵr o fod yn beryglus.'

Gwyddai'r ddau fod hynny'n wir, ond nid oedd modd iddynt, ar y pryd, ddychmygu maint y gorchwyl a oedd yn ei wynebu na pha mor arswydus fyddai'r canlyniad.

Pennod 5

'Dyma chdi Rhandir Canol o'n blaenau ni yn y pellter, 'machgen i,' meddai Walter wrth i Jeff lywio'r car i lawr y ffordd tua'r pant. Gwelai dir cyfoethog o'i flaen, caeau glas yn llawn anifeiliaid yn pori rhwng nifer o goedwigoedd, rhai yn fwy na'i gilydd – yn binwydd, derw, onnen neu gymysg – a'u dail hydrefol yn lliwgar yn yr heulwen gwan. Ar un ochr roedd llyn mawr, a brwyn yn tyfu o amgylch rhan helaeth ohono.

'Chi bia'r llyn 'na hefyd?'

'Ia, 'ngwas i. Dyna lle fyddwn ni'n magu hwyaid i'w saethu, er bod 'na frithyll da i'w dal ynddo fo hefyd.'

'Pam Rhandir Canol felly?' gofynnodd Jeff.

'Am fod maint y stad lawer iawn mwy na hyn yn yr Oesoedd Canol, ond yn ystod y pedair neu bum canrif ddiwethaf mi werthwyd tameidiau o'r tir ac yna wedyn eu rhannu'n llai byth dros y blynyddoedd canlynol. Erbyn hyn, ffermydd bychan ydyn nhw i gyd, ond fama oedd canol yr hen stad.'

Dilynodd Jeff gyfarwyddiadau Walter nes iddynt gyrraedd y brif fynedfa, a phasio porthdy sylweddol a oedd yn rhan o'r waliau mawreddog. Wrth agosáu at fwthyn bychan, gwelodd fod tri gwydrwr wrthi'n trwsio nifer o'i ffenestri a dyn arall fel petai'n arolygu'r gwaith.

'Fan hyn dach chi'n byw felly, mae'n rhaid,' meddai Jeff.

'Uffarn o dditectif wyt ti, 'machgen i. Ond dyna'r tro olaf i mi gyfeirio atat ti fel un am sbel. Tyrd i mi gael dy gyflwyno di i Owen Thomas, rheolwr y stad.'

Roedd Owen Thomas yn ddyn smart a thal, tua chwe throedfedd, ac o gwmpas ei ddeugain oed. Edrychai'n fain ac yn ffit mewn siwt a gwasgod o frethyn tebyg i wlân, dros grys siec a thei gwyrdd.

Camodd Walter allan o'r car yn araf gan ddefnyddio'i ffon a cherddodd yn boenus tuag ato.

'Sut ma' hi yma erbyn hyn, Now?'

'O, chi sy 'na, Mr Price. Nes i ddim nabod y car,' meddai, gan droi rownd i'w wynebu. 'Rargian, ma' 'na olwg arnach chi. Sut dach chi'n teimlo?'

'Ydi'r heddlu wedi bod?' gofynnodd Walter gan anwybyddu pryder ei reolwr amdano.

'Do, ac wedi mynd ers tro byd. Welodd neb ddim byd, meddan nhw, a dydyn nhw ddim yn ffyddiog y medran nhw wneud llawer mwy.'

'Felly mae pethau wedi mynd yn yr oes hon, mae gen i ofn. Oes yna arwydd fod rhywun wedi bod yn y tŷ?'

'Dim yn ôl be fedra i weld.'

Sylweddolodd Walter fod Jeff wedi camu'n nes. 'A, Now, dwi isio i ti gyfarfod Jeff, mab i gyfnither i mi sy adra o'r fyddin ... o Afghanistan ... am dipyn o seibiant. Mae o wedi bod trwyddi braidd. Mi fydd o'n aros efo ni dros dro – yn y fflat yn y plas. Fydd o ddim ar ffordd neb yn y fan honno, a dwi isio i ti ofalu ei fod o'n teimlo'n gartrefol. Dos â fo o gwmpas y stad, a chyflwyna fo i bawb sy'n gweithio yma. Mae o'n haeddu cael tipyn o dendans.'

'Siŵr iawn, Mr Price.' Camodd Owen Thomas at Jeff ac ysgydwodd ei law. 'Dda gen i'ch cyfarfod chi, Mr ...'

'Mae "Jeff" yn ddigon da,' atebodd.

'Dos â fo i'r fflat rŵan, Now, a phaid ag anghofio dweud wrth y genod ei fod o yno,' gorchymynnodd Walter. 'Cymer dy amser i setlo, Jeff, dos i edrych o gwmpas y tir, a tyrd i 'ngweld i ryw dro leci di.' Trodd yn ôl i wynebu Owen Thomas wrth i Jeff gerdded yn araf oddi wrthynt. 'Paid â dechrau'i holi fo ynglŷn â'r fyddin,' meddai'n dawel. 'Seibiant mae'r hogyn ei angen.' Yna cododd ei lais eto. 'Mi edrycha i ar ôl pethau yn fama. Sôn am lanast,' meddai. 'Blydi llanast.'

Neidiodd Jeff i'w gar a dilyn llwybr Land Rover Owen Thomas am chwarter milltir, gan geisio osgoi'r ceudyllau ar hyd rhodfa'r stad. Teithient drwy gaeau agored i ddechrau, ac yna trwy goedwig drwchus ar y ddwy ochr lle gwelodd Jeff begiau gwyn a rhifau arnynt i farcio safleoedd y saethwyr pan fyddent yn disgwyl i'r adar hedfan drostynt. Disgynnai dail euraid i'r ddaear i ganol nifer o ffesantod a oedd yn pigo am damaid blasus cyn dianc o lwybr y moduron. Daethant i flaengwrt tŷ mawr, o gyfnod yr ail ganrif ar bymtheg, dyfalodd Jeff; adeilad pedwar llawr gydag eiddew yn tyfu'n dew o amgylch y drws ffrynt mawr derw. Gyrrodd Owen Thomas rownd i'r cefn lle gwelodd nad oedd edrychiad y tŷ o'r un safon. Arhosodd y Land Rover yn y fan honno a neidiodd Owen allan ohoni. Dringodd Jeff allan o'i gar a thynnodd y bag a gafodd gan Meira allan o'r bŵt. Taflodd o ar draws ei gefn a dilynodd Owen Thomas i mewn trwy ddrws cefn y tŷ, gan sylwi nad oedd wedi'i gloi. Cafodd ei arwain i fyny grisiau pren wrth ochr cegin fawr hen ffasiwn ac i mewn i ystafell fyw fechan wedi'i dodrefnu'n eithaf cyffforddus. Roedd un drws yn arwain i gegin fach ac un arall i ystafell wely ac ynddo un gwely dwbl. Teimlodd Jeff y gwely a thaflu'r bag mawr arno.

'Gobeithio y byddwch chi'n gyfforddus yma, Jeff,' meddai Owen Thomas. 'Am faint fyddwch chi'n aros?' gofynnodd.

'Dim syniad ar hyn o bryd,' atebodd. 'Ma' hi'n dibynnu. Ers faint dach chi yma ... ddrwg gen i, be ydw i i fod i'ch galw chi – Owen 'ta Now?'

'Owen wneith yn iawn. Dim ond yr hen ddyn sy'n 'y ngalw fi'n Now. Fo sy'n mynnu mae gen i ofn. I ateb eich cwestiwn chi, tair blynedd sy 'na ers i ni gyrraedd.'

'Ni?' gofynnodd Jeff.

'Ia, fi a 'ngwraig a'r hogyn bach 'cw – mae o'n tynnu am ei bump oed. Ar ôl gadael y brifysgol es i weithio ar stad fawr yn yr Alban o dan reolaeth asiant tir. Ro'n i'n awyddus am fwy o gyfrifoldeb, a wnes i ddim oedi i wneud cais pan hysbysebodd Mr Price y swydd. Mae'r gwaith yn ddiddorol ac mae gen i dŷ ardderchog ar y stad.'

'Chi sy'n rheoli holl waith y stad felly?'

'Ia, er bod yna gipar gêm sydd i fod yn atebol i mi, a fo sy'n edrych ar ôl y saethu i gyd – ond prin fyddwn ni'n cysylltu efo'n gilydd a dweud y gwir. Mae 'na was bach yma hefyd, sydd newydd adael yr ysgol ac yn dysgu wrth fynd yn ei flaen. Gewch chi gyfarfod â fo yn nes ymlaen os liciwch chi. Mae o o gwmpas 'ma'n rwla.'

'Dach chi'n nabod Yncl Walter yn reit dda felly?' gofynnodd Jeff. Gorau po gyntaf iddo ddechrau ei ymholiad bach answyddogol, ystyriodd.

'Ydw.'

'Sut un ydi o i weithio iddo fo?'

'Dwi'n gwneud yn iawn efo fo. Pam dach chi'n gofyn?'

'Dim ond 'mod i wedi cael fy synnu braidd. Dydi o ddim yn cymryd llawer i synhwyro bod yna rwbath o'i le yma.'

Nid atebodd Owen Thomas. 'Gynta, dwi'n dysgu bod rhywun wedi ymosod arno, ac wedyn neithiwr ...'

'Ffenestri ei dŷ.'

'Dwi erioed wedi bod yn hynod o agos at Yncl Walter, ond mae gwaed yn dewach na dŵr, fel maen nhw'n dweud, a fedra i ddim osgoi'r ffaith 'mod i'n teimlo drosto. Pwy dach chi'n amau sy'n gyfrifol, Owen?'

'Does gen i ddim syniad, wir. Mae o'n medru bod yn ddyn caredig, ond mae'r ddawn ganddo fo i dynnu pobl i'w ben weithiau hefyd.'

'Be dach chi'n feddwl?' holodd Jeff, ond gwelodd yn syth fod Owen yn gyndyn i ymhelaethu.

'Nid fy lle i ydi dweud, ond mae 'na un neu ddau o bethau eraill wedi digwydd yn ddiweddar. Mater i'ch ewythr ydi dweud yr hanes wrthach chi, ac mae 'na nifer o bobl dwi'n gwybod amdanyn nhw sydd ddim yn hapus efo'r ffordd mae Mr Price wedi'u trin nhw. Ond gwrandwch, ma' raid i mi fynd rŵan. Dwi ar ei hôl hi heddiw wedi busnes y ffenestri 'ma. Mi yrra i Aled y gwas draw ymhen rhyw awr, ac mi geith o fynd â chi am dro o gwmpas y stad. Iawn?'

'Iawn,' cytunodd Jeff. Penderfynodd beidio â gofyn gormod o gwestiynau. Cuddio'i natur plismon oedd y gamp ar hyn o bryd, a sylweddolodd nad oedd hynny am fod yn dasg hawdd.

Gorwedd ar ei wely newydd yr oedd Jeff pan ddaeth cnoc ar ddrws y fflat ymhen tri chwarter awr. Aled Rees, y gwas, oedd yno. Cyflwynodd Aled ei hun a gwelodd Jeff yn syth ei fod yn fachgen ifanc swil a diniwed, heb lawer o brofiad tu allan i furiau'r ysgol yn ôl pob golwg. Er hynny, edrychai'n fachgen abl ac yn awyddus i blesio, ac roedd hanner gwên lywaeth ar ei wyneb fel yr oedd o'n siarad.

'Prynhawn da, syr?' Mae Mr Thomas wedi gofyn i mi fynd â chi rownd y stad,' meddai. 'Mae gynnon ni ddwyawr go lew cyn iddi ddechrau tywyllu – neu, os liciwch chi, mi fedran ni 'i gadael hi tan fory.'

'Na, awn ni rŵan,' atebodd Jeff, 'a gyda llaw, Jeff ydi f'enw i. Dim o'r "syr" 'na, plis. Dwi'n trio gwneud fy ngorau i anghofio teitlau felly.'

Tarodd Jeff bâr o esgidiau glaw a'i gôt ddyffl dros ei ysgwyddau, a dechreuodd y ddau gerdded yn hamddenol ar hyd y ffordd droellog, arw heibio cefn y plasty ac i fyny trwy'r coed. Dechreuodd Jeff ei holi'n syth.

'Ers faint wyt ti yma, Aled?'

'Tua naw mis, ers dechrau'r flwyddyn.'

'Digon o amser i ffeindio dy ffordd o gwmpas felly? Dwi'n siŵr dy fod ti'n gweld, ac yn gyfarwydd â, phob dim sy'n mynd ymlaen o gwmpas y lle 'ma.'

'Popeth, 'te Jeff,' atebodd gan wenu.

'Sgin ti unrhyw syniad felly pwy ymosododd ar yr hen fachgen?'

'Dim syniad, ond mi fydda i'n cadw fy llygaid a fy nghlustiau'n agored – ac o be dwi'n ei glywed ella bod 'na fwy nag un fysa'n barod i roi stîd iddo fo.'

Synnodd Jeff fod ei ateb mor agored. 'Pwy?' gofynnodd yn syth.

'Wel, wn i ddim be ydi'r stori i gyd, ond mae 'na ryw stŵr wedi bod rhwng y cipar, Marc Mathias, a Mr Price ynglŷn â bridio cŵn hela. Rwbath i wneud efo'r papurau sy'n mynd i'r Kennel Club, manylion lein y tadogi ... dweud bod y tad wedi dod o lein well er mwyn cael mwy o arian wrth werthu'r cŵn bach.'

'Pwy wnaeth hynny?'

'Wel, gast y cipar gafodd y cŵn bach, a fo oedd wrthi yn ôl pob golwg. Ond erbyn hyn, mae pobl y Kennel Club yn Llundain wedi cael gwybodaeth o rwla fod 'na ddrwg yn y caws, ac ella y bydd enw da Mr Price yn cael ei faeddu.'

'Pa wahaniaeth mae hynny'n wneud?' gofynnodd Jeff. 'Mae'n ddigon hawdd prynu sbaniel am ddau gant o bunnau, ond efo'r tad iawn, o lein dda, dydi dwy fil ddim yn ormod i'w ofyn. Ac wrth gwrs, pan dach chi'n sôn am wyth o gŵn bach, dach chi'n sôn am arian mawr.'

'Ond pam na wneith Mr Price rwbath ynglŷn â'r peth?'

'Am fod Marc y cipar yn gwybod am ryw ddrygioni mae Mr Price wedi bod wrthi'n ei wneud ers blwyddyn ne' ddwy.'

'Be oedd hynny?'

'Enillodd ci Mr Price, sbaniel tair oed, wobr y ci gorau drwy'r wlad mewn cystadleuaeth treial cŵn gêm genedlaethol, ryw ddwy flynedd yn ôl, ac mae o wedi gwneud ffortiwn trwy fridio efo'r ci hwnnw yn y cyfamser.'

'Felly?'

'Wel, mae 'na sôn nad yr un ci oedd o. Pan oedd pobl yn dod â'u geist yma i gael eu trin gan y ci, nid y pencampwr oedd yn gwneud y trin, ond rhyw gi arall o eiddo Mr Price sydd heb ennill cystadleuaeth yn ei oes.'

'Pam fysa fo'n gwneud hynny?'

'Er mwyn gwneud mwy o arian, ac er mwyn cadw'r straen gorau, lein y pencampwr, i'w ast o'i hun. Cadw'r gorau, dach chi'n gweld, fel mai ganddo fo fydd y cŵn gorau ymhen blynyddoedd.

'Ac mae'r cipar yn gwybod hyn?'

'Felly maen nhw'n dweud.'

'A be am y bobol ddaeth â'u geist yma a thalu ymhell dros y top am gael eu trin nhw gan gi Walter? Faint ohonyn nhw sy 'na?

'Nifer, am wn i.'

'Ydyn nhw'n ymwybodol o'r twyll?'

'Dim syniad, wir.'

'Be ydi'r sefyllfa rhwng Marc a Walter ar hyn o bryd felly?' gofynnodd Jeff.

'Stêlmêt. Un yn bygwth y llall, ond fedar yr un ohonyn nhw ennill.'

'Am fod y ddau yn gwybod gormod.'

'Yn hollol ... neu felly maen nhw'n dweud.'

'Pwy ydi "nhw"? Ac o le wyt ti'n cael yr holl wybodaeth 'ma?' gofynnodd Jeff, gan ddal i synnu fod y gwas wedi bod mor agored ag ef mor fuan ar ôl iddyn nhw gyfarfod.

'Clywed y curwyr yn siarad ydw i.'

'Curwyr?'

'Ia, cymeriadau o'r pentre, ac o bellach draw, sy'n dod yma i guro'r adar allan o'r coed o flaen y gynnau pan fyddwn ni'n saethu. Plis peidiwch â sôn mai fi sy'n dweud, wnewch chi, neu mi fydda i'n cael uffern o le yma.'

Cerddodd y ddau i dir uchel agored a edrychai ymhell ar draws y stad.

'Dyna fo'r llyn lle fyddwn ni'n ffleitio hwyaid yn y bore cynta fel ma' hi'n gwawrio,' parhaodd. 'Mae 'na filoedd o adar wedi cael eu gosod yna.' Trodd ei gefn at y llyn a phwyntiodd i gyfeiriad arall. 'Welwch chi sut mae'r coed acw wedi cael eu gadael i dyfu'n drwchus yn y caeau mewn blociau tua dau gan llath o hyd?' gofynnodd y bachgen, heb ddisgwyl ateb. 'Dyna lle 'dan ni'n cadw'r adar, y ffesantod, ar gyfer y saethu. Maen nhw'n crwydro'r coed yn rhydd, a'r caeau o gwmpas, ond yn dod yn ôl i'r coed i gael eu bwydo. Mae 'na gannoedd, miloedd, ym mhob coedwig,' ychwanegodd, 'ac mae 'na ddeunaw o goedwigoedd fel hyn drwy'r stad i gyd.'

'Wel, dyna agoriad llygad,' meddai Jeff. 'Mae hon yn job ddrud felly?'

'Ydi. Mae'n rhaid prynu'r adar i mewn, fel cywion i ddechrau, ac wedyn eu bwydo nhw am fisoedd tra'u bod nhw'n tyfu. Honno sy'n job ddrud i chi.'

Wrth gerdded yn ôl am y plasty ymhen yr awr, sylwodd Jeff ar garafán a edrychai fel petai rhywun yn byw ynddi. Yn sydyn cafodd gipolwg, am hanner eiliad yn unig, ar wyneb merch ifanc. Edrychai fel petai'n ceisio cuddio tu ôl i'r cyrten pan sylweddolodd fod rhywun yn edrych arni.

'Pwy sy'n byw yn fanna?' gofynnodd Jeff.

'Hogan o'r enw Amelia,' atebodd Aled. 'Mi ddaeth hi yma rhyw dri mis neu fwy yn ôl i helpu efo cynaeafu'r tatw a'r ffa, ac maen nhw wedi gofyn iddi aros ymlaen dros y tymor saethu i helpu yn y tŷ.'

'Ydi hi'n beth handi, Aled?' gofynnodd Jeff, a rhoi winc a gwên fach iddo. Cochodd wyneb y bachgen yn syth, ond ddywedodd o ddim gair. Er hynny, roedd cwestiwn Jeff wedi'i ateb.

Pennod 6

Ar ôl iddi dywyllu'r noson honno, cerddodd Jeff y tri chan llath o'r tŷ mawr i fwthyn Marc Mathias y cipar. Yn nistawrwydd y nos edrychodd tua'r awyr a gwelai amlinelliad brigau mân y coed yn ymestyn ymhell uwch ei ben yn erbyn cefndir o filiynau o sêr arian. Dysgodd ynghynt fod y canghennau uchel hyn yn llawn adar yn clwydo, ond ni welai 'run ohonyn nhw. Diffyg profiad, tybiodd. Synnodd ar y gwahaniaeth a wnaeth awr i'w amgylchedd, a sut y daeth y goedwig yn fyw fel yr oedd hi'n nosi'n gynharach. Dyna pryd y daeth yr adar i glwydo'n swnllyd – cannoedd o ffesantod, heb sôn am y brain, y colomennod a phob creadur asgellog arall. Nesaodd at y bwthyn a chlywodd sŵn nifer o gŵn yn cyfarth yn eu cytiau gerllaw. Daeth golau llachar ymlaen uwchben drws y bwthyn i ddadlennu gardd fach dwt o flaen y tŷ. Agorwyd y drws cyn iddo gyrraedd.

'Pwy ydach chi – yn crwydro o gwmpas y lle 'ma yn y tywyllwch fel hyn?' gofynnodd y gŵr a safai yn y drws.

Roedd Marc Mathias yn ddyn canol oed trwm, ymhell dros ei chwe throedfedd efo gwallt cringoch, cyrliog dros ei glustiau a locsyn hir, blêr o'r un lliw. Gwisgai hen drywsus pen-glin gwledig a oedd bellach wedi gweld llawer iawn mwy o ddrain nag y dylai, a gwasgod agored o'r un defnydd dros grys a edrychai fel petai wedi bod amdano ers wythnosau. Islaw'r trywsus roedd sanau trwchus o wlân coch tywyll at ei bengliniau, a bys ei droed i'w weld yn glir trwy dwll yn yr un dde. Safai gwn baril ddwbl yn erbyn y wal y tu ôl iddo.

'Oes 'na getrys yn y gwn 'na?' gofynnodd Jeff, yn nodio i'w gyfeiriad.

'Bob amser,' daeth yr ateb.

'Jeff ydw i. Jeff Evans, perthynas pell i Walter Price. Dwi wedi dod i aros yma am chydig ddyddiau ac mi o'n i'n meddwl y byswn i'n dod i gyflwyno fy hun.'

'Ia, dwi'n gwybod. Welais i chi'n gynharach yn crwydro o gwmpas efo Aled.'

Ni chafodd wahoddiad i mewn i'r tŷ. Plethodd Mathias ei freichiau a phwyso ei ysgwydd yn erbyn ffrâm y drws heb gynnig gair arall.

'Mi fydda i'n crwydro dipyn o gwmpas y stad 'ma yn ystod y dyddiau nesa, ac ro'n i'n meddwl y bysa'n well i mi gael gair bach efo chi gynta rhag ofn i mi droedio yn rhywle na ddylwn i ddim.'

Edrychodd Mathias yn syth i'w lygaid. 'Dwi'n siŵr eich bod chi wedi troedio mewn llefydd llawer iawn mwy peryglus yn Afghanistan 'na.'

Anwybyddodd Jeff y sylw. 'Wel, ella ei bod hi'n anghyfleus,' meddai. 'Mi alwa i eto.'

'Na, mae'n iawn. Tyd i mewn,' meddai o'r diwedd, gan doddi ryw ychydig. 'Panad?' gofynnodd.

Rhyfeddodd Jeff at y newid sydyn yn ei agwedd. 'Coffi, os gweli di'n dda. Llefrith, dim siwgr,' atebodd.

Gwelodd Jeff esgidiau glaw budr wrth y drws, a thynnodd ei esgidiau ei hun hefyd er mwyn dilyn yr un drefn.

'Mae'n ddrwg gen i os o'n i'n swnio chydig yn

anghwrtais gynna, ond fedra i'm cofio'r tro dwytha i mi gael ymwelydd yma ar ôl iddi dywyllu.'

'Mae'n ddrwg gen i. Nes i ddim meddwl,' meddai Jeff.

Roedd y gegin yn ddigon twt efo nifer o wahanol adar a llwynog wedi'u stwffio mewn casys gwydr o gwmpas y stafell, a lluniau o adar a thirluniau ar y waliau. Ar y silffoedd roedd nifer fawr o lyfrau yn ymwneud â chŵn, gêm, hela a gynnau, ac un neu ddau am goginio gêm. Awgrymodd y llwch arnynt nad oedd dynes yn agos i'r tŷ, ond yn sicr, dyma ddyn a oedd yn mwynhau ei waith a'i amgylchedd.

Rhoddodd y cipar fŵg o goffi poeth o flaen Jeff ac eisteddodd y ddau i lawr wrth y bwrdd.

'Mae'r hyn wela i o 'nghwmpas yn awgrymu dy fod ti'n hapus yn dy waith, Marc.' Gobeithiodd Jeff y byddai'r sylw yn ysgogi sgwrs ddiddorol.

'Eitha,' atebodd. 'Ma' raid cymryd bob dim fel mae o'n dod, yn does?'

'Oes yna rwla 'sa'n well gen ti i mi beidio â mynd pan dwi'n cerdded y tir?' Cofiodd Jeff yr esgus a ddefnyddiodd yn gynharach dros alw draw.

'Na, dim o gwbl. Mae'r adar wedi tyfu a'u rhyddhau o'u ffald erbyn hyn a dim ond y llwynogod sy'n debygol o wneud niwed iddyn nhw rŵan. Ond cymer ofal, gan fod nifer o drapiau wedi'u gosod,' meddai. 'Dos â gwn efo chdi os leci di rhag ofn i ti weld un o fewn dy gyrraedd,' ychwanegodd.

'Ers faint wyt ti yma, os ga i ofyn?' Dechreuodd Jeff holi gan obeithio na fyddai ei fwriad yn rhy amlwg.

'Bron i ddeng mlynedd bellach,' atebodd.

'Dwi erioed wedi cael perthynas agos iawn efo Yncl

Walter, er ei fod o'n gwneud cymwynas â fi rŵan. O be glywa i, dydi o ddim yn un hawdd iawn i wneud efo fo bob amser, nac'di?'

Gwelodd Jeff fod Marc yn chwerthin yn ddistaw bach iddo'i hun cyn ei ateb. 'Wel, ti 'di clywed hynna o le da, mae'n amlwg,' meddai. 'Ond mi oedd pethau'n well rhyngon ni ar un adeg nag ydyn nhw rŵan.'

'O?' meddai Jeff, gan godi'i aeliau i bwysleisio'r cwestiwn.

'Cyn i'r bastard Owen Thomas 'na gyrraedd dair blynedd yn ôl.'

'Sut felly?' gofynnodd Jeff.' Nid bod y peth yn fusnes i mi, chwaith,' ychwanegodd, gan gymryd llymaid o'r coffi a gobeithio y buasai'r cipar yn ymhelaethu.

'Ro'n i'n gwneud yn iawn efo Price cyn i Thomas ddod â'i draed mawr ar hyd y lle 'ma. Jyst am ei fod o wedi bod yn y brifysgol ac wedi gweithio i ryw bobol fawr i fyny yn yr Alban 'na, mae o'n meddwl ei fod o'n gwybod y cwbl. Ond does ganddo fo ddim blydi syniad am giperio – ac mae'r diawl yn trio dweud wrtha i sut i wneud fy ngwaith! Dwi'm 'di cael codiad yn fy nghyflog ers iddo fo ddod yma chwaith. Ro'n i'n arfer medru siarad am bethau felly efo Price cyn i'r diawl gyrraedd, a rŵan mae'r bòs yn dweud mai Thomas sy'n penderfynu be dwi'n ennill. Nid y fo.'

Am yr ail waith y diwrnod hwnnw, synnodd Jeff pa mor agored oedd y gŵr o'i flaen, ac efo cyn lleied o brocio, ond wedyn sylweddolodd fod Marc Mathias yn ddyn unig. Efallai mai hwn oedd y tro cyntaf iddo fedru siarad ag unrhyw un am ei sefyllfa.

'Dydi pethau ddim yn hawdd felly ma' siŵr, o safbwynt ariannol – yn enwedig a chostau'n codi bob dydd,' mentrodd Jeff brocio ymhellach.

'Y ffaith ei fod o'n ymyrryd gymaint sy'n fy nghorddi fi, a'r unig beth mae Price yn wneud ydi fy nghyfeirio fi'n ôl ato fo. Ond cofia, mae 'na ddigon o ffyrdd o wneud ceiniog ychwanegol yn y lle 'ma. Os edrycha i ar ôl y saethwyr, w'sti, maen nhw yn edrych ar f'ôl i. Dyna un peth 'di'r diawl Thomas 'na ddim wedi'i sylweddoli. Ella'i fod o'n gwybod bod rwbath yn mynd ymlaen, ond does ganddo fo'm syniad faint o gildwrn dwi'n gael yn ystod bob tymor chwaith.'

'Ac mae 'na ddigon o gêm, dwi'n siŵr, i lenwi dy rewgell di,' awgrymodd Jeff efo gwên lydan a nod fach.

'Does 'na ddim un cipar yn y wlad 'ma heb lond ei fol o gêm, Jeff. Mae hynny'n sicr, ond dwi'n lwcus iawn ein bod ni'n tyfu cymaint o datws a llysiau yma hefyd.'

'Ac arian da i'w wneud o fridio cŵn hela?' mentrodd Jeff ymhellach.

Gwelodd Jeff yr ergyd yn taro Marc Mathias fel mellten. Oedodd Mathias am ennyd cyn ateb. 'Dim hanner gymaint ag y mae Price ei hun yn ei wneud,' meddai. 'Ond i'r pant y rhed y dŵr. Fel yna ma' hi wedi bod erioed, yntê?'

'Ia,' atebodd Jeff, 'ac fel yna bydd hi hefyd, mae'n siŵr,' ychwanegodd cyn newid y pwnc. Roedd wedi deall digon i gadarnhau fod rhywfaint o wirionedd yn yr hyn a ddywedodd Aled wrtho ynghynt. 'Wyt ti wedi synnu o gwbl, Marc, bod rhywun wedi ymosod ar Walter ac wedi malu ffenestri ei dŷ wedyn neithiwr?' gofynnodd.

Meddyliodd y cipar yn galed cyn ateb. 'Ydw a nac ydw,' atebodd o'r diwedd. 'Ydw, bod dyn mor gyfoethog ac amlwg yn y gymuned yn wynebu sefyllfa fel'na, ond nac'dw o ystyried natur y dyn.'

'Be ti'n feddwl, Marc?'

'Dwi'm yn gwybod ddylwn i ddweud hyn wrthat ti, ond

mae Walter Price wedi amharchu a thwyllo sawl un dros y blynyddoedd, Jeff.'

'Y busnes bridio efo'r pencampwr wyt ti'n feddwl?' mentrodd unwaith eto.

Rhyfeddodd Mathias ei fod o'n gwybod cymaint, ond ni ddangosodd ei syndod. 'Pan ddoi di i'w nabod o gystal â fi, mi ddealli di fod 'na lawer iawn mwy na charedigrwydd i natur dy ewythr ... ond chei di mo'r wybodaeth gen i.'

Gwyddai Jeff na fyddai'n ddoeth iddo bwyso rhagor ar Mathias.

'Sut gest ti wybod ei fod o wedi'i anafu?'

'Margiad Powell ffoniodd fi ar y mobeil. Hi ffeindiodd o.'

'Wnaeth hi ddim ffonio'r tŷ 'ma?'

'Na. Mi oedd hi wedi trio, ond ro'n i wedi mynd allan am beint bach cynnar y noson honno. Yn y Goron, y dafarn yn y pentre, o'n i. Mi ddois i'n ôl ar fy union ac roedd Owen Thomas yno'n barod.'

'Pwy fysa'n gallu – a phwy fysa isio – gwneud y fath beth?'

'Rhywun mae o wedi'i wylltio yn y gorffennol, 'swn i'n meddwl.'

'Roedd 'na ddau neu dri yn gyfrifol am yr ymosodiad, yn ôl pob golwg,' cynigodd Jeff.

'Mae 'na ddigon o lafnau ifanc o gwmpas y pentre fysa'n gwneud am gildwrn dwi'n siŵr, neu am gyffuriau. Mae'r rheini'n dew o gwmpas y lle 'ma yn ddiweddar, hyd yn oed yng nghefn gwlad fel hyn, gwaetha'r modd.'

'Os ga i ofyn, Marc, be ydi dy farn di am y cwbl?'

'Fel deudis i, dwi 'di gneud yn iawn efo Price ar hyd y blynyddoedd tan yn ddiweddar, ond er nad ydan ni'n cydweld ers i Thomas cyrraedd, dydi Price ddim yn haeddu hynna. Nac'di wir. Ac mae 'na rywun clyfar tu ôl i hyn i gyd i ti, Jeff. Mae hynny'n sicr.'

'Mae gen i ryw deimlad bod mwy i ddod.'

Edrychodd Mathias arno heb ateb.

'Pam na wneith o adroddiad i'r heddlu, 'ti'n meddwl?'

'Gan Price mae'r ateb i hynny,' atebodd.

'Lle fyswn i'n cael hyd i'r ateb, dŵad?' gofynnodd Jeff.

'Dechrau yn y Goron, fyswn i. Ond bydda'n ofalus. Mae 'na le garw yno weithiau.'

* * *

Gorweddodd Jeff ar ei wely yn y fflat y noson honno yn gwrando ar sŵn llygod bach yn chwarae rywle rhwng y trawstiau. Tynnodd ei ffôn symudol allan a galwodd rif Meira.

'Sut wyt ti, 'nghariad i? Dwi'n hiraethu'n barod.'

'A finna. Wyt ti'n dy wely eto?'

'Ydw, ac ma' hi'n oer yma heb dy gwmni di, rhaid i mi ddweud. Pryd wyt ti'n mynd yn ôl am Lerpwl 'na?' gofynnodd.

'Ben bore fory. Mi fydda i angen diwrnod i roi trefn ar bethau cyn dechrau gweithio drennydd.'

'Pryd fyddi di adref nesa, ti'n meddwl?'

'Y cyfle cynta ga i,' atebodd. 'Unwaith y ca' i ddiwrnod o seibiant. Mi wn i mai newydd gyrraedd Rhandir Canol wyt ti, ond sut mae pethau'n mynd?'

Adroddodd Jeff newyddion y dydd wrthi.

'Rargian, ti ddim yn gwastraffu dy amser nag wyt? Er bod Yncl Walter wedi bod yn dipyn o ffefryn gen i erioed, dwi wedi sylweddoli yn y dyddiau diwetha 'ma bod mwy i'w hanes o na'r hyn sy'n ymddangos ar yr wyneb.'

'Wel, mae'n edrych felly. Dim ond gobeithio y do' i ar draws mwy o wybodaeth ddiddorol fory. Dwi'n dechrau mwynhau'r cwbl a dweud y gwir wrthat ti.'

'Bydda'n ofalus – a chofia nad ydw i yna i edrych ar dy ôl di y tro yma.'

'Cysga'n dawel, Meira bach. Cofia gadw mewn cysylltiad.'

Pennod 7

Deffrôdd Jeff i sŵn symudiadau i lawr y grisiau yn y gegin ar ôl cysgu'n drwm drwy'r nos. Synnodd ei bod hi'n tynnu am hanner awr wedi wyth o'r gloch y bore yn barod. Wedi ymolchi a gwisgo cerddodd yn llwglyd i lawr i'r gegin fawr, ond doedd neb i'w weld yno. Roedd dau ddrws arall yn arwain allan o'r gegin, a rhoddodd ei ben drwy un ohonynt. Gwelodd ystafell fwyta fawr foethus gyda llawr pren a bwrdd mawr a digon o gadeiriau o'i amgylch i ugain o bobl eistedd. Roedd hanner isaf y waliau yn banelau derw, a phapur wal rhuddgoch ar yr hanner uchaf. Yng nghanol y nenfwd gwelai anferth o ganhwyllyr gwydr. Safai dreser dderw yn llawn hen lestri Tsieineaidd yn erbyn un wal, ac ar y waliau eraill crogai paentiadau olew urddasol yn portreadu golygfeydd lleol. Cerddodd drwy'r drws arall i gyntedd mawr y plasty lle roedd llawr carreg a chadeiriau cyfforddus wedi'u gosod yma ac acw. Gwelodd ben carw wedi'i stwffio ar un wal, ac roedd nifer o anifeiliaid ac adar gêm mewn casys gwydr ar ben eitemau o ddodrefn derw eraill. Gwelodd risiau llydan yn un pen i'r cyntedd wedi eu gorchuddio â charped coch tywyll, yn arwain i'r llawr cyntaf, a drws arall yn rhoi mynediad i lolfa fawr gyfforddus. Dychmygodd Jeff pa hanesion y gallai'r waliau o'i gwmpas eu datgelu – hwyl, tristwch, antur a drygioni sawl canrif, mae'n siŵr. Clywodd sŵn y tu ôl iddo a throdd i weld dynes ymhell yn ei chanol oed; dynes fechan, fyrdew yn gwisgo barclod ac yn gafael mewn dwster.

'Ma' raid mai chi ydi Jeff,' meddai. 'Dwi 'di clywed eich hanes chi.'

'O? Pa hanes felly?' Gwenodd arni.

'Dim ond pethau da … hyd yn hyn. Ond ma' hi'n ddigon buan yn tydi?' atebodd yn gyflym gan wenu'n ôl.

'Ia, wel, dach chi'n llygad eich lle. A dwi'n cymryd mai Margiad ydach chi felly.'

'Dyna fo 'lly. 'Dan ni'n nabod ein gilydd rŵan. Be dach chi isio i frecwast? Dwi 'di cael gorchymyn gan yr hen ddyn i edrych ar eich ôl chi.'

'Wel, a dweud y gwir wrthach chi, dwi ar lwgu. Mi fydd beth bynnag sy gynnoch chi wrth law yn tshampion gen i.'

'Iawn,' meddai Margiad. 'Ewch am dro i gael golwg drwy'r tŷ os leciwch chi, a dewch yn ôl i'r gegin ymhen ryw chwarter awr – os na fyddwch chi wedi 'nghlywed i'n bloeddio arnoch chi cyn hynny.'

Gwenodd Jeff wrth edrych arni'n diflannu i gyfeiriad y gegin. Hen hogan iawn, meddyliodd, yn siarad yn blaen. Byddai'n anodd taflu llwch i lygaid hon.

Roedd dwy lolfa ar y llawr isaf, y lleiaf efo teledu ynddi a digon o lyfrau i ddechrau llyfrgell fach. Dychmygodd mai ystafell i eistedd a thrafod pleserau'r diwrnod dros ddiferyn gyda'r nos oedd y llall. Troediodd i fyny carped trwchus y grisiau a gwelodd fod pob ystafell wely ar y llawr cyntaf wedi'u henwi ar ôl rhyw aderyn neu'i gilydd. Corhwyad, malard, gïach, cyffylog ac yn y blaen. Dewisodd beidio edrych ymhellach a dychwelodd i lawr y grisiau. Roedd oglau da yn dod o'r gegin yn barod a cherddodd i mewn i weld Margiad wrthi'n coginio uwch ben y stof fawr nwy hen ffasiwn.

'Un wy wedi'i ffrio 'ta dau?' gofynnodd.

'Gymera i ddau, os gwelwch chi'n dda.'

'Gwnewch banad i chi'ch hun, ac un i finna hefyd, os leciwch chi.' Teimlodd Jeff ei hun yn agosáu at Margiad yn barod. 'Dach chi 'di gweld eich ewythr y bore 'ma?' gofynnodd, heb droi oddi wrth y badell. 'Ydi o'n gwella, deudwch?'

'Na, dwi ddim wedi'i weld o eto, ond mi fydda i'n mynd draw yn nes 'mlaen. Ro'n i'n dallt mai chi ffeindiodd o.'

'Ia. Lwcus i mi ddod yn f'ôl i ddweud y gwir wrthach chi, neu 'sa fo 'di medru bod yno drwy'r nos – a Duw a ŵyr be fysa'i hanas o wedyn.'

'Gwarthus 'te? Pwy fysa'n gwneud y fath beth, medda chi?'

'Wn i ddim wir. Ma'r byd 'ma 'di mynd yn lle rhyfedd iawn, dach chi'm yn meddwl?' Rhoddodd Margiad blât mawr o flaen Jeff ac arno facwn, selsigen, tomato a dau wy ar fara saim efo dau damaid o dôst. 'Wna i fwy o dôst os liciwch chi.' Eisteddodd i lawr wrth yr un bwrdd efo'i phaned.

'Na, dim diolch,' atebodd Jeff. 'Mae'n anodd deall pam mae dyn fel Walter Price yn cael ei drin yn y fath ffordd. Nid dyna'r unig beth i ddigwydd iddo fo yn ddiweddar, naci?' ychwanegodd, yn pysgota am fwy o wybodaeth.

'Y ffenestri dach chi'n feddwl? Mae 'na rywun ar ei ôl o, mae hynny'n saff i chi.'

'Newydd ddigwydd oedd yr ymosodiad pan ddaethoch chi ar ei draws o mae'n rhaid. Welsoch chi rwbath anarferol?'

'Wel do, a wyddoch chi be, chi 'di'r cynta i ofyn i mi. Fedra i'm dallt pam nad ydi'r heddlu wedi bod yma'n fy holi fi.'

'Be welsoch chi, felly?' gofynnodd Jeff, gan anwybyddu'r sylw am yr heddlu.

'Tua chanllath cyn i mi droi i mewn i ffordd y stad, mi basiodd rhyw gar fi, yn mynd y ffordd arall ar goblyn o sbîd. Dwi'n amau mai o lôn y stad 'ma roedd o wedi dod.'

'Sut hynny?'

'Tasa fo 'di dod ar hyd y ffordd fawr, 'swn i wedi gweld ei ola fo'n gynt, ylwch. Fel y gwyddoch chi, cul ydi'r ffordd fawr yn y fan honno, a sut ddaru o mo 'nharo fi, wn i ddim wir. Bu bron iddo fo â 'ngyrru fi i'r ffoes.'

'Welsoch chi rif y car o gwbl?'

'Naddo. Doedd 'na'm cyfle.'

'Ydach chi'n cofio rwbath o gwbl ynglŷn â fo?'

'Car mawr, tywyll oedd o – un o'r ffôr bai ffôrs 'ma, chi.'

'Pwy o gwmpas yr ardal 'ma sydd efo un tebyg?'

'Cariad Sarah Gwyn ydi'r unig un dwi'n gwybod amdano fo.'

'Sarah Gwyn?'

'Ia, hi sy'n coginio yma pan fydd saethwyr yn aros yma. Un arbennig o dda ydi hi hefyd, rhaid i mi ddweud.'

'Dach chi'n nabod y cariad?'

'Mae o'n medru bod yn fachgen bach digon neis, er gwaetha'r ffaith iddo fod mewn trwbwl yn ystod y flwyddyn ddwytha 'ma. Gareth Jenkins ydi'i enw fo, yn byw'r ochr arall i'r pentre.'

'Fysa ganddo fo rwbath yn erbyn yr hen ddyn, sgwn i?'

Nid atebodd Margiad. Eisteddai'n llonydd, yn edrych i mewn i'w chwpan fel petai'n pendroni, tra oedd Jeff yn llwytho'i frecwast i'w geg rhwng cwestiynau.

'Be sydd ar eich meddwl chi, Margiad?' gofynnodd ymhen sbel, yn llyncu llymaid o'i goffi er bod ei geg yn llawn.

Meddyliodd hithau eto cyn ateb. 'Na, 'sa fo ddim yn gwneud, chi. Wel, dwi'm yn meddwl. Mi oedd o'n gweithio yma fel gwas o flaen Aled ar un adeg, ac mi gafodd o'i arestio am gwffio yn y Goron un noson. Maen nhw'n dweud nad ei fai o oedd y cwbwl, ond mi anafwyd y ddau arall yn reit ddifrifol, ac mi gafodd Gareth y sac gan Mr Price y bore trannoeth, cyn i Mr Price gael yr holl stori. Ac unwaith mae Mr Price yn penderfynu rwbath ... wel, dyna fo, fedrith neb newid ei farn o. Dechreuodd Gareth ddadlau efo fo, a dywedodd Mr Price wrtho am beidio dod ar gyfyl y lle 'ma byth eto. Ond mae o wedi bod yn ôl droeon – i nôl Sarah, neu ddod â hi i'w gwaith, ac mae Mr Price yn gwybod hynny hefyd. Mi ddaeth yr hen ddyn ar ei draws o unwaith ac mi aeth hi'n goblyn o ffrae rhyngddyn nhw. Mi ddaru Gareth ei fygwth o yr adeg honno, ond dwi ddim yn meddwl ei fod o o ddifri.'

'Diddorol iawn. Gafodd Gareth ei gyhuddo ar ôl y ffeit yn y dafarn?'

'Do, ac mi gafodd dri mis o garchar hefyd,' atebodd. 'Ond twrw mewn diod oedd hynny i gyd, ac mae 'na lawer mwy na hynny tu ôl i'r miri mae Mr Price yn 'i ddiodda ar hyn o bryd, siŵr i chi.'

'Pam dach chi'n dweud hynny, Margiad?'

Meddyliodd y wraig am funud er mwyn dewis ei geiriau'n ofalus cyn ateb. 'Dyn busnes ydi Walter Price, Jeff, a 'swn i'n rhoi fy ngheiniog ddwytha ar y ffaith mai rwbath i wneud efo'i fusnes o sydd y tu ôl i hyn i gyd. Fedra i ddim dweud mwy na hynny, ond dyna fo i chi.'

'Pam na fedwch chi ddweud, Margiad?'

'Am nad oes gen i syniad. Taswn i'n gwybod, fi 'sa'r cynta i ddweud, coeliwch fi.'

Penderfynodd Jeff ei bod hi'n dweud y gwir. Ar hynny, agorodd drws cefn y gegin yn gyflym ac yn swnllyd a cherddodd merch ifanc dal i mewn yn cario bocs o dan un fraich a llond y llaw arall o'r cyllyll mwyaf a welodd Jeff yn ei fywyd. Roedd hi yn ei dau ddegau, tua phum troedfedd a naw modfedd a'i gwallt brown tywyll wedi'i rwymo yn daclus tu ôl i'w phen. Gwisgai dipyn o golur, ond dim gormod, ac er ei bod hi'n gwisgo dillad trwchus rhag tywydd oer y bore, roedd yn ddigon hawdd i Jeff weld ei bod hi'n eneth siapus dros ben. Gwnaeth bwynt o edrych yn groesawgar i gyfeiriad y dyn dieithr a eisteddai o'i blaen.

'Dew, dyma ddynes beryg yr olwg,' meddai Jeff yn gellweirus, ac amneidio at y cyllyll.

'Ia, a dwi'n gwybod sut i'w defnyddio nhw hefyd,' atebodd y ferch gan wenu. Rhoddodd y bocs trwm i lawr ar y fainc a'r cyllyll wrth ei ochr.

'Sarah Gwyn ydi hon,' meddai Margiad.

'O, 'dan ni newydd fod yn siarad amdanoch chi.'

'Felly wir? Be ddysgoch chi?' gofynnodd yn chwilfrydig.

'Dim ond mai ti sy'n coginio yma,' eglurodd Margiad. Jeff di'r dyn yma – perthynas i Mr Price, ac mi fydd o'n aros yn y fflat am chydig ddyddiau.'

'A dach chithau yn dwyn fy ngwaith i a gwneud brecwast iddo fo, yn ôl bob golwg, Margiad.'

'Roedd yr hogyn bron â llwgu.'

'Sôn am yr ymosodiad ar Yncl Walter oeddan ni,' meddai Jeff, yn awyddus i arwain y sgwrs yn ôl at y testun mwyaf cyfoes, er y gwelai'n syth nad oedd Margiad yn gyfforddus â hynny.

'Ia, mae isio saethu pwy bynnag wnaeth y fath beth i'r

59

hen fachgen wir, ac mi glywais i bod 'na ryw ddiawled yn y pentre yn trio rhoi bai ar Gareth yn barod.'

'Pwy ydi Gareth?' gofynnodd Jeff, yn ceisio cymryd unrhyw bwysau oddi ar ysgwyddau Margiad.

'Cyfaill i mi, dyna'r cwbwl, ond mi ffraeodd o efo Walter ychydig yn ôl, a jyst oherwydd ei fod o wedi'i fygwth o un waith, fisoedd yn ôl, rŵan mae pobl yn pwyntio'u bysedd i'w gyfeiriad o.'

'Wyddoch chi lle roedd o'r noson honno?' gofynnodd Jeff.

Oedodd Sarah cyn ateb. 'Na,' meddai.

'Dach chi'm yn swnio'n sicr,' mentrodd Jeff.

'Wel, dwi'm yn siŵr ddylwn i ddweud hyn, ond ro'n i wedi bod yng Nghaer am y diwrnod ac mi oedd o wedi trefnu i 'nghodi fi o'r orsaf drenau ym Mangor y noson honno. Wel, ddaru'r diawl ddim troi i fyny ac mi gostiodd ffortiwn i mi gael tacsi adra. Dwi'm 'di weld o wedyn ond mi geith o geg pan wela i o, mae hynny'n saff i chi. Sut frecwast gawsoch chi felly, Jeff?' gofynnodd, heb oedi mwy dros gwestiwn Jeff.

'Ardderchog wir, rhaid i mi ddweud.' Wnaeth Jeff ddim holi mwy, er nad oedd hynny'n hawdd iddo o bell ffordd.

'Wel, Margiad, os dach chi isio cymryd drosodd yn y gegin 'ma, mae 'na barti o saethwyr o Ffrainc yn cyrraedd yma heno, ac mi gewch chi wneud y bwyd i'r rheini hefyd os liciwch chi.'

'Cer o 'ma, ddynes,' atebodd Margiad. 'Dwi'n hapus yn gwneud bacwn ac wy a ballu, ond chdi 'di'r boi am y pethau ffansi mae'r Ffrancwyr isio.'

'Dw inna'n un dda am facwn ac wy hefyd, Jeff,' mynnodd Sarah, gan wenu'n syth ar Jeff.

'Mi fysa'n anodd iawn curo be dwi newydd ei fwyta, Sarah,' atebodd Jeff.

'Gewch chi weld,' mynnodd Sarah eto. 'Mi ddo' i â'r nesa i fyny i'r fflat ar hambwrdd, ac mi gewch chi frecwast yn eich gwely.'

'Hy!' ebychodd Margiad, a rowlio'i llygaid. 'Digywilydd ydi peth fel'na.'

'O, dwn i'm wir, Sarah,' meddai Jeff, gan geisio cau pen y mwdwl ar y sgwrs. 'Rhyw hen friwsion a ballu ym mhob man. Wel,' ychwanegodd wrth godi ar ei draed, 'ma' hi wedi bod yn bleser eich cyfarfod chi'ch dwy. Ond os oes ganddoch chi barti o saethwyr o Ffrainc yn dod yma heno, mae'n well i mi adael llonydd i chi.'

'Ryw dro dach chi isio rwbath, Jeff,' meddai Sarah. 'Dim ond gofyn sy isio.'

'Hy!' ebychodd Margiad drachefn.

Clywodd Jeff y ddwy'n clebran wrth iddo gerdded i fyny'r grisiau yn ôl i'r fflat. Eisteddodd yn un o'r cadeiriau cyfforddus a myfyriodd dros yr hyn a ddysgodd. Roedd Gareth Jenkins yn sicr yn y ffrâm, ond gwyddai Jeff hefyd nad yr ymosodiad oedd yr unig beth i ymyrryd â bywyd Walter Price yn ddiweddar. Lle oedd Gareth yn ystod y digwyddiadau eraill, tybed? Gwyddai un peth yn sicr – bod Margiad a Sarah Gwyn yn debygol o fod yn ffynhonnell wybodaeth eithriadol o dda. Efallai ei bod hi'n amser taclo'r hen ddyn unwaith eto. Credai Jeff i sicrwydd nad oedd Walter Price wedi bod yn agored efo fo ... o gwbl.

Pennod 8

'Mi welais y nyrs yn gadael wrth i mi gerdded at y tŷ,' meddai Jeff pan agorodd Walter Price y drws iddo. 'Be oedd ganddi hi i'w ddweud?' Gwelodd fod y briwiau ar wyneb a phen Walter wedi dechrau melynu.

'O, ti'n gwybod sut maen nhw, ngwas i. Dweud y drefn oedd hi am 'mod i wedi gadael yr ysbyty'n rhy fuan. Ty'd i mewn a gwna banad i ni'n dau, wnei di, ac mi gei di ddweud wrtha i be ti 'di ddysgu hyd yn hyn.'

Tŷ bach cyffredin oedd cartref Walter Price o'i gymharu â phlas Rhandir Canol, ond roedd yn ddigon cyfforddus i un dyn fyw yno ar ei ben ei hun. Tair ystafell oedd ar y llawr isaf, a'r gyntaf ohonynt yn lolfa braf efo tân glo a logs a sicrhâi fod y lle'n gynnes ar hyd y dydd. Swyddfa oedd yr ail, efo cyfrifiadur ar y ddesg, llyfrau ym mhob man a digon o bentyrrau o bapur i wneud tolc helaeth yng nghoedwigoedd yr Amazon, dychmygodd Jeff. Ar gais yr hen ŵr aeth i mewn i'r drydedd, sef cegin gymharol fechan oedd â bwrdd bwyd yn un cornel. Wrth i'r tegell ferwi, rhyfeddodd Jeff pa mor wahanol oedd tŷ a thrugareddau personol Walter i'r ddelwedd a roddodd y plas iddo yn gynharach. Aeth â'r paneidiau o goffi drwodd i'r lolfa lle roedd Walter yn disgwyl amdano.

'Does 'na neb yn gwybod mai plismon wyt ti, gobeithio,' oedd ei eiriau cyntaf.

'Dim cyn belled ag y gwn i,' atebodd Jeff. Mae'n rhaid

bod hyn yn pwyso ar ei feddwl o, meddyliodd. 'Ond gwrandwch, Walter,' ychwanegodd, 'os ydach chi am i mi aros yma i holi o gwmpas, mae'n rhaid ein bod ni'n dallt ein gilydd.' Edrychodd Jeff yn syth i'w lygaid gan bwyntio ei fys ato, nid yn fygythiol, ond roedd o'n ddigon i sicrhau nad oedd gan Walter unrhyw amheuaeth ei fod o ddifrif.

'Dyweda be sy ar dy feddwl di 'ta, ddyn,' gorchmynnodd Walter, yr un mor ddifrifol.

'Ydw, mi ydw i wedi dechrau canfod rhai pethau – materion y bydd yn rhaid i mi eu trafod efo chi mewn munud. Ond gynta, mae'n rhaid i chi ddallt hyn, Walter.' Edrychodd yn syth i lygaid y dyn o'i flaen. 'Rydan ni'n dau yn gwybod 'mod i yma yn answyddogol, ac mae'n sefyll i reswm y bydda i'n dod ar draws gwybodaeth gyfrinachol. Dwi isio cadarnhau na fydd yr hyn dwi'n ei ddarganfod yn mynd ymhellach ... os nad ydach chi neu rywun arall wedi troseddu yn hynod o ddifrifol wrth gwrs,' ychwanegodd gan wenu.

Ymddangosodd hanner gwên yn llygaid Walter, ond ni fedrai Jeff, am unwaith, ddarllen ei wyneb.

'Y rheswm dwi'n dweud hyn, Walter, ydi bod yn rhaid i chi fod yn berffaith agored efo fi. Rŵan, ac yn y dyfodol. Ella y bydda i'n gofyn cwestiynau sy'n ymddangos yn ddibwys ar y pryd, neu'n eich barnu chi'n bersonol – ac ella y bydd rhai nad ydach chi'n awyddus i'w hateb. Ond bydd yn rhaid i mi gael ateb gonest bob tro. Ydach chi'n cytuno i hynny?'

Doedd Walter ddim wedi disgwyl y cais, ac yn sicr doedd o ddim wedi arfer â phobl yn siarad â fo mor blaen. Tybed ai camgymeriad oedd gwahodd Jeff yno? Sylweddolodd nad oedd o'n adnabod y ditectif yma o gwbl, a bod perygl i bethau lithro allan o'i reolaeth am y tro cyntaf yn ei fywyd.

'Gofyn di be leci di, Jeff,' atebodd.

'Reit. Be am ddechrau efo bygythiad Gareth Jenkins ychydig fisoedd yn ôl?' meddai Jeff. 'Be oedd cefndir hynny?'

Cododd aeliau Walter yn syth. 'Mae'n amlwg dy fod ti wedi bod yn brysur yn barod,' meddai'n syn. 'Roedd y diawl bach yn gweithio yma ar y pryd, ac mi fu rhyw helynt yn y Goron un noson pan hanner lladdodd Gareth ryw ddau foi yno. Doeddwn i ddim isio dyn o'r math yna yn gweithio yma i mi, ac mi ges i wared â fo'r diwrnod wedyn.'

'Ro'n i'n deall nad ei fai o oedd y cwbwl. Mai amddiffyn ei hun oedd o.'

'Ella wir, ond mi ddefnyddiodd lawer iawn mwy o drais nag oedd ei angen o dan yr amgylchiadau – digon i gael ei gyhuddo o GBH, a'i gosbi. Tri mis, os dwi'n cofio'n iawn, sy'n awgrymu fod y llys o'r un farn â fi. Ers iddo gael ei ryddhau o'r carchar mae o'n dreifio o gwmpas yr ardal 'ma fel tasa fo berchen y lle.'

'Be arweiniodd at y bygythiad felly?' gofynnodd Jeff.

'Mi heliais i o o'ma o flaen ei fêts un tro, a dyna pryd ddywedodd o y bysa fo'n fy nghael i ryw noson dywyll.'

'Ac erbyn hyn, mae rhywun *wedi*'ch cael chi ar noson dywyll.'

'Nid fo, 'ngwas i. Dydi o ddim yn ddigon o foi. Na, mae 'na rywun mwy dylanwadol tu ôl i hyn i gyd. Mae Gareth a'i fêts yn ddigon o fois i roi stîd i rywun neu dorri ffenestri, ond mae 'na fwy na hynny i'r sefyllfa, ti'n gweld.'

'Y clwb pysgota a'r clwb pêl-droed, dach chi'n feddwl?'

'A sut wyt ti'n gwybod am hynny, felly?' gofynnodd.

'Am mai ditectif ydw i,' atebodd Jeff, yn celu'r ffaith mai Twm, brawd Walter, ddywedodd wrtho ddwy noson ynghynt. 'Be ydi hanes y clwb pysgota i ddechrau?'

Ysgydwodd Walter ei ben yn araf. 'Dyna rywbeth sydd wedi fy siomi fi'n arw, 'machgen i,' meddai. 'Dwi wedi cael fy nhrin yn wael gan bobl ro'n i'n tybio ddylai wybod yn well.'

Gwyddai Jeff ei fod yn darllen wyneb Walter yn berffaith y tro hwn. Eisteddodd Walter yn fud am nifer o eiliadau cyn ymhelaethu, ei lygaid yn llawn chwithdod. 'Dwi wedi bod yn aelod o'r clwb pysgota ers pan o'n i'n fachgen. Dwi wedi bod ar y pwyllgor ers deugain mlynedd, ac yn gadeirydd am yr ugain mlynedd ddiwethaf. Dwi'n dweud wrthat ti, Jeff, does neb wedi gwneud mwy i'r clwb na fi. Fi ariannodd adeiladu'r ddeorfa ugain mlynedd yn ôl, sydd wedi atgyfodi nifer yr eogiaid a'r sewin yn yr afon i'r un lefel ag yr oedd hanner can mlynedd yn ôl. A does neb yn cofio hynny heddiw.'

'Be ddigwyddodd felly?' holodd Jeff, yn llawn cydymdeimlad.

'Un noson, rhyw ddau fis yn ôl, mi es i lawr i'r afon i bysgota am sewin. Penderfynais roi'r gorau iddi ychydig wedi hanner nos ar ôl cael dau neu dri o bysgod bach del. Fel ro'n i'n cerdded ar hyd y llwybr o gyfeiriad yr afon, a bron â chyrraedd yn ôl i'r car, mi syrthiais ar draws rhyw sach o 'mlaen. Methais ei weld o hyd yn oed efo'r dortsh. Agorais y sach a gweld anferth o eog ynddo, 'sgodyn tua deuddeg pwys. Ond nid eog yn unig oedd ynddo fo ond croglath hefyd, ac roedd 'na farc ar y 'sgodyn yn dangos yn glir mai croglath a ddefnyddiwyd i'w gael o allan o'r dŵr. Yr eiliad honno, daeth dau gipar afon o rywle, a ddaru 'run ohonyn nhw goelio mai newydd ddod ar draws y sach o'n i.'

'Be ddigwyddodd?'

'Mi ges i fy arestio a 'ngyrru i orsaf yr heddlu yn Port.'

'A'ch cyhuddo?'

'Na. Dwi'n dal i ddisgwyl y canlyniad. Yn y cyfamser, dwi wedi cael fy niswyddo fel cadeirydd y clwb, ond nid dyna'r cwbwl. Maen nhw wedi 'ngwahardd i o'r clwb tan y byddan nhw wedi penderfynu be i'w wneud. Roedd gweddill y pwyllgor isio i mi ymddangos o flaen ryw gangarŵ côrt i roi eglurhad, ond mi ddeudis i wrthyn nhw am fynd i'r diawl. Dydi pob un ohonyn nhw ddim wedi bod o blaid y ffordd ro'n i'n rhedeg y clwb, a dim ond hanner cyfle maen nhw isio i gael fy ngwared i.'

'Allai un ohonyn nhw fod y tu ôl i hyn i gyd? Mae'n edrych yn debyg i mi fod rhywun wedi'ch arwain chi i drap.'

'Dwi ddim yn meddwl. Dynion parchus ydi 'u hanner nhw, a rhyw hen ferched ddiawl 'di'r gweddill. 'Di'r crebwyll ddim yna, coelia di fi.'

'Be am y clwb pêl-droed 'ta?' gofynnodd Jeff.

'Sefyllfa ddigon tebyg,' atebodd. 'Mi fues i'n aelod o'r pwyllgor am saith mlynedd ac yn gadeirydd am bump, nes i Higgs ddod yno i chwalu pethau. Ro'n i'n gwneud yn iawn efo fo i ddechrau, ond trodd yn fy erbyn i mewn chwinciad.'

'Higgs?' gofynnodd Jeff. 'Pwy ydi o?'

'Rhyw Sais cyfoethog sy wedi dod i fyw i'r ardal ar ôl i lot fawr o arian lanio ar ei lin o. Ennill y loteri wnaeth o meddan nhw. Dydi o ddim yn ymddwyn fel dyn busnes, dyn sy wedi gwneud ei arian ei hun. Mae hynny'n sicr i ti. Ond mi ffeindiodd ei draed yn y clwb pêl-droed, ac mae o wedi taflu miliynau o bunnau i mewn i'r clwb i gael chwaraewyr gwell, a thalu cyflog iddyn nhw. Ydi, mae'r tîm yn gwneud yn well o lawer erbyn hyn, ond wneith hynny ddim para.'

'Be ddigwyddodd?' holodd Jeff eto.

'Reit syml a dweud y gwir. Penderfynodd Higgs yn sydyn ei fod o isio cael gwared arna i, ac fel y gwyddost ti, Jeff, mae pres yn siarad. Pawb yn gwrando arno fo a'i arian ar hyn o bryd.'

'Pryd digwyddodd hyn?'

'Tua chwe neu saith wythnos yn ôl – dechrau'r tymor pêl-droed.'

'Yr un amser â'r busnes anffodus hwnnw ar lan yr afon felly?'

'Yr wythnos ganlynol, fel mae'n digwydd bod.'

'A dach chi'n meddwl bod y ddau ddigwyddiad yn gysylltiedig.'

Cododd Walter ei ysgwyddau. 'Sut fedra i ddweud?'

'Sut dach chi'n gwneud efo Marc Mathias?' holodd Jeff, yn newid y pwnc.

'Eitha da, wir. Mae o'n gipar da, ond ei fod o'n mynnu gwneud pethau yn ei ffordd ei hun.'

'Sut mae o ac Owen Thomas yn cyd-dynnu?'

'Dydyn nhw ddim,' atebodd. 'Dau ddyn hollol wahanol. Mae Marc yn dod ata i i gwyno o dro i dro, ond be ydi'r pwynt i mi benodi rheolwr ar stad fel hyn ac yna ymyrryd yn ei waith o? Now sy'n rheoli'r stad, ac un o'i gyfrifoldebau o ydi penderfynu faint o gyflog mae Marc yn ei haeddu. A dyna ydi cwyn fwya Marc dwi'n meddwl.'

'Oes bosib bod Marc yn amau eich bod chi'n ochri efo Owen Thomas?'

'Mae'n siŵr ei fod o, ond fedra i'm gwneud fawr ddim ynglŷn â hynny.'

'Be am y busnes bridio cŵn 'ma?'

Gwelodd Jeff y cwestiwn yn taro wyneb Walter fel

ergyd. Hyd yn hyn, roedd yr hen ddyn wedi sgwrsio'n agored heb gyffroi o gwbl ond gwelodd Jeff ei wedd yn newid.

'Wel wir, 'machgen i. Do, mi wyt ti wedi bod yn brysur yn dwyt?' Syllodd Jeff arno'n fud, yn disgwyl am esboniad. 'Pa gŵn bridio ydi'r rhain, medda chdi?' gofynnodd Walter.

'Be am ddechrau efo'ch ci chi, Walter? Y pencampwr. Mae 'na si eich bod chi wedi gwneud arian mawr drwy ddefnyddio'r pencampwr fel ci stabl.' Edrychodd Jeff arno'n fanwl ond roedd wyneb yr hen ddyn wedi caledu. Erbyn hyn roedd o'n rhagweld natur yr holi ac yn medru rheoli ei ymateb.

'Y si ydi eich bod chi wedi defnyddio ci arall i fridio efo geist pobl sy'n dod yma, a chael mwy o arian o lawer trwy ddweud mai'r pencampwr fu'n eu trin nhw.'

'Celwydd noeth!' Neidiodd Walter o'i gadair gan golli rhywfaint o'i goffi yn y broses.

'Peidiwch â chynhyrfu, Walter, da chi. Dim ond gofyn cwestiwn cyfrinachol i chi ydw i, rhwng y ddau ohonon ni.'

'Mae'n ddrwg gen i,' atebodd Walter, ond gwelai Jeff y cyffro'n dal i gorddi'n anesmwyth drwy ei gorff.

'Fedar neb bwyntio bys ata i,' ychwanegodd.

'Cofiwch fod technoleg D.N.A. ar gael y dyddiau hyn, Walter. Hyd yn oed gyda chŵn.' Gwelodd Jeff yr wyneb cleisiog yn troi'n glaer wyn. 'Be am y ci mae Marc wedi'i ddefnyddio i fridio efo'i ast ei hun?' gofynnodd. 'Ac yna defnyddio enw'r pencampwr ar y papurau.' Dewisodd gadw'r pwysau arno.

'Rhyngddo fo a'i bethau,' atebodd. 'Welais i mo'r papurau rheini.'

'Pa gi aeth at ei ast o?'

'Fedra i ddim bod wrth ochr fy nghi ddydd a nos, 'ngwas i, pencampwr neu beidio. Rhaid i ti ofyn y cwestiwn yna i Marc.'

'Fel mae'n digwydd bod, nid gan Marc y ces i'r wybodaeth,' atebodd Jeff. 'Yr unig beth dwi'n wneud, Walter, ydi archwilio pob trywydd. Rhaid i mi ofyn,' ychwanegodd, 'ydi'r sefyllfa yma efo'r cŵn yn cythruddo Marc ddigon i wneud iddo'ch niweidio chi?'

'Ella, ond yn ôl pob golwg, fo oedd un o'r rhai cyntaf i ddod i'm cysuro i ar ôl yr ymosodiad.' Oedodd Walter cyn parhau. 'Wel, dwi'n falch o fedru dweud nad ydi pob un o dy ffynonellau di'n gywir, 'ngwas i. Ond dwi'n sylweddoli dy fod ti'n cymryd dy ymchwil answyddogol yn ddifrifol iawn. Gwranda, mae 'nghefn i'n brifo. Dos i wneud panad arall i ni, wnei di, wedyn mi gawn ni drafod beth bynnag arall sydd gen ti ar dy feddwl, hyd yn oed os nad ydw i'n rhy hoff o'r cwestiwn.'

Pasiodd ei fŵg iddo.

Pennod 9

Rhoddodd Jeff goffi yn y ddau fŵg a hanner eu llenwi â dŵr cyn ychwanegu llefrith ac un llwyaid o siwgr i Walter. Wel, meddyliodd, allai Walter ddim amau bellach ei fod o'n cymryd ei ymchwiliad answyddogol o ddifrif. Yr unig ddiffyg oedd bod pob ateb roedd o'n eu cael yn codi mwy o gwestiynau. Cerddodd yn ôl i'r lolfa lle roedd Walter yn disgwyl amdano, yn anghyfforddus, yn ei gadair. Gwyrai ymlaen, ei ddwy law yn pwyso ar ei ffon o'i flaen. Ni wyddai Jeff pa un ai poenau corfforol oedd yn ei anesmwytho ynteu'r cwestiynau a ofynnai iddo.

'Rho hi lawr ar y bwrdd 'na o fewn cyrraedd i mi, 'ngwas i,' gorchmynnodd Walter yn y ffordd swta roedd Jeff wedi dechrau dod i'w hadnabod.

'Wel, dach chi wedi cael eich diswyddo oddi ar bwyllgor y clwb pysgota a'r clwb pêl-droed. Be fydd nesa, deudwch?' gofynnodd Jeff yn hwyliog.

'Fy sacio fel blaenor yn y capel, ella,' atebodd yntau yr un mor siriol.

'Dywedwch wrtha i pwy ydi'r eneth 'ma sy'n byw yn y garafán, Walter.'

'O, Amelia ti'n feddwl. Hogan fach glên, ac yn gweithio'n ddigon caled chwarae teg iddi.'

'Ers pryd mae hi yma?'

'Mis Mehefin. Mi landiodd hi yma ar ôl i mi roi cerdyn ar yr hysbysfwrdd yn Tesco Porthmadog. Ro'n i'n chwilio am help i gynaeafu'r tatw cynnar, wedyn y ffa. Dwi ddim yn cynnig llawer o gyflog, ond ma' hi'n cael lle i aros a'i bwyd am ddim, a wneith pobl ifanc lleol ddim gweithio ar delerau felly, ti'n gweld.'

'O ble mae hi'n dod felly?'

'Dramor yn rwla, wn i ddim lle yn union.'

'Ac mae ganddi hi bapurau sy'n caniatáu iddi hi weithio ym Mhrydain, wrth gwrs.'

'Wrth gwrs,' atebodd Walter, efo hanner gwên.

'Be ydi 'i hanes hi?' gofynnodd Jeff, yn eiddgar am fwy o wybodaeth.

'Chydig iawn dwi'n wybod amdani a dweud y gwir. Dim ond, o be dwi'n ddallt, ei bod hi'n teithio drwy Ewrop i ennill digon o arian i yrru'i hun drwy'r coleg, pa bryd bynnag fydd hynny. Mae hi i weld yn eneth reit swil, byth yn dweud fawr o ddim wrth neb.'

'Oes ganddi hi ffrindiau – rhywun tu allan i'r stad dwi'n feddwl?'

'Wel, mi gerddodd hi yma ar ei phen ei hun y diwrnod hwnnw i chwilio am waith, wn i ddim o ble, ac mae hi wedi aros yma fyth ers hynny. Dydw i ddim wedi gweld neb yn ei chwmni hi. Ond mae 'na sôn bod rhyw fachgen yn dod i'w gweld hi bob hyn a hyn. Ella bod 'na rywun, cyfaill neu gariad, yn y cyffiniau felly.'

'Gwaith caled ydi cynaeafu,' awgrymodd Jeff.

'Ydi, er bod ganddon ni beiriannau ac offer yma sy'n gwneud y rhan helaethaf o'r gwaith trwm. Ac mi oedd hi wrthi'n galed drwy'r haf hefyd, heblaw am un wythnos pan oedd hi'n symol.'

'O? Be oedd yn bod arni hi?'

'Wn i ddim i sicrwydd. Rhyw afiechyd neu'i gilydd. Mi

aeth hi i ffwrdd am ddiwrnod neu ddau ar y pryd, ac ar ôl dychwelyd ddaru hi ddim mentro allan o'r garafán am ddyddiau. Ond mi ddaeth yn ôl ati'i hun ymhen dim.'

'Ac ma' hi wedi cael ei chadw 'mlaen, dwi'n dallt, i weithio yn y tŷ dros y tymor saethu?'

'Ydi, er na wn i ddim ydw i'n gwneud peth doeth dan yr amgylchiadau,' myfyriodd Walter.

'O?' Cododd Jeff ei aeliau.

'Mi gafodd hi ei harestio ym Mhorthmadog fis Awst am ddwyn o siop. Meddyliais yr adeg honno y dylwn gael gwared â hi, ond mae gen i galon feddal weithiau 'sti, Jeff.'

'Ia, yr un galon feddwl ag a brofodd Gareth Jenkins,' meddai Jeff o dan ei wynt. 'Be oedd canlyniad hynny?' gofynnodd yn uwch.

'Wel, chafodd hi mo'i chyhuddo. Ro'n i'n tosturio drosti hi a dweud y gwir wrthat ti, Jeff, ac mi es ati i ofyn oedd hi isio i mi drefnu twrna iddi. A dyna iti beth rhyfedd. O fewn dau ddiwrnod, mi ges i alwad ffôn, i'r tŷ yma, choeli di byth, yn fy rhybuddio fi i gadw'n glir oddi wrthi.'

'Ydi, mae hynny yn rhyfedd,' cytunodd Jeff. 'Pwy oedd o?'

'Dim syniad. Llais dyn, yn siarad Cymraeg, ond efo acen ryfedd. Na, dim acen ryfedd, ond Cymraeg chydig yn chwithig, fel tasa fo ddim wedi arfer siarad yr iaith.'

'Od iawn,' meddai Jeff. 'Be ddywedodd o?'

'Dim ond i mi beidio ag ymyrryd ym mywyd personol Amelia.'

'Ddaru o ddefnyddio'r union eiriau yna?'

'Do. "Peidiwch ag ymyrryd ym mywyd personol Amelia, neu mi fyddwch chi'n difaru." Dyna'i union eiriau o.'

'Mae 'na ddau beth sy'n fy nharo i, Walter. Mae'r gair,

"peidiwch" yn rhoi argraff o barch, neu ffurfioldeb, ac yn ail, mae o'n defnyddio Cymraeg da.'

'Digon gwir, 'machgen i, ond mi oedd y ffordd roedd o'n siarad, yr un frawddeg honno, yn ddigon i mi ystyried yn syth nad oedd o wedi arfer siarad Cymraeg.'

'Ddaru chi ddim nabod y llais mae'n siŵr?'

'Naddo wir.'

Canodd ffôn y tŷ i darfu ar y sgwrs, a chododd Walter y derbynnydd i'w glust. Roedd yn amlwg i Jeff fod Walter yn trafod materion ariannol ei fusnes a synnodd nad oedd o'n ceisio cadw'r drafodaeth yn gyfrinachol. Cododd Jeff ar ei draed i adael yr ystafell ond arwyddodd Walter â'i fys iddo eistedd yn ôl yn ei gadair. Parhaodd y drafodaeth am ugain munud llawn ac erbyn iddo orffen teimlodd Jeff yn anghyfforddus o fod wedi clywed y cwbl. Er hynny, roedd yr holl sgwrs yn ymddangos yn berffaith gyfeillgar o'r hyn a glywodd Jeff. Ymddangosai fod y ddau yn adnabod ei gilydd yn dda.

'Rheolwr y banc oedd hwnna,' esboniodd Walter wedi iddo roi'r ffôn yn ôl yn ei grud. 'Mae gen i dipyn o broblem.'

'Un arall?' gofynnodd Jeff.

'Ia,' atebodd Walter, ac mae hon yn un fwy difrifol na'r gweddill. 'Swn i'n lecio trafod y mater efo chdi.'

'Chi sy'n gwybod orau,' meddai Jeff.

'Am y tro cyntaf erioed mae'n rhaid i mi ailariannu un o fy nghwmnïau oherwydd problem efo llif arian. Wyt ti'n deall rhywbeth am fusnes, 'machgen i?'

'Dim llawer.' Tybiodd Jeff ei fod o am ddysgu rhywfaint yn ystod yr awr nesaf.

'Wel, mi ges i gyngor gan y cyfrifydd amser maith yn ôl i sefydlu tri chwmni. Tri chwmni sy'n hollol ar wahân i'w gilydd. Felly, os oes un yn mynd i drafferthion, mae'r ddau arall yn parhau'n saff. Rhandir Canol Cyf. ydi un, Rhandir Canol (Amaethyddol) Cyf. ydi'r ail a Rhandir Canol (Hela a Saethu) Cyf. ydi'r trydydd. Mae'r holl stad yn eiddo i Rhandir Canol Cyf. Mae busnes y ffermio i gyd yn cael ei ariannu a'i gynnal gan Rhandir Canol (Amaethyddol) Cyf. a Rhandir Canol (Hela a Saethu) Cyf. sy'n edrych ar ôl bob dim sy'n ymwneud â phrynu'r adar, eu bwydo, cyflogi Marc Mathias a materion saethu. Tri chwmni hollol annibynnol. Fi a Now Thomas ydi cyfarwyddwyr y tri chwmni ond fi ydi'r unig gyfranddaliwr. Hynny ydi, fi bia'r blydi lot. Rhandir Canol (Hela a Saethu) Cyf. ydi'r un sydd mewn tipyn o drafferth ar hyn o bryd, ac mae angen ychwanegu mwy o arian i'r cyfrif.' Gwrandawodd Jeff yn astud. 'Mae cost prynu'r nifer angenrheidiol o adar i'w saethu ar stad fel hon yn sylweddol,' parhaodd Walter. 'Ac mae angen mwy byth i fagu ac i fwydo'r adar trwy'r haf a thrwy'r tymor saethu, heb sôn am y feddyginiaeth angenrheidiol i'w cadw'n iach – a chyflog y cipar ar ben hynny. Unig incwm y cwmni hwnnw ydi'r arian mae pobl yn ei dalu am ddod yma i saethu. Nid yn unig saethu'r adar ond am gael eu lletya a'u bwydo yn y tŷ. Yr incwm hwnnw sy'n ariannu'r cwmni wrth i'r tymor fynd yn ei flaen, ac mae maint yr elw ar ddiwedd y tymor yn brin iawn. Mae'n rhaid bod yn ofalus. Wyt ti'n fy neall i hyd yn hyn?' Nodiodd Jeff i ddangos ei ddealltwriaeth.

'Wel,' meddai Walter, gan oedi ac anadlu'n ddwfn. 'Y parti cyntaf o saethwyr ddaeth yma'r tymor hwn – criw newydd oeddan nhw, erioed wedi bod yma o'r blaen. Mi oeddan nhw yma yn aros am bedair noson ac yn saethu am dri diwrnod. Ac isio lladd tri chant o adar bob dydd. Ond mi ddiflannodd yr holl barti, y bastards iddyn nhw, yng nghanol y nos ar ôl eu diwrnod olaf o saethu, a 'ngadael i efo bil yn agos i dri deg pum mil o bunnau heb ei dalu.'

'Faint?' Cododd Jeff ei lais mewn syndod.

'Ia, mi glywaist ti'n iawn. Ond dydi swm fel yna ddim yn anarferol mewn lle fel hyn, wyddost ti. Mae rhai o'r bobl sy'n dod i saethu yma yn bobl gyfoethog iawn.'

'Pwy oeddan nhw felly?' gofynnodd Jeff.

'Parti o rwla yn nwyrain Ewrop. Efallai dy fod ti'n meddwl 'mod i wedi bod yn annoeth drwy beidio sicrhau blaendal sylweddol, ond dydi rhywun ddim yn gofyn am fwy na mil yn y busnes yma, ac mae hynny'n golygu 'mod i'n fyr o dros dri deg tri mil o bunnau a mwy.'

'Blydi hel!' Roedd Jeff yn cydymdeimlo. 'Ac mae hynny'n golygu bod angen talu am fwydo'r adar a'r cyflogau a'r holl gostau eraill o gronfa arall.'

'Hollol,' atebodd Walter. 'Nid yn unig cyflog Marc y cipar, ond Sarah Gwyn, Margiad a'r curwyr sy'n hel yr adar o'r coed o flaen y gynnau.'

'Oes ganddoch chi enw, neu gyfeiriad, i unrhyw un o'r parti yma?' gofynnodd Jeff.

'Pennaeth y parti oedd rhyw ddyn o'r enw Val. Neu dyna oedd y gweddill yn ei alw fo. Dywedodd eu bod nhw'n dod o Budapest neu rywle. Lle mae'r fan honno, dywed?'

'Hwngari,' atebodd Jeff.

'Ia, mae 'nhwrna i'n gwneud ymholiadau i'w holrhain nhw, ond wedi methu mae o hyd yn hyn.'

'Sut bobl oeddan nhw?'

'Dynion busnes mawr yn nwyrain Ewrop i gyd, ond deallais fod gan y Val 'ma dir a busnes rwla ym Mhrydain hefyd. Yn ôl Marc a'r curwyr, roeddan nhw'n saethwyr ardderchog, bob un ohonyn nhw. Wedi arfer â'r math yma o hela, does dim amheuaeth, ond fyswn i ddim yn trystio 'run ohonyn nhw chwaith. Nac yn hoffi cyfarfod yr un ohonyn nhw ar lôn fach dywyll ar fy mhen fy hun,' ychwanegodd.

'Ddim yn bobl neis iawn felly?'

'Na. Yr ail noson fe landiodd tair merch yma mewn tacsi yr holl ffordd o Fanceinion. Stripars neu buteiniaid yn ôl pob golwg. Neu felly dwi'n dallt gan ferched y tŷ. Mi welon nhw bethau dychrynllyd o fudur yn digwydd. Digon i wneud iddyn nhw fynd adra'n fuan, ac roedd yn rhaid iddyn nhw glirio ar eu holau nhw'r bore trannoeth. Sôn am fudreddi! Ia. Dyna'r math o ddynion oeddan nhw.'

'Peth rhyfedd nad ydi'ch twrna chi wedi medru darganfod unrhyw wybodaeth,' sylwodd Jeff.

'Ia, mae o'n meddwl mai aelodau o'r Maffia yn rwla ydyn nhw, a synnwn i ddim nad ydi o'n iawn.'

'Bois peryglus felly. Lle mae hynny'n eich gadael chi, os ga i ofyn, Walter?'

'Heblaw am y golled, 'ngwas i, mi fydd yn rhaid i mi fenthyca gan y banc am weddill y tymor a thu hwnt, a defnyddio asedau un o'r cwmnïau eraill yn warant. Dydi hyn ddim yn fy mhlesio fi o gwbl. Ti'n gweld, mae'n rhaid i mi orfod gwneud i gwmni Rhandir Canol (Hela a Saethu) Cyf. fod yn ddibynnol ar un o'r cwmnïau eraill, a dydw i ddim yn lecio hynny. Hwn ydi'r tro cyntaf yn fy mywyd i rwbath fel hyn ddigwydd i mi, ond dyna fo, mae'n rhaid cario ymlaen.'

Myfyriodd Jeff ar yr wybodaeth yn ddistaw. 'Be am y curwyr?' Newidiodd Jeff y pwnc eto. 'Oes 'na un o'r rheini fysach chi'n ei amau mewn unrhyw ffordd?'

'Y cwbl lot ohonyn nhw!' meddai'n gellweirus. 'Na, Jeff, cymeriadau o'r pentre a'r ardal ehangach ydyn nhw, sy'n mwynhau gweithio'u cŵn a thynnu coesau'i gilydd. Os nad ydi bob un ohonyn nhw'n cael eu sarhau gan y gweddill o dro i dro, tydyn nhw ddim yn teimlo'n rhan o'r tîm. Maen nhw'n ddigon parod i gwyno nad ydw i'n talu digon iddyn nhw, ond er gwaetha hynny, maen nhw'n ddigon hapus. Wel, weithiau dwi'n clywed bod un neu ddau yn cega ar ei gilydd, ond dim byd mwy na hynny.'

'Well i mi gael gair efo nhw, mae'n siŵr gen i.'

'Mi fyddan nhw i gyd yma fory, Jeff, ac am ddau ddiwrnod wedi hynny hefyd tra bydd y Ffrancwyr yn saethu. Pam na wnei di ymuno â nhw? Mi wnei di fwynhau dy hun – ac ella y dysgi di rwbath hefyd.'

'Pam lai?' atebodd. 'Ffrancwyr ia? Gobeithio y cewch chi dâl ganddyn nhw.'

'Pobl iawn, Jeff, parti sydd wedi bod yn dod yma am dros ugain mlynedd,' meddai.

Cerddodd Jeff y chwarter milltir yn ôl i'r fflat yn hamddenol, gan fyfyrio ymhellach ynglŷn â'r hyn a ddysgodd. Y cwestiynau agosaf at flaen ei feddwl oedd sut y gallai holi Gareth Jenkins heb ddatgelu ei fod o'n blismon. Hefyd, pam y cafodd Walter Price ei rybuddio gan rywun ar ôl dangos diddordeb yn nhrafferthion yr eneth Amelia? Pwy oedd hi? Amser a ddengys, meddyliodd, amser a ddengys.

Pennod 10

Deffrôdd Jeff yn fuan fore trannoeth i sŵn y gwynt a'r glaw yn disgyn yn drwm a didostur yn erbyn ffenest ei ystafell wely yn y fflat. Tarodd oglau brecwast yn coginio ei ffroenau a chofiodd fod y parti o saethwyr o Ffrainc wedi cyrraedd. Edrychodd drwy'r ffenest a gwelodd y coed tal uwchben y tŷ yn chwifio'n ddiymadferth yn llwybr y gwynt cryf. Diolchodd fod ganddo ddillad tywydd gwlyb yn y car. Taflodd dipyn o ddŵr dros ei wyneb a mentrodd i lawr y grisiau i'r gegin heb eillio. Byddai ganddo ddigon o amser i dacluso'i hun ar ddiwedd y diwrnod gwyllt a gwlyb o'i flaen.

'Eisteddwch yn fanna,' meddai Margiad wrtho. 'Mae'ch brecwast chi'n barod. Mi fydda i efo chi mewn munud ar ôl i mi dendiad ar y bobl Ffrainc 'ma.'

'Dach chi'n edrych ar f'ôl i'n dda iawn, diolch i chi,' meddai Jeff.

'Croeso siŵr iawn,' atebodd, wrth ddiflannu trwy'r drws. 'Dim ond 'run fath ag y maen nhw'n ei gael gewch chi.'

Eisteddodd Jeff wrth fwrdd yn y gegin a gwelodd Sarah Gwyn yn brysur yn darparu'r cinio, a hynny ar ôl bod wrthi am ddwyawr yn barod yn paratoi brecwast i'r saethwyr a'u gwragedd. Tarodd olwg i gyfeiriad Jeff a gwenodd.

'Wel, dach chi am ddiwrnod allan yn y gwynt a'r glaw heddiw?' gofynnodd.

'Edrych felly,' atebodd.

'Mae rhai o'r gwragedd wedi newid eu meddyliau ar ôl gweld y tywydd ac wedi gofyn am frecwast hwyrach, am ddeg o'r gloch, ond waeth iddyn nhw fynd i ganu ddim. Wyth o'r gloch ydi amser brecwast yn y tŷ yma, a dim hwyrach – hynny ydi, os nad ydyn nhw'n ffleitio'r llyn yn y bore cynta.'

Daeth Margiad yn ei hôl o'r ystafell fwyta ac Amelia wrth ei chwt wedi ei gwisgo mewn dillad gweinyddes. Geneth tuag ugain oed oedd Amelia, gweddol fain, efo gwallt brown tywyll, syth a chroen gwelw. Er hynny roedd ei gruddiau'n uchel a'i hwyneb yn eitha tlws. Rhoddodd wên swil sydyn i gyfeiriad y dyn dieithr a welai'n eistedd wrth y bwrdd, heb gadw'i llygaid arno'n hir.

Cododd Jeff ac estynnodd ei law tuag ati. 'Jeff ydw i. Perthynas i Mr Price,' meddai yn Saesneg.

Cyffyrddodd ei law efo blaen ei bysedd yn unig. 'Jeff,' ailadroddodd mewn acen ddieithr, a rhoddodd gyrtsi bychan iddo 'run pryd.

Nodiodd Jeff ei ben a gwenodd arni. Gwenodd y ddwy ddynes arall hefyd, er bod Jeff yn amau mai ceisio atal eu piffian chwerthin roeddan nhw.

Estynnodd Margiad blât llwythog o facwn, tomato, wy wedi'i sgramblo a phwdin gwaed o'r popty cynnes a'i roi ar y bwrdd. Diolchodd Jeff a dechrau'i fwyta yn syth.

'Ro'n i'n dallt fod y parti yma wedi hen arfer dod i saethu ar y stad 'ma,' meddai Jeff wrth gnoi a mwynhau.

'Ydyn, ers blynyddoedd,' atebodd Margiad. Pobl neis iawn, a'u gwragedd nhw hefyd – er na fydd y merched yn dod efo nhw bob tro, chwaith.'

'Gwell pobl na pharti'r dyn Val 'na oedd yma ychydig wythnosau yn ôl,' meddai.

Sylwodd ar agwedd Amelia yn newid yn syth. Gollyngodd y llestri oedd yn ei dwylo yn swnllyd ar y cownter a chododd ei llaw at ei cheg. Edrychai fel petai wedi gweld ysbryd. Gan ei fod yn siarad Cymraeg ar y pryd, sylweddolodd Jeff mai'r unig air y buasai'r eneth wedi medru ei ddeall oedd 'Val'. Gwnaeth gofnod meddyliol o'r digwyddiad, ond roedd hi'n amlwg ar unwaith bod y ddwy arall yn cofio'r enw hefyd.

'Peidiwch â sôn am y 'ffernols rheini, Jeff. Pobol gas, heb ddim parch at neb ond ei gilydd, oeddan nhw,' meddai Sarah Gwyn. 'Ddôn nhw ddim yn ôl yma eto, mae hynny'n saff i chi,' ychwanegodd yn Saesneg – er mwyn i Amelia ddeall, dychmygodd Jeff.

'Dim peryg ... ych a fi,' ategodd Margiad wrth fynd â phlât gwag Jeff oddi wrtho.

Roedd Jeff wedi clywed a gweld digon i gadarnhau'r hyn roedd Walter Price yn ei feddwl o'r parti hwnnw.

'Diolch i chi, genod, blasus iawn,' meddai, gan godi ar ei draed i adael. Ailadroddodd yr un peth yn Saesneg wrth Amelia ond ddaru hi ddim troi ei phen tuag ato, na'i gydnabod.

'Cofiwch fynd â ffon efo chi,' awgrymodd Margiad. 'I chi gael curo'r coed o'ch blaen yn broffesiynol a gyrru'r adar yn uchel i'r awyr.'

Cerddodd Jeff i gyfeiriad cyntedd y plas lle gwelodd gyfarpar y saethwyr yn disgwyl amdanynt – dillad gwêr, esgidiau glaw lledr, trwm a phob math o ddillad i'w harbed rhag y tywydd. Clywodd sŵn bwyta a sgwrsio mewn Ffrangeg hwyliog yn dod o'r ystafell fwyta. Trafodaeth frwdfrydig am y diwrnod o'u blaenau, dychmygodd Jeff, neu dyna sut roedd o'n swnio beth bynnag. Nid oedd wedi clywed na siarad yr iaith ers iddo adael yr ysgol.

'Ro'n i'n clywed dy fod ti'n curo adar efo ni heddiw.'

Clywodd Jeff lais Marc Mathias yn dod o rywle. Edrychodd i'r chwith ac i fyny tair stepen fach gwelodd olau yn dod o'r tu hwnt i ddrws trwm haearn oedd ar agor.

'Fan hyn,' meddai'r llais eto.

Camodd Jeff i fyny a gwelodd Marc yn yr ystafell arfau ymysg nifer o ynnau dwy faril mewn rhesel bren o amgylch y waliau. Edrychodd arno a synnodd weld cymaint o newid yn y dyn. Nid yr un Marc Mathias blêr a welodd ddwy noson ynghynt oedd hwn. Safai yno'n urddasol mewn siwt siec tridarn o frethyn cartref a chap mynd a dŵad o'r un defnydd. O dan y cap, roedd ei wallt wedi'i gribo'n ôl yn daclus a'i farf wedi'i thorri'n dwt. A dweud y gwir, roedd y dyn fel pìn mewn papur, a fyddai o ddim wedi edrych allan o'i le yn y stad grandiaf yn y wlad.

'Gobeithio fod gen ti ddillad glaw,' meddai. 'Mae'r tywydd 'ma'n debygol o fod efo ni trwy'r dydd.'

'Yn y car,' atebodd Jeff. 'Oes gen ti rywfaint o gyngor i mi, Marc?'

'Cadw dy ben i lawr, dyna'r cwbwl.'

'Be, ydi'r rhain yn saethwyr peryg?'

'Na. Mae'r saethwyr yn iawn. O flaen y curwyr dwi'n feddwl. Os ydyn nhw'n dechrau dy herian di ar ôl rhyw awr, mae hynny'n golygu eu bod nhw wedi dy dderbyn di, ond bydda'n barod am dipyn o gellwair a phaid â bod ofn taro'n ôl.'

'Dallt yn iawn,' atebodd Jeff. 'O – dwi'n gwybod nad dyma'r amser gorau i godi hyn, ond mi glywais fod rhywun o'r enw Gareth Jenkins wedi bod yn y jêl am GBH a'i fod o wedi bygwth fy ewythr. Ydi hynny'n wir?' gofynnodd.

'Ydi,' atebodd Marc, gan dynnu gwn arall o'r rhesel a'i rhwbio efo cadach olew. 'Perffaith gywir, ond mi gei di anghofio amdano fo. Roedd o yn y Goron pan gafodd Price ei anafu, yn chwarae darts i dîm y tŷ. Mi welais i o yno fy hun.'

'Wel, paid â dweud wrth Sarah Gwyn. Mi oedd o i fod i'w chasglu hi o stesion Bangor y noson honno.'

'Pam ti'n gofyn amdano fo?'

'Am fod ganddo fo ffôr bai ffôr, ac mi welodd Margiad gar felly yn gadael y lle 'ma tua'r un amser â'r ymosodiad.'

'Rargian, pwy wyt ti'n feddwl wyt ti, dŵad – Miss Marple? Mae 'na fwy nag un ffôr bai ffôr o gwmpas y lle 'ma 'sti. Sbia o dy gwmpas yn ystod y munudau nesa – gei di weld. Dwi wedi rhybuddio'r curwyr dy fod ti'n dod. Maen nhw'n dy ddisgwyl di. Mwynha dy ddiwrnod,' meddai â chrechwen, gan dynnu gwn arall allan a'i lanhau.

Cerddodd Jeff allan i'w gar. Byddai'n rhaid iddo stopio ymddwyn fel ditectif, meddyliodd. Miss Marple, wir.

Gwisgodd Jeff ei ddillad gwrth-ddŵr a'i esgidiau glaw wrth ochr ei gar a gwnaeth ei ffordd drwy'r glaw trwm a'r dail soeglyd ar y ddaear, tuag at yr adeilad cerrig blêr lle roedd y curwyr yn arfer cyfarfod. Ymysg y cerbydau tu allan i'r adeilad hwnnw gwelodd bedwar car du tebyg i'r un a welodd Margiad y noson honno, a gwyddai yn iawn beth oedd Marc Mathias yn ei olygu.

Cerddodd at y drws a chlywodd floeddio a chwerthin uchel yn dod o'r adeilad. Cymerodd Jeff anadl ddofn a chamodd yn ei flaen tuag at y drws.

Pennod 11

Gwthiodd Jeff y drws yn agored, safodd yn y porth a disgynnodd distawrwydd dros yr ystafell yn syth. Camodd i mewn a tharodd ei ben yn y trawst isel o flaen y drws. Roedd pawb yn eu dyblau'n chwerthin.

'Dyna fo, mae arnoch chi bunt yr un i mi'r diawlaid,' meddai un llais ymysg y chwerthin.

Roedd hi'n amlwg eu bod wedi betio a fyddai Jeff yn taro'i ben wrth gerdded i mewn ai peidio. Roedd un o'r curwyr wedi gwneud dipyn o arian a'r gweddill wedi cael dipyn o hwyl am ei ben yn barod. O'i flaen, gwelodd ystafell fawr efo hen gadeiriau breichiau a soffas rownd y waliau. Roedd gwaelod pob dodrefnyn yn fwdlyd ac yn flêr, ond roeddynt yn ddigon addas fel lle i eistedd cyn dechrau'r dydd, neu i orffwys am awr yn ystod amser cinio heb i neb orfod tynnu'u dillad glaw a'u hesgidiau budur. Eisteddai hanner dwsin o ddynion yno, y rhan fwyaf yn ganol oed neu'n hŷn, i gyd yn edrych fel petaent yn disgwyl i rywbeth cyffrous ddigwydd.

'Sut ma' hi, bois? Jeff ydw i. Wedi dod i ddysgu sut mae curo adar yn broffesiynol.'

'Wel ti wedi dod i'r blydi lle rong felly,' meddai un a chwarddodd y lleill.

'Perthynas i Walter Price, ia?' meddai rhywun.

'Ia,' meddai un o'r lleill. 'Mae o 'di dod yma i gario clecs i'r hen ddyn ac achwyn am yr hyn sy'n mynd 'mlaen yma.'

'The spy who came in from the glaw,' meddai un arall. Chwarddodd pawb eto.

Cododd un ar ei draed, dyn go dal yn ei bedwar degau efo gwallt hir du dros ei ysgwyddau a mwstash duach. Roedd wedi'i wisgo yn dda mewn dillad gwladaidd, drud yr olwg, gwasgod ledr a chortyn lledr o amgylch ei wddf efo chwiban ci yn sownd ynddo.

'Ty'd i mewn, Jeff,' meddai. 'Gwallt Hir maen nhw'n fy ngalw i. Mi gyflwyna i ti i bawb.'

'Ia, mae hwn yn meddwl mai fo 'di'r fforman, ti'n gweld,' meddai un o'r lleill.

'Bychan ydi hwn, neu Bych i'r rhai sy'n ei nabod o'n dda,' meddai, gan gyfeirio at y dyn cyntaf, oedd yn eistedd efo mŵg o de yn ei law a rôl sigarét yn y llall. Gwelodd Jeff ei fod yntau wedi'i wisgo'n dda hefyd, a gwenodd pan sylwodd ar y cap gwyrdd a gwyn efo'r ddraig goch ar y blaen. Safodd i ysgwyd llaw.

'Dwi'n gweld pam ti'n cael yr enw Bychan, rŵan,' meddai Jeff. Dyn yn ei chwe degau hwyr oedd hwn, ei wallt cyrliog yn britho a locsyn o'r un lliw. 'Licio dy gap di,' ychwanegodd.

'Mae isio dangos i'r Ffrancwyr 'ma pwy 'di'r meistri, yn does? Fydd hi ddim yn hir cyn y bydd pencampwriaeth y chwe gwlad ar ein cefna ni.'

Nododd Jeff ansawdd ei wisg – esgidiau glaw lledr a phâr o sanau lliwgar at y pen-glin efo carrai fwy lliwgar byth i'w dal i fyny. Gwisgai drywsus gwlân gwledig at ei bengliniau a gwasgod oedd yn cyd-fynd dros grys siec a thei coch llachar efo lluniau ffesantod arno.

'Rargian,' rhyfeddodd Jeff. 'Wyddwn i ddim fod curwyr yn gwisgo cystal â hyn. Mi fysa rhywun yn amau mai chdi bia'r blydi lle 'ma.'

'Ia,' meddai Gwallt Hir. 'Mae ganddo fo gwpwrdd dillad adra yn llawn o ddillad tebyg, a cheith neb o'i deulu o fynd yn agos atyn nhw. Maen nhw'n dweud bod 'na weiran bigog a chlo rownd y cwpwrdd.'

'Ti 'di clywed yn rong, mêt,' meddai Bychan. 'Lectric ffens 'di hi.'

Chwarddodd pawb eto. Roedd hi'n amlwg i Jeff ei fod wedi cerdded i mewn i fyd hwyliog.

'Jac Sais 'di hwnna fan acw,' meddai Gwallt Hir.

Cododd hwnnw'i law.

'A Tagwr ydi hwnna sy'n gwneud coffi iddo fo'i hun trwodd yn y gegin.'

'Pam Tagwr?' gofynnodd Jeff.

'Am mai dyna'r sŵn mae o'n ei wneud pan mae'n curo'r adar. Mae'n swnio'n debycach i ddyn efo bronceitis na churwr adar, ac mae'n gwneud ei orau i gael gwared â fo drwy lyncu o'r botel slô jin o ganol y bore 'mlaen. Cyll 'di'r un acw. ''Sat ti'n gweld y ffyn mae o'n eu gwneud. Maen nhw werth eu gweld.'

Cododd hwnnw'i law hefyd.

'Dwi'n gweld fod gan bawb yma lysenw,' meddai Jeff.

'Mi fydd gen tithau un hefyd cyn amser cinio,' atebodd Bychan efo gwên. 'Paid ti â blydi poeni.'

Agorodd y drws a cherddodd un arall i mewn – dyn ymhell yn ei wyth degau mewn cot wêr a chap. 'Bore da, meddai, wrth basio yn araf i'w sedd arferol.

'Viagra ydi hwn, meddai Gwallt Hir. 'Ond paid â gofyn i mi esbonio neu mi fyddwn ni yma drwy'r dydd. Dach chi 'di cymryd un bore 'ma?' gofynnodd i'r hen fachgen.

'Do, wir,' atebodd, 'a'i llyncu hi'n gyflym hefyd rhag ofn iddi roi stiff nec i mi ar y ffordd i lawr,' atebodd gan chwerthin. 'Fydda i'n cymryd un bob dydd gan fod gen i lefran fach newydd. Peth ifanc handi. Dydi hi 'mond wyth deg pedwar,' meddai. Chwarddodd pawb eto.

'Paid â meddwl mai jocian mae o,' meddai Bychan. 'Mi gafodd o'i ddal mewn car efo hi gan Marc y cipar wythnos dwytha ac roedd ei dannedd gosod hi ar y dashbôrd.' Chwarddodd pawb eto.

'Do wir, do wir,' meddai Viagra, a gwên fawr ar ei wyneb wrth gofio'r digwyddiad.

Agorodd y drws unwaith eto. Ymddangosodd anferth o ddyn trwm yn tynnu am ei saith degau, ymhell dros chwe throedfedd ac yn gwisgo trywsus mwdlyd, siaced a oedd wedi rhwygo mewn mwy nag un lle, a chap stabl nad oedd mewn llawer gwell cyflwr. Roedd ei wyneb yn goch uwchben ei locsyn cringoch, brith. Cerddodd i mewn a rhoddodd floedd fechan wrth daro'i ben ar y trawst fel y gwnaeth Jeff.

'Dwi'n sylwi nad oedd yna fet arno fo yn taro'i ben,' meddai Jeff dros fonllefau'r lleill.

'Dim pwynt,' meddai Bychan. 'Mae o'n gwneud yr un peth bob tro.'

Disgynnodd y gŵr mawr yn drwm i'w sedd arferol a chododd ddau fys i gyfeiriad Bychan heb ddweud gair o'i ben.

'Paid â chymryd sylw o'r Mawr,' meddai Gwallt Hir. 'Mi ddaw ato'i hun mewn munud.'

Agorodd y drws unwaith yn rhagor a daeth gŵr arall yn ei bedwar degau efo un llygad du i mewn gan weiddi:

'Be dach chi'n neud yn fama, y diawlaid? Allan yn y glaw yn paratoi ddylech chi fod. Lle ma' 'mhaned i? Oes rhaid i mi wneud bob dim fy hun yn y blydi lle 'ma? Pwy ddiawl wyt ti?' gofynnodd, yn troi at Jeff.

'Jeff. Yma am y diwrnod,' atebodd.

'Oes gen ti gi?'

'Nag oes.'

'Mi wertha i un da i ti rŵan.'

'Dyna chdi wedi cyfarfod pawb erbyn hyn, Jeff,' meddai Gwallt Hir. Cegog ydi hwn. Does dim rhaid i mi ddweud pam, nag oes? Sut gest ti'r llygad du 'na?' gofynnodd iddo. 'Ei gŵr hi ddaeth adra'n annisgwyl, ia?'

'Meindia dy fusnes,' atebodd Cegog. 'Ty'd efo fi bore 'ma, Jeff, ac mi gei di weld sut mae cŵn da yn gweithio. Sgin y diawlaid eraill 'ma ddim blydi syniad, wsti.'

'Iawn,' cytunodd. Os oedd hwn am barhau i siarad drwy'r bore fel yr oedd o wedi dechrau'i ddydd, tybiodd Jeff ei fod o mewn cwmni da i ddysgu mwy am ddigwyddiadau'r stad.

Aeth pawb allan i'r oerni, a phan agorwyd y cerbydau tu allan, ymddangosodd nifer o gŵn, yn labradors a gwahanol fathau o sbaniels nad oedd Jeff yn gyfarwydd â nhw. Gwelodd fod gan Cegog gerbyd mawr gyriant pedair olwyn hefyd, a chofiodd eto eiriau Marc Mathias am eu poblogrwydd ymysg pobl yr ardal.

Ymhen ugain munud yr oedd yr wyth saethwr wedi cymryd eu safleoedd wrth ochr y pegiau a ddewiswyd i bawb ar hap gan Marc Mathias yn gynharach. Parhaodd y glaw trwm yn ddidostur. Cymerodd Jeff ei le wrth ochr Cegog a'i ddau gocer sbaniel ymysg y rhes o gurwyr ar gyrion cnwd o india-corn uchel, ac yno disgwyliodd y gorchymyn i gychwyn.

'Mae isio edrych ar fy mhen i'n dod allan mewn tywydd garw fel hwn er mwyn i bobl saethu adar dros fy mhen i,' meddai Jeff wrth Cegog.

'Ti 'di gweld llawer mwy, ac wedi profi amgylchiadau gwaeth yn yr Afghanistan 'na dwi'n siŵr,' meddai Cegog.

Sylweddolodd Jeff pa mor gyflym roedd newyddion yn teithio mewn lle fel hwn, nid bod hynny'n syndod. 'Dwi wedi dod yma i anghofio'r gorffennol, diolch, Cegog,' atebodd. 'Dim mwy am y fyddin, reit?' meddai'n benderfynol. Gobeithiodd y byddai hynny'n ddigon i roi gorau i'r dyfalu. 'Ers faint wyt ti'n curo adar yma?' gofynnodd, gan obeithio gallu newid y pwnc.

'Dwi wedi bod yn dod bob rŵan ac yn y man ers dros ddeng mlynedd,' atebodd.

'Ac yn nabod y lle yn reit dda felly?'

'Cystal â neb, neu well, am wn i.'

'Plentyn o'n i y tro dwytha i mi fod yma,' mentrodd Jeff. 'Dwi rioed wedi bod yn agos iawn at Walter Price, ond mae'n ddrwg gen i 'i weld o yn y ffasiwn gyflwr, rhaid i mi gyfadda. Mi ges i dipyn o fraw, a dweud y gwir.'

'Pwy 'sa'n meddwl y bysa dyn fel'na yn cael y fath stîd, yntê?'

'Dyn fel'na?'

'Ia, un sy'n medru edrych ar ôl ei hun. Nid yn gorfforol dwi'n feddwl, ond dyn cyfrwys, a faint fynnir o brofiad ganddo fo.'

'Rhy gyfrwys efallai,' awgrymodd Jeff.

Edrychodd Cegog arno drwy un llygad du dros ben ei goler, y glaw yn diferu oddi ar ei gap gwêr. 'Ia, ella wir, rhy gyfrwys,' meddai. A does dim rhaid i ti edrych llawer pellach na'r curwyr 'ma i ddarganfod un neu ddau sydd wedi diodda blas ei gyfrwystra – ac mae pawb yn gwybod hynny hefyd.'

'O?' Roedd Jeff eisiau manylion.

'Wel, i ddechra, mae'r hen ddyn wedi bod yn twyllo Cyll ers blynyddoedd. Mae Cyll yn gwneud ffyn ardderchog ac yn grefftwr da sy'n cerfio pennau adar, pennau cŵn neu bysgodyn mewn pren neu asgwrn i wneud handlen i'r ffon. Ta waeth, mae Cyll yn eu gwerthu nhw i'r bobl gyfoethog sy'n dod yma i saethu am swm sylweddol, ond drwy Walter mae o'n gwneud, a dydi o'm yn gwybod bod yr hen ddyn yn eu gwerthu nhw mlaen am bron i ddwywaith y pris.'

'Am faint o arian ydan ni'n sôn?' gofynnodd Jeff.

'Mae Cyll yn eu gwerthu nhw am hanner canpunt, a Walter yn eu gwerthu nhw am yn agos i gant, ddeudwn i. Ac mae hyn yn digwydd ddwsinau o weithiau bob tymor ers ugain mlynedd. Gwna'r syms dy hun.'

'Sut mae Cyll yn teimlo?'

'Wel, mi wn i sut fyswn i'n teimlo 'swn i wedi colli cymaint.'

Daeth bloedd o rywle yn rhoi'r arwydd i gychwyn, a dechreuodd y curwyr gerdded yn araf trwy'r cnwd a'u cŵn ychydig lathenni o'u blaenau yn rhedeg o un ochr i'r llall, yn ôl a blaen, ac yn codi'r ffesantod wrth fynd. Trwy'r glaw trwm a chwythai i'w wyneb, edrychodd Jeff ar yr adar yn codi'n uchel dros y coed bythwyrdd a safai i'r dde, un neu ddau i gychwyn, ac yna hanner dwsin neu fwy.

'Y tric ydi peidio â chodi gormod ar yr un pryd er mwyn sicrhau bod y saethwyr yn cael digon o amser i ail-lwytho'u gynnau,' esboniodd Cegog.

Ymhell uwch ei ben yn yr awyr dywyll, gymylog gwelodd Jeff yr adar yn plygu a phylu o dan nerth yr ergydion plwm ac yn disgyn o'i olwg. Gwelodd eraill yn cael eu hanafu, eu plu'n disgyn ac yn chwythu yn y gwynt tra ehedai'r aderyn ymaith yn glwyfedig, i'r cŵn eu dilyn a'u hadennill ar ddiwedd y gyriad. Parhaodd y rhes o gurwyr gan gerdded ymlaen yn araf a gyrru cannoedd o adar i'r awyr o flaen y gynnau yn ystod y chwarter awr nesaf.

'Dyna ti un arall,' meddai Cegog yng nghlust Jeff dros sŵn y gynnau a'r gwynt cryf. Cyfeiriai at Jac Sais a oedd yn agos i hanner canllath i ffwrdd. 'Mi gafodd o ei saethu'n ddamweiniol yn ei foch y tymor dwytha gan un o barti o Americanwyr, ac mae'n ceisio sicrhau dipyn o arian iawndal am yr anaf. Mi glywais i fod Walter yn ochri efo'r sawl a'i saethodd o, a fydd y Sais ddim yn licio hynny o gwbl i ti.'

'Ac wyt ti'n awgrymu fod hynny'n rheswm i ymosod ar Walter hefyd?' gofynnodd Jeff.

'Dim ond dweud ydw i fod 'na arian mawr ar y bwrdd, ac os ydi o'n gwybod nad ydi'r hen ddyn yn ei gefnogi, wel pwy a ŵyr?'

'Faint o niwed gafodd o?' gofynnodd Jeff.

'Shot neu ddwy yn ei foch, un wedi ei phlannu yn agos iawn i'w lygad, ond does 'na ddim niwed parhaol fel dwi'n dallt.'

'Pam fod Walter yn ochri efo'r un a'i saethodd?'

'Am fod y parti yma'n cynnwys Americanwyr cyfoethog, sy'n dod yma'n rheolaidd ers blynyddoedd ac yn ffrindiau mawr efo Walter. Maen nhw'n dod â llawer iawn o incwm iddo fo ar yr un pryd,' ychwanegodd.

Clywyd Marc Mathias yn canu'i gorn rywle yn y pellter i arwyddo fod y dreif drosodd a bod y saethu i orffen. Clywodd Gwallt Hir yn cyfarwyddo gweddill y curwyr i ba gyfeiriad i fynd tu ôl i'r gynnau i gasglu'r adar a laddwyd ac a anafwyd. Uwchben yr holl stŵr clywodd lais y Bychan yn cyhoeddi'i farn.

'Mae'r diawl Gwallt Hir 'ma'n dal i feddwl mai fo 'di'r fforman, myn uffarn i. Well i ni gyd wrando arno fo, hogia bach, neu mi bwdith.'

Clywyd nifer o'r hogiau yn chwerthin. Gwelodd Jeff fod Gwallt Hir yn gwenu i gyfeiriad Bychan, ac yna'n ysgwyd ei ben yn araf mewn anobaith.

Safodd Jeff i'r naill ochr ac edrychodd ar y cŵn yn gweithio'u ffordd drwy'r caeau, y coedydd, yr isdyfiant a'r drain yn frwdfrydig, yn adennill yr adar fesul un ac yn eu gollwng yn daclus o flaen eu meistri cyn cael eu gyrru allan i chwilio am fwy. Fe'u cludwyd i'r bwtri gêm oer a'u hongian yn syth. Synnodd Jeff fod yn agos i bum deg o adar wedi'u saethu ar y dreif gyntaf.

'Pwy sy'n byw yn y garafán 'cw?' gofynnodd Jeff i Cegog tra oedd y criw'n disgwyl yr alwad i gychwyn am y gyriad nesaf.

'O, rhyw eneth ifanc o dramor sydd wedi troi fyny 'ma o rwla.'

'Mae'n syndod gen i nad wyt ti wedi bod ar ei hôl hi, wedi i mi glywed dy hanes di a'r llygad du 'na,' cellweiriodd. Ond mi weithiodd y cwestiwn cudd.

'Dim peryg,' meddai. 'Rhy ifanc i mi, ond mae 'na sôn mai Aled, y gwas, sy'n edrych ar ôl honna. Mi ddaliodd Walter o yn dod allan o'r garafán yn hwyr un noson, ac yn ôl pob golwg, mi aeth hi'n ffrae rhyngddyn nhw.'

'Faint o ffrae?' gofynnodd Jeff.

'Digon i Walter fygwth 'i sacio fo. Ond un fel'na ydi o, ti'n gweld.'

Wrth sefyll yno'n gwylio pawb yn chwarae ei ran yn y dasg o glymu'r adar yn drefnus, trodd meddwl Jeff at y rheswm pam roedd o yno, a'r hyn a ddysgodd yn ystod yr hanner awr ddiwethaf. Ai un o'r curwyr, neu'r gwas, oedd yn gyfrifol am anafu Walter? Faint o ystyriaeth ddylai o roi i honiadau'r Cegog, neu a oedd o'n lliwio'i honiadau ac yn cymysgu'i baent ei hun hefyd? A oedd unrhyw un o'r dynion hwyliog hyn yn ddigon maleisus i anafu Walter Price, ond yn fwy na hynny, a oedd unrhyw un â'r gallu i ddylanwadu ar yr achosion eraill a fu'n poeni'r hen ddyn yn ystod y misoedd blaenorol?

Pennod 12

Felly y bu pethau drwy'r bore. Tair dreif arall, ac er na phallodd y glaw fe saethwyd nifer fawr o adar. Edrychai'r Ffrancwyr yn fodlon â'u helfa er eu bod yn wlyb at eu crwyn, ac roedd pob un o'r curwyr yn socian hefyd wrth iddynt ddychwelyd i'w hystafell amser cinio.

'Lle mae Cegog wedi mynd?' gofynnodd Jeff. 'Ddeudodd o ddim ei fod o'n meddwl diflannu.'

'Dydi hyn ddim yn anarferol,' esboniodd Mawr, gan sychu'i farf efo'i gap gwlyb a thynnu'i gôt. 'Debyg iawn fod ganddo ddỹnes neu fusnes yn disgwyl amdano yn rhywle wsti. Mi gei di dynnu'r wadin 'na o dy glustiau rŵan.'

'Wadin?' gofynnodd Jeff.

'Y wadin oeddat ti 'i angen i dewi sŵn y Cegog yn clebran ar hyd y bore, yntê.'

Gwenodd Jeff. Sylweddolodd fod y gweddill yn adnabod Cegog yn ddigon da i wybod bod siawns dda y byddai'n agor ei geg yn ddiofal. Synnodd fod pawb yn eistedd ar y cadeiriau cyfforddus a'r soffas yn eu trywsusau gwrth-ddŵr gwlyb, ond dyna oedd y drefn, mae'n rhaid, ac felly gwnaeth yntau 'run peth. Dechreuodd y tynnu coes didostur unwaith eto.

'Well gen i ddod yma na mynd i 'ngwaith bob dydd,' esboniodd Bychan. 'Mae'r sarhad rydw i'n ei dderbyn yma yn llawer uwch ei safon. Yn fwy na hynny, os dwi'n mynd am ugain munud heb i'r Gwallt Hir 'ma fy sarhau i, dwi'n meddwl 'mod i wedi'i bechu fo.'

'Ac mae o'n talu'n ôl i mi llawn cystal hefyd,' meddai Gwallt Hir wrth rolio sigarét a phasio'r blwch baco i Bychan. 'Fedri di wneud rôl dy hun, neu wyt ti isio i mi wneud un i ti?' gofynnodd.

'Mi o'n i'n eu gwneud nhw pan oeddat ti'n gwisgo trywsus bach yn yr ysgol, cofia di, 'ngwas i,' atebodd Bychan wrth gymryd y blwch oddi arno.

Daeth sosban fawr o lobsgóws a bara o'r gegin. Cododd a cherddodd y rhan fwyaf i'r gegin fach gerllaw yn syth i helpu'u hunain.

'Ga i ddod â llond powlen i chi, Viagra?' gofynnodd Jeff i'r hen fachgen gwlyb a eisteddai'n llonydd yn ei gadair.

'Diolch yn fawr, 'ngwas i,' atebodd Viagra. 'Mi dala i'r ffafr yn ôl pan fyddi ditha'n hen.'

'Dyna'i ateb arferol o,' esboniodd Bychan. ''Dan ni wrth ein bodd yn edrych ar ei ôl o, wsti. Disgwyl tan ar ôl cinio – mi gei di glywed rhai o'i hanesion o. Maen nhw'n mynd yn ôl ymhell dros hanner canrif.'

Bu distawrwydd am ychydig funudau tra oedd y dynion yn bwyta, ond cyn bo hir dechreuodd y miri a'r hanesion unwaith yn rhagor. Roedd Jeff wedi'i ddiddori'n llwyr. Erbyn chwarter wedi dau, pan aethant allan i'r awyr agored unwaith eto, roedd y glaw wedi ysgafnu rhywfaint er bod yr oerni'n dal i afael. Synnodd Jeff o weld bod Viagra, dyn a oedd yn agos i'w naw deg oed, yn mentro allan mor frwdfrydig yn y fath dywydd, ond deallodd nad oedd yr hen fachgen wedi colli diwrnod o guro adar yn ystod y deg mlynedd ar hugain diwethaf.

'Ga i ddod efo chi'r prynhawn 'ma Cyll?' gofynnodd Jeff.

'Cei, tad,' atebodd yn syth.

'Mae'r hogia 'ma'n dweud eich bod chi'n un da ofnadwy am drin cŵn. A dwi 'di sylwi eich bod chi'n gweithio dau gi 'run pryd hefyd. Medrus iawn,' ychwanegodd Jeff.

'Na, na,' atebodd Cyll. Un ci dwi'n 'i weithio. Mae'r llall yn cael gwneud fel y mynno fo,' meddai gan chwerthin. 'Mae ganddo fo ddigon o brofiad, ti'n gweld. Wyddost ti, mi gollais i o ym mhen draw'r stad un diwrnod llynedd. Fedrwn i yn fy myw â chael hyd iddo fo, ond wedi dilyn ffesant wedi ei anafu oedd o, ac mi oedd yn rhaid i mi fynd efo pawb arall am y dreif nesa a'i adael o. Do'n i ddim yn poeni llawer oherwydd ei fod o'n nabod y stad 'ma yn ddigon da. Wel, wyddost ti be, pan ddaethon ni'n ein holau amser cinio, dyna lle roedd o'n eistedd yn daclus wrth gefn y fan 'ma, a dau geiliog ffesant o'i flaen.'

'Wel dyna gi,' edmygodd Jeff.

Drwy gongl ei lygad gwelodd Jeff fod car Walter wedi aros y tu allan i garafán Amelia. Ymddangosodd Walter yng nghwmni'r eneth, hebryngodd hi i sedd flaen y car a dringodd i sedd y gyrrwr cyn gyrru i ffwrdd. Ni wnaeth Walter unrhyw ymdrech i gydnabod y curwyr ac ni chododd Amelia ei phen i fyny chwaith. Ble roedden nhw'n mynd, tybed, meddyliodd Jeff?

Roedd y glaw bron â darfod a mymryn o awyr las i'w weld wrth i bawb ddisgwyl am y dreif gyntaf. Eisteddodd dau gi Cyll, un sbaniel ac un labrador, yn ufudd wrth ei ochr a phenderfynodd Jeff ei bod hi'n amser i ddechrau holi'r dyn.

'Mae 'na bob math o bobl yn dod yma i saethu, ma' siŵr.'

'Pob math,' cytunodd. 'Dim ond un peth sydd ganddyn nhw yn gyffredin. Arian,' meddai, 'a digon ohono fo.'

'Ro'n i'n clywed bod y Maffia yma ddechrau'r tymor,' meddai, yn ceisio procio efo pwnc a oedd yn sicr yn un diddorol. 'Oeddech chi yma?'

'Oeddwn wir. Saethwyr da oedd y rheini, ond, dew, pobl beryg 'swn i'n dweud.'

'Peryg?' gofynnodd. 'Be, saethu'n flêr dach chi'n feddwl?'

'Na, na. Wyddost ti fod un ohonyn nhw – o leia – yn cario gwn.'

Roedd Jeff yn deall yn iawn, ond dewisodd roi argraff wahanol. 'Cario gwn? Wel, 'swn i'n disgwyl iddyn nhw wneud hynny mewn lle fel hyn.'

'Na, na – dim gwn dwy faril i saethu adar dwi'n feddwl, ond gwn llaw awtomatig mewn gwain o dan ei gôt. Mae'n annhebygol fod ganddo fo drwydded i beth felly, felly mae'n rhaid ei fod o'n anghyfreithlon. A sut, medda chdi, yr oedd o wedi medru dod â'r fath beth i mewn i'r wlad 'ma?'

'Wn i ddim, wir. Pa un oedd yn cario'r gwn?'

'Y bòs, dwi'n meddwl. Yr un roeddan nhw'n alw'n Val. Do wir, mi welais i'r peth fy hun. 'Swn i'm yn trystio 'run ohonyn nhw. Ac mae 'na sôn fod Price yn cael trafferth cael ei bres ganddyn nhw hefyd, ond wn i ddim ydi hynny'n wir ta be.'

'A fynta'n gymaint o foi am ei geiniog,' meddai Jeff, yn ceisio arwain y drafodaeth i'r cyfeiriad iawn.

'O, be ti 'di glywed, felly?' Tro Cyll oedd hi i holi y tro hwn.

'Dim ond bod f'ewythr wedi bod yn eich twyllo chi am flynyddoedd trwy wneud elw iddo fo'i hun pan ydach chi'n gwerthu'ch ffyn i'r saethwyr. Ond dydi hynny, os ydi o'n wir, yn ddim busnes i mi, wrth gwrs,' ychwanegodd.

Edrychodd Cyll yn syth i'w lygaid. 'Ia, dwi'n cofio rŵan

– efo Cegog oeddat ti'r bora 'ma, yntê? Ond na, dydw i ddim wedi bod yn cael fy nhwyllo, 'machgen i. Dwi'n gwybod ers blynyddoedd bod Price yn gwneud arian ar fy ffyn i, a dwi'n berffaith hapus efo hynny, yli. Y peth pwysica i mi ydi 'mod i'n cael pleser yn eu gwneud nhw, a bod pwy bynnag sy'n eu defnyddio nhw wedyn yn cael pleser hefyd. Mi ydw i yn cael mwy na digon o arian amdanyn nhw, ac os 'di Price yn cael rwbath bach ar ei ben o, wel mae hynny i fyny iddo fo. Ond cofia,' meddai, 'dydi Price ddim yn gwybod 'mod i'n ymwybodol o hynny, ac fel yna dwi isio cadw'r sefyllfa. Ti'n fy nallt i?' gofynnodd, wrth roi winc iddo. 'Ella y bydda i isio rwbath ganddo fo ryw dro, ac ella medra i ddefnyddio'r wybodaeth bryd hynny, ti'n gweld.'

'Dallt yn iawn,' atebodd Jeff. Gwenodd yn ôl arno. Un arall cyfrwys, meddyliodd.

'Un fel'na ydi o, w'sti. Dyn am y geiniog ydi o wedi bod erioed, a dwi'n ei nabod o ers ymhell dros hanner can mlynedd. Ia, cyn iddo fo ddod yn agos i'r stad yma. Mae 'na hanesion amdano fo yn mynd yn ôl yn bell iawn, ond dim fy lle fi ydi codi hen grachod.'

'Siŵr iawn,' cytunodd Jeff. 'Mae 'na dipyn i'w ddysgu amdano fo felly.' Dewisodd beidio â dilyn y trywydd hwnnw ymhellach, ond roedd yr wybodaeth wedi'i ffeilio yn saff yng nghefn ei feddwl.

'Pwy ymosododd arno fo, tybed?' gofynnodd Jeff.

'Cwestiwn da, ac ma' hi'n anodd dweud,' meddai Cyll. 'Ella mai gan Walter Price ei hun mae'r ateb i'r cwestiwn hwnnw.'

'Dach chi'n meddwl?'

'A synnwn i ddim y bydd yr ateb yn mynd â ni ymhell yn ôl i'r gorffennol.'

'Pam rŵan felly?' mynnodd Jeff wybod ei farn y tro hwn.

'Ella fod 'na rwbath, neu rywun, sy'n cysylltu'r gorffennol a'r presennol. Ond mae o'n berson sydd â dylanwad mewn gwahanol lefydd, siŵr i ti.'

Gwyddai Jeff yn union beth oedd ar ei feddwl.

'Ond dydi o'n neb rwyt ti wedi ei gyfarfod heddiw. Mae hynny'n sicr,' ychwanegodd.

'Y curwyr dach chi'n feddwl?'

'Ti 'di gweld sut mae pawb yn ymddwyn. Dod yma am sbort a hwyl mae pawb, ac er bod y tynnu coes i'w weld a'i glywed fel tasa fo dros ben llestri yn aml, miri ydi'r cwbl a does dim helynt.'

'Hyd yn oed rhwng Bychan, Gwallt Hir a Mawr?'

'Chei di ddim gwell mêts efo'i gilydd yn y byd 'ma, wir i ti, Jeff.'

'Be ydi eu hagwedd nhw tuag at Walter?'

'Maen nhw wrth eu boddau efo'i natur ddiddorol o. Mae ganddo fo'r math o garisma sy'n denu pobl ato fo ryw ffordd, w'sti, a synnwn i ddim y bysa unrhyw un ohonyn nhw'n gwneud rwbath o fewn eu gallu i ddarganfod pwy sy'n gyfrifol am yr holl stŵr 'ma.'

Clywyd sŵn y corn yn canu i arwyddo dechrau'r dreif, ac yna bloedd o enau Gwallt Hir, y fforman, yn gorchymyn i'r curwyr ddechrau eu gwaith.

'Gadewch i mi weld sut mae'r cŵn 'ma'n gweithio ganddoch chi,' meddai Jeff.

Yn sicr, roedd Jeff wedi dysgu cryn dipyn mewn ychydig oriau, ond er gwaethaf hynny doedd o ddim nes at ddarganfod pwy oedd y tu ôl i drafferthion ewythr Meira. Sylweddolodd fod pob un roedd o wedi eu hamau yn debygol iawn o fod yn ddieuog. Byddai'n rhaid cael sgwrs fach arall efo Walter, meddyliodd, a hynny cyn gynted â phosib.

Ar ddiwedd y dreif, clywodd chwerthin cyfarwydd y curwyr.

''Dan ni wedi cael llysenw i ti'n barod, Jeff,' meddai Bychan wrtho.

'Be felly?' gofynnodd Jeff, yn ofni'r gwaethaf.

'Humph,' meddai. 'Dyna fyddi di o hyn ymlaen. Humph.'

'Humph? Pam Humph?' gofynnodd. 'Dwi'm yn dallt.'

'Ar ôl John Humphrys ar raglen *Mastermind* ar y teledu,' esboniodd.

'Dwi'n dal ddim yn dallt,' cwynodd Jeff.

'Am dy fod ti'n gofyn cymaint o gwestiynau â fo.'

Chwarddodd pawb eto, gan gynnwys Jeff, ond sylweddolodd unwaith yn rhagor y byddai'n rhaid iddo fygu ei natur plismon. Byddai'n anodd parhau i dwyllo'r rhain.

Pennod 13

Gadawodd Jeff i ddŵr poeth y gawod lifo drosto yn hwy nag arfer. Chwarddodd wrth feddwl am y cymeriadau yr oedd wedi eu cyfarfod yn ystod y dydd. Teimlai'n sicr na ddylai yr un ohonynt fod ar ben ei restr o'r rhai oedd dan amheuaeth, ond tybed, myfyriodd, a oedd yr ateb roedd o'n chwilio amdano wedi ei gladdu yn ddwfn ymysg y cyfan a welodd ac a ddysgodd y diwrnod hwnnw?

Ar ôl gwisgo, aeth i lawr y grisiau ac wrth basio'r gegin cododd ei law ar Sarah Gwyn a Margiad, y ddwy yn brysur yn paratoi gwledd fechan o swper ar gyfer y Ffrancwyr.

'Mi fydd 'na blatiad i chitha hefyd, Jeff, pan fyddwch chi'n barod amdano,' meddai Sarah. 'Dim ond ei gynhesu o fydd angen.'

'Dwi'n edrych ymlaen yn barod, Sarah. Diolch,' atebodd dros ei ysgwydd.

Cerddodd ar hyd lôn dywyll y stad, ac yng ngolau'r lleuad lawn gwelai amlinelliad rhai o'r adar a osgôdd ynnau'r diwrnod hwnnw yn clwydo'n uchel ym mrigau'r coed tal, allan o gyrraedd pob bygythiad. Cofiodd ei dad yn dweud wrtho un tro am botswyr y fro ers talwm, ac mai ar noson fel hon y byddent yn troedio coedwigoedd y stadau yn ddistaw efo gwn dwy faril calibr bychan, a rhoi clec sydyn i'r cysgodion yn y coed uwch eu pennau cyn adennill y deryn a throi am adref cyn i'r cipar gyrraedd. Ia, dychmygodd, lleuad potsiwr oedd hwn heno.

Stopiodd yn stond ac am ryw reswm na allai ei esbonio, daeth pwl o hiraeth am ei wraig drosto'n sydyn. Rhyfeddodd nad oedd o wedi hiraethu cymaint amdani â'r disgwyl. Ai Meira oedd y rheswm am hynny? A ddylai deimlo'n euog? Dim ond ychydig wythnosau oedd wedi mynd heibio ers iddi farw, a bu iddo syrthio mewn cariad, mor ddirybudd, am yr ail waith yn ei fywyd, yn fuan wedyn. Ceisiodd waredu'r euogrwydd o'i ben, ond sylweddolodd ei bod yn haws enwi mynydd na dringo drosto. Sylweddolodd hefyd faint roedd o'n edrych ymlaen at weld Meira eto. Doedd galwad ffôn ddim yn llenwi'r gwacter yn ei galon na'i chwant corfforol am Meira, yr agosatrwydd hwnnw a fu'n absennol yn ystod salwch Jean. Pwniodd yr euogrwydd Jeff drachefn.

Trodd ei feddwl tuag at y Ditectif Uwch Arolygydd Gordon Holland o Heddlu Swydd Caer, yr un a oedd yn ymchwilio i'r gŵyn i'w ymddygiad. Waeth beth fyddai casgliad Holland, roedd Jeff yn bendant fod y Comander Toby Littleton o'r Met wedi haeddu'r glusten a roddodd iddo, ond wrth edrych yn ôl, roedd o'n edifar. Cofiodd Jeff mai bod yn blismon – na, ditectif – oedd ei freuddwyd ers cyn cof, a phlismona fu ei waith am bymtheg mlynedd bellach. A ddylai ddechrau meddwl am chwilio am waith arall? Pa waith? Dyna fyddai'r realiti pe byddai'n cael ei gyhuddo o'r ymosodiad ar y Comander, a'i gael yn euog. Duw a ŵyr, roedd digon o bobl yn dystion i'r digwyddiad, y Dirprwy Brif Gwnstabl o bawb yn eu plith. Myfyriodd a fyddai gwaith ditectif preifat yn apelio ato – wedi'r cyfan, dyna roedd o'n ei wneud ar hyn o bryd, ond dewisodd beidio â meddwl mwy am y peth. Gwyddai y byddai'r cwestiwn yn codi ei ben yn hen ddigon buan.

Gwelodd olau yn ffenestri bwthyn Walter Price. Cnociodd ar y drws.

'Tyrd i mewn, 'ngwas i,' gwahoddodd Walter. 'Newydd agor potel o wisgi. Maen nhw wedi dweud wrtha i am beidio cyffwrdd â'r stwff tra bydda i ar y tabledi 'ma, ond wneith un bach ddim gwahaniaeth. Gymeri di ddiferyn?'

'Diolch, Walter. Digon o ddŵr os gwelwch chi'n dda,' meddai, gan gau'r drws tu ôl iddo a dilyn Walter i'r lolfa.

Sut ddiwrnod gest ti heddiw?' gofynnodd yr hen fachgen wrth roi'r gwydr iddo.

'Agoriad llygad,' atebodd Jeff. 'Diolch,' ychwanegodd wrth gymryd y tymbler o'i law.

'Pa wybodaeth gest ti?'

'Dim llawer fysa'n ein helpu ni. Tydi'r curwyr 'ma'n gymeriadau, deudwch?'

'Ydyn, ond ta waeth am hynny am rŵan. Wyt ti wedi darganfod rwbath? Sylweddolodd Jeff pa mor awyddus oedd Walter i fynd at wraidd ei broblemau, a phenderfynodd beidio â'i siomi.

'Wrth gwrs. Dyna pam es i yno. Fy mwriad i oedd darganfod pwy sydd â rheswm i'ch anafu chi – ac mi glywais ichi fod yn twyllo Cyll ers blynyddoedd drwy wneud elw personol ar y ffyn mae o'n eu gwerthu. Neu dyna ydi'r honiad, o leia.'

Trawodd y datganiad Walter Price yn annisgwyl a thagodd ar ei lymaid cyntaf o'r wisgi.

'Ydi o'n gwybod?' gofynnodd.

'Wn i ddim,' atebodd Jeff. Teimlai mai ochri efo Cyll oedd y peth iawn i'w wneud, ar hyn o bryd o leiaf, er mai ei gyfrifoldeb answyddogol tuag at Walter oedd y peth pwysicaf.

Llwyddodd Walter i dawelu cyn ateb.

'Mae Cyll a finna yn nabod ein gilydd ers blynyddoedd, Jeff. Ac rydan ni'n dallt ein gilydd yn iawn. Fo fysa'r cyntaf i gydnabod mai trwydda i mae o wedi gwerthu cymaint o ffyn dros y blynyddoedd, ac mae o wedi gwneud yn dda iawn hefyd. Dyn busnes ydw i yn y bôn, Jeff, ac mae gen i hawl i wneud ceiniog fach ar unrhyw werthiant sy'n cymryd lle ar y stad 'ma.'

'Ydi Cyll y math o ddyn a fysa'n ystyried eich niweidio chi, Walter?' Edrychodd Jeff yn syth i'w lygaid.

'Nac'di, tad annwyl. Mi wyt ti ymhell ohoni, 'machgen i,' atebodd yn syth.

'Dyna ro'n inna'n feddwl hefyd, ond mae'n rhaid i mi fod yn drwyadl, ac mae'n rhaid i mi ofyn. Be am Jac Sais, gafodd ei saethu'r tymor dwytha gan un o'r Americanwyr?' gofynnodd.

'Be amdano fo?'

'Wel y sôn ydi, Walter, fod ganddo gais am iawndal ar y gweill, a'ch bod chi'n ochri efo'r Americanwyr.'

'Wel, mae rhywun wedi bod yn agor ei geg, yn does?' meddai, gan fyfyrio'n dawel am funud. 'Mae Jac yn gurwr profiadol, ac mae o'n gwybod cystal â finna ac unrhyw un arall fod damweiniau'n digwydd ym myd saethu a hela o dro i dro. Wyddost ti be dwi'n feddwl – ergyd yn taro cangen ac yn cael ei bownsio i gyfeiriad arall. Mae pawb yn ei chael hi ryw dro neu'i gilydd. Dyna pam dwi wedi sicrhau fod sbectol ddiogelwch bwrpasol i warchod eu llygaid ar gael i bawb sy'n curo adar i mi ar y stad. A lle maen nhw? Yn eistedd mewn bocs yn daclus yn ystafell y curwyr. Yn union yr un lle ac y rhois i nhw bedair blynedd yn ôl, pan rois i gyfarwyddyd i bawb eu gwisgo nhw.' Gwrandawodd

Jeff a chymryd llymaid bach arall o'i wydr. 'Dwi wedi gwneud adroddiad i'r Adran Iechyd a Diogelwch ac wedi gwneud datganiad i bobl yswiriant y stad 'ma yn dweud yn union yr un peth. Mae'n edrych yn debyg i mi fod rhywun wedi dadansoddi hynny fel ochri efo'r Americanwyr.'

'Ydach chi'n ffrindiau efo'r Americanwyr?'

'Ydw,' atebodd Walter heb oedi. 'Maen nhw wedi bod yn dod yma ers blynyddoedd ac yn gwsmeriaid da i mi. Ond does a wnelo hynny ddim byd â'r peth. Edrych ar ôl enw da'r stad 'ma ydi'r peth cyntaf ar fy meddwl i.'

'Fysa Jac Sais yn gallu gwneud yr holl niwed 'ma i chi, Walter?'

'Wel, dydw i ddim yn ei nabod o gystal â'r gweddill. Un o'r rhai newydd ydi o. Ond fyswn i ddim yn meddwl. Yn enwedig busnes y clwb pysgota a'r clwb pêl-droed – does ganddo fo mo'r cysylltiadau na'r dylanwad i wneud y fath beth.'

'Ro'n i'n clywed hefyd eich bod chi wedi dal Aled y gwas yn dod allan o garafán Amelia yn hwyr un noson, a'i bod hi wedi mynd yn goblyn o ffrae rhyngoch chi.' Gwelodd Jeff wên yn tyfu ar wyneb Walter.

'Wel, mi wyt ti'n uffarn o dditectif, Jeff Evans, mi ddeuda i hynny wrthat ti. Do, mi wnes i. Ro'n i'n amau bod y ddau'n cyboli efo'i gilydd, ac mi es i yno un noson yn nechrau Medi i weld be oedd yn mynd ymlaen. Wel, ro'n i'n iawn, ac mi ddaliais i o yn dod allan o'r garafán yn hwyr – yn hwyr iawn hefyd, ac mi oedd o wedi bod yno am gryn dipyn o amser, dallta di.'

'Ac mi aeth hi'n ffrae?'

'Naddo, tad. Wel, mi godais fy llais wrth roi'r drefn iddo fo, a'i fygwth o ryw dipyn. Dyna'r oll.'

'Ei fygwth o?' Cododd Jeff ei aeliau i bwysleisio'r cwestiwn.

'Dim ond ei atgoffa mai fi oedd yn ei gyflogi fo – a hithau hefyd,' ychwanegodd. 'A bod dim byd fel'na i ddigwydd tu ôl i fy nghefn i ar y stad 'ma. Babi fysa'i diwedd hi, a thrafferth i bawb fyddai hynny, ti'm yn cytuno?'

'Oes 'na rywun arall wedi bod yn cyboli efo hi, Walter?' Edrychodd Jeff yn syth ar yr hen ŵr.

'Dim cyn belled ag y gwn i,' atebodd.

Meddyliodd Jeff yn ofalus cyn gofyn y cwestiwn nesaf, ond roedd o eisiau gweld yr ymateb. Parhaodd i syllu ar Walter.

'Dach chi'ch hun ddim wedi bod yna, nac'dach Walter?'

Chwarddodd Walter o grombil ei fol. 'Be ddiawl 'sa hogan ifanc fel honna isio efo hen fachgen fel fi?' gofynnodd.

'Dim uniad cariadus o'n i'n 'i ddychmygu, Walter, ond gormes dyn nerthol ar eneth wan, ddibynnol, sydd gannoedd o filltiroedd oddi cartref.'

Chwalodd pob arlliw o wên oddi ar wyneb Walter, a synnodd Jeff na wylltiodd y dyn yn gacwn o'i flaen. Yn lle hynny, eisteddodd Walter Price yn ôl yn ei gadair a chymerodd lymaid arall o'i wisgi heb dynnu'i lygaid yntau oddi ar rai Jeff. Yna atebodd:

'Wel, 'machgen i. Fi sydd wedi gofyn i ti ddod yma ac mi wyt ti wedi cael rhyddid i ofyn rhywbeth fynni di i mi, ac o dan yr amgylchiadau, mae gen ti bob hawl i ofyn cwestiwn anghynnes fel yna. Na, ydi dy ateb di. Fues i erioed yna, i ddefnyddio dy eiriau di dy hun, a does gen i ddim bwriad o fynd yna chwaith. Ydi hynna'n ateb dy gwestiwn di?'

'Lle fuoch chi'ch dau heddiw?'

Edrychodd Walter i'w dymbler.

'Mi welais i chi'n ei chodi hi yn fuan ar ôl cinio heddiw a gyrru i lawr y ffordd allan o'r stad,' ychwanegodd Jeff.

'A, dyma lle mae hyn yn arwain, ia? Mi es i â hi i weld fy nhwrna i lawr yn y dre. Mae'r heddlu isio ei gweld hi eto ynglŷn â'r honiad o ddwyn o siopau. Gan ei bod hi'n ferch fregus, dwi'n teimlo bod dyletswydd arna i i edrych ar ei hôl hi. Fel cyflogwr dwi'n feddwl, a dim mwy na hynny, ti'n dallt?'

'Be ddigwyddodd yn y fan honno?'

'Does gen i ddim syniad,' atebodd. 'Mater rhyngddi hi a'r twrna ydi hynny. Mi es i allan a gadael llonydd iddyn nhw drafod y peth. Yr unig beth wn i ydi fy mod i i fynd â hi i orsaf yr heddlu ym Mhorthmadog yr wsnos nesa i ateb cwestiynau yng nghwmni'r twrna.'

'Diolch am fod mor amyneddgar ac agored efo fi, Walter. Ond mae'n rhaid i mi gael atebion i'r cwestiynau 'ma, neu mi fyddan nhw'n corddi yn fy mhen i. Ella bydd rhaid i finna gael gair efo Amelia cyn hir – ond dim ynglŷn â'r lladrata, wrth gwrs.'

'Iawn,' atebodd.

'Un peth arall. Ac mae'r cwestiwn yma yn pwyso'n drwm ar fy meddwl i hefyd. Heb fod yn arbenigwr, 'swn i'n dweud bod y stad 'ma yn werth tair miliwn neu fwy.'

'Ti erioed yn disgwyl i mi ddatgelu materion ariannol fel'na, nag wyt, Jeff?'

'Nac'dw wir, Walter. Ond mi ydw i'n agos i'm lle, tydw?' Gwnaeth Walter ystum hunanfodlon oedd yn cadarnhau amcangyfrif Jeff. 'Dwi'n dallt mai ffarm fechan oedd ganddoch chi cyn dod yma. Dydi ffarmio ddim yn waith hawdd o bell ffordd. Sut mae dyn yn gwneud digon o arian

106

i brynu lle fel hwn?' Nid Cyll oedd yr unig un a awgrymodd fod stori y tu ôl i gaffaeliad Walter o Randir Canol.

'Mater i mi ydi hynna, 'ngwas i,' atebodd Walter. 'Wrth gwrs, mi oedd gwerth y lle 'ma yn llawer iawn llai ugain mlynedd yn ôl – a chofia mai ugain mlynedd yn ôl oedd hi hefyd, a doedd o'n ddim i'w wneud â digwyddiadau heddiw. Yr unig beth ddyweda i ydi 'mod i wedi gwneud buddsoddiad da.'

'Sut fath o fuddsoddiad?' gofynnodd Jeff.

'Un ardderchog, a dyna'r cwbwl dwi'n bwriadu 'i ddweud ynglŷn â'r mater. A rŵan, mae'n rhaid i mi ofyn i ti fynd.' Cododd ar ei draed i bwysleisio'i ddatganiad. Cododd Jeff hefyd a llyncodd y diferyn olaf o'i wydr.

Agorodd Walter y drws ffrynt. 'Dwi'n ddiolchgar iawn i ti am yr holl waith rwyt ti'n wneud. Cofia alw os oes 'na unrhyw beth arall rwyt ti isio ei ofyn. Cofia di.'

Caeodd Walter y drws y tu ôl iddo. Am y tro cyntaf, ystyriodd a oedd o wedi gwneud peth call yn gofyn i dditectif fel Jeff Evans wneud ymchwil a fyddai'n treiddio i grombil ei fywyd a'i fusnes personol.

Pennod 14

Cerddodd Jeff yn hamddenol yn ôl tua'r plasty. Roedd gwynt y dydd wedi distewi a safodd yn nistawrwydd y coed llonydd a gadael i'w feddwl grwydro. Roedd ar goll braidd – am y tro cyntaf ers iddo ddechrau ei yrfa yn blismon, doedd y cyfleusterau swyddogol i nodi'r holl wybodaeth a'i gadw mewn trefn ddim ar gael iddo. Aflonyddwyd ar ei feddyliau pan ganodd ei ffôn symudol.

'Sut wyt ti, 'nghariad i?' gofynnodd Meira. 'Dwi wedi bod yn disgwyl galwad gen ti ers i mi orffen gweithio heno.'

'Mae'n ddrwg gen i, Meira fach,' ymddiheurodd. 'Wedi bod yng nghwmni dy Yncl Walter ydw i, yn trafod rhyw fanion.'

'Lle wyt ti rŵan?'

'Yn cerdded ar hyd lôn y stad yn ôl at y tŷ.'

'Braf,' atebodd Meira. 'Mi hoffwn i fod yna efo chdi. Nos fory ella.'

'O.'

'Dwi wedi cael swydd handi ers i mi ddod yn ôl i Lerpwl 'ma, yn yr adran cudd-wybodaeth yn y pencadlys, yn gweithio o naw tan bump bob dydd a phob penwythnos i ffwrdd. Yr anfantais ydi ei bod yn bosib i mi gael fy ngalw i'r gwaith unrhyw adeg o'r dydd neu'r nos petai achos arbennig yn codi.'

'Da iawn, wir,' meddai Jeff. 'Rwyt ti wedi landio ar dy draed yn fanna. Oes 'na rywun yn edrych ar dy ôl di?'

'Mae'n edrych yn debyg bod un o'r uwch swyddogion

yn meddwl fy mod i wedi creu enw da i mi fy hun pan o'n i'n gweithio efo chdi yn Heddlu Gogledd Cymru.'

'Dweud wrtho am edrych ar f'ôl inna, wnei di, tra bydd yr ymchwiliad i gŵyn y dyn Littleton 'na'n parhau.'

'O, mi fyddi di'n iawn siŵr,' meddai Meira. 'Mi gei di weld.' Nid oedd Jeff mor ffyddiog.

'Wyt ti'n dod adra am y penwythnos, felly?'

'Ydw, os wyt ti isio i mi ddod.'

'Isio, wir! Ond gwranda, well i ti beidio dod yma i 'nghyfarfod i. Ella bod rhywun yma yn gwybod fod gan Walter nith sy'n blismones, a phetaen ni'n cael ein gweld efo'n gilydd ... wel, y peth dwytha mae Walter isio ydi i bawb ddod i wybod mai plismon ydw i.'

'Mi ffonia i adra i wneud yn siŵr fod popeth yn iawn i ti ddod draw, ond paid â phoeni, dwi'n siŵr na fydd yna broblem. Ydi dy ymchwiliad bach answyddogol di yn symud yn ei flaen?' gofynnodd Meira.

''Sat ti'n synnu faint sy'n digwydd mewn lle bach fel hwn,' atebodd. 'Ac mae'n bosib nad ydi dy Yncl Walter yn angel o bell ffordd. Mi gawn ni sgwrs dros y penwythnos. Pam na ddoi di â dy esgidiau cerdded adra efo chdi, ac os ydi'r tywydd yn ffafriol, mi awn ni am dro i fyny'r mynyddoedd.'

'Syniad da,' meddai. 'I gael clirio'n pennau. Mi fedra i orffen gwaith yn reit fuan, ac mi fydda i yn Blaena erbyn hanner awr wedi saith ffor'no.'

'Cynta'n y byd, gorau'n y byd, 'nghariad i. Dwi ar goll hebddat ti.'

Roedd hi'n tynnu am chwarter wedi wyth pan gerddodd Jeff heibio ffrynt y plasty. Drwy ffenestri'r ystafell fwyta, gwelodd gipolwg ar y Ffrancwyr a'u gwragedd yn gwledda, yfed, siarad a chwerthin o gwmpas y bwrdd derw hir. Tybiai fod miloedd o bobl wedi difyrru eu hunain yno dros y blynyddoedd, un ai yn dathlu diwrnod cofiadwy ar feysydd y stad neu'n trafod materion pwysig y byd. Brysiodd Jeff heibio a rownd i gefn y tŷ lle gwelodd Sarah Gwyn yn tynnu ar rôl sigarét tu allan i ddrws cefn y gegin.

'Maen nhw i weld yn mwynhau'r bwyd,' meddai Jeff. 'Be maen nhw'n 'i gael?'

'Gewch chi weld mewn munud, Jeff,' atebodd. 'Yr un peth yn union sy 'na i chi,' meddai, gan daflu olion ei sigarét i'r tywyllwch. 'Dewch i mewn a steddwch wrth y bwrdd yng nghornel y gegin.'

Gwnaeth yn union fel y gorchymynnwyd iddo. Doedd ganddo ddim egni i ddadlau hyd yn oed petai awydd gwneud hynny. Roedd ymdrechion y dydd wedi sicrhau fod ei fol llwglyd yn cnoi erbyn hyn, a bu i'r wisgi a yfodd yng nghwmni Walter ychwanegu at ei archwaeth. Daeth Sarah â'i gwrs cyntaf iddo – corgimwch mewn saws o win gwyn, sialóts, hufen a phob math o berlysiau, wedi'i lapio mewn sleisen o eog wedi'i fygu ar ben salad gwyrdd a thamaid o dôst. Ymddangosodd Amelia yn swil o rywle a thywalltodd win gwyn i wydryn ar y bwrdd o'i flaen. Nid oedd Jeff wedi disgwyl mwy nag un cwrs, na'r fath wasanaeth chwaith, ond doedd o ddim am ddadlau. Penderfynodd y byddai'n mwynhau ei hun gan mai buan iawn y byddai'n dychwelyd i'w fywyd go iawn. Cyn pen dim daeth y cwrs nesaf, sef Wellington o gig carw. Rhwng y cig a'r crwst roedd madarch wedi'u coginio mewn Port, a ham Eidalaidd. Cyflwynwyd y cyfan gyda moron a brocoli a saws bendigedig. Rhoddodd Amelia wydryn arall o'i flaen, yn cynnwys gwin coch y tro hwn o botel hanner llawn. Gadawodd weddill y botel yno. Nid oedd Jeff wedi blasu bwyd cystal ers amser maith.

'Yr un peth yn union ag y maen nhw'n 'i gael,' meddai Sarah, gan amneidio tuag at yr ystafell fwyta. 'Dyna ddywedodd Mr Price.'

Gwyliodd Jeff hi'n glanhau a chlirio'r byrddau gwaith. Daeth Margiad ac Amelia i mewn yn cario platiau'r ciniawyr i'w golchi, a phrysurodd y ddwy yn ddyfal tra oedd Sarah yn paratoi a gosod y pwdin at blatiau. Sylwodd Jeff fod Amelia yn gydwybodol iawn wrth ei gwaith, ond am ryw reswm ni allai'r eneth edrych i'w lygaid. Beth oedd ei hanes hi tybed? Roedd ei brofiad yn awgrymu nad oedd yn edrych nac yn ymddwyn fel rhywun a fyddai'n dwyn o siopau, ond beth wyddai o? Cofiodd iddo gael ei siomi sawl gwaith dros y blynyddoedd gan unigolion a fu yn yr heddlu ond a droseddodd mewn un ffordd neu'i gilydd. Er hynny, roedd ganddo deimlad fod rhywbeth yn anghyffredin ynglŷn â'r eneth hon. Byddai'n rhaid iddo gael sgwrs fach efo hi cyn bo hir, cyn i fwy o gwestiynau godi yn ei feddwl. A gwyddai hefyd y byddai'n rhaid iddo fod yn ofalus iawn sut yr oedd o'n ymdrin â hi. Y peth diwethaf roedd o eisiau'i wneud oedd ei dychryn hi, a chwalu unrhyw gyfle i ddarganfod beth oedd hi'n ei wybod. Edrychai Amelia yn eneth swil, ddihyder, a byddai'n rhaid iddo ystyried yn ofalus sut i'w denu hi allan o'i chragen.

Gwrthododd Jeff y pwdin gan ei fod yn llawn. Ymddiheurodd a diolchodd i'r tair, a diflannodd i fyny'r grisiau i'r fflat efo gweddill y botel win coch. Eisteddodd o flaen y teledu yn y fan honno ac edrychodd ar ail hanner gêm bêl-droed. Cyn hir, o ganlyniad i effaith y diwrnod gwlyb yn yr awyr iach, y cwmni, yr alcohol a'r bwyd ardderchog, disgynnodd i gysgu yn y gadair. Deffrôdd am chwarter wedi un y bore yn stiff fel procer, a diffoddodd y teledu. Roedd Jeff yn casáu deffro ar ôl cysgu mewn cadair fel hyn oherwydd gwyddai y byddai cwsg yn anodd ar ôl codi a mynd i'w wely.

Dewisodd fynd am dro. Rhoddodd ei esgidiau am ei draed, gwisgodd ei gôt ac aeth i lawr y grisiau heibio'r gegin fel arfer. Gwelodd fod golau diogelwch yn yr ystafell wag honno a bod popeth yn dwt ac wedi'i baratoi yn barod at amser brecwast.

Roedd cwmwl yn cuddio'r lloer a'r sêr erbyn hyn ac roedd hi'n ddu fel y fagddu tu allan. Penderfynodd gerdded y ffordd arferol i lawr y lôn yn hytrach na mentro i'r dirgel. Aeth heibio ffrynt y tŷ a gwelodd fod y Ffrancwyr yn amlwg wedi mynd i'w gwlâu. Cerddodd tuag at brif fynedfa'r stad gan obeithio y byddai wedi dechrau ailflino cyn dychwelyd i'w fflat. Yn y pellter tu ôl iddo clywodd injan car yn cychwyn ac yn refio'n uchel wrth yrru i ffwrdd. Meddyliodd yn syth fod y gyrrwr yn teithio'n anarferol o gyflym o ystyried yr awr o'r nos. Trodd i gyfeiriad y sŵn a gwelodd olau llachar y car yn dod amdano rownd y gornel. Camodd Jeff i'r ochr yn sydyn ond sylweddolodd fod y gyrrwr yn fwriadol yn anelu'n syth amdano. Neidiodd am y ffos i osgoi'r car ar y munud olaf posib, a gwyddai mai dim ond cael a chael oedd hi. Disgynnodd yn bendramwnwgl, a phan gododd, yr unig beth a welai oedd goleuadau ôl coch y car yn diflannu i'r tywyllwch. Ceisiodd gofio'r union argraff a welodd yn yr eiliadau cynt. Nid lampau mawr y car yn unig roedd o wedi'u gweld – cofiodd fod yna ddwy lamp sbot yn nes at ganol y gril hefyd. Roedd uchder y goleuadau yn dweud wrtho mai car mawr oedd o, ac un tywyll hefyd, ond nid oedd dim byd arall yn amlwg. Ffôr bai ffôr, meddyliodd? Gobeithiodd na fyddai'n gleisiau drosto erbyn y bore ac yntau yn meddwl taclo'r bryniau dros y penwythnos. Penderfynodd gerdded yn ôl i gyfeiriad y fflat. Pwy fuasai'n gyrru mor gyflym mewn lle o'r fath, ac ar yr amser hwnnw o'r nos, myfyriodd, ac i ba reswm?

Daeth yr ateb iddo ynghynt na'r disgwyl. Cyn iddo droedio ymhell gwelodd olau melyngoch yn fflachio'n chwareus drwy'r coed a sylweddolodd yn sydyn fod tân o'i flaen yn rhywle. Anghofiodd am ei brofiad efo'r car a'r ffos a chyflymodd i'r cyfeiriad hwnnw. Yna clywodd ffrwydrad dychrynllyd a gwelodd y fflamau'n goleuo'r nos yn uwch o'i flaen. Gwyddai bryd hynny mai o gyfeiriad carafán Amelia roedd y fflamau'n dod a rhedodd yno.

Erbyn iddo gyrraedd roedd yr holl garafán yn bêl danllyd. Ceisiodd agosáu ond roedd y gwres yn ormod iddo.

'Dos yn ôl, y diawl gwirion!' Clywodd lais Marc Mathias yn gweiddi tu ôl iddo.

'Amelia!' gwaeddodd Jeff.

'Os ydi hi yn fanna, does ganddi hi ddim blydi gobaith.'

Gwyddai'r ddau fod hynny'n berffaith gywir. Buan y daeth y Frigâd Dân a'r heddlu, a Walter Price yn eu dilyn. Diolchodd Jeff nad oedd swyddogion yr heddlu yn ei adnabod.

Yng ngolau dydd, ar ôl tampio gweddillion y garafán, gwnaethpwyd archwiliad manwl o'r safle gan uwch swyddog y Gwasanaeth Tân a'r heddlu, a phenderfynwyd mai diffyg trydanol oedd achos y tân, ac mai'r botel nwy yn tanio oedd achos y ffrwydrad a glywyd. Ond y peth pwysicaf, ac efallai'r peth rhyfeddaf, oedd na chanfuwyd gweddillion corff Amelia yng nghanol y llwch. Felly ble oedd hi?

Chwiliwyd ystafell y curwyr gerllaw, y gegin, y fflat a holl ystafelloedd y plasty yn fanwl. Edrychai'n debyg fod Amelia wedi diflannu.

'Dos o gwmpas dy waith, Marc,' meddai Walter Price wrth ei gipar. 'Mae gen ti barti o saethwyr i'w harwain allan am hanner awr wedi naw.' Roedd hi bron yn ddeg cyn i hynny ddigwydd gan fod un yn llai yn gweithio yn y gegin y bore hwnnw.

Bwytaodd Jeff frechdan bacwn yn y gegin gyda mẁg mawr o de. Awyrgylch digon trist ac annifyr oedd yno. Nid oedd gan yr un o'r merched lawer i'w ddweud. Jeff agorodd y drafodaeth.

'Ddywedodd Amelia ei bod hi'n mynd i rywle ar ôl ei gwaith neithiwr?' gofynnodd i'r ddwy.

'Naddo,' oedd yr ateb.

'Faint o'r gloch ddaru hi orffen gweithio?'

'Yr un amser â ni, ychydig wedi un ar ddeg,' atebodd Margiad.

'Welsoch chi hi'n gadael?'

'Naddo,' meddai Margiad eto.

'Dim ond ei gweld hi'n cerdded i fyny am y garafán fel arfer,' ychwanegodd Sarah, oedd â'i phen i lawr wrthi'n paratoi'r bwyd erbyn amser cinio.

'Oedd hi'n poeni am rywbeth yn neilltuol?' gofynnodd Jeff eto. Edrychodd y ddwy ar ei gilydd ac yna yn ôl i gyfeiriad eu gwaith heb ddweud dim. 'Dewch, rŵan,' anogodd Jeff. 'Be sydd ar eich meddyliau chi'ch dwy?'

'Wel, mi gafodd hi ei chyhuddo o ddwyn, wyddoch chi,'

meddai Margiad o'r diwedd. Ni ddywedodd Jeff air o'i ben, dim ond aros am fwy o wybodaeth.

'Os oedd 'na rwbath yn ei phoeni hi o gwbl, dyna oedd o,' ychwanegodd Sarah.

'Ond mae 'na fwy iddi na hynny,' meddai Margiad yn frysiog. 'Deuda di wrtho fo, Sarah, neu mi wna i.'

'Wel,' parhaodd Sarah, yn troi i wynebu Jeff. 'Mae 'na ddau beth. Petai hi'n cael ei chosbi yn y wlad yma am ddwyn, dyna'i diwedd hi, medda hi – fyddai dim gobaith iddi hi yma, na'i theulu hi adra.'

'Dim gobaith? Ym mha ffordd?' gofynnodd Jeff yn chwilfrydig.

'Wn i ddim, wir.'

'A'r peth arall?'

'Bod Mr Price yn ymyrryd yn yr achos hwnnw heb fod angen.'

'Ym mha ffordd?'

'Yn ei holi hi ynglŷn â'r achos i gychwyn,' meddai Sarah. 'Ac yna, yn erbyn ei hewyllys hi, yn mynnu ei fod o'n mynd â hi i weld ei dwrna fo ddoe. Roedd yn amlwg fod ganddi rywbeth yn erbyn hynny.'

'Sut felly? Ma' hi'n eneth ar ei phen ei hun, heb neb arall i'w helpu hi yn y wlad 'ma. 'Sa rhywun yn meddwl y bysa hi'n falch o gael cymorth.'

'Dim o angenrheidrwydd,' Margiad atebodd y tro hwn. 'Yr argraff roeddan ni'n dwy yn ei gael oedd bod un person oedd â'r gallu i edrych ar ei hôl hi, a dyna'r ffordd yr oedd hi isio cadw pethau – heb help gan neb arall.'

'Pwy oedd hwnnw, neu pwy oedd hi?' gofynnodd Jeff yn llawn diddordeb.

'Rhywun roedd hi'n ei ofni, mae hynny'n sicr i chi,'

meddai Margiad, 'ac yn ei ofni'n ofnadwy hefyd,' ychwanegodd.

'A does ganddoch chi ddim syniad pwy?'

'Mi oedd hi'n llawer iawn rhy ofnus i ddweud wrthon ni,' meddai Sarah. Sylwodd Jeff ar ddeigryn yn llygad Margiad.

Gorweddai Jeff ar ei wely i fyny yn y fflat wedi llwyr ymlâdd ar ôl bod ar ei draed drwy'r nos. Clywodd ynnau'r Ffrancwyr yn tanio yn y pellter a thybiodd fod y curwyr yn hwyliog brysur unwaith eto. Tybed a oedd digwyddiadau'r noson cynt yn gysylltiedig â'r holl bethau eraill a oedd wedi aflonyddu ar Walter Price yn ystod yr wythnosau blaenorol? Gwyddai Jeff nad oedd o wedi dweud yr un gair wrth neb am y car mawr du fu bron â'i daro yng nghanol y nos. A dyna sut yr oedd Jeff yn bwriadu gadael y sefyllfa hefyd ... ar hyn o bryd, o leiaf.

Pennod 15

Cyrhaeddodd Jeff gartref rhieni Meira am chwarter i wyth y noson honno yn siomedig nad oedd car Meira y tu allan i'r tŷ. Mair agorodd y drws. Bu Jeff yn myfyrio yn ystod y daith sut groeso fyddai o'n ei gael – erbyn hyn roedd Mair Price wedi cael dyddiau i ddod i ddygymod â'r ffaith ei fod yn rhannu gwely â'i merch. Roedd yn ddigon amlwg bron i wythnos ynghynt nad oedd hi'n gyfforddus â'r syniad, a gwyddai Jeff ei fod ar fin darganfod a oedd amser i feddwl wedi newid ei hagwedd. Fel yr oedd hi'n digwydd bod, cafodd ei siomi ar yr ochr orau.

Gwenodd Mair yn glên arno, a gwyddai Jeff fod y wên yn dod o'r galon. Rhoddodd ei dwy law o'i amgylch a'i dynnu tuag ati.

'Tyrd i mewn o'r oerni 'na, Jeff bach,' meddai. 'Fydd Meira ddim yn hir. Mae hi wedi stopio yn y dre i nôl potel o win. Dos â dy fag i fyny i'r llofft.'

'Pa un?' gofynnodd. Doedd o ddim eisiau pechu.

'Dewis di,' oedd yr unig beth a ddywedodd Mair.

Cerddodd Jeff i fyny'r grisiau a throdd ei ben i wenu arni pan glywodd Mair yn galw ar ei ôl.

'Mae gen i ffydd ynddat ti, Jeff.'

Tarodd ei fag ar y gwely. Gwin a gwely cynnes heno, meddyliodd. Teimlai fel petai pethau ar i fyny. Dychwelodd i lawr y grisiau i chwilio am Mair a oedd yn brysur yn y gegin.

'Dwi'n cymryd nad ydi Twm adra,' meddai.

'Pwyllgor yn y capel,' atebodd, 'ond fydd o ddim yn hir. 'Dan ni'n dau wedi cael swper gynna, cyn iddo fynd i'r cyfarfod, ac mae Meira wedi cael pryd amser cinio. Be gymeri di?'

'O gofio 'mod i wedi bwyta cystal yn ystod y dyddiau dwytha 'ma, dwi'n meddwl y bysa dipyn o gaws a bisgedi yn hen ddigon, diolch Mair.'

'Iawn. Mae gen i damaid o Stilton neis, a thorth y gwnes i ei phobi y pnawn 'ma.'

'Ardderchog.'

'Roedd Meira'n dweud eich bod chi'n meddwl dringo'r Cnicht fory,' meddai. ''Mond ichi gofio 'i bod hi'n fis Tachwedd, dyna'r cwbwl.'

'O, y Cnicht mae Meira'n ffansïo ia? Dach chi'n gwybod mwy na fi,' cellweiriodd. 'Maen nhw'n addo diwrnod go lew yn ôl be glywais i ar radio'r car ar y ffordd yma – tan dri o'r gloch o leia, ac mi fyddwn ni yn ein holau erbyn hynny, gobeithio.' Ar hynny, agorodd y drws.

'Haia, Mam, dach chi'n edrych ar ei ôl o i mi?' Rhuthrodd at Jeff a gafael ynddo'n dynn heb ollwng y bag o'r naill law na'r botel win o'r llall. Teimlodd Jeff gynhesrwydd ei chorff a thynerwch ei gwefusau. Trodd Mair ei chefn yn fwriadol i olchi'i dwylo a'u sychu cyn cyfarch ei merch.

'A' i â fy mag i fyny tra wyt ti'n agor y gwin,' awgrymodd Meira. Estynnodd Mair y teclyn tynnu corcyn a thri gwydr iddo. Ymddangosodd Meira cyn bo hir gyda gwên lydan ar ei hwyneb a rhoddodd winc iddo.

'Pam dwi'n haeddu honna?' gofynnodd yn ddistaw.

'Mae 'mag i wrth ochr d'un di,' atebodd hithau, yn ddistawach fyth.

Eisteddodd y tri o gwmpas bwrdd y gegin yn mân-siarad tra oedd Meira a Jeff yn mwynhau'r caws, y bara a'r gwin. Ymddangosodd Twm ychydig cyn hanner awr wedi naw ac, ar ôl cyfarch ei gilydd yn gynnes, fe barhaodd yr ymddiddan yn rhwydd rhwng y pedwar. Ni fu sôn am Walter a'i drafferthion, ac roedd Jeff yn berffaith fodlon ar hynny.

* * *

'Paid â fy lladd i'r bore 'ma, Meira,' gofynnodd Jeff yn daer am saith o'r gloch fore trannoeth. 'Mi ges i dipyn o helynt yng nghanol y nos echnos, a tydi'r hen gorff 'ma ddim wedi dod ato'i hun yn iawn eto.'

Gwyliodd Meira ei chariad yn llwytho'r sachau teithio i gefn ei char. 'Helynt yng nghanol y nos?' gofynnodd.

'Mi gei di'r hanes gen i, ond mi fyswn i'n lecio rhoi popeth mewn rhyw fath o drefn cyn dweud, os fedra i, er mwyn cael dy farn di ar rediad y digwyddiadau. Mi fydda i'n ddigon abl i ddal i fyny efo chdi, paid â phoeni, ond dim gormod o ddringo serth yn rhy fuan plis, nes bydd fy nghyhyrau druan wedi llacio rywfaint.' Ni holodd Meira ymhellach er ei chwilfrydedd.

Gwawriodd y dydd i ddatgelu cymylau uchel dros ogledd mynyddoedd y Moelwyn o'u blaenau gydag ambell ddarn o awyr las hwnt ac yma. Gyrrodd Meira ei char heibio glannau Llyn Cwmorthin gan ddilyn y ffordd a ddefnyddid gan chwarelwyr ganrif ynghynt. Pan nad oedd yn bosib gyrru ymhellach, parciodd nid nepell o hen adeiladau'r chwarel a dechreuodd y ddau gerdded yn hamddenol ar hyd gweddill y ffordd arw cyn i honno droi'n llwybr dan eu traed gan droi tua'r gogledd a'u harwain heibio Llyn Clogwyn Brith a Llyn Cwm Corsiog.

Edmygodd Jeff pa mor iach ac abl yr edrychai Meira wrth iddi gerdded ychydig lathenni o'i flaen. Nid oedd ei cherddediad yn frysiog ond doedd hi ddim yn atal ei cham chwaith, waeth pa mor serth, gwlyb neu greigiog oedd y tir o'i blaen. Yr oedd o wedi sylwi ynghynt fod ôl defnydd cyson ar ei dillad a'i hesgidiau cerdded, ond yn awr, yng nghanol y mynyddoedd, yr oedd ei phrofiad yn amlwg.

Cyrhaeddodd y ddau y grwn ymhen ychydig dros awr, a chymryd hoe fach i edrych yn ôl i lawr tuag at Blaenau Ffestiniog i'r de, Nant Gwynant i'r gogledd a Beddgelert i'r gorllewin. Oddi tanynt i gyfeiriad Nant Gwynant roedd Llyn yr Adar, Llyn Llagi a Llynnau'r Cŵn. Yna, yn sydyn ac yn annisgwyl, daeth niwl i guddio'r olygfa fendigedig. Gwenodd Jeff wrth edrych ar wallt du Meira'n chwythu yn y gwynt wrth iddi astudio'r map yn ei llaw a chymryd darlleniad ei chwmpawd yn ofalus.

'Amser am baned o goffi a theisen felys,' awgrymodd Jeff, 'i gadw lefel yr egni i fyny.'

'Rho dy gôt a dy gap felly, rhag ofn i ti oeri.' Cyngor doeth gan ferch brofiadol, sylwodd Jeff. 'Sut mae'r corff?' gofynnodd iddo.

'Ardderchog.'

'Pryd wyt ti am ddweud wrtha i be ddigwyddodd i ti echnos?' gofynnodd Meira wrth dderbyn caead y fflasg yn llawn coffi.

'Gad i mi ddechrau o'r dechrau,' mynnodd. Eisteddodd y ddau i lawr yn unigrwydd y mynyddoedd. 'Wnes i erioed ddychmygu y medrai cymaint ddigwydd ar un stad yng nghanol cefn gwlad Cymru,' dechreuodd. 'Mae pawb rydw i wedi ei holi hyd yn hyn yn meddwl fod y cwbl yn ymwneud â diddordebau busnes dy Yncl Walter. Ella fod hynny'n wir, ond mae'r diawl yn gyndyn o fod yn agored efo fi, rhaid i mi ddweud. Ac mae 'na gymaint o wahanol agweddau i'w fywyd busnes o – rhai ohonyn nhw i weld i mi yn faterion dibwys o safbwynt ei drafferthion.'

'Fedri di roi enghraifft i mi?' gofynnodd Meira'n awyddus.

'Wel, mae si fod cryn dipyn o dwyllo wedi bod yn digwydd wrth fridio cŵn hela. Mae gan Walter bencampwr o gi sy wedi cael ei ddefnyddio i dadogi gast Marc y cipar ac amryw o eist eraill ledled Prydain. Yn ôl pob golwg mae pencampwr o gi fel hwnnw yn dod ag arian sylweddol i'r coffrau, oherwydd bod cŵn bach yr ast yn werth cymaint mwy. Y stori ydi nad y pencampwr sy wedi bod yn tadogi ond yn hytrach un o gŵn eraill Walter – ond enw'r pencampwr sy'n mynd ar y papurau. Fel ro'n i'n dweud, si ydi hyn i gyd, heb dystiolaeth yn y byd. Ond os ydi'r peth yn wir, mae posib fod miloedd o bunnau wedi ei wneud trwy dwyll.'

'Pwy fuasai'n ennill?'

'Walter ei hun, wrth gwrs, a pherchnogion y geist.'

'A phwy fysa'n colli arian?'

'Pwy bynnag sy'n prynu'r cŵn bach – neu berchnogion y geist petai rhywun yn darganfod y twyll.'

'Ma' hi'n ymddangos i mi na fyddai unrhyw unigolyn yn colli mwy na thipyn o gannoedd o bunnau trwy brynu ci bach, er efallai fod 'na nifer drwy'r wlad yn yr un sefyllfa?'

'Cywir.'

'Wyt ti'n meddwl bysa un ohonyn nhw yn mynd i'r fath drafferth i gosbi Yncl Walter? Mi fysa angen y gallu yn ogystal â'r awydd, ac ar ben hynny, 'swn i'n meddwl fod pwy bynnag sy'n gyfrifol am y niwed yn byw'n lleol, ti'm yn meddwl?'

'Ydw, dwi o'r un farn â chdi,' cytunodd Jeff. 'Ond nid Marc y cipar ymosododd arno fo. Mi oedd o yn y dafarn ar y pryd.'

'Dwi'n credu fod tarddiad yr helynt yn rhedeg yn ddyfnach na'r cŵn.'

'Os ydi'r honiadau ynglŷn â'r cŵn yn gywir, wrth gwrs. Un peth sy'n wir ydi fod Margiad, sy'n gweithio yn y tŷ, wedi gweld car ffôr bai ffôr mawr tywyll yn gadael y stad ychydig cyn iddi ddarganfod Walter wedi'i anafu.'

'Pwy sy berchen un yn lleol?'

'Pawb, yn ôl pob golwg.'

'Digon tebyg i Lerpwl, felly. Pimpmobiles 'dan ni'n eu galw nhw yn y fan honno.' Chwarddodd y ddau.

'Fel ma' hi'n digwydd bod, mi gafodd bachgen o'r enw Gareth Jenkins, fu'n gweithio yn Rhandir Canol, dri mis o garchar am ymosod ar rywun yn y dafarn rai misoedd yn ôl. Mi gafodd ei ddiswyddo gan Walter ar ôl y digwyddiad ac mae ganddo fo ffôr bai ffôr mawr tywyll. Y broblem ydi ei fod o yn y dafarn hefyd pan ymosodwyd ar Walter.'

'Wyt ti wedi cadarnhau hynny?'

'Dim eto. Bydd yn rhaid i mi wneud cyn bo hir, ond ar hyn o bryd mae o a Marc yn rhoi alibi i'w gilydd.'

'Pwy arall ar y stad wyt ti'n eu hamau?'

'Mae yna ddyn, un o'r curwyr, sy'n gwneud ffyn a'u gwerthu i'r bobl sy'n saethu yno; ac yn ôl pob golwg mae Walter yn gwneud dipyn o arian iddo'i hun fel rhan o'r fargen. Fel mae'n digwydd, mae'r ddau yn gwybod be mae'r naill a'r llall yn ei wneud ac mae dyn y ffyn, Cyll maen nhw'n ei alw fo, yn berffaith hapus efo'r sefyllfa. Eu gwneud nhw er pleser mae o ac yn fodlon efo'r hyn mae o'n gael.'

'Mi fedrwn ni anghofio am hwnnw felly.'

'Medrwn, ond mae'n amlwg fod Walter yn un sy'n hoff o wneud ei geiniog. Mae yna un arall, Sais, a gafodd ei saethu yn ddamweiniol yn ystod y tymor hela dwytha, yn bwriadu mynd ar ôl y saethwr neu'r stad am dipyn o iawndal. Mae yna un o'r curwyr, un siaradus dros ben – Cegog mae'r gweddill yn ei alw fo – yn meddwl bod Walter yn ochri efo'r saethwr yn erbyn cais y Sais.'

'Pam felly?'

'Dim ond am fod Walter yn gyfaill i'r dyn a'i saethodd. Ond mater i'r cwmni yswiriant fydd y cwbl, a dwi'm yn gweld neb yn poeni rhyw lawer am dipyn o iawndal. Yn ogystal, dydi'r modd na'r gallu ddim gan y Sais i wneud yr holl bethau yma i Walter, hyd yn oed petai o isio.'

'Yr holl bethau? Be wyt ti'n feddwl?'

Cododd Jeff ar ei draed. 'Ia, yr holl bethau,' ailadroddodd. 'Ond ty'd, 'ngeneth i, neu welwn ni byth ben y Cnicht cyn i'r tywydd mawr gyrraedd pnawn 'ma.'

Yng nghanol y cwmwl isel a oedd yn ei gwneud yn amhosib gweld ymhellach na deg llath o'u blaenau, edrychodd Meira ar ei chwmpawd a'i bwyntio i'r cyfeiriad a gymerodd ynghynt. Dechreuodd y ddau gerdded i'r cyfeiriad hwnnw drwy'r niwl trwchus – digon tebyg i'w ymchwiliad bach answyddogol o, dychmygodd Jeff.

Pennod 16

Fel yr oedd y ddau yn cyrraedd pen y Cnicht awr a chwarter yn ddiweddarach, cododd y niwl i ddinoethi golygfa fendigedig dros Benrhyndeudraeth, Porthmadog, Bae Tremadog a draw am Ben Llŷn. Nid oedd y cymylau islaw ar lethrau'r mynydd wedi clirio'n gyfan gwbl, felly edrychai Cwm Croesor fel petai wedi ei orchuddio â wadin gwyn, ond roedd yr awyr yn dywyll ymhell i'r gogledd-orllewin dros Fae Caernarfon.

'Be roist ti yn y bag bwyd?' gofynnodd Jeff yn llwglyd.

'Brechdan bacwn, caws, cacen ffrwythau a siocled.'

Daeth gwylan fôr o rywle a glanio wrth eu hochrau.

'Amhosib cael gwared ar y diawlaid yma hyd yn oed mewn lle fel hyn,' sylwodd Jeff.

'Gwylia dy fwyd, ta,' atebodd Meira. 'Rŵan, dweud wrtha i be oeddat i'n feddwl yn gynharach pan soniaist ti am yr "holl bethau" sy wedi digwydd i Yncl Walter.'

'Dwi wedi bod yn troi'r digwyddiadau o gwmpas fy meddwl ers dyddiau gan geisio penderfynu ydyn nhw i gyd yn gysylltiedig. Mi drïa i roi pob peth mewn trefn i ti. Mi landiodd merch ifanc, tramorwraig ydi hi, o'r enw Amelia, yn Rhandir Canol tua chwe mis yn ôl, ac mae hi wedi bod yn gweithio yno ers hynny.'

'Be, jyst troi i fyny?'

'Ia – ateb hysbyseb gan Walter yn cynnig gwaith yn ystod y cynaeafau tatws cynnar a ffa. Yn ôl pob golwg, mi weithiodd hi'n galed, yn ddigon caled i Walter ofyn iddi aros yno i helpu yn y tŷ drwy'r tymor saethu. Mi gafodd fyw mewn carafán ar y tir, ac yno mae hi o hyd, yn cadw iddi'i hun mwy neu lai ers hynny.'

'Mae rwbath yn dweud wrtha i nad wyt ti'n hapus iawn efo hi, Jeff,' sylwodd Meira wrth dderbyn cwpaned o goffi, a chynigiodd frechdan bacwn yn ôl iddo. 'Ond paid â dweud wrtha i dy fod ti'n meddwl mai hi sy tu ôl i'r ymosodiad ar Yncl Walter.'

'Na, nid hi. Dwi wedi ei chyfarfod hi yn sydyn ddwywaith, a'r argraff ges i oedd ei bod yn ferch ifanc reit ddiniwed. Ond wedi dweud hynny, fel ti'n dweud, dwi ddim yn hollol hapus.'

'Ty'd â'r gweddill. Dwi'n glustiau i gyd,' mynnodd Meira'n awyddus.

'Wel, yn hwyr ym Mehefin y cyrhaeddodd hi yno, ac mi oedd popeth yn iawn er iddi fod yn absennol am ryw dridiau yn niwedd Gorffennaf, o achos rhyw salwch fel dwi'n dallt. Yna, yn mis Awst mi gafodd hi ei harestio am ddwyn o siop yn Port. Meddyliais ei fod o'n beth rhyfedd na wnaeth Walter ei diswyddo hi'n syth.'

'Fel y gwnaeth o i Gareth Jenkins ar ôl y twrw yn y dafarn ti'n feddwl.'

'Yn hollol,' atebodd Jeff. 'Mae ei agwedd o'n hollol wahanol y tro yma. Yn hytrach na rhoi'r sac iddi, mae o'n ei holi hi'n fanwl ac, yn ôl pob golwg, yn ei helpu drwy gynnig gwasanaeth ei dwrna iddi.'

'Ydi hi wedi cael ei chyhuddo o ddwyn?'

'Nac'di. Mae'r achos yn dal yn agored, ond y peth rhyfeddaf ydi bod rhywun wedi ffonio Walter yn syth ar ôl i hyn ddigwydd, hynny ydi, yn hwyr ym mis Awst, yn ei rybuddio i adael llonydd i'r eneth.'

'A'r unig beth wnaeth o oedd ...'

'Fel ro'n i'n dweud, dangos diddordeb yn ei lles hi, a chynnig twrna iddi,' cadarnhaodd Jeff.

'Pwy ffoniodd Walter?' gofynnodd Meira.

'Does ganddo fo ddim syniad. Dyn, Cymro, a hwnnw'n siarad dipyn yn chwithig er bod ganddo Gymraeg da. Ond yr hyn sy'n arwyddocaol i mi ydi bod yr eneth wedi dweud wrth rywun bod Walter yn rhoi cymorth iddi.'

'A tydi Walter ddim yn gyfarwydd â'r person hwnnw, neu mi fysa fo wedi nabod y llais ar y ffôn.'

'Hollol,' cytunodd Jeff. 'Ychydig iawn mae Amelia yn mentro tu allan i Randir Canol, ac wn i ddim pwy sy'n ymweld â hi yno. Yn ôl pob golwg, mae hi'n byw yn dlawd ofnadwy ac yn treulio'r rhan fwyaf o'i hamser yn gweithio am gyflog bychan iawn.'

'Ond yn amlwg, mae ganddi gyswllt y tu allan.' Pasiodd Meira ail frechdan i Jeff.

'Yn sicr.'

'Pam wyt ti'n meddwl bod hyn yn gysylltiedig â helynt Yncl Walter felly?'

'Dal dy ddŵr, 'ngeneth i. Mae 'na fwy,' meddai, gan adael iddi ddisgwyl tra oedd yn gorffen cnoi ei frechdan. 'O fewn dyddiau,' parhaodd, 'hynny ydi, yn nechrau mis Medi, cafodd Walter ei ddiswyddo oddi ar bwyllgorau'r clwb pysgota a'r clwb pêl-droed.'

'Dwyt ti 'rioed yn meddwl bod hynny'n gysylltiedig.'

'Dyna be dwi'n trio'i sefydlu. Mi gafodd ei ddal ar lan yr afon efo eog wedi ei botsio – a'r dystiolaeth honno fwy na thebyg wedi ei blannu arno. A dweud y gwir, dwi'n sicr mai hynny ddigwyddodd, ond ar ôl iddo gael ei arestio mi drodd gweddill y pwyllgor yn ei erbyn.'

'Mi fedra i ddychmygu bod hynny wedi cael effaith aruthrol ar Yncl Walter, yn enwedig o gofio faint mae o wedi'i wneud i'r clwb 'na dros y blynyddoedd.'

'Do, ond mae'n trio peidio dangos faint mae'r digwyddiad wedi'i siomi, a'i amharchu hefyd.'

'Ac mae'r un peth wedi digwydd yn y clwb pêl-droed?'

'Ydi, rhyw Sais cyfoethog sydd wedi cymryd drosodd yn fanno a lluchio'i bwysa a'i bres o gwmpas – a'i luchio *fo* allan yr un pryd.'

'Wyddost ti, dydi Yncl Walter erioed wedi cael ei drin fel hyn o'r blaen. Ac ar ben hyn i gyd, mae rhywun yn ymosod arno.'

'O, Meira bach, mi fu cymhlethdod arall cyn i hynny ddigwydd. Daeth parti o saethwyr yno am dridiau o saethu yn nechrau'r tymor, a gadael y lle yng nghanol y nos heb dalu'r bil, oedd dros ddeng mil ar hugain o bunnau. Mae hynny'n golygu y bydd cwmni Walter sy'n edrych ar ôl y saethu yn fyr o arian i gyflogi'r staff a bwydo'r adar am weddill y tymor. Mi all o gadw ei ben uwchben y dŵr, ond mae'r sefyllfa'n gwneud pethau'n anodd iddo ar hyn o bryd. A dyna'r tro cyntaf i'r math yma o beth ddigwydd hefyd.'

'Pwy oeddan nhw? Y parti 'ma.'

'Rhyw bobl o ddwyrain Ewrop yn ôl pob golwg. Mae twrna Walter yn trio dod o hyd iddyn nhw, ond heb lwc hyd yn hyn. Mae o'n meddwl mai rhyw fath o Faffia ydyn nhw.' Edrychodd Jeff ar Meira, oedd yn ymdrechu i brosesu'r holl wybodaeth. 'Wedyn,' parhaodd Jeff, 'digwyddodd yr ymosodiad, ac o fewn deuddydd, torrwyd ffenestri ei dŷ fo.'

'Un peth ar ôl y llall,' cytunodd Meira. 'Ond fedra i ddim gweld sut all un person fod yn gyfrifol am y cwbl, na sut rwyt ti'n cysylltu Amelia efo hyn i gyd.'

'Does 'na ddim cysylltiad pendant efo hi, ond fedra i ddim peidio â meddwl mai ar ôl iddi hi gyrraedd Rhandir Canol y dechreuodd hyn i gyd.'

'Wyt ti wedi cael gair efo hi eto?'

'Na, dyna oedd fy ngham nesaf i, ond mae digwyddiadau ddoe ac echdoe wedi gwneud pethau'n anodd i mi.'

'Be ti'n feddwl?'

'Echdoe, mi es i allan efo'r curwyr oedd yn helpu i hela'r ffesantod, ac yn ystod y dydd mi welais Walter yn casglu Amelia o'i charafán yn ei gar a gadael y stad. Mi holais Walter yn ddiweddarach, a dywedodd ei fod wedi mynd â hi i weld ei dwrna oherwydd bod yr heddlu eisiau ei holi hi eto ynglŷn â'r dwyn 'ma. Dwi'n dallt bod yna amheuaeth fod y lladrata yn ymestyn ymhellach na dwyn o un siop, ond wn i ddim mwy na hynny. Methais gysgu'r noson honno, felly mi es i allan am dro yn oriau mân y bore ar hyd ffordd y stad. Gyrrodd car mawr tywyll, ffôr bai ffôr, ata i yn gyflym iawn, a dwi'n amau bod y gyrrwr wedi trio 'nharo fi. Roedd yn rhaid i mi neidio i'r clawdd, a dyna sut ges i fy anafu.'

'O, 'nghariad i. Wnes i ddim sylweddoli 'mod i wedi gofyn i ti wneud rwbath mor beryglus. Ond ffôr bai ffôr eto? Yr un math o gar a yrrwyd gan bwy bynnag a ymosododd ar Yncl Walter?'

'Ia, ond mae 'na fwy na hynny. Llosgwyd carafán Amelia funudau cyn i'r car fy mhasio i, bu ffrwydrad dychrynllyd, ac mae Amelia wedi diflannu.'

'Rargian! Dwi'n gweld rŵan pam wyt ti'n ei chysylltu hi â'r sefyllfa. Ond dydi'r holl beth ddim yn gwneud synnwyr rywsut.'

'Nac'di. A dydw i ddim callach pwy sydd y tu ôl i'r cwbl.'

'Ond be ydi'r "cwbl"?' gofynnodd Meira. 'Wyt ti'n meddwl fod y Maffia tramor 'ma yn gysylltiedig hefyd?'

'Anodd dweud, ond dwi ddim yn coelio mewn cyd-ddigwyddiadau fel'na. Fel y deudist ti yn gynharach, un peth ar ôl y llall.'

'Lle wyt ti'n meddwl mynd nesa?'

'Mae mwy nag un person wedi dweud wrtha i mai gweithgareddau busnes Walter sy tu ôl i hyn i gyd. A dywedodd un yn arbennig nad ei le o ydi codi hen grachen. Mae Walter wedi gwrthod ymhelaethu ar ei weithgareddau busnes, ond er hynny mi hoffwn i wybod be sydd o dan y grachen honno, a pham, efallai, mae hi'n dod i'r wyneb eto rŵan.'

'Ella 'mod i'n gwybod am rywun all agor y drws hwnnw i ti, Jeff,' meddai Meira.

Heb iddynt sylwi, yr oedd y cwmwl du a welsent yn gynharach dros Fae Caernarfon wedi nesáu. Goleuodd mellten y tywyllwch hwnnw ac o fewn ychydig eiliadau clywyd taran yn grwgnach yn y pellter. Dechreuodd fwrw'n drwm a chododd y gwynt yn oer.

'Tyrd o 'ma, Meira Lewis,' meddai Jeff. 'Dydi hwn ddim yn lle i fagu gwaed.'

Rhoddodd y ddau eu sachau teithio ar eu cefnau. Trodd Jeff at Meira a'i chusanu'n hir.

'Cofia di fod yn ofalus, 'nghariad i,' meddai Meira. 'Wyddost ti ddim be all fod o dy flaen di.'

Pennod 17

Cyrhaeddodd y ddau yn ôl i gartref Meira ganol y pnawn fel yr addawodd Jeff. Ar ôl swper y noson honno gadawodd y merched Jeff a Twm Price yng nghwmni ei gilydd, a threuliodd Jeff awr yn rhoi crynodeb o'i ymchwiliad answyddogol i Twm. Tarodd Mair ei phen i mewn i'r lolfa i ddweud nos da ar ôl i Meira a hithau orffen golchi'r llestri, a gwyddai Meira mai doeth fyddai iddi hithau roi llonydd i'r ddau. Roedd rhai pethau y byddai'n haws i'w thad eu trafod tu hwnt i'w chlyw hi hefyd.

'Rhaid i mi ddweud,' meddai Jeff ar ôl gorffen ei stori, "mod i'n cael yr argraff fod rhywbeth yn cael ei guddio oddi wrtha i, ac mae hynny'n gwneud pethau gymaint yn anos.' Nid edrychodd Twm i'w lygaid ond roedd y distawrwydd yn yr ystafell yn cadarnhau amheuaeth y ditectif. 'Be sy o dan yr hen grachen 'ma mae pawb mor awyddus i mi beidio â'i chodi?' gofynnodd.

Ochneidiodd Twm yn drwm ac yn araf a'i ailosod ei hun yn ei gadair. Roedd o'n amlwg yn ystyried sut i ddelio â sefyllfa oedd yn anodd iddo. Rhwbiodd y cyn-chwarelwr ei law dde fawr arw ar hyd ei ên, ond ni ddaeth ateb.

Ni wyddai Jeff yn union pa mor bell y dylai ei wthio. Nid rhyw ddieithryn yn eistedd ar gadair mewn ystafell gyfweld yn swyddfa'r heddlu oedd hwn ond gŵr bonheddig yn eistedd yn ei lolfa ei hun, a Jeff yn westai yn ei gartref. Hwn oedd tad y ferch bwysicaf yn ei fywyd – dyn a haeddai barch, a dyn y gobeithiai Jeff fyddai'n dod yn gyfaill da iddo.

'Fedra i na neb arall eich gorfodi chi i ateb, Twm, ond mi fedrwch chi gasglu o'r hyn dwi wedi'i ddweud yn barod bod rhestr o ddigwyddiadau wedi brifo'ch brawd mewn mwy nag un ffordd yn barod. Mae'r pethau 'ma'n gwaethygu fesul un, a does dim arwydd fod hyn yn mynd i stopio.'

'Dwi'n sylweddoli hynny, Jeff. A gad i mi ddweud cyn mynd ymhellach 'mod i'n ddiolchgar iawn i ti am yr hyn rwyt ti wedi'i wneud hyd yn hyn.' Daeth distawrwydd dros yr ystafell eto, ond dewisodd Jeff beidio â'i lenwi. 'Gwranda, Jeff,' meddai Twm. 'Mae gen i angen wisgi bach. Gymri di un efo fi?'

'Diolch yn fawr,' atebodd Jeff. Gwyddai fod rhywbeth yn pwyso ar feddwl Twm. Eisteddodd yn ôl yn ei gadair gan obeithio y byddai hynny'n awgrymu ei fod o wedi ymlacio'n llwyr, ac y byddai Twm yn gwneud yr un peth.

'Wisgi bach' oedd geiriau Twm, ond pan ddaeth â'r ddau wydryn a'r botel o ddŵr iddo, gwelodd Jeff fod mesurau hael iawn yn y gwydrau. Eisteddodd Twm a chymerodd lymaid mawr o'r gwirod aur cyn dechrau.

'Mae gen i ddyletswydd i edrych ar ôl fy mrawd, a dyna pam dwi wedi dewis dweud yr hanes yma wrthat ti. Ydi, mae Walter yn goblyn o ddyn am y geiniog, fel ti'n dweud, ac mae o'n ddyn cyfrwys iawn hefyd. Rhy gyfrwys er ei les ei hun weithiau, ac yn aml, dydi'r ddwy nodwedd yna yng nghymeriad dyn yn gwneud dim lles – iddo fo'i hun na neb arall.'

Cymerodd Jeff sip o'i wisgi i geisio cuddio ei awydd am yr wybodaeth oedd i ddod.

'Rhaid i ni fynd yn ôl ymhell dros ugain mlynedd, i 1987. Ffarmwr oedd Walter yr adeg honno ar tua chan acer a hanner o dir. Ar y pryd mi oedd o'n cadw defaid ar ochr mynyddoedd y Moelwyn yn ystod yr haf. Does dim llawer o bobl yn gwybod yr holl hanes yma, ond tra oedd o i fyny yno yn gofalu am ei ddefaid un diwrnod, gwelodd arwydd yn hysbysebu tamaid bach o dir ar werth gyferbyn â'i dir ei hun. Doedd y tamaid hwnnw o dir yn ddim llawer mwy na gardd gefn y tŷ 'ma, Jeff. Yn ôl yr arwydd, roedd y tir i'w werthu mewn ocsiwn yng Nghaer ymhen y mis. Y peth cyntaf wnaeth Walter oedd tynnu'r arwydd i lawr a'i guddio. Yna, heb ddweud dim wrth neb, aeth ar ei ben ei hun i'r ocsiwn yng Nghaer a bidio am y tir heb neb yn codi yn ei erbyn, ac mi brynodd o am fil o bunnau.'

'Doedd dim llawer o werth i'r tir felly, mae'n rhaid. Tir amaethyddol oedd o?' gofynnodd Jeff.

'Na, nid tir amaethyddol. Roedd o'n rhy arw ac uchel i dyfu dim, a doedd dim digon o le yno i gadw mwy na thair dafad ar y mwya.'

'Pam prynu'r tir arbennig hwnnw felly?' gofynnodd Jeff eto.

'Roedd yr ateb o dan y tir,' eglurodd Twm. 'Roedd 'na nant fechan yn rhedeg trwyddo cyn diflannu o dan y ddaear, a dŵr y nant honno yn ddŵr pur iawn. Yn yr oes a fu, y nant honno oedd yn cyflenwi dŵr i'r pentrefi islaw drwy bibell danddaearol. Yn ystod y ganrif ddiwetha, pan dyfodd poblogaeth yr ardal yn enfawr, roedd angen llawer iawn mwy o ddŵr, a daeth yn bosib cael y dŵr hwnnw o lefydd mwy addas. Ond roedd y bibell ddŵr yn dal i fod yno, ac yn ymestyn dros bedair milltir i lawr ochr y mynydd o dan y ddaear. Ac mae hi'n dal yno hyd heddiw. Ond y peth pwysig ydi bod y bibell honno, a'r hawl i'r dŵr sy'n dod trwyddi, yn perthyn i'r tamaid bach hwnnw o dir.'

Cymerodd Twm lymaid mawr arall o'i wisgi a thywalltodd un arall mawr i'w wydr. Gwrthododd Jeff y cynnig o fwy. Agorodd Twm y botel o ddŵr ar yr hambwrdd wrth ei ochr a thywalltodd fymryn ohono i'w wydr. Caeodd y botel yn dynn, ac wedi iddo wneud ystum i arwyddo'i fwriad i Jeff, taflodd hi'n ysgafn i'w gyfeiriad. Daliodd Jeff hi.

'Na, mae gen i ddigon, diolch,' meddai.

'Edrycha ar y label,' mynnodd Twm.

Nid oedd Jeff erioed wedi deall y ffasiwn o brynu dŵr mewn potel pan oedd digon ohono i'w gael yn y tap, ond trodd y botel yn ei law er mwyn edrych ar y label a gwelodd ei fod yn gynnyrch lleol, wedi ei botelu gan gwmni o'r enw Melysddwr y Cwm Cyf.

'Dwi'n cymryd bod hyn yn berthnasol?' gofynnodd, gan edrych ar Twm â hanner gwên.

'Ydi wir,' atebodd Twm. 'Yn niwedd y saith degau dechreuodd y cwmni yna werthu dŵr mewn poteli gan ddefnyddio'r dŵr a redai o'r nant – yr holl ffordd o'r llecyn tir yma i'w ffatri ar gyrion y pentre bedair milltir a hanner i ffwrdd. Fel yr oedd hi'n digwydd bod, roedd ffarm deuluol sefydlwyr y cwmni ar y tir lle roedd y beipen yn dod i'r wyneb, ac yn ystod y deng mlynedd ganlynol cymysgwyd y dŵr â phob math o flasau arbennig a'u gwerthu i wledydd ym mhob rhan o'r byd. Tyfodd y cwmni yn gyflym, a buan y daeth yn fusnes llwyddiannus a gwerthfawr iawn.'

Myfyriodd Jeff yn ddistaw dros yr wybodaeth. 'Felly, dros nos, daeth Walter yn berchen ar yr holl ddŵr oedd yn rhedeg i boteli cwmni Melysddwr y Cwm.'

'Doedd o ddim yn berchen ar y dŵr ei hun, dim ond ar yr hawl a'r modd o gario'r dŵr o'i dir i'r ffatri. Yn yr ucheldir yn unig mae cystal blas ar y dŵr. Yn is i lawr mae'r holl wrtaith sy'n cael ei ddefnyddio ar y caeau yn amharu ar ei ansawdd, a does dim modd adeiladu pibell arall yn unman.'

'Pwy oedd yn berchen ar y tir pan werthwyd o yn yr ocsiwn i Walter?'

'Dŵr Cymru,' atebodd Twm.

'Oes rhywun wedi bod yn flêr yn y fan honno, tybed?'

'Na, dwi'm yn meddwl. Cofia fod perchnogaeth y tir yn debygol o fod wedi newid amryw o weithiau yn ystod y ganrif ddiwethaf. Bwrdd Dŵr Meirionnydd, Bwrdd Afonydd Gwynedd neu beth bynnag oeddan nhw, ac mae hyd yn oed perchnogaeth cwmni Dŵr Cymru wedi newid dwylo yn y cyfamser.'

'Be ddigwyddodd wedyn?' gofynnodd Jeff, gan gymryd llymaid o'i wydryn.

'Wel, Walter oedd perchennog ffynhonnell y dŵr a oedd yn hanfodol i un o gwmnïau mwyaf llwyddiannus yr ardal, a phetai o wedi dymuno hynny, mi fedrai fod wedi cau'r tap arnyn nhw.'

'Ond mae eich brawd yn fwy cyfrwys na hynny, Twm.'

'Ydi wir,' cytunodd. 'Ond mi oedd o'n eithriadol o lwcus hefyd, oherwydd yn ddiarwybod iddo fo, tra oedd hyn i gyd yn digwydd, roedd sefydlwyr cwmni Melysddwr y Cwm ar fin gwerthu'r holl fusnes i gwmni arall, un llawer mwy. Cwmni sy'n gwneud a gwerthu diodydd o bob math, gwinoedd, gwirod, cwrw a diodydd ysgafn – un o'r cwmnïau mwyaf yn y byd yn y maes hwnnw.'

'Mae'n amlwg bod y rheini wedi gweld gwerth ym

Melysddwr y Cwm felly. Sut ddaru perchenogaeth Walter o'r bibell effeithio ar y gwerthiant?'

'Yn rhyfeddol,' atebodd Twm. 'Ond mae'n rhaid i ni ystyried y digwyddiadau yn eu tro fesul un. Mi brynwyd Melysddwr y Cwm gan y cwmni mawr arall ond bu'n rhaid iddyn nhw brynu'r llecyn bach o dir a'r hawliau oedd yn mynd efo fo oddi wrth Walter.'

'Faint o elw wnaeth Walter wrth werthu'r tir felly?' gofynnodd Jeff.

'Wn i ddim yn iawn,' atebodd Twm, 'ond mi oedd o'n swm sylweddol iawn. Dros gan mil ydi'r sôn. Dyfalu ydi hynny, ond dydi o ddim ymhell o'i le i ti.' Cynigiodd Twm ail-lenwi gwydr Jeff, a wnaeth o ddim gwrthod y tro hwn. 'Wrth gwrs,' parhaodd Twm, 'roedd yn rhaid i gyfranddalwyr Melysddwr y Cwm Cyf. dderbyn llai o arian am y busnes o ganlyniad i hynny.'

'Ac roedd hynny'n golled fawr iddyn nhw 'swn i'n meddwl,' awgrymodd Jeff. 'Mi fysa'n rhaid iddyn nhw fod wedi prynu'r hawliau gan Walter beth bynnag er mwyn cadw'r cwmni i fynd, gwerthiant neu beidio.'

'Cywir. Doedd gan neb air da i'w ddweud am Walter pan ddaeth yr hanes allan, ond dydi'r stori ddim yn gorffen yn fanna. Un o gyfranddalwyr Melysddwr y Cwm yr adeg honno oedd dyn o'r enw Dilwyn Parry, perchennog Rhandir Canol ar y pryd, ac yn ôl pob golwg roedd ei fusnes ffarmio ar y stad mewn trafferthion ariannol. Y si oedd ei fod o wedi benthyca arian mawr gan y banc a bod ei gyfranddaliadau ym Melysddwr y Cwm yn ernes i'r banc yn erbyn ei fenthyciad, ynghyd â rhan helaeth o Randir Canol ei hun am wn i. Pan ddaeth yn amlwg nad oedd gwerth cyfranddaliadau Dilwyn Parry ym Melysddwr y

Cwm yn ddigon i warantu arian y banc, galwyd ar Dilwyn Parry i dalu ei fenthyciad yn ôl. 'Allai o ddim. Mi aeth yn fethdalwr a bu'n rhaid iddo werthu Rhandir Canol.'

'A dyna felly sut y cafodd Walter ei ddwylo ar y tir.'

'Ia,' atebodd Twm, 'Ond dydi'r stori ddim yn gorffen yn y fan honno chwaith. Er mwyn arbed costau, penderfynwyd gwerthu Rhandir Canol trwy dendr caeëdig. Hynny ydi, bod y cyhoedd yn cael gwahoddiad i gyflwyno cynigion cudd mewn amlenni a fyddai'n cael eu hagor efo'i gilydd ar amser neilltuol.'

'A'r cynnig gorau fysa'n cael Rhandir Canol.'

'Ia.'

'Walter wnaeth y cynnig mwyaf felly?' gofynnodd Jeff.

'Wel, Jeff, felly roedd hi'n edrych ar y pryd, ond tua phedair blynedd yn ddiweddarach, mi fu rhyw firi ynglŷn â'r asiant a werthodd Rhandir Canol ar ran y banc a chredydwyr eraill Dilwyn Parry – dyn o'r enw Goodwin. Rhyw fath o dwyll ynglŷn â gwerthu tai oedd o, ac mi garcharwyd Goodwin am flwyddyn a hanner. Dechreuwyd amau bryd hynny nad cynnig Walter am Rhandir Canol oedd yr uchaf, a bod dau gynnig arall llawer uwch na'r un a wnaeth o.'

'Mae'n rhaid bod Goodwin a Walter wedi gwneud rhyw drefniant felly. Ddaru'r heddlu ddim ymchwilio i'r honiadau?'

'Ddim hyd y gwn i. Chafodd Walter mo'i holi. Ddaeth Goodwin ddim yn ei ôl i'r cyffiniau yma ar ôl cael ei ryddhau o'r carchar a chlywyd dim mwy am y peth.'

'Cyn belled ag y gwela i, wnaeth eich brawd ddim twyllo wrth brynu'r llecyn bach o dir uwchben y cwm. Bod yn siarp wnaeth o bryd hynny, ond mi all y mater arall fod yn gynllwyn rhyngddo fo a Goodwin er mwyn elwa o dwyll. Ond roedd hynny amser maith yn ôl, 'toedd? Er hynny, mae'n hawdd gweld sut y gallai rhywun ystyried yr holl beth yn gywilyddus. Yn enwedig Dilwyn Parry. Be ddigwyddodd iddo fo?'

'Trawyd Dilwyn yn wael yn fuan ar ôl yr holl helynt. Collodd ei wraig hefyd, a threuliodd weddill ei fywyd mewn cartref nyrsio. Mae rhai yn dweud mai'r digwyddiadau yma yrrodd o i'w fedd.'

'Mi gafodd o'i gicio am yr eilwaith pan oedd o ar ei wannaf felly,' awgrymodd Jeff. 'Gwerth ei gyfranddaliadau ym Melysddwr y Cwm Cyf. yn cael eu chwalu, y banc yn ei wneud yn fethdalwr, ac mae o'n colli allan eto ar werthiant Rhandir Canol– i'r un dyn a fu'n gyfrifol am y llanast cyntaf.'

'A dyna ni'r hanes yn ei gyfanrwydd, Jeff, ond mae hyn yn mynd yn ôl dros ugain mlynedd a mwy. Ma' hi'n anodd gweld sut mae hynny'n berthnasol i'w drafferthion presennol.'

'Oedd gan Dilwyn Parry deulu?' gofynnodd Jeff.

'Wn i ddim,' atebodd. 'Do'n i ddim yn ei nabod o, na'i deulu.'

'Ym mha gartref nyrsio oedd o?'

'Dwi'm yn gwybod hynny chwaith, Jeff, ond mi ga i ateb iti yn y bore.'

Syllodd Jeff i'r tân, a oedd wedi hen oeri bellach, a gwyddai o'r diwedd ei fod wedi taro ar drywydd a allai ei arwain ymhellach, un a oedd yn egluro'r casineb tuag at Walter Price. Ond pam rŵan, ugain mlynedd a mwy yn ddiweddarach?

Pennod 18

Yn hwyr brynhawn trannoeth, ar ôl i Meira ddychwelyd i Lannau Merswy, teithiodd Jeff ugain milltir allan o'i ffordd ar ei daith yn ôl i Randir Canol. Parciodd ei gar tu allan i Brithdir, y cartref nyrsio lle, yn ôl ymholiadau Twm Price, y treuliodd Dilwyn Parry ei flynyddoedd olaf. Doedd o ddim yn sicr sut i ddenu'r wybodaeth roedd o eisiau, gan nad oedd yn bosib iddo ddefnyddio'i statws swyddogol. Efallai y byddai'n rhaid iddo fod yn greadigol efo'r gwir unwaith eto, ac nid oedd hynny'n gorffwys yn rhwydd ar ei gydwybod. Wrth gerdded i fyny'r llwybr tua'r drws ffrynt gobeithiai y byddai cyfiawnhad am hynny.

Sylwodd fod y cartref yn adeilad taclus dros ben, a'r gerddi wedi'u twtio cyn y gaeaf. Gwelodd ferch ifanc mewn gwisg debyg i un fyddai nyrs yn ei gwisgo yn y ffenest, yn ei wylio'n camu i fyny'r llwybr, a dychmygodd Jeff beth oedd ei hargraff gyntaf ohono. Gwisgai jîns glas, roedd ei ddwy law ym mhocedi ei gôt ddyffl agored a'i wallt du cyrliog yn chwythu'n flêr yng ngwynt y min nos. Gwyddai'n iawn nad oedd o'n edrych yn swyddogol wedi'i wisgo fel hyn, a chwarddodd wrth gofio sawl gwaith y dywedodd ei benaethiaid yn union yr un peth wrtho yn y gorffennol. Agorwyd y drws fel yr oedd o'n ei gyrraedd, ac o'i flaen ymddangosodd y ferch ifanc o'r ffenestr. Merch yn ei dau ddegau oedd hi, hogan go drom tua phum troedfedd a hanner a'i gwallt wedi'i liwio'n goch llachar.

'Be fedra i wneud i chi?' gofynnodd, heb wên nac unrhyw arwydd o groeso.

'Dwi'n chwilio am hen gyfaill i'r teulu 'cw sy'n byw yma efo chi. Dwi wedi bod i ffwrdd o'r ardal am flynyddoedd, a meddwl o'n i y bysa'n braf ei weld o eto. Jeff Evans ydw i. Ymestynnodd ei law dde tuag ati a gwenodd yn gyfeillgar.

Cymerodd y ferch ei law a rhoddodd hanner gwên yn ôl.

'Wn i ddim fedra i'ch helpu chi,' meddai. 'Be ydi enw'ch cyfaill?'

'Mr Parry,' atebodd. 'Mr Dilwyn Parry.'

Gwelodd Jeff fod y ferch yn ystyried yr enw'n ddwys.

'Dilwyn Parry? Na, does 'na neb o'r enw yna yma ar hyn o bryd,' meddai. 'Ond arhoswch am funud. Dwi'n siŵr bod yr enw'n canu cloch. Dewch i mewn ac eisteddwch yn y cyntedd fan hyn am funud, ac mi a' i i'r swyddfa i chwilio'r cofnodion. Dwi'n siŵr 'mod i'n cofio'r enw – Dilwyn Parry ddeudoch chi, te?'

Eisteddodd Jeff ar yr unig sedd wag yn y cyntedd wrth ochr hen wreigan fechan, oedrannus oedd yn pendwmpian â'i phen ar ei brest. Gwyliodd Jeff y ferch ifanc yn cerdded i lawr y coridor, a disgwyliodd.

''Di marw. Ma' Dilwyn 'di marw,' meddai'r hen wraig wrth ei ochr, yn effro ac yn amlwg wedi clywed y sgwrs rhwng Jeff a'r ferch ifanc. Agorodd un llygad i edrych arno. 'Pwy dach chi? Gwyndaf, ia?'

'Naci wir,' atebodd. 'Jeff ydw i. Mae'n ddrwg gen i glywed. Wedi marw, ia? Pwy ydach chi felly, os ga i ofyn?'

'Nansi. Nansi Gwallt Coch oeddan nhw'n fy ngalw fi ers talwm, ond ma' hwnnw 'di mynd ers tro byd. Doedd o ddim mor goch â gwallt Julie, cofiwch,' ychwanegodd, yn cyfeirio at y ferch ifanc. 'Hen lol ydi lliwio gwallt fel'na, 'te?'

'Mi oeddach chi'n nabod Dilwyn felly, Nansi?'

'Oeddwn, tad annw'l. Gŵr bonheddig a ffrind iawn i mi yn y lle 'ma, tan iddo ddechrau mynd yn dw-lali, fel y byddan nhw mewn lle fel hyn.'

Sylwodd Jeff fod ei llygaid ar gau eto, ond, yn ôl y ffordd roedd hi'n siarad, tybiodd fod ei meddwl mor siarp ag erioed.

'Gwyndaf. Pwy ydi Gwyndaf?' gofynnodd.

'Ei fab o. Byth yn dod i'w weld o, chi.'

'Byth yn dod i'w weld o? Biti.' Ceisiodd Jeff wasgu mwy o wybodaeth ohoni.

'Na, ddoth o rioed yma, wir. Dim yn ystod yr holl amser y bu Dilwyn yn byw yma. Digon i dorri'i galon o. Trist ofnadwy, a nhw'tha 'di bod mor agos ar un adeg. Does gen inna neb erbyn rŵan chwaith, ond ma' nhw'n dda iawn efo fi yma, chi.'

'Ia, a nhw'tha wedi bod mor agos,' ailadroddodd Jeff ei geiriau.

'Agos iawn fel teulu. Felly oedd o'n dweud. Ond mi aeth i'w fedd heb ei weld o. Ddaeth o ddim ar gyfyl y lle 'ma.'

Ar hynny, gwelodd Jeff fod Julie yn cerdded yn ôl atynt. Cododd Jeff ar ei draed.

'Mi o'n i'n meddwl 'mod i'n cofio'r enw,' meddai. 'Mi farwodd Dilwyn Parry tua phedair blynedd yn ôl mae gen i ofn, ychydig ar ôl i mi ddechrau yma.'

'Wel, dyna ni felly,' meddai Jeff. 'Mae'n ddrwg gen i fod wedi'ch poeni chi,' ychwanegodd. 'Diolch am drio, a diolch i chitha hefyd, Nansi.'

Dywedodd Nansi ddim gair, dim ond codi'i llaw yn llipa heb agor ei llygaid.

'Dyna beth rhyfedd,' meddai'r eneth wrth gerdded efo

Jeff tuag at y drws. 'Wyddoch chi mai chi ydi'r ail un i ofyn am Dilwyn Parry yn ddiweddar?'

'O?'

'Ia, rhyw ddau neu dri mis yn ôl oedd hi. Dyna pam ddaeth yr enw yn ôl i mi mor handi.'

'Pwy oedd yn holi felly?' gofynnodd Jeff.

'Rhyw ddyn. Welais i mohono fo fy hun,' meddai. 'Ond mi ddywedodd Jane, y ferch a welodd o'r diwrnod hwnnw, ei fod o'n bihafio fel tasa fo'n trio'i dychryn hi. Ac o'i chlywed hi'n sôn amdano 'swn i'n meddwl ei fod o wedi gwneud hefyd. Dydi Jane ddim yma heddiw, neu mi fysach chi'n medru cael gair efo hi.'

'Be oedd o isio, ydach chi'n gwybod?'

'Holi am farwolaeth Mr Parry oedd o, yn ôl Jane, a gofyn oedd 'na unrhyw eiddo yn perthyn iddo fo ar ôl yma.'

'Teulu oedd o ma' raid,' awgrymodd Jeff. 'Ei fab o, Gwyndaf, ella?'

'Na, dwi ddim yn meddwl. Cafodd Jane yr argraff nad oedd o'n nabod yr hen ddyn, ac mai gofyn ar ran rhywun arall oedd o.'

'Un peth arall,' meddai Jeff. 'Welodd Jane sut fath o gar oedd ganddo fo?'

Meddyliodd y ferch am funud. 'Na, soniodd hi ddim am hynny, ond mi ofynna i iddi pan wela i hi yn ystod y dyddiau nesa 'ma, ac mi ro i ganiad i chi os leciwch chi.'

Diolchodd Jeff eto a rhoddodd rif ei ffôn symudol iddi cyn gadael.

Cododd yr wybodaeth gwestiynau diddorol, myfyriodd Jeff wrth yrru oddi yno. Ble oedd Gwyndaf erbyn hyn a pham, os oedd y teulu yn un clòs nad oedd o wedi bod yn ymweld â'i dad yn ystod ei gyfnod yn Brithdir. Pwy oedd y dyn a fu'n busnesa yno ddau neu dri mis yn ôl? A'r cwestiwn pwysicaf – oedd hyn yn gysylltiedig â helynt Walter Price?

Yn ôl yn y fflat y noson honno, ffoniodd Meira.

'Gest ti siwrne dda yn ôl?' gofynnodd.

'Eitha da diolch, ond fedra i ddim disgwyl nes ca' i dy gwmni di eto, a dy freichiau amdana i. Dwi am roi cais i mewn am dipyn o wyliau sy'n ddyledus i mi. Mae gen i dipyn go lew.'

'Cynta'n y byd, gorau'n y byd.'

'Sut wyt ti heno beth bynnag?'

'Iawn ... wel, mor iawn ag y medra i fod efo'r holl filltiroedd rhyngddon ni.'

'Gest ti sgwrs hir iawn efo Dad neithiwr, ro'n i'n dallt. Dwi'n cael yr argraff ei fod o'n mwynhau dy gwmni di.'

'Dwi'n falch o glywed. Do wir, mi gawson ni sgwrs ddiddorol iawn,' ac adroddodd yr holl hanes wrthi. 'Mi alwais yn Brithdir ar fy ffordd yn ôl heddiw, lle treuliodd Dilwyn Parry ei flynyddoedd olaf.'

'Wyt ti'n meddwl bod cysylltiad rhwng hyn a thrafferthion Yncl Walter?'

'I fod yn berffaith onest, wn i ddim, ond fedra i ddim ei anwybyddu, mae hynny'n sicr. Sut fedra i ddarganfod mwy am y Gwyndaf 'ma, tybed?'

'Gad o efo fi,' atebodd Meira. 'Mi wna i dipyn o ymholiadau fy hun ac mi ro i ganiad yn ôl i ti.'

Ymhen yr awr ffoniodd Meira yn ôl.

'Wel, be wyt ti isio'i wybod am Gwyndaf Parry?' gofynnodd.

'Ddaru hynna ddim cymryd chwinciad i ti. Mae'n rhaid bod gen ti ffynhonnell dda, ac ar nos Sul hefyd.'

'Mi ffoniais gefnder i mi, oedd yn yr ysgol efo fo. Roedd Gwyndaf Parry yn fachgen poblogaidd iawn. Athletwr, pêl-droediwr a chwaraewr rygbi da iawn. Aeth i'r coleg technegol ar ôl gadael yr ysgol i ddysgu bod yn friciwr ac yna, yn ei ddau ddegau cynnar, mi ddiflannodd o'r ardal a does neb wedi'i weld o ers hynny.'

'Be ti'n feddwl, diflannu?' gofynnodd Jeff.

'Mi oedd rhai yn dweud mai mynd dramor wnaeth o i weithio, ond ddaeth o ddim yn ôl, mae hynny'n sicr. Mae'n rhaid ei fod o wedi gwneud ei gartref yn lle bynnag yr aeth o.'

'Faint fysa ei oed o erbyn hyn, dŵad?' gofynnodd Jeff.

'Os ydi o'n agos i oed fy nghefnder, mae'n tynnu am hanner cant.'

'Ella y dylwn i anghofio am y Gwyndaf 'ma felly, gan nad ydi o wedi bod o gwmpas y lle 'ma ers tua phum mlynedd ar hugain bellach.'

'Wel, fel pob ditectif da, mi wyt ti'n siŵr o'i gadw fo yng nghefn dy feddwl yn rhywle.'

'Ti'n iawn – yn enwedig gan na fedra i gofnodi petha'n swyddogol. Hei, cofia ofyn am y gwyliau 'na.'

'Cysga'n dawel, Jeff, a bydda'n ofalus, wnei di?'

'Siŵr o wneud.' Rhoddodd gusan iddi dros y ffôn.

Allai Jeff wneud dim ond troi a throsi yn ei wely'r noson honno, a cheisio gwneud synnwyr o'r holl wybodaeth a oedd yn chwyrlïo yn ei ben. Ni allai anwybyddu Gwyndaf Parry am ryw reswm. Lle, os yn rhywle, roedd o'n ffitio i mewn i'r darlun? Efallai nad oedd cysylltiad o gwbl. Yn sicr, roedd gan Dilwyn Parry ddigon o resymau i gasáu Walter, ond roedd y rhesymau rheini yn mynd yn ôl ugain mlynedd o leiaf. A beth bynnag, doedd neb wedi gweld Gwyndaf yn y cyfamser. Efallai y dylai ganolbwyntio ar faterion diweddar – y pwyllgorau, y Maffia'n gadael heb dalu, yr ymosodiad ar Walter, malu'i ffenestri, a'r tân yn y garafán. Wrth ystyried y tân, cofiodd Jeff mai ar ôl i Amelia gyrraedd y dechreuodd yr holl helyntion. Wedyn dyna'r cyhuddiadau o ddwyn yn ei herbyn – ond ble oedd Amelia erbyn hyn?

Crwydrai ei feddwl yn ôl dro ar ôl tro at y ffaith fod angen gwybodaeth leol, cysylltiadau lleol, ar bwy bynnag oedd yn gyfrifol, ond os oedd dynion y Maffia yn y ffrâm, rhaid oedd meddwl am ddimensiwn arall. Rhyw ddylanwad o gyfandir Ewrop efallai? Erbyn oriau mân y bore, ni wyddai i ba gyfeiriad i droi. Penderfynodd yn y diwedd, gan nad oedd ganddo syniad lle i edrych am y Maffia o ddwyrain Ewrop, mai parhau i chwilio'n lleol oedd ei opsiwn orau. Beth am y dafarn? Doedd o ddim wedi bod yn y fan honno eto, ac atgoffodd ei hun fod yn rhaid iddo gadarnhau alibi Marc Mathias a Gareth Jenkins hefyd. Cofiodd mai lle garw oedd y Goron yn ôl pob sôn. Ond pa wahaniaeth wnâi hynny i heddwas â thros bymtheg mlynedd o brofiad? Cofiodd nad plismon oedd o ar hyn o bryd ... o leiaf, nid yn swyddogol.

Pennod 19

Disgwyliodd Jeff tan hanner awr wedi wyth y noson ganlynol cyn cerdded y filltir a hanner neu fwy o Randir Canol i dafarn y Goron yn y pentre agosaf. Clywodd sŵn miwsig a chwerthin yn dod o'r adeilad wrth iddo agosáu, ac o dan gysgod to persbecs i'r dde o'r drws ffrynt, gwelodd ddau fachgen ifanc a dyn canol oed yn ei lygadu'n chwilfrydig wrth dynnu ar eu smôcs. Ar fwrdd wrth eu hochrau roedd nifer o flychau llwch gorlawn, awgrym nad oedd nifer helaeth o'r boblogaeth yn gwrando ar y rhybuddion iechyd, ac wrth wfftio atynt, cofiodd ei fod yn gyn-ysmygwr ei hun. Wnaeth o ddim cydnabod eu presenoldeb. Gwthiodd heibio i ddau arall oedd yn gadael y dafarn wrth iddo fynd i mewn trwy'r drws, a cherddodd yn syth at y bar. Gwelodd fod yno tua dau ddwsin o bobl, dynion gan mwyaf, ac yn dal yn eu dillad gwaith yn ôl pob golwg. Peint ar y ffordd adref wedi ymestyn yn bump, meddyliodd Jeff. Roedd yno nifer go lew o ystyried mai nos Lun oedd hi, tybiodd. Cerddodd tuag at y bar, heb edrych i lygaid neb, a gostegodd y sgwrsio'n syth. Sylwodd Jeff fod bron pawb yno wedi troi i syllu arno, y gŵr estron. Dim ond y miwsig a sŵn esgidiau Jeff ar y llawr pren oedd i'w clywed, yn union fel petai sheriff wedi cerdded i mewn i salŵn yn y Gorllewin Gwyllt ers talwm.

Archebodd Jeff beint o gwrw mwyn a phaced o gnau yn Gymraeg, a cheisiodd roi'r argraff ei fod wedi cael dau neu dri pheint cyn cyrraedd yno. Trodd sylw pawb yn ôl at eu sgyrsiau a'u gemau. Diflannodd hanner cynnwys gwydr Jeff yn y llwnc cyntaf a sychodd ei geg efo llawes ei got ddyffl. Yna trodd i wynebu gweddill yr ystafell a phwysodd ei ddau benelin ar y bar tu ôl iddo fel petai'n berchen ar y lle. Agorodd y paced cnau a thywallt nifer i gledr ei law a'u llwytho i'w geg. Sylwodd fod un neu ddau yn dal i edrych i'w gyfeiriad tra oedden nhw'n sgwrsio efo'i gilydd, a thybiodd mai ei bresenoldeb a'i natur drahaus oedd testun eu trafodaeth. Mewn un cornel gwelai ddau yn chwarae darts ac mewn rhan arall o'r ystafell fawr roedd dau fachgen tuag ugain oed yn chwarae pŵl, a phump arall tua'r un oed yn eu gwylio ac yn torri ar eu traws yn swnllyd, er mai hwyliog oedd y cwbl.

Gwelodd Jeff yn ystod yr ugain munud nesaf fod un o'r bechgyn yn llawer gwell chwaraewr na'r gweddill. Archebodd beint arall iddo'i hun ac aeth at y bwrdd pŵl i ddangos ei ddiddordeb. Ni chymerodd 'run o'r bechgyn sylw o'r dieithryn. Yng nghanol y gêm nesaf, rhoddodd Jeff ddau bishyn pum deg ceiniog ar ochr y bwrdd i ddangos ei awydd i gael gêm. Unwaith eto, ni chymerodd y llanciau sylw ohono. Pan orffennodd y gêm, camodd Jeff yn ei flaen efo ciw yn ei law, yn barod i fynnu ei gêm. Edrychodd y bechgyn arno'n fud. Heb ddweud gair nac edrych i'w llygaid, rhoddodd Jeff ei arian yn y man priodol, estynnodd am y triongl, ei roi ar y bwrdd a dechreuodd roi'r peli ynddo. Roedd y bechgyn yn dal i edrych ar ei gilydd, ac yn gwylio Jeff yn rhwbio calch ar flaen ei giw.

Daeth un o'r bechgyn, yr un a oedd wedi curo'i gyfeillion hyd yn hyn, at Jeff a safodd yn agos iawn ato, fel petai'n ceisio amddiffyn ei batsh. Sylwodd Jeff ei fod o'n fachgen cryf yr olwg – labrwr efallai, neu'n gweithio yn yr awyr agored.

'Does gen ti ddim partner,' meddai, gan edrych yn syth i lygaid Jeff heb fath o deimlad yn ei lais.

'Ti'n glyfar iawn,' atebodd Jeff yr un mor sych.

'Ma' gynnon ni jocar yn fama,' meddai'r llall wrth ei gyfeillion.

Tynnodd Jeff bapur pumpunt allan o'i boced a'i roi ar y bwrdd. 'Mae honna'n dweud y medra i guro'r gorau ohonach chi.'

'O. Ydi hi wir?' meddai'r bachgen. Rhoddodd yntau bapur degpunt ar y bwrdd a rhoi pumpunt Jeff yn ei boced.

'Fi 'di'r gorau yn y tŷ yma, 'de bois?' meddai wrth y gweddill.

'Gad i mi weld pa mor dda wyt ti felly,' heriodd Jeff. Cofiodd Jeff wrth gerdded at y bwrdd nad oedd o wedi chwarae pŵl ers blynyddoedd, a hyd yn oed yr adeg honno, doedd o ddim yn serennu.

'Gei di fynd gynta,' meddai'r bachgen.

Plygodd Jeff dros y bêl wen, a chwalodd weddill y peli i bob cyfeiriad. Ni ddisgynnodd yr un i unrhyw boced. Gwenodd y gwrthwynebydd ar ei ffrindiau yn wybodus yr olwg a phlygodd yntau i gymryd ei shot. Tarodd un o'r peli coch, un efo streipen arni, a syrthiodd honno i boced ym mhen pella'r bwrdd. Yna syrthiodd un arall ac un arall, a chyn bo hir roedd y bachgen wedi clirio hanner ei beli cyn i Jeff gael ail shot. Pan ddaeth ei gyfle, daeth y bêl wen i orffwys yn cyffwrdd pêl arall, ac nid oedd gan Jeff siawns o gwbl o daro un o'i beli ei hun heb sôn am ei suddo hi.

'Shot bwced gachu 'di peth fel'na,' meddai Jeff.

'Be ti'n feddwl?' meddai'r bachgen.

'Ti mor lwcus, tasat ti'n disgyn i mewn i fwced gachu 'sat ti'n dod allan yn lân.'

Chwarddodd y bachgen am y tro cyntaf, a'i gyfeillion hefyd.

Cymerodd Jeff ei shot drwy geisio taro un o'i beli ei hun oddi ar y glustog, ond methodd yn llwyr.

'Ffowl,' datganodd dau neu dri o'r bechgyn eraill. 'Dwy shot i Jim.'

Cymerodd Jim y fantais a suddodd weddill ei beli ei hun cyn gwneud i'r bêl ddu ddiflannu i lawr y boced ganol. Roedd pob un o beli Jeff yn dal i fod ar y bwrdd. Daeth bloedd o lawenydd ymysg y cwmni a rhoddodd Jim y papur degpunt yn ei boced gan wenu ar Jeff. Yna diflannodd ei wên a rhoddodd yr arian yn ôl ar y bwrdd.

'Dwbl neu ddim,' meddai heb fath o deimlad yn ei lais.

'Mi wna i'n well na hynny, atebodd Jeff, gan siglo yn ei unfan a thrio'i orau i roi'r argraff ei fod yn dechrau meddwi. 'Yn erbyn dy bymtheg punt di, mi bryna i rownd i chdi a dy fêts os enilli di.'

'Iawn,' meddai Jim, yn rhoi'r papur degpunt ar y bwrdd ynghyd â'r papur pumpunt arall o'i boced.

Jim dorrodd y tro yma. Daeth un o'r peli i aros yng ngheg poced y gornel dde yn nhop y bwrdd a gwelodd Jeff fod ganddo lwybr clir tuag ati efo'r wen. Defnyddiodd ei gyfle'n ofalus gan adael shot rwydd iddo'i hun i botio'r bêl nesaf hefyd. Suddodd bedair, un ar ôl y llall, cyn gadael un o'i beli eu hun yng ngheg poced arall.

Cymerodd Jim ei gyfle yntau'n ddoeth ac yn fedrus, a diflannodd tair o'i beli ei hun yn syth. Ar y pedwerydd cais suddodd un arall, ond wedyn tarodd y bêl wen y bêl roedd Jeff wedi ei gadael yn hongian dros y boced, gan roi'r ddwy shot nesaf i'r dieithryn. Diflannodd unrhyw wên oedd ar wyneb Jim, a phob un o'r bechgyn eraill hefyd. Suddodd Jeff weddill ei beli ond methodd gael y ddu i'r boced a enwodd, sef y boced ganol. I ennill y gêm, byddai'n rhaid iddo botio'r ddu i'r boced honno.

Daeth Jim yn ôl at y bwrdd ac mewn un ymweliad suddwyd ei beli yntau hefyd ond fel Jeff, methodd gladdu'r ddu yn y boced a enwyd, sef y gornel isaf ar y chwith. Am ddeng munud, chwaraeodd y ddau'n saff gan ddangos parch i'w gilydd ond heb ildio dim.

'Dyna ddigon,' meddai Jeff wrtho'i hun yn ddistaw. Tarodd y bel ddu mewn ffordd a roddodd hanner cyfle i Jim ei chladdu i mewn i'w boced ei hun, er nad oedd hi'n hawdd o gwbl. Safodd Jeff yn ôl ac edrychodd ar ei wrthwynebwr yn cymryd amser a defnyddio'i holl brofiad. Tarodd y wen y bêl ddu a diflannodd honno o'r golwg i floedd y côr o gyfeillion tu ôl iddo. Trodd pen gweddill cwsmeriaid y tŷ i gyfeiriad y digwyddiad, yn ymwybodol fod rhywbeth sylweddol wedi digwydd.

'Gêm ardderchog,' meddai Jeff, gan ysgwyd llaw Jim yn gadarn. 'Reit, bois, be gymrwch chi,' gofynnodd, gan edrych at y gweddill. Doedd dim rhaid gofyn dwywaith.

Gwyddai Jeff ei fod wedi colli'r gêm ond wedi ennill y frwydr, a dyna oedd ei unig fwriad. Cerddodd tuag at y bar ond bu'n rhaid iddo ddisgwyl ei dro gan fod nifer o yfwyr eraill yno o'i flaen. Gwelodd rywbeth a dynnodd ei sylw, a phenderfynodd astudio'r digwyddiadau o'i gwmpas yn ofalus. Pan ddaeth ei dro, archebodd wyth peint o wahanol fathau o gwrw a rhoddwyd y gwydrau ar hambwrdd o'i flaen. Rhoddodd bapur ugain a phapur degpunt i'r dyn tu ôl i'r bar a disgwyliodd am ei newid. Edrychodd ar y barman yn rhoi'r papur ugain yn y til a thynnu'r newid o ddegpunt ar hugain oddi yno. Rhoddodd y papur degpunt yn gyfrwys yn ei boced ei hun cyn rhoi'r arian mân iddo. Wnaeth Jeff ddim cymryd arno ei fod wedi gweld, ond roedd ei amheuon wedi'u cadarnhau.

Cariodd yr hambwrdd drwy'r dorf yn ôl i gyfeiriad y bwrdd pŵl a rhannodd y cwrw allan ymysg ei gyfeillion newydd.

'Mae'r perchennog 'ma i weld yn foi clên,' meddai wrth Jim.

'Dim fo 'di'r perchennog,' atebodd Jim. 'Helpu allan mae o tra mae'r perchennog i ffwrdd ar ei wyliau. Ond dweud i mi, pwy wyt ti beth bynnag, a be ti'n wneud yn y cyffiniau 'ma?'

'Jeff. Jeff Evans,' meddai, gan geisio slyrio'i eiriau eto. 'Dwi'n aros efo cefnder pell i Mam am sbel ... ges i amser reit galed yn Afghanistan. Ella dy fod ti'n ei nabod o – Walter Price, Rhandir Canol.'

'Mae pawb yn adnabod Mr Price yn y cyffiniau 'ma,' atebodd Jim.

'Mi ges i uffern o sioc pan gyrhaeddais i yma. Ma' na ryw fastards anwaraidd wedi rhoi stîd iddo fo wsti,' cododd ei lais yn uwch eto fel petai wedi cael gormod i yfed, a gwnaeth yn sicr fod nifer o'r bobl gyfagos wedi ei glywed dros ben y lleisiau eraill. Aeth yn ei flaen. 'Pa fath o gachgi fysa'n gwneud y fath beth i ŵr bonheddig fel Walter Price dŵad?' meddai'n uwch byth. 'Os ca' i afael arnyn nhw mi ro i nhw yn eu lle yn reit blydi handi i ti, dim ots gen i pwy ydi'r sothach diawl.'

Disgynnodd distawrwydd dros yr holl dafarn, a gwyddai Jeff yn iawn ei fod wedi cyflawni ei fwriad.

Archebodd ddau neu dri pheint arall iddo'i hun dros gyfnod o awr, a phob hyn a hyn âi allan trwy'r drws ffrynt fel petai'n mynd am sigarét. Bob tro, tywalltai gyfran helaeth o'i gwrw ar y ddaear tu allan cyn mynd yn ôl i mewn i archebu mwy. Sylwodd, pan âi at y bar, fod y barman yn dal i bocedu enillion y perchennog.

Gorffennodd y noson yng nghwmni Jim a'i gyfeillion newydd a gwnaeth addewid y buasai'n ymuno â nhw am fwy o bŵl yn y dyfodol. Gwagiodd y bar cyn hanner nos, ac roedd Jeff yn un o'r rhai olaf i adael, yn siglo'i ffordd allan dan ganu.

Diflannodd yn sydyn i ben draw'r maes parcio gerllaw. Tynnodd gwfl ei got ddyffl dros ei ben a disgwyliodd yng nghysgodion y nos. Edrychodd ar y cwsmeriaid olaf yn gadael. Pasiodd hanner awr, tri chwarter awr, a diolchodd Jeff nad oedd hi'n bwrw. Ychydig cyn un o'r gloch y bore, diffoddwyd y golau tu mewn i'r dafarn ac agorodd y drws. Ymddangosodd y barman, a cherddodd ar draws y maes parcio at ei gar. Rhedodd Jeff i'w gyfeiriad a'i gyrraedd fel roedd o'n agor drws ei gar. Dychrynodd y dyn.

'Siawns am lifft adra?' gofynnodd Jeff, ei lais a'i ymddygiad yn dangos ei fod yn berffaith sobr. Ni allai'r dyn ymateb yn syth.

'Wyt ti ddigon sobor i yrru?' gofynnodd Jeff eto.

'Pwy dach chi'n feddwl ydach chi?' atebodd y gŵr. 'Plisman?' ychwanegodd.

'Ditectif preifat ella,' atebodd Jeff. 'Yn gweithredu ar ran Robert Wilson,' ymhelaethodd, yn defnyddio enw'r perchennog a welodd yn gynharach uwchben drws y dafarn. Bu bron i'r dyn lenwi'i drywsus yn y fan a'r lle. 'Mi ydw i wedi bod yn dy wylio di'n dwyn o'r til drwy gydol y nos. Mae gen i gamera bychan wedi'i guddio yn fy nghôt, a

151

faint fynnir o dystiolaeth arno,' meddai, gan obeithio na fyddai ei gelwydd yn dod i'r fei.

'Be dach chi isio?' gofynnodd yn nerfus.

'I ddechra, lifft adra, ac mi gawn ni sgwrs fach ar y ffordd.

Yn ystod y daith fer, cyfaddefodd y gŵr ei fod wedi dwyn yn agos i dri chan punt yn ystod yr wythnos tra bu'r perchennog ar ei wyliau, a gwirfoddolodd i dalu'r cwbl yn ôl petai Jeff yn cadw'n ddistaw.

'Gawn ni weld,' oedd yr unig addewid a wnaeth Jeff. 'Mae hynny'n dibynnu.'

'Dibynnu? Dibynnu ar be?' gofynnodd.

'Dwi isio gwybod pwy ymosododd ar Walter Price bythefnos yn ôl.'

'Does gen i ddim syniad,' mynnodd y dyn.

'Paid â malu cachu efo fi,' meddai Jeff, yn fygythiol y tro hwn. 'Pwy sy'n gyfrifol? Does 'na ddim llawer o gwmpas y lle 'ma fysa'n gwneud y fath beth.'

'Wn i ddim,' meddai, yna oedodd am hir, yn crynu fel deilen.

'Wel?' mynnodd Jeff.

'Does 'na ddim ond un dyn sy'n ddigon cas a brwnt yn yr ardal yma – ac yn debygol o fod mor hy' a gwneud y fath beth. Ac ar ôl eich siarad blêr chi yn fama heno, mi fydd o'n gwybod eich hanes chi cyn y bore. Duw a'ch helpo chi. Dyna'r cwbl ddeuda i.'

'Be ydi 'i enw fo?' gofynnodd Jeff.

'Dafi. Dafi MacLean, ond peidiwch â dweud mai fi ddeudodd.'

'Pwy ydi'r Dafi MacLean 'ma felly?'

'Bastard mawr drwg. Boi caled sy'n meddwl y medrith o wneud fel mynno fo o gwmpas y lle 'ma.'

'Sut felly?' gofynnodd Jeff.

'Am na wnaiff neb sefyll i fyny iddo fo – mae pob un o'r hogiau ifanc 'ma ei ofn o, a wela i ddim bai arnyn nhw chwaith. Mae o â'i fys mewn pob math o firi: cyffuriau, prynu a gwerthu nwyddau wedi'u dwyn, smyglo sigaréts, baco ac alcohol. Mae ganddo fo hanner dwsin o ddynion o'i gwmpas sy'n ei addoli fo.'

'Cefnogwyr?'

'Ia, a 'swn i ddim yn dadlau efo 'run o'r rheini chwaith. Mi fysan nhw'n gwneud rwbath iddo fo.'

'Yn cynnwys ymosod ar hen ddynion?'

'Synnwn i ddim.'

'Lle ga i afael ar y mwnci 'ma?'

'Wn i ddim lle mae o'n byw, ond mae o o gwmpas y lle 'ma'n rheolaidd.'

'Oedd o yn dafarn heno?'

'Nag oedd. Ond os nad oedd o yno heno, mi fydd yno nos fory i chi. Fydd o byth yn methu dwy noson un ar ôl y llall. Nid ei fod o'n yfwr trwm – dydi o byth yn cyffwrdd y stwff. Ffanatig ffitrwydd ydi'r diawl.'

'Be mae o'n ei yrru?' gofynnodd Jeff, er ei fod yn amau ei fod yn gwybod yr ateb.

'Un o'r pethau mawr du 'ma efo'r gair ANIMAL ar yr ochr. Dach chi wedi 'u gweld nhw o gwmpas, dwi'n siŵr.'

'Un peth arall,' meddai Jeff. 'Wyt ti'n cofio'r noson pan gafodd Walter Price ei anafu?'

'Ydw, dim ond am fod pawb yn siarad am y digwyddiad y noson wedyn.'

'Y noson honno,' parhaodd Jeff. 'Wyt ti'n cofio pwy oedd yn y dafarn?'

Meddyliodd cyn ateb. 'Mi oedd hi'n brysur yn gynnar y

noson honno am fod cystadleuaeth darts yno,' meddai. 'Fedra i ddim enwi'r cwbl, ond dwi'n cofio Marc Mathias, cipar Mr Price, yn cael galwad ar ei ffôn symudol ac mi ddiflannodd yn syth heb orffen ei beint.'

'Be am Gareth Jenkins?'

'Yr un a fygythiodd Mr Price fisoedd yn ôl, dach chi'n feddwl? Rydach chi'n sbio yn y lle anghywir. Fysa fo byth yn gwneud – a beth bynnag, mi oedd yntau acw'r noson honno hefyd, yn chwarae darts. Mae o'n aelod o'r tîm.'

Roedd Jeff yn hapus ei fod wedi cadarnhau alibi'r ddau.

'Rho fi i lawr yn fama,' meddai Jeff. 'Mi wela i di nos fory felly. A dim gair wrth neb.' Caeodd Jeff ddrws y car.

'Ond be am ...?'

'Tala'r arian rwyt ti wedi'i ddwyn yn ôl, a dwi isio gweld prawf dy fod ti wedi gwneud hynny,' atebodd Jeff, yn gwybod yn iawn beth oedd ar ei feddwl.

'Ond be am ...?' meddai'r gyrrwr eto wrth i Jeff ddechrau cerdded i fyny'r lôn tuag at Rhandir Canol.

Nid atebodd Jeff. Gwyddai y byddai barman y Goron yn was ffyddlon o hynny allan.

Pennod 20

Y bore trannoeth, roedd Jeff yn hyderus ei fod gam yn nes at ganfod pwy oedd wedi ymosod ar Walter. Gorweddodd ar ei gefn yn ei wely yn myfyrio dros ei ddarganfyddiadau. Ystyriodd drafod y mater efo Walter er mwyn cael barn y dyn ei hun, ond byddai digon o amser i wneud hynny ryw dro eto. Teimlai mai darn bychan o'r darlun roedd o wedi'i ddarganfod y noson cynt wedi'r cyfan, ond er hynny roedd yr hen deimlad bach hwnnw yng ngwaelod ei fol yn dweud wrtho ei fod ar y trywydd iawn o'r diwedd. Anaml iawn roedd y teimlad hwnnw wedi'i dwyllo fo dros y blynyddoedd.

Roedd y darlun mawr yn dal i greu penbleth iddo. Sylweddolodd fod yn rhaid iddo ailystyried popeth os oedd o am archwilio cysylltiad posib MacLean â'r ymosodiad, y torri ffenestri a'r tân. Ond a oedd cysylltiad rhwng troseddwr lleol fel hwn ac Amelia, neu'r tramorwyr roedd Walter wedi eu bedyddio'n Faffia? Wedi'r cyfan, nhw oedd y rhai a wnaeth y niwed mwyaf parhaol i Walter, gan y byddai'r glec ariannol yn effeithio arno am fisoedd, blynyddoedd hyd yn oed. A sut oedd modd i MacLean, troseddwr caled y fro, ddylanwadu ar bwyllgorau'r clybiau pysgota a phêl-droed? Roedd yr hyn ddigwyddodd yn y pwyllgorau yn gyfrwys, a byddai angen amynedd i weithredu'r cynllwynion, ac o brofiad Jeff, nid dyna ffordd pobl fel MacLean o ymddwyn fel arfer. Roedd yn rhaid iddo ystyried hefyd a oedd Dilwyn Parry, neu efallai un o'i deulu, yn berthnasol i'w ymchwiliad. Gwyddai y byddai'n rhaid iddo dyllu ychydig ymhellach, ond y cam cyntaf oedd cadarnhau cysylltiad Dafi MacLean â'r miri. Edrychai ymlaen at ymweld â'r Goron eto'r noson honno.

Gwyddai Jeff fod parti o saethwyr, criw o ddynion lleol a fyddai'n hela ar y stad unwaith y flwyddyn, yno y diwrnod hwnnw a phenderfynodd ymuno â'r curwyr unwaith eto.

'Dew, mae Humph yn ei ôl,' meddai Bychan pan gerddodd i mewn i'r ystafell.

'Ydw, a wnes i ddim taro fy mhen tro yma chwaith,' broliodd Jeff.

'Ti'n dysgu'n sydyn, mae'n rhaid,' meddai Gwallt Hir.

Cododd Cyll ei law i'w gyfarch heb ddweud gair. Ymatebodd Jeff yn yr un modd ond gwelodd edrychiad yn llygaid yr hen fachgen nad oedd yn ei ddeall. Ni roddodd Jeff unrhyw arwydd ei fod wedi sylwi arno.

'Oes 'na rywun am banad?' gofynnodd Jeff wrth gerdded i gyfeiriad y gegin fach. Doedd neb awydd un, felly eisteddodd Jeff i lawr.

'Dwi'n gobeithio nad ydw i'n cymryd sêt arbennig neb yn y fan hyn,' meddai.

'Sêt y Mawr ydi honna,' meddai Bychan, 'ond paid â phoeni, mi fyddi di wedi'i chynhesu hi'n braf iddo fo erbyn iddo gyrraedd.'

Ar hynny, agorodd y drws a chamodd Mawr i mewn gan daro'i ben yn y trawst. Chwarddodd pawb fel arfer.

'Dyna i ti un sydd ddim yn dysgu mor handi, yli,' meddai Gwallt Hir.

Cerddodd Mawr at Jeff.

'Coda,' cyfarthodd, gan wneud arwydd efo'i law. 'Fy sêt i 'di honna.'

'Dim ond ei chynhesu hi i ti o'n i,' meddai Jeff.

'Ia,' ychwanegodd Bychan. 'Gofal yn y gymuned, dyna'r cwbwl. 'Dan ni'n lecio gwneud ein gorau i wneud yn siŵr fod yr henoed yn gyfforddus.' Chwarddodd pawb eto.

Treuliodd Jeff fore braf yn edrych ar y cŵn hela'n gweithio ac yn mwynhau bron cymaint â'r curwyr eu hunain. Roedd pob un ohonynt yn cael ei herio'n gyfeillgar o dro i dro a dysgodd Jeff ystyr yr hyn a ddywedwyd wrtho ar ei ddiwrnod cyntaf yno – sef bod cael ei sarhau yn ei wneud yn un o'r hogiau. Parhaodd yr hela ar ôl cinio ac yng nghanol dreif olaf y diwrnod darganfu Jeff ei hun yng nghwmni Cyll.

Edrychodd hwnnw o'i gwmpas cyn siarad er mwyn sicrhau nad oedd neb yn clustfeinio.

'Ro'n i'n clywed dy hanes di yn y Goron neithiwr,' meddai.

'O, mae newyddion yn gwibio o gwmpas y lle 'ma mae'n rhaid.'

'Y stori glywais i oedd dy fod ti wedi cael dipyn go lew i yfed ac yn bygwth pwy bynnag ymosododd ar Price.'

'Mae ysgwyd y caetsh er mwyn gweld be ddisgynnith allan yn un ffordd o ganfod tipyn o wybodaeth ambell dro, wyddoch chi,' atebodd Jeff efo gwên fach.

'Ond cofia nad oes neb yn mynd i dy helpu di yn y fan honno, ac mae 'na hanner dwsin o ddynion sy'n mynd i'r Goron 'na yn rhai fysa'n hanner dy ladd di heb feddwl ddwywaith.'

'Fel Dafi MacLean a'i fêts, dach chi'n feddwl?' gofynnodd Jeff.

Nodiodd Cyll ei ben. 'Dim ond rhoi cyngor i ti ydw i. Dydi o'n ddim o fy musnes i, ond ar dy ben dy hun wyt ti, a 'swn i ddim isio dy weld ti'n cael unrhyw niwed.'

'Ar fy mhen fy hun?' gofynnodd Jeff, yn cofio'r edrychiad hen ffasiwn a gafodd gan Cyll y bore hwnnw.

'Efallai 'mod i yn camgymryd,' meddai Cyll gan edrych yn syth i lygaid Jeff, 'ond ro'n i ar y rheithgor yn Llys y Goron Caernarfon rhyw dair blynedd yn ôl.'

'Oeddach chi wir?' atebodd Jeff. 'Pa fath o achos oedd o?'

'Achos difrifol o ymosod yn rhywiol ar blant bach yn ardal Glan Morfa. Dydi o ddim yn achos y medra i ei anghofio, er cymaint dwi wedi trio yn y cyfamser.'

Cofiodd Jeff mai fo oedd y ditectif yn yr achos hwnnw, a'i fod wedi treulio diwrnod a hanner yn rhoi tystiolaeth. Meddyliodd yn galed sut i barhau â'r drafodaeth. Gwyddai fod y gath, yn anffodus, allan o'r cwd.

'Oes rhywun arall yn gwybod am hyn?' gofynnodd.

''Run enaid byw.'

'Mi hoffwn gadw pethau felly, os gwelwch chi'n dda.'

'Mi ro i fy ngair i ti, ond cofia be dwi'n ddweud, Jeff. Bydda'n ofalus os wyt ti isio cadw'n iach. Uffern o foi peryg ydi'r MacLean 'ma, ac mae ganddo fo ddigon o fois yn gefn iddo fo hefyd. Mi glywais i ddau ddyn yn siarad pan o'n i'n prynu papur bore 'ma. Mae MacLean wedi clywed dy hanes di neithiwr yn barod ac mi fyddi di angen dau lygad barcud yng nghefn dy ben o hyn ymlaen.'

'Dwi'n ddiolchgar iawn i chi am y cyngor,' atebodd Jeff, fel yr oedd gweddill y curwyr yn agosáu.

* * *

Y noson honno, i fod yn berffaith saff o'i bethau, penderfynodd Jeff gadw'i gar yn ddiogel o dan glo mewn garej yn un o adeiladau'r stad. Cyn cloi'r drws, agorodd y bŵt a chododd y llawr i fyny i ddatguddio'r olwyn sbâr. Agorodd glwtyn oedd wedi ei stwffio i'r gwagle yng nghanol yr olwyn a thynnu pastwn yr heddlu ohono. Nid pastwn hir fel y rhai fyddai plismyn yn eu cario mewn poced bwrpasol i lawr coes eu trywsusau oedd hwn, ond un bach, tua chwe modfedd o hyd, oedd wedi'i wneud yn arbennig i ferched yn yr heddlu yn y chwe a'r saith degau i'w gario yn eu bagiau llaw. Er mai bach oedd o, roedd o'n eithaf trwm gan fod ei ganol wedi'i lenwi â phlwm. Bu'n ddefnyddiol iawn i Jeff dros y blynyddoedd gan nad oedd ditectifs yn cario pastwn yn rheolaidd, a gwnaethai Jeff boced bwrpasol iddo yn ei gôt ddyffl.

Rhoddodd y teclyn yn y boced bwrpasol ac am naw o'r gloch cerddodd i mewn trwy ddrws ffrynt tafarn y Goron.

Doedd y dafarn ddim yn eithriadol o brysur. Gwenodd a chododd ei law i gyfeiriad Jim a'i gyfeillion newydd a oedd yn gwylio un o gemau pêl-droed Pencampwriaeth Ewrop ar y teledu. Edrychodd Wil Morgan, y barman, arno'n nerfus pan gamodd Jeff at y bar i archebu peint o gwrw mwyn. Edrychodd Wil o'i gwmpas, yna rhoddodd ddarn o bapur wedi'i blygu yn llaw Jeff. Agorodd Jeff y papur a gwelodd mai derbynneb banc oedd o, yn dangos fod tri chant a hanner o bunnau wedi'i dalu i mewn i gyfrif Robert Wilson, perchennog y dafarn, yn gynharach yn y dydd. Rhoddodd Jeff y dderbynneb ym mhoced ei grys.

'Mi gadwa i hwn nes y bydda i'n saff fod y ffolineb yma drosodd,' meddai. Nid oedd Wil yn disgwyl clywed hynny.

'Ga i'r peint yma i ti,' meddai.

Doedd Jeff ddim yn coelio'r hyn a glywodd. 'Mi dala i fy ffordd fy hun,' mynnodd.

'Mae arna i un i ti am neithiwr,' meddai llais Jim tu ôl iddo.

'Diolch, Jim,' atebodd Jeff, a gwneud lle iddo wrth y bar.

Cymerodd Jeff lwnc bach o'r cwrw a dilyn Jim i gyfeiriad y teledu a'r bwrdd pŵl. Yna trodd yn ei ôl a gofynnodd i Wil yn ddistaw oedd Dafi MacLean wedi dangos ei wyneb y noson honno.

'Dim eto,' atebodd yntau, 'ond mi fydd hi'n reit amlwg i chi pan gyrhaeddith o.'

Eisteddodd Jeff o flaen y teledu efo un llygad ar y gêm bêl-droed a'r llall ar y gêm pŵl o'i flaen. Ymhen ugain munud agorodd drws y dafarn a disgynnodd distawrwydd llethol dros yr holl ystafell. Trodd Jeff ei ben a gwelodd gawr o ddyn yn sefyll yno, yn llenwi ffrâm y drws.

Pennod 21

Tybiai Jeff fod Dafi MacLean yn ei bedwar degau hwyr. Roedd yn gawr o ddyn – tua chwe throedfedd a phum modfedd ac yn pwyso deunaw stôn o leiaf, ond heb owns o fraster yn agos i'w gorff caled. Er bod oerni mis Tachwedd yn gafael y tu allan, dim ond crys T a jîns glas oedd ganddo amdano, er mwyn i bawb yn y dafarn allu edmygu'r cyhyrau oedd yn chwyddo o dan ddefnydd tenau'r crys. Heb os nac oni bai, meddyliodd Jeff, roedd o'n treulio oriau'n codi pwysau. Roedd ei wallt cringoch wedi ei dorri'n gwta iawn ac roedd ganddo bwt bach o farf gafr o'r un lliw ar waelod ei ên.

Edrychodd y barman i gyfeiriad Jeff ac amneidio arno, ond doedd dim rhaid iddo egluro pwy oedd y gŵr yn y drws.

Cymerodd Dafi MacLean dri cham araf i mewn i'r ystafell ac ymddangosodd dau ddyn arall y tu ôl iddo fo fel bownsars, eu coesau ar led a'u breichiau wedi'u plethu. Roedd y rhain yn iau na MacLean, yn eu dau ddegau hwyr; bron cymaint o ran corffolaeth â'u meistr ac yn fechgyn caled yr olwg.

Yn y distawrwydd llethol edrychodd MacLean o'i gwmpas yn fygythiol a syrthiodd ei lygaid ar Jeff. Syllodd Jeff yn ôl arno yn ddiemosiwn a cheisiodd atal ei hun rhag llyncu ei boer. Camodd MacLean at y bar.

'Dŵr,' meddai.

Ochneidiodd Jeff yn uchel a throdd yn ôl i edrych ar y teledu gan groesi ei goesau a phlethu ei freichiau i roi'r argraff ei fod wedi ymlacio'n llwyr ac eisteddodd yn ôl yn hamddenol yn ei gadair. Clywodd gamau araf MacLean ar y llawr pren y tu ôl iddo ond mygodd ei awydd i droi rownd i edrych arno. Cerddodd MacLean a'r ddau arall heibio i Jeff at y bwrdd pŵl lle roedd dau o ffrindiau Jim newydd ddechrau gêm. Tynnodd MacLean y ciw o ddwylo un ohonynt ac amneidio ar i'r llall ddiflannu o'i olwg. Gafaelodd yn y ddau ddarn hanner can ceiniog oedd wedi eu gadael ar y bwrdd a'u defnyddio i ddechrau gêm newydd ei hun. Wrth fwydo'r arian i'r twll edrychodd yn fygythiol ar y criw o fechgyn o'i gwmpas fesul un, cystal â rhoi sialens i unrhyw un ohonyn nhw wrthwynebu. Dyna'i natur, tybiodd Jeff – bygwth a herio gan wybod na fyddai neb yn ddigon ffôl i godi yn ei erbyn.

Dechreuodd MacLean chwalu'r peli i wahanol gyfeiriadau. Cerddodd o gwmpas y bwrdd yn taro'r ciw yn erbyn ei law chwith fel arf. Cymerodd un shot ar ôl y llall, yn methu ac yn claddu'r peli bob yn ail. Nid dangos ei sgiliau ar y bwrdd oedd ei fwriad ond yn hytrach dangos ei ddylanwad dros y dynion eraill. Heb drafferthu i orffen claddu'r peli, lluchiodd y ciw ar y bwrdd a throdd yn ôl i wynebu'r bar. Cerddodd i'r cyfeiriad hwnnw yn araf a stopiodd rhwng Jeff a'r teledu. Safodd yno heb ddweud gair, yn syllu arno.

Mewn ystum amharchus symudodd Jeff ei ben i un ochr, digon yn unig iddo fedru gweld y teledu heibio'r cawr oedd o'i flaen.

'Dwi'n siŵr fod y blaenwr 'na'n camsefyll,' meddai wrth Jim, yn union fel petai MacLean ddim yno. Roedd hon yn sioe nid yn unig i MacLean a'i ddau gefnogwr, ond i bawb arall yn y dafarn hefyd. Gwyddai pawb fod posibilrwydd cryf iawn y byddai'r sefyllfa yn troi'n ffrwgwd unrhyw eiliad. Cerddodd MacLean yn ôl at y bar.

'Paid â malu cachu efo hwnna,' meddai Jim yng nghlust Jeff. 'Mi fwytith di heb golli winc o gwsg.'

Gwenodd Jeff arno. Disgwyliodd am funud neu ddau cyn cerdded at y bar a sefyll wrth ymyl MacLean a'i ddau fownsar. Roedd Jeff mor agos ato nes bod llawes ei gôt ddyffl yn cyffwrdd braich noeth MacLean.

'Yr un peth eto, plis Wil,' meddai wrth y barman, 'a phaced o gnau hefyd.'

Nid oedd gair arall i'w glywed drwy'r ystafell. Rhoddodd Wil beint o gwrw mwyn o'i flaen efo'r cnau. Gwelodd Jeff ei fod yn chwysu'n drwm ac yn crynu fel deilen – yn union fel y gwnaeth y noson cynt. Roedd yr awyrgylch yn drydanol, fel tân gwyllt yn barod am fatsien. Arhosodd pawb yn llonydd ac yn ddistaw, yn disgwyl am y ffrwydriad.

Talodd Jeff am y peint a'r cnau a chymerodd lymaid o'i wydr. Trodd i wynebu'r ystafell. Â'i gefn yn pwyso ar y bar, agorodd y paced a ffliciodd gneuen yn uchel i'r awyr efo'i fys a'i fawd a'i dal yn ei geg.

'Wel,' meddai wrth y cwsmeriaid o'i flaen. 'Dwi ddim callach nag oeddwn i neithiwr, a dwi ddim nes i ddarganfod pa gachgwn ddaru ymosod ar fy ewythr, Walter Price. Yr unig beth dwi wedi'i glywed ydi mai rhyw gadi-ffans oeddan nhw, a'u bod nhw wedi mynd yn ôl i guddio o dan eu hen gragen fudur. Felly dwi'n rhoi pris ar eu pennau nhw, i fflysio'r cachwrs allan. Mil o bunnau am unrhyw wybodaeth. Lledaenwch y ffaith, wnewch chi?'

Synhwyrodd Jeff fod Dafi MacLean yn crynu wrth geisio atal ei hun rhag colli'i dymer. Roedd y dyn mawr yn lloerig, ond gwyddai Jeff fod gormod o dystion o'i gwmpas iddo allu gwneud yr hyn oedd ar ei feddwl – ar hyn o bryd, o leiaf.

Symudodd y ddau fownsar, un o flaen Jeff a'r llall yr ochr arall iddo. Cododd yr un a oedd yn sefyll o'i flaen ei ddwrn, a'i ddal fodfeddi oddi wrth wyneb Jeff. Gwelodd Jeff ei fod yn gwisgo modrwy fawr arian ar ei fys canol, ac arni siâp pen tarw a dau gorn yn ymestyn ohono. Cofiodd Jeff yr amlinelliad ar foch clwyfus Walter Price. Gafaelodd MacLean ym mraich ei gyfaill a'i thynnu i lawr – nid fan hyn oedd y lle.

'Dach chi isio dweud rwbath wrtha i, hogia?' gofynnodd Jeff. 'Na, do'n i ddim yn meddwl,' ychwanegodd pan na ddaeth ateb. Gafaelodd Jeff yn ei beint a gwthiodd heibio i'r tri. Wedi iddo gymryd dau gam stopiodd a throdd i'w hwynebu.

'Fel ro'n i'n dweud,' meddai, 'bastards, llyfrgwn di-asgwrn-cefn oedd y rheini gurodd Walter Price. Ond ta waeth am hynny heno, dwi'n mynd allan am smôc.' Rhoddodd gneuen arall yn ei geg a cherddodd allan drwy ddrws ffrynt y dafarn. Roedd Mitsubishi L200 du yn y maes parcio, a'r gair ANIMAL yn glir ar hyd y ddwy ochr. Roedd dwy lamp sbot ychwanegol ar flaen y cerbyd, yn union fel y rhai welodd Jeff ychydig nosweithiau ynghynt pan orfodwyd o i neidio i'r clawdd.

Smôc? Cofiodd Jeff ei fod wedi rhoi gorau i'r arferiad ers dros ddwy flynedd, ond yr eiliad honno, byddai wedi rhoi canpunt am fygyn.

Disgwyliodd Jeff. Wrth sefyll yn yr oerfel, doedd o ddim

yn ymwybodol fod cyfeillion MacLean wedi gwneud sioe fawr o fynd i'r lle chwech, er budd y cwsmeriaid eraill. Ar ôl gadael y bar aethant allan drwy ddrws cefn yr adeilad a brasgamu rownd i'r ffrynt.

'Chwilio am rwbath, bois?' Daeth llais Jeff o dywyllwch pen draw'r maes parcio.

'Dyma fo,' meddai'r un a wisgai'r fodrwy.

'Ro'n i'n meddwl mai waldio hen ddynion diniwed oedd steil genod bach fel chi'ch dau,' meddai.

Rhuthrodd y ddau tuag ato ac er syndod iddynt safodd Jeff ei dir. Osgôdd Jeff y trawiad cyntaf drwy ochrgamu'n sydyn i'r dde a tharodd ei law yn nerthol yn erbyn ochr pen gŵr y fodrwy. Yn y llaw honno roedd y pastwn bychan â'r canol plwm, arf a grëwyd ar gyfer amgylchiadau fel hyn.

Cyn i hwnnw gyrraedd y llawr, gwelodd Jeff yr ail ddyn yn hyrddio'i hun tuag ato â chyllell yn ei law. Teimlodd nerth yr ergyd yn erbyn ochr ei gôt, ond cyn i'w ymosodwr fedru anelu eilwaith anelodd Jeff y pastwn bach a'i daro'n egr ar ei gorun. Syrthiodd hwnnw i'r ddaear hefyd a gwyddai Jeff fod y ddau'n anymwybodol. Nid oedd y ffrwgwd wedi cymryd mwy nag ychydig eiliadau. Plygodd wrth ochr y ddau gan dynnu'r fodrwy oddi ar fys canol y dyn cyntaf gyda chryn drafferth. Chwiliodd drwy eu pocedi a'u waledau yn gyflym, nes iddo ddysgu eu henwau. Rhoddodd y fodrwy ym mhoced ei grys.

Agorodd ddrws y dafarn a chamodd yn ôl i mewn fel petai dim wedi digwydd. Rhyfeddodd y cwsmeriaid – MacLean yn enwedig – o weld Jeff yn ddianaf. Nid oedd hyd yn oed yn anadlu'n gyflym.

Cerddodd Jeff yn araf at y bar, yn union fel y gwnaeth MacLean hanner awr ynghynt.

'Dŵr,' meddai, wrth gyrraedd y bar. 'Dim mewn gwydr. Mewn jwg.'

Llanwodd Wil Morgan y jwg a'i rhoi i Jeff, a cherddodd yntau yn ôl tua'r drws, yr un mor araf, a diflannu i'r tywyllwch tu allan.

Dychwelodd ymhen llai na munud a rhoi'r jwg wag yn ôl ar y cownter. Trodd at MacLean.

'Mae 'na ddau foi tu allan,' meddai. 'Maen nhw braidd yn wlyb, ond maen nhw'n dechrau deffro. Wn i ddim wir, gyrru genod bach i wneud gwaith dyn.'

Gwelodd fod gwythïen yn pwmpio'n afreolus ar arlais MacLean, yn arwydd ei fod unwaith eto yn gwneud ei orau i atal ffrwydrad rhywle'n ddwfn yn ei grombil. Cerddodd allan heb ddweud gair, heb edrych ar Jeff nac unrhyw un arall.

Roedd pawb yn y dafarn yn edrych ar Jeff yn gegrwth. Daeth Jim i sefyll wrth ei ochr. 'Peint i'r dyn,' dywedodd wrth Wil. 'Mae o'n ei haeddu o.' Cymerodd Jeff lymaid da o'r cwrw mwyn. 'Paid â meddwl bod y frwydr yma drosodd, Jeff,' meddai. 'Mae'n rhaid gen i fod 'na reswm da pam na wnaeth Dafi MacLean hanner dy ladd di heno. Rheswm da iawn hefyd. Bydd yn rhaid i ti fod yn wyliadwrus iawn o hyn ymlaen.'

Ni wyddai Jeff, na neb arall, pa mor agos at eu lle yr oedd y geiriau hynny. Ni wyddai chwaith fod cwmwl du dychrynllyd ar fin ei amgylchynu.

Pennod 22

'Mae'n hen bryd i mi roi'r wybodaeth ddiweddaraf i chi, Walter,' meddai Jeff wrth gamu drwy ddrws ffrynt y bwthyn yn gynnar y bore canlynol.

'Wel ty'd i mewn, 'machgen i, a gwna baned o goffi i ni'n dau. Ti'n gwybod lle mae bob dim.' Roedd Jeff wedi bod yn un o'i ymwelwyr mwyaf cyson yn ddiweddar.

Aeth Jeff â'r ddau fŵg i'r lolfa lle gwelodd fod Walter yn eistedd yn ei gadair yn disgwyl amdano'n amyneddgar. Roddodd un ar y bwrdd o flaen yr hen ŵr a'r llall wrth ochr y gadair arall. Cyn eistedd arni, tynnodd Jeff y fodrwy arian o'i boced a'i rhoi yng nghledr llaw Walter.

'Be 'di arwyddocâd hon?' gofynnodd.

'Dwi naw deg naw y cant yn sicr mai'r fodrwy yma wnaeth y niwed i'ch llygad chi,' esboniodd.

'Rargian. Pwy sy bia hi?' gofynnodd.

'Dyn o'r enw Gwyn Cuthbert. Mi fenthycais i hi ganddo fo neithiwr,' meddai.

'A sut, medda chdi, gwnest ti ei berswadio fo i'w rhoi hi i ti?'

Adroddodd Jeff yr hanes wrtho. 'Eric Johnson ydi enw'r llall oedd efo fo neithiwr, ond mae 'na fwy na hynny i'r peth dwi'n meddwl. Mae'r ddau yn gysylltiedig â dyn o'r enw Dafi MacLean.'

'Dwi'n nabod yr enw. Dipyn o ddihiryn, neu dyna maen nhw'n ddweud, ond dwi erioed wedi'i gyfarfod o.'

'Mae o'n gyrru Mitsubishi Animal mawr du sydd ddim yn annhebyg i be welodd Margiad yn gadael y lle 'ma ar yr un noson ac y cawsoch chi eich anafu. Ar ben hynny, mi fu bron i gar felly fy nharo fi wrth yrru o'r stad 'ma ar ôl i garafán Amelia ffrwydro.'

'Y noson ddaru hithau ddiflannu, ia?' myfyriodd Walter yn uchel, a'i law dde yn rhwbio'i ên. 'Be wnei di felly? Gwneud yr holl beth yn swyddogol, mae'n siŵr gen i?'

Edrychodd Jeff arno'n fud am nifer o eiliadau cyn ateb.

'Na,' meddai o'r diwedd. 'Dim eto. Efo'ch caniatâd chi mi hoffwn wneud tipyn bach mwy o ymchwil er mwyn darganfod pam maen nhw ar eich ôl chi.' Gwelodd fod Walter yn ystyried y sefyllfa'n fanwl. 'Mae 'na rwbath y tu ôl i hyn i gyd,' parhaodd Jeff. 'Pa reswm sy gan MacLean a'i ddynion i wneud hyn i chi?'

'Dim. Dim o gwbwl,' atebodd Walter. 'Ond dwi'n dechrau ystyried efallai nad ydi'r holl ddigwyddiadau'n gysylltiedig â'i gilydd. Er enghraifft, sut allai rhywun fel MacLean ddylanwadu ar y clwb pêl-droed a'r clwb pysgota? A sut yn y byd y bysa fo'n medru bod yn gysylltiedig â'r dynion o Budapest, y Maffia ddiawl 'na?'

'A fedra i ddim dallt sut bod ganddo fo gysylltiad efo Amelia chwaith.'

'Yn hollol,' cytunodd Walter. 'Oes 'na bosibilrwydd ei fod o'n gweithio ar ran rywun arall, dŵad?'

Gwenodd Jeff. 'Rydan ni'n dallt ein gilydd, dwi'n meddwl, Walter. A chanfod ateb i'r cwestiwn hwnnw ydi'r cam pwysicaf. Dim ond wedyn y daw diwedd i hyn i gyd, dwi'n grediniol o hynny.'

'Mi wyt ti yn llygad dy le, Jeff – ond sut wyt ti am fynd o'i chwmpas hi?'

'I ddechrau,' meddai, 'rhaid i mi gadarnhau unrhyw gysylltiad rhwng MacLean a'r pwyllgorau, ond wn i ddim sut y medra i ddarganfod unrhyw wybodaeth am y tramorwyr a adawodd y lle 'ma heb dalu. Be oedd enw arweinydd y parti?'

'Val oedd pawb yn ei alw fo.'

'Wel, mi groesa i'r bont honno pan ddo' i ati felly.'

'Ydi'r dyn MacLean 'ma'n siarad Cymraeg?' gofynnodd Walter.

'Cystal â fi,' atebodd Jeff. 'Pam dach chi'n gofyn?'

'Dim ond bod Cymraeg dipyn yn chwithig gan hwnnw ffoniodd yma i fy rhybuddio rhag helpu Amelia. Nid MacLean oedd hwnnw felly.'

'Nage, mae'n debyg, Walter. Dydi o'n beth rhyfedd, deudwch, ein bod ni'n dod yn ôl at Amelia bob gafael? Dwi wedi darganfod rwbath arall hefyd, Walter,' ychwanegodd Jeff cyn gorffen y drafodaeth. 'Fedra i ddim penderfynu os oes cysylltiad ai peidio, a dyna pam dwi isio'ch barn chi.' Ceisiodd Jeff fod mor ddiplomataidd â phosib.

'Dweud be sy ar dy feddwl di, 'ngwas i, ac mi gei di fy marn i.'

'Materion sy'n mynd yn ôl dros ugain mlynedd, i'r cyfnod pan brynoch chi Randir Canol, a chyn hynny.'

Syllodd Walter Price i fyw llygaid Jeff heb ddweud gair. Roedd yn ddigon hawdd gweld bod y datganiad yn annisgwyl.

'Dwi'n sôn am gaffaeliad y tir oedd yn cyflenwi dŵr Melysddwr y Cwm Cyf., a methiant ariannol Dilwyn Parry, a oedd yn rhannol o ganlyniad i hynny, a'ch pryniant chi o'i eiddo fo, Rhandir Canol, am lawer iawn llai na'i werth.'

'Wel, mae rhywun wedi bod yn siarad,' meddai Walter. Dewisodd Jeff beidio'i ateb. 'Pwy sy wedi bod yn agor ei geg?' gofynnodd yn blwmp ac yn blaen yr eildro.

'Mater i mi ydi hynny,' mynnodd Jeff. Dewisodd beidio â sôn mai Twm, ei frawd ei hun, oedd y ffynhonnell.

'Busnes oedd hynny i gyd, 'machgen i. Busnes a dim byd arall,' mynnodd Walter pan sylweddolodd nad oedd Jeff am ymhelaethu.

'Edrychwch, Walter. Dim er mwyn eich barnu chi dwi'n codi hen grachod. Ceisio penderfynu ydw i ydi'r mater wedi dylanwadu ar ddigwyddiadau'r presennol.'

'Ond mi ddigwyddodd hynny i gyd dros chwarter canrif yn ôl,' mynnodd Walter, yn anarferol o aflonydd yn ei gadair. 'Sut fedar o fod yn gysylltiedig?'

'Mae digwyddiadau yn gallu dod yn ôl i'n poenydio ni weithiau. Mi wn i fod Dilwyn Parry wedi marw bellach. Oedd ganddo fo deulu, Walter?' gofynnodd.

'Gwraig,' atebodd. 'Ac mi oedd ganddo fo fab hefyd os dwi'n cofio'n iawn, ond mi ddiflannodd hwnnw ddwy neu dair blynedd cyn i mi brynu'r lle 'ma – a does neb wedi'i weld o ers hynny. Mae gen i ofn nad wyt ti'n pori yn y cae iawn, Jeff.'

'Wel, dyna fo. Dwi wedi gofyn i chi, ac mi ydach chitha wedi rhoi'ch barn. Dyna'r cwbwl ro'n i isio am rŵan.' Cododd Jeff ar ei draed i adael.

'Gad i mi wybod be ddaw i'r fei nesa,' meddai Walter wrth ddilyn Jeff at y drws, 'ond dwi'n meddwl mai codi bwganod wyt ti.'

Nid oedd Jeff yn sicr a fyddai Walter eisiau cael gwybod mwy. Ar y llaw arall, roedd Walter yn amau, unwaith yn rhagor, mai camgymeriad oedd gofyn i'r ditectif ddechrau ymchwiliad answyddogol i'w fywyd. Mi ddylai fod wedi gwybod yn well.

* * *

Cyrhaeddodd Jeff dŷ ei gyfaill Esmor Owen, pen cipar afonydd yr ardal, ychydig ar ôl pedwar o'r gloch y prynhawn hwnnw. Gwyddai y byddai Esmor yn arfer cael dwyawr neu dair o seibiant yn hwyr bob prynhawn cyn mentro allan eto fin nos i chwilio am botswyr y fro. Gwelodd fod y fan werdd wedi'i pharcio tu allan i'w dŷ, yn cadarnhau ei fod o adref. Cerddodd Jeff ar hyd y llwybr rhwng y garej a'r tŷ tuag at y drws cefn yn ôl ei arferiad. Gwelodd ffesant yn hongian ar hoelen wrth ochr y drws, rhywbeth arferol yr adeg honno o'r flwyddyn. Rhoddodd Jeff bâr o hwyaid a saethwyd y bore hwnnw yn Rhandir Canol i hongian wrth ei ochr. Wrth gnocio ar wydr y ffenest gwelodd ei gyfaill yn eistedd tu ôl i bapur newydd efo paned yn un llaw. Cododd ei ben a gwnaeth arwydd iddo ddod i mewn. Agorodd Jeff y drws.

'Mae 'na ddwy hwyaden i ti tu allan,' meddai wrth fentro i mewn.

'Sut wyt ti'r diawl? Lle ti 'di bod ers wythnosau? Dwi ddim wedi dy weld ti ers tro byd. Mi glywais i rywun yn dweud dy fod wedi cael dy wahardd o dy waith. Be ddiawl wyt ti wedi bod yn 'i wneud?' Ni fu Esmor erioed yn un am gelu'i chwant am wybodaeth.

'O, mi rois i ochor pen i ryw ddiawl gwirion, Uwch Swyddog o Heddlu'r Met yn Llundain, ac mae hwnnw'n pwyso am i mi gael fy nghyhuddo.'

'Wel myn uffarn i. Ti ddim yn un am drafod dy broblemau nag wyt? Paned?'

'Coffi plis.'

Eisteddodd y ddau wrth fwrdd y gegin a daeth sbaniel du a gwyn Esmor i eistedd wrth eu traed.

'Be ti 'di bod yn wneud efo chdi dy hun felly – a pam na ddest ti i 'ngweld i'n gynt?'

'Wel, dwi wedi bod i ffwrdd a dweud y gwir wrthat ti, Esmor. Ddim yn bell, ond dyna pam dwi wedi dod yma heddiw. Mae gen i angen dipyn o wybodaeth.'

'Wel gofyn 'ta. Os ydi'r ateb gen i, ti'n gwybod y cei di o.'

Cymerodd Jeff lymaid o'i goffi a rhoddodd ei fŵg yn ôl ar y bwrdd.

'Ynglŷn â dyn o'r enw Walter Price,' meddai. Gwelodd Jeff wên fawr yn ymddangos ar wyneb ei gyfaill a honno'n cadarnhau yn syth ei fod wedi dod i'r ffynhonnell gywir am yr wybodaeth.

'O ia,' meddai Esmor. 'A be felly ydi dy ddiddordeb di yn hyn i gyd?'

Rhoddodd grynodeb o'r sefyllfa – dim ond digon i roi blas iddo. Nid oedd Jeff yn credu mewn gofyn am wybodaeth gyfrinachol heb roi rheswm da am y cais. Ac yn y sefyllfa hon, roedd yn hanfodol bod Esmor yn sylweddoli pa mor bwysig oedd yr achos. Ar ôl iddo orffen tynnodd Esmor sigarét arall o'r pecyn ar y bwrdd o'i flaen, a tharo'r ddau ben ar ochr y pecyn cyn ei rhoi hi yn ei geg a'i thanio.

'Fy hogia i, Trefor ac Islwyn, ddaru'i fwcio fo'r noson honno.'

'Oes ganddyn nhw unrhyw amheuaeth ynglŷn â'r achos?' gofynnodd Jeff.

'Wel, aros di am funud bach, Jeff,' meddai. 'A gad i mi roi'r hanes i ti. Mi welon nhw Price yn dychwelyd at ei gar chydig ar ôl hanner nos, yn cario sach efo'r eog ynddo fo. Eog wedi ei botsio, doedd dim dwywaith. A diawch, mi oedd yr hogia wrth eu boddau eu bod nhw wedi dal rhywun mor handi. Yn cario'r dystiolaeth i'w gar, a chroglath yn y sach hefyd. Chei di ddim gwell tystiolaeth.'

'Ond ...' dechreuodd Jeff dorri ar ei draws.

'Dal dy wynt, yr hen fêt. Fel hyn yr oedd hi, yli. Mi ddywedodd yr hen fachgen mai dim ond newydd godi'r bag a'i gynnwys eiliadau cyn i'r hogiau ei ddal roedd o. Dyna maen nhw i gyd yn ddweud yntê? Wedyn, i lawr yn swyddfa'r heddlu, mi ddaeth hi'n amlwg iddyn nhw pwy oedd yr hen fachgen. Do'n i ddim yn nabod Walter Price ond mi ddaeth yn amlwg i Trefor ac Islwyn, pan wnaethon nhw ymholiadau yn ddiweddarach, nad ydi Walter Price yn debygol o fod wedi gwneud y fath beth. Rargian, yn ôl be dwi'n ddallt mae o wedi gwneud cymaint dros y blynyddoedd i ariannu deorfa ar yr afon, heb sôn am weithio'n galed i wella'r clwb.'

'Ai digwydd bod yno'r noson honno oedd Trefor ac Islwyn?' gofynnodd Jeff pan gafodd y cyfle.

Gwenodd Esmor eto. 'Digon hawdd gweld mai ditectif wyt ti, y diawl,' meddai drwy gwmwl o fwg. 'Na, cael tip-off ddaru nhw.' Tro Jeff oedd hi i wenu. 'Ac mae hynny wedi rhoi mwy o amheuaeth ym mhennau'r ddau, yli,' ychwanegodd Esmor.

'Sut gawson nhw'r wybodaeth?'

'Trefor gafodd alwad ffôn i'w dŷ tua un ar ddeg y noson honno. Rhywun yn dweud bod 'na botsio yn mynd ymlaen yn Llyn Crwn, ac mi roddodd rif y car hefyd – rheswm arall iddyn nhw amau mai celwydd oedd y cwbl.'

'A be ydi'r sefyllfa efo'r achos ar hyn o bryd, Esmor?'

'Mae'r hogia wedi gwneud bob dim yn hollol gywir – rhoi'r holl wybodaeth o'r ddau safbwynt yn y gwaith papur, ac mi aeth hwnnw i mewn reit handi. Mae'r holl bapurau yn nwylo'r cyfreithwyr rŵan, ond does 'na ddim penderfyniad ynglŷn â'r achos hyd y gwn i.'

'Oedd 'na rywun arall o gwmpas yn fanno'r noson honno?' gofynnodd Jeff.

'Dim ond ryw ffôr bai ffôr mawr du, medda rhywun, yn crwydro o gwmpas cynt ac wedyn. Mae o'n perthyn i ryw foi sy'n delio mewn cyffuriau yn y dre, meddan nhw, ond wn i ddim be oedd o'n wneud yn y fan honno chwaith.'

'Dwi'n amau'n gry 'mod i'n gwybod,' meddai Jeff. 'Fo drefnodd y cwbl. Dwed wrtha i,' meddai, gan newid y pwnc. Dwi wedi clywed bod 'na ryw Sais wedi dechrau lluchio'i bwysa o gwmpas y clwb pêl-droed.'

'Felly dwi'n dallt hefyd. Mi glywais i si, gan fod y mab yng nghyfraith 'cw yn chwarae iddyn nhw, yli. Boi o'r enw Sydney Higgs sy wedi dod i fyw i'r ardal o Fanceinion ar ôl ennill y loteri. Mae o'n meddwl mai fo sy bia'r blydi lle – ond fydd o ddim yno'n hir os fydd o'n dal i wario'i bres fel mae o wedi bod yn 'i wneud yn ddiweddar. A dyna i ti beth rhyfedd,' ychwanegodd. 'Mae ganddo fo ferch sy'n defnyddio cyffuriau – dros ben blydi llestri meddan nhw – adict go iawn, ac yn ôl y sôn, y boi yn y ffôr bai ffôr 'na sy'n gwerthu heroin iddi.'

'Ia wir?' synnodd Jeff, a oedd erbyn hyn wedi cael yr ateb i lawer iawn mwy nag yr oedd o'n ei ddisgwyl gan ei gyfaill.

Pennod 23

Llanwodd Jeff wydryn â sudd oren ar ôl cyrraedd yn ôl i'r fflat, a oedd erbyn hyn wedi dechrau dod yn lle bach digon cysurus. Er hynny, edrychai ymlaen at ddychwelyd yn ôl i'w gartref ei hun, ac at dipyn bach mwy o normalrwydd yn ei fywyd. Llyncodd y rhan helaethaf o'r sudd oren yn syth. Roedd o wedi yfed digon o gaffîn yn ystod y dyddiau diwethaf i bara am oes, myfyriodd, ond buan y dychwelodd ei feddwl i'w sefyllfa bresennol. Beth oedd ystyr y gair 'normalrwydd' y dyddiau hyn – a beth oedd gan y dyfodol i'w gynnig? Bu'n bythefnos erbyn hyn ers iddo gael ei wahardd o'i waith, a doedd o ddim wedi clywed yr un gair ynglŷn â'r ymchwiliad i'w ymddygiad tuag at y Comander Toby Littleton. Ni allai gredu ei fod wedi gwneud peth mor annoeth y diwrnod hwnnw ar faes awyr Caernarfon, ac o flaen cymaint o dystion. Efallai mai dyna'r rheswm pam nad oedd o wedi clywed gair eto – am fod yr Uwch Arolygydd Gordon Holland o Heddlu Swydd Caer yn ymchwilio i'r mater yn drwyadl, a'i fod eisiau cymryd datganiad gan bawb o'r llu tystion cyn cyfweld â fo. Fwy nag unwaith gwrthododd Jeff y temtasiwn i ffonio'r Ditectif Brif Arolygydd Irfon Jones i holi a oedd hwnnw wedi clywed rhywbeth. Yn anffodus, roedd Irfon Jones yno pan ddigwyddodd y miri, ac yn sicr byddai'n un o'r tystion pwysicaf. Sôn am blydi llanast, meddyliodd. Na, byddai'n rhaid iddo ddisgwyl yn amyneddgar, yn union fel y cannoedd o droseddwyr a oedd wedi disgwyl iddo yntau gwblhau ei ymholiadau dros y blynyddoedd. Oedd, roedd yr esgid ar y droed arall erbyn hyn.

'Paid â theimlo trueni drostat dy hun, y diawl gwirion,' ceryddodd ei hun yn uchel, gan geisio tynnu ei hun allan o'r twll meddyliol. Ond yn groes i'w natur arferol teimlodd ei hun yn suddo ymhellach i'r gwagle – a sylweddolodd nad oedd yn hawdd dringo ohono. Dim ond ei ymchwiliad answyddogol oedd yn ei gadw'n gall – ond tybed fyddai ei brosiect bach yn debygol o greu mwy o niwed iddo yn y pen draw petai rhywun yn yr heddlu yn clywed am y peth? Cydnabyddai ei fod wedi anwybyddu nifer o droseddau yn barod ac wedi lluchio ei bwysau o gwmpas heb unrhyw fath o gyfiawnhad cyfreithiol na moesol, ond dyna'n union oedd ei amcan, cyfiawnhaodd – gweithio tu allan i'r gyfraith. Ystyriodd roi'r ffidil yn y to ac anghofio'r cwbl. Na. Doedd o erioed wedi gwneud y fath beth ac nid hwn oedd yr amser i ddechrau chwaith.

Dechreuodd ystyried yr hyn a ddysgodd o'r newydd. Roedd yn fodlon erbyn hyn mai Gwyn Cuthbert oedd un o'r rhai a oedd yn gyfrifol am yr ymosodiad ar Walter ac mai Eric Johnson oedd yr ail – er nad oedd tystiolaeth uniongyrchol yn erbyn hwnnw. Ac, wrth gwrs, mai Dafi MacLean oedd y tu ôl i'r cwbl. Roedd hi'n sefyll i reswm felly mai'r un rhai oedd yn gyfrifol am y difrod i fwthyn Walter, a bod MacLean, rywsut neu'i gilydd, wedi dylanwadu ar y pwyllgorau i droi yn erbyn yr hen fachgen. Credai Jeff hefyd fod cysylltiad rhwng MacLean ac Amelia. Roedd o'n ormod o gyd-ddigwyddiad fod dau berson efo'r un math o gar yn ymyrryd â Walter ar yr un pryd.

Yna, yn sydyn, cofiodd am rywbeth a ddigwyddodd

ddyddiau ynghynt yng nghegin plasty Rhandir Canol: yr edrychiad a welodd ar wyneb Amelia pan soniodd am y tramorwr Val mewn sgwrs â Sarah a Margiad. Roedd wyneb yr eneth wedi newid, ac edrychai fel petai eisiau dianc o'r golwg. Sylweddolodd yn sydyn nad ymddygiad y parti tra oedden nhw'n aros yn Rhandir Canol oedd wedi'i chynhyrfu hi, ond yr enw. Oedd hi yn ei adnabod o, neu nhw, neu wedi dod ar ei draws o'r blaen? Gwyddai na allai ateb y cwestiwn hwnnw. A sut na wnaeth o, yn dditectif profiadol, gysylltu'r digwyddiad – neu yn hytrach y posibilrwydd pwysig hwnnw – â'r darlun ehangach? Os oedd cysylltiad rhwng MacLean ac Amelia, waeth pa mor annelwig, roedd yn bosib felly fod cysylltiad MacLean â'r holl achos yn dirwyn yn ôl i Val a'i gyfeillion annymunol. Lloriwyd Jeff pan darodd y goblygiad ei feddwl yn llawn.

Sylweddolodd ei fod gam bach yn nes, ond beth oedd ar goll? Gwyddai'r ateb yn iawn. Heb os nac oni bai, roedd rhywun wedi mynd i gryn drafferth i chwalu bywoliaeth Walter Price – i fod yn ddraenen gyson yn ei ystlys, i wneud yn sicr ei fod yn dioddef. Sut ddylai Jeff barhau â'r ymchwiliad? Dyna'r cwestiwn.

Neidiodd Jeff pan ganodd ei ffôn symudol. Edrychodd arno a gwelodd mai Meira oedd yn galw.

'Helo 'nghariad i. Sut wyt ti?'

'Grêt – a chditha?'

'Eitha, am wn i.'

'Eitha? Dydi hynna ddim yn swnio fel chdi, ond mi fyddi di'n well o'r hanner pan glywi di be sy gen i i'w ddweud.'

'Dweud, ta!'

'Dwi wedi cael y gwyliau 'na ro'n i'n sôn amdano, yn dechrau fory.'

'Dwi'n teimlo'n well yn barod. Wyt ti'n dod i lawr heno?'

'Na, ma' gen i ofn na fedra i ddim. Rhaid i mi weithio tan hanner nos, wedyn mynd adra i hel fy mhetha a ballu. Ond mi gychwynna i'r peth cynta'n y bore. Ydi hi'n saff i mi ddod i Randir Canol dŵad?'

'Fedra i ddim gweld pam lai,' atebodd Jeff. 'Does 'na neb yn saethu yma am chydig ddyddiau, felly fydd y curwyr ddim o gwmpas, na chymaint yn digwydd o gwmpas y plas chwaith. Nid bod angen poeni ynglŷn â Margiad na Sarah Gwyn 'swn i'm yn meddwl.'

'O, pwy 'di rheini, felly?'

'Dim ond y merched sydd wedi bod yn edrych ar f'ôl i ers i mi gyrraedd.'

'O! Dydyn nhw ddim yn gofalu am bob dim, dwi'n gobeithio?'

'Ty'd â thipyn o'r "bob dim" 'na i lawr efo chdi wnei di?'

'Mmm,' atebodd Meira'n awgrymog.

'Wel,' meddai Jeff, gan newid y pwnc cyn i'w ddychymyg gymryd drosodd yn llwyr. 'Mae 'na dipyn wedi bod yn digwydd yn fama ers i mi drafod petha efo chdi ddwytha.'

'Dos yn dy flaen,' meddai Meira. 'Dwi ar fy mhen fy hun ar frêc bwyd.'

Cymerodd Jeff bron i hanner awr i ddweud yr holl hanes. Gofynnai Meira ambell gwestiwn er mwyn cadarnhau ei dealltwriaeth, a diolchodd o waelod ei galon fod ganddo glust broffesiynol i wrando ar ei ddamcaniaethau. Yn y gorffennol, bu'n well gan Jeff weithio ar ei ben ei hun, ond yn ddiweddar roedd wedi sylweddoli gwerth cael rhywun i drafod ei farn neu rannu'i feddyliau â nhw.

'Wel, mi wyt ti wedi gwneud ymdrech arbennig, Jeff. Mae hynny'n sicr. Be 'di'r cam nesa?'

'Mi fyswn i'n hoffi mynd i weld dy gefnder, Robat Price, os ydi hynny'n iawn, er mwyn darganfod be arall mae o'n wybod am Gwyndaf Parry. Fedra i ddim esbonio'n iawn, ond mae gen i ryw deimlad yng ngwaelod fy mol sy'n dweud wrtha i fod hyn i gyd yn gysylltiedig â'r ffordd ddiegwyddor y prynodd dy ewythr y lle 'ma.'

'Iawn, Mi wna i'r trefniadau – ond gwranda, mae'n rhaid i mi fynd. Maen nhw'n chwilio amdana i.'

'Cyn i ti fynd, ti'n cofio'r llun na dynnaist ti o'r anaf i lygaid dy ewythr?'

'Ydw.'

'Fedri di ei chwyddo fo i fyny'n fawr – i faint A4 os fedri di – a'i brintio fo?'

'Dim problem.'

'Yn y bore, felly. Faint o'r gloch?' gofynnodd Jeff.

'Yn fuan.'

Sylweddolodd Jeff fod rhywbeth arall yng ngwaelod ei fol erbyn hyn. Roedd ar ei gythlwng, a'i stumog yn cnoi. Edrychodd ar ei oriawr a sylweddolodd ei bod hi bron yn wyth o'r gloch yn barod, ac yntau heb fwyta. I fod yn berffaith gywir, dim ond mẁg o goffi efo Walter ac un arall yng nghwmni Esmor Owen roedd o wedi'u cael drwy'r dydd. Aeth i lawr y grisiau i'r gegin ac edrychodd yn yr oergell, yna'r cypyrddau. Dim byd. Cofiodd nad oedd neb yn aros yno am rai dyddiau a phenderfynodd fynd i chwilio ymhellach. Gyrrodd i lawr i'r dref ac i mewn i faes parcio Tesco. Parciodd ei gar yn nhywyllwch ac unigrwydd pen pella'r maes a cherddodd i gyfeiriad golau'r siop yn y pellter. Roedd hi wedi dechrau bwrw'n drwm a rhoddodd gwfl ei gôt ddyffl am ei ben i'w arbed rhag y glaw. Aeth i mewn a phrynodd bryd Indiaidd parod i'w roi ym microdon y fflat, manion angenrheidiol eraill a chwe chan o Fosters. Dringodd yn ôl i'w gar, ond cyn tanio'r injan gwelodd y Mitsubishi Animal, cyfarwydd erbyn hyn, yn gyrru i mewn i'r maes parcio'n araf a dod i aros heb fod ymhell ohono. Cyn belled ag y gwyddai doedd neb yn adnabod ei gar, ond rhoddodd gwfl ei gôt yn isel dros ei ben unwaith eto, rhag ofn. Penderfynodd eistedd yno am dipyn i weld beth fyddai'n datblygu.

Ni fu'n rhaid iddo ddisgwyl yn hir. Cerddodd geneth ifanc tuag at yr Animal. Roedd yn ddigon hawdd gweld ei bod hi'n hynod o wyliadwrus, yn edrych i bob cyfeiriad cyn mentro'n agos i'r car mawr du. Aeth at y ffenestr ôl a gwelodd Jeff y cyfnewid yn glir, er mai dim ond eiliad neu ddwy gymerodd y digwyddiad. Brasgamodd yr eneth oddi yno, a sylwodd Jeff fod ei cherddediad yn lletchwith.

Ni symudodd Jeff oddi yno'n syth, ac ni wnaeth yr Animal chwaith. Tybiodd fod mwy o fusnes i ddod. Ddigwyddodd dim am ddeng munud da, ond yna ymddangosodd Mercedes mawr du, yn sgleinio fel pishyn swllt newydd yng ngoleuadau'r lampau a'r siop yn y pellter. Daeth y car i aros gyferbyn â'r Mitsubishi Animal a daeth gŵr allan o'i ddrws cefn. Ar yr un pryd, daeth dyn allan o ddrws cefn y Mitsubishi a gwelodd Jeff mai MacLean oedd o. Safodd y ddau ddyn gyferbyn â'i gilydd. Roedd dyn y Mercedes yn fawr, ond dim hanner cymaint â MacLean. Gwisgai got ledr ddu laes a het â chantel llydan o'r un defnydd, ac y rhyfeddol, o ystyried y tywydd a'r adeg o'r nos, sbectol haul. Yn anffodus nid oedd Jeff mewn sefyllfa i nodi mwy. Cyfarchodd y ddau ei gilydd – nid yn ffurfiol, ond drwy afael yn ysgwyddau ei gilydd fel dau hen gyfaill yn cyfarfod ar ôl cyfnod hir ar wahân.

Dringodd y ddau i gefn y Mercedes a daeth dau berson arall o gefn y Mitsubishi. Meddyliodd Jeff mai Gwyn Cuthbert oedd un, ond roedd bron yn sicr mai geneth oedd y llall. Gafaelodd Cuthbert yn ei braich ac agorodd ddrws ffrynt y Mercedes er mwyn iddi ddringo i mewn. Yna, edrychai fel petai'r dyn wedi cael cyfarwyddiadau eraill. Caeodd y drws ffrynt ac ymddangosodd MacLean unwaith eto allan o'r drws cefn. Rhoddwyd yr eneth yng nghefn y car ac aeth MacLean i mewn ar ei hôl, yn amlwg wedi'i rhoi hi i eistedd rhyngddo fo a'r dyn arall yn y got ledr. Nid oedd Jeff yn ddigon agos, ac roedd y glaw rhy drwm, iddo fedru ei hadnabod.

Gyrrodd y Mercedes allan o'r maes parcio yn syth. Taniodd Jeff injan ei gar ei hun a cheisiodd ei ddilyn, ond roedd y Mitsubishi wedi cychwyn hefyd ac wedi oedi yn y fynedfa i'r ffordd fawr. Collodd olwg ar y Mercedes ac ni wyddai erbyn hyn pa ffordd yr oedd hwnnw wedi teithio. Doedd y Mitsubishi ddim yn dilyn y car cyntaf felly doedd dim pwynt dilyn y Mitsubishi. Gwylltiodd Jeff nad oedd hyd yn oed wedi llwyddo i nodi rhif y car arall. Teithiodd o gwmpas y dref am sbel yn chwilio amdano ond ar ôl hanner awr, yn siomedig, rhoddodd y gorau iddi. Gofidiodd mai dyma oedd natur gweithio ar ei ben ei hun, yn anffodus. Fel arfer, byddai wedi cael cymorth swyddogion eraill yr heddlu mewn munudau i ddilyn y cerbydau.

Yn sydyn, gwelodd ferch yn cerdded yn simsan ar hyd y pafin ar y ffordd allan o'r dref a sylweddolodd mai'r eneth a brynodd y cyffuriau o ddrws y Mitsubishi yn gynharach oedd hi. Stopiodd y car ymhellach draw, disgynnodd ohono a disgwyliodd iddi ei gyrraedd. Neidiodd Jeff allan o'r tywyllwch o'i blaen a gafaelodd yn ei braich. Gwelodd fod ei gruddiau'n denau a'i llygaid duon wedi suddo'n druenus yn ei phen.

'Ble mae'r cyffuriau 'na?' gorchymynnodd yn awdurdodol.

'Gad lonydd i mi, y bastard,' meddai. 'Dim ond chydig bach o stwff personol 'sgin i arna i.'

Brwydrodd Jeff i chwilio'i phocedi tra oedd hi'n ymladd ac yn gwichian fel mochyn o dan giât, a buan y daeth o hyd i'r pecyn.

'Lle gest ti hwn?' gofynnodd.

Poerodd yr eneth yn ei wyneb. Chwiliodd Jeff ymhellach gan ddarganfod pwrs mewn poced arall efo nifer o bapurau ynddo, ond dim byd i gadarnhau pwy oedd hi. Dechreuodd yr eneth wylo.

'Peidiwch, peidiwch plis â mynd a fo oddi arna i. Rhaid i mi 'i gael o.'

'Enw?' gorchymynnodd Jeff, yn dal y pecyn allan o'i chyrraedd. 'Enw rŵan, neu mae'r sothach yma'n mynd efo'r gwynt.'

'Rachel,' atebodd trwy ei dagrau.

'Rachel be?' mynnodd.

'Rachel Higgs,' atebodd, yn wylo'n uchel erbyn hyn.

'Merch Sydney.'

'Ia.'

'Pwy arall oedd yng nghar Dafi MacLean yng nghefn maes parcio Tesco?' gofynnodd yn fygythiol iddi.

'Ei ddynion o,' atebodd.

'Pwy arall?'

''Dwn i'm pwy oedd hi. Merch ifanc gwallt tywyll. Welais i ddim mwy.'

'I mewn i'r car 'na. Dwi'n mynd â chdi adra.'

Rhoddodd y pecyn yn ôl iddi. Doedd dim diben mewn gwneud ei chyflwr yn waeth, ond gwyddai Jeff yn iawn na fyddai ei sefyllfa yn ddim gwell yn y bore.

Stopiodd Jeff ei gar rownd y gornel o'r tŷ a ddangosodd yr eneth iddo. Gwelodd ei fod yn dŷ mawr crand a'r gerddi'n daclus bob ochr iddo. Roedd y lle wedi costio cannoedd o filoedd, yn sicr. Llusgodd y ferch at y drws, canodd y gloch a churodd y drws efo'i ddwrn mor galed ag y gallai.

Dyn bychan hanner meddw agorodd y drws. Ni roddodd Jeff gyfle iddo agor ei geg. Gwthiodd y dyn wysg ei gefn i'r tŷ a llusgodd y ferch i mewn ar ei ôl. Roedd coblyn o olwg y tu mewn i'r tŷ – yn amlwg, doedd neb wedi twtio ers tro. Rêl cynefin person a ddaeth o awyrgylch dlawd i fyd moethus heb syniad yn y byd sut i wario'i arian. Gellir tynnu'r dyn allan o'r budreddi, meddyliodd Jeff, ond yr un fyddai ei natur.

'Ylwch be ffeindiais i ar y stryd. Eich merch chi ydi hon, dwi'n dallt. Gwarthus. Does ganddoch chi ddim cywilydd, deudwch?'

'Pwy ydach chi?' oedd y peth cyntaf, a'r unig frawddeg, ddaeth i feddwl Sydney Higgs.

'Cyfaill i Walter Price ... hwnnw ddaru chi ei luchio oddi ar bwyllgor y clwb pêl-droed,' meddai Jeff. Welai Jeff ddim llawer o bwynt mewn ceisio cuddio'i ddiddordeb ym materion Walter o dan yr amgylchiadau. 'Be sy haru chi, ddyn?'

'Cael gorchymyn gan Dafi wnes i. Ddeudodd o y bysa fo'n stopio edrych ar ei hôl hi os na fyswn i'n ei helpu o.'

Trodd Jeff ar ei sawdl. Nid plismon nac aelod o'r gwasanaethau cymdeithasol oedd o heno.

Yn annisgwyl, roedd ei daith i'r dref wedi datgelu mwy o lawer nag yr oedd o wedi'i ddisgwyl. Ond pwy oedd yr eneth yn y Mercedes – a'r dyn yn y gôt a'r het ledr?

Pennod 24

Deffrowyd Jeff o drwmgwsg cyn iddi wawrio pan sylweddolodd fod rhywun yn symud yn ddistaw yn ei ystafell wely. Arhosodd yn llonydd am eiliad tra oedd o'n ystyried y sefyllfa. Dafi MacLean a'i giwed oedd y posibilrwydd cyntaf i groesi'i feddwl. Ni fyddai wedi bod yn anodd iddynt ddarganfod lle roedd o'n aros. Yn anffodus, roedd ei bastwn bach arbennig allan o'i afael yn yr ystafell nesaf, ym mhoced ei gôt. Clywodd lawr yr hen adeilad yn gwichian unwaith eto wrth i rywun gymryd cam arall yn nes ato.

Neidiodd o'i wely yn noethlymun, ei gyhyrau'n dynn ac yn barod am unrhyw beth.

'Paid â bod ar gymaint o frys i godi, 'nghariad i,' meddai'r llais o'r tywyllwch, 'yn enwedig a finna wedi gwneud cymaint o ymdrech i deithio i lawr 'ma mor fuan ag y gallwn i er mwyn rhannu dy wely.'

'O, Meira fach, be ti'n wneud yn fy nychryn i fel yna? Faint o'r gloch ydi hi?'

'Amser i ti ddod yn ôl i fama i 'nghynhesu fi,' meddai Meira, gan lithro o dan y dillad gwely.

Ochneidiodd Jeff. 'Well i ti aros am funud,' meddai. 'Do'n i ddim yn dy ddisgwyl di am oriau.'

Gorweddodd Meira yn y tywyllwch yn mwynhau gwres y gwely a synhwyro'r arogl mwyn lle bu Jeff, ei chyfaill, ei chariad, yn treulio'r nos. Gwrandawodd arno'n glanhau ei ddannedd yn y pellter, sŵn y golau'n cael ei ddiffodd ac yna ei gamau'n croesi'r llawr tuag ati yn y tywyllwch. Llifodd ei hangerdd trwyddi'n gynnes braf.

Pan gyrhaeddodd y gwely, darganfu Jeff ei bod hi'n hollol noeth rhwng y cynfasau.

'Mi gei di weld be sy'n digwydd i ferched ifanc sy'n dychryn dynion yng nghanol y nos fel hyn,' meddai. Unodd y ddau mewn pleser pur.

Pan ddaeth y wawr ymhen awr neu ddwy roedd y ddau'n gorwedd ym mreichiau'i gilydd, yn flinedig ac yn fodlon. Cododd Jeff ac agorodd y cyrtens i ddatgelu bore hyfryd. Llanwodd ei galon â bodlonrwydd, a'i bryderon ynglŷn â'i ddyfodol wedi diflannu. Edrychodd ar Meira'n gwenu arno, ei gwallt du cyrliog yn fendigedig o flêr ac yn gyferbyniad trawiadol i'r gobennydd gwyn.

'Sut wyt ti ffansi bacwn, selsig ac wy?' gofynnodd.

'Fedra i ddim meddwl am well dechreuad i'r dydd,' atebodd Meira.

'O! Felly wir?' meddai, gan godi'i aeliau arni.

'I ailddechrau'r dydd, dyna dwi'n feddwl,' ychwanegodd. Chwarddodd y ddau.

Aeth Jeff i lawr i'r gegin fawr i lawr y grisiau i baratoi'r bwyd, yn sicr, gan fod y plas yn wag, na fyddai Margiad a Sarah yno i darfu arnynt. Wrth goginio, clywai sŵn dŵr yn disgyn a llais Meira'n canu'n fwyn yn y gawod.

'Ogla da,' meddai Meira pan ymddangosodd yn gwisgo pâr o jîns glas a siwmper wlân goch tywyll, dynn, a gwddf uchel arni.

'Te neu goffi?' gofynnodd.

'Beth bynnag ti'n gael.'

Eisteddodd y ddau wrth y bwrdd mawr yn yr hen gegin lle roedd Jeff wedi mwynhau nifer o brydau gwych erbyn hyn. Yn rhyfeddol, trodd yr awyrgylch yn broffesiynol pan ddechreuodd Jeff adrodd hanes digwyddiadau'r noson gynt. Trafodai'r ddau yr achos yn union fel y byddai unrhyw ddau blismon yn ymresymu, yn hytrach na dau gariad a fu, awr ynghynt, yn caru'n frysiog ac yn angerddol fel petai dim arall yn y byd yn bwysig.

'Wel, 'dan ni'n gwybod sut y dylanwadodd MacLean ar bwyllgor y clwb pêl-droed rŵan, yn ogystal â pwyllgor y clwb pysgota,' meddai Meira. 'Oes gen ti syniad pwy oedd y ferch a ddiflannodd yn y Mercedes?' gofynnodd, wrth godi'r ddau blât gwag oddi ar y bwrdd.

'Nag oes ... wel, dwi ddim yn sicr,' meddai, 'ond mae gen i ryw deimlad annifyr mai Amelia oedd hi.'

'Pam wyt ti'n meddwl hynny?' gofynnodd iddo, wrth ddechrau golchi'r llestri.

'Dwi ymhell o fod yn bendant,' meddai Jeff, yn cario'i fŵg gwag at y sinc. Rhoddodd ei law o amgylch ei chanol. 'Dwi'n gobeithio 'mod i'n anghywir, ond dwi'n amau'n gryf mai MacLean aeth â hi o 'ma, a'i fod o wedi'i throsglwyddo hi i'r dyn yn y Merc. A dweud y gwir, dwi'n gofidio na wnes i rwbath i'w stopio fo neithiwr. Fyswn i ddim yn lecio meddwl y daw unrhyw niwed iddi a finnau heb wneud dim.'

Gwelodd Meira faint y pryder yn ei lygaid a cheisiodd ei gysuro. 'Paid â phoeni, Jeff. Sut oedd modd i ti fod wedi gwneud mwy na wnest ti?'

'Efallai dy fod ti'n iawn. Fedra i ddim ond gobeithio.'

'Ond gwranda,' ychwanegodd Meira. 'Dwi wedi gwneud trefniadau i ni fynd i weld fy nghefnder, Robat Price, bore 'ma; fel yr awgrymaist ti, mi ofynnais iddo helpu mwy, felly mae o wedi addo ceisio darganfod rhagor am Gwyndaf Parry.'

Cigydd oedd Robat Price, yn cadw siop yng nghanol y dref oedd ag enw da am gig eidion a chig oen Cymreig, er ei fod yn gwerthu cig moch cystal â neb arall yn yr ardal hefyd. Tybiodd Jeff ei fod yn tynnu am ei hanner cant. Safai ychydig o dan ddwy lath, roedd gwên ar ei wyneb coch, llawn, a'i fol yn llenwi'r brat a wisgai wrth iddo hogi'r gyllell yn ei law, a hynny'n eithriadol o gyflym. Rhoddodd y dur a'r gyllell i lawr pan welodd Meira a'r gŵr dieithr yn cerdded i mewn.

Gofynnodd i'w gynorthwywr edrych ar ôl y siop a rhoddodd arwydd i'r ddau ei ddilyn i'r cefn. Yno, golchodd a sychodd ei ddwylo cyn gafael yn dynn am Meira.

'Sut wyt ti ers amser maith,' meddai. 'Mi wyt ti ar fai yn cadw draw, wsti? Ma' raid bod 'na ormod o lawer o droseddwyr yn Lerpwl i dy gadw di yno. A hwn ydi Jeff ia?' holodd, wrth droi ato. 'Sut wyt ti? Dwi wedi clywed lot amdanat ti ... pethau da hyd yn hyn.' Estynnodd ei law dde a gafaelodd Jeff ynddi'n gadarn.

'Mae gen ti dipyn mwy o waith dysgu felly,' meddai Jeff yn ysgafn, yn dilyn rhediad y sgwrs.

Gwnaeth Robat gwpaned o de i'r tri a gwrandawodd Jeff yn ddigon hapus ar y ddau yn trafod digwyddiadau teuluol ers iddynt gyfarfod ddiwethaf. Robat oedd yn gyfrifol am newid y pwnc.

'Wel, Jeff, mae Meira wedi dweud rhywfaint o'r hanes wrtha i – dy fod ti'n trio darganfod pwy sy wedi bod yn hambygio Walter, a bod gen ti ddiddordeb yn Gwyndaf Parry gynt.'

'Pam "gynt"?' gofynnodd Jeff.

'Dim ond oherwydd mai yn y gorffennol mae pawb yn sôn amdano ers tro byd.'

'Oeddat ti'n ei nabod o'n dda, Robat?'

'Eitha da,' atebodd, 'yn yr ysgol efo'n gilydd. Yn yr un dosbarth am bum mlynedd fel ma' hi'n digwydd bod.'

'Sut un oedd o?'

'Hen hogyn iawn. Da efo'i ddwylo ac yn fedrus ar y cae chwarae hefyd, rygbi a phêl-droed, ond doedd o ddim yn un academaidd os dwi'n cofio'n iawn. Roedd ei dad isio iddo fo fynd i'r coleg i ddysgu amaethu, ond doedd gan Gwyndaf ddim diddordeb mewn ffarmio na rhedeg Rhandir Canol fel roedd ei dad o'n dymuno. Mi drodd yn dipyn o rebel yr adeg honno. Yn lle dilyn ei dad dewisodd fynd i'r coleg technegol i ddysgu bod yn friciwr ac yn fuan ar ôl pasio'i gwrs mi enillodd enw da iawn yn weithiwr caled a thaclus yn y maes adeiladu.'

'Sut ddaru hynny effeithio ar ei berthynas â'i deulu?' gofynnodd Meira.

'Wel do'n i ddim mor agos ato fo ar ôl i ni adael yr ysgol, ond roeddan nhw'n deulu agos dros ben – er bod ei dad o, yn fwy na'i fam, yn siomedig nad oedd o wedi dilyn y llwybr amaethyddol.'

'Ond er eu bod nhw mor agos, dewisodd Gwyndaf fynd dramor i weithio,' meddai Meira eto.

'Hogyn fel'na oedd o, ti'n gweld,' atebodd Robat. 'Sefyllfa ryfedd, yntê? Agos iawn i'w rieni ond doedd ganddo fo ddim byd i'w ddweud wrth ei gynefin. Teithiwr oedd o. Isio gweld y byd.'

'A does neb wedi'i weld o ers hynny, bum mlynedd ar hugain yn ôl,' meddai Jeff.

'Nac oes, ond ar ôl iti ffonio neithiwr, Meira, mi wnes i dipyn o waith ditectif fy hun. Mi oedd 'na sôn ar un adeg ei fod o wedi mynd i ddwyrain Ewrop a chael ei garcharu am oes am ladd rhywun mewn ffeit. Cofia, mi oedd o'n fachgen abl iawn ac yn gryf. Dim ond si ydi hynny, ond does dim mwy o wybodaeth i'w gael amdano fo, mae gen i ofn.'

'Dim byd arall o gwbwl?' gofynnodd Jeff.

'Nac oes,' cadarnhaodd Robat. 'Mae gen i un llun ohono, a dynnwyd tra oeddan ni yn yr ysgol. Mi es i chwilio amdano fo neithiwr er mwyn ei ddangos i ti heddiw, Meira, er na fydd o ddim llawer o ddefnydd i'r un ohonoch chi erbyn hyn ma' siŵr.'

Estynnodd Robat lun traddodiadol o ddosbarth ysgol yn dangos tua deg ar hugain o blant o gwmpas eu pymtheg oed ac athro'n eistedd yn y blaen.

'Dyna fi yn eistedd ar y pen yn y rhes flaen, ylwch,' meddai, yn pwyntio efo'i fys, 'a dyna fo Gwyndaf yn sefyll yng nghanol y rhes gefn.'

'Rargian, pwy 'di'r boi anferth 'na wrth ei ochr o?' gofynnodd Jeff.

'O, Dafi 'di hwnna, Dafi MacLean, neu "Dafi bwli" fel roedd o'n cael ei alw ar y pryd. Roedd y ddau ohonyn nhw'n fêts pennaf ar hyd eu hamser yn yr ysgol, ac ar ôl hynny. Dwi'n meddwl y bysa Dafi wedi bod yn ddylanwad drwg ar Gwyndaf petai o ddim wedi gadael y wlad. Un garw oedd Dafi. Dwi ddim wedi'i weld o na chlywed llawer amdano ers amser maith.'

Edrychodd Jeff a Meira ar ei gilydd, y ddau yn sylweddoli'r goblygiadau'n syth.

'O, mae Dafi MacLean o gwmpas o hyd,' meddai Jeff, a tydi o ddim gwell y dyddiau yma. Llawer gwaeth a dweud y gwir.'

Diolchodd y ddau i Robat. Mynnodd yntau roi tair stecen fawr iddyn nhw ar y ffordd allan. Un bob un, ac un i Walter hefyd.

'Dweud wrtho 'mod i'n cofio ato fo, Meira,' meddai. 'A chofia ddweud bod y cig 'na wedi hongian am fis cyfan, a bod 'na flas gwell o lawer arno fo na'r bustych 'na mae o'n eu magu!' Chwarddodd wrth iddynt adael.

'Wel, mae hynna'n codi cwestiynau difyr,' meddai Jeff ar y ffordd yn ôl i gyfeiriad Rhandir Canol. 'Gwyndaf yn nabod Dafi MacLean. Mae ganddon ni ddigon o dystiolaeth i amau mai teulu Gwyndaf sydd â'r rheswm gorau hyd yn hyn am fod yn gyfrifol am unrhyw niwed i Walter, ac mai MacLean sy'n gwneud y gwaith budur. Ydi hynny'n gwneud synnwyr?'

'Ydi,' atebodd Meira, yn dal i geisio rhoi trefn ar yr holl wybodaeth. 'Ond mae 'na gymaint o amser wedi pasio ers i deulu Gwyndaf gael eu twyllo gan Yncl Walter – os mai twyllo ydi'r gair cywir, wrth gwrs,' ychwanegodd. Doedd hi ddim yn barod, nac yn fodlon, i roi'r teitl hwnnw i'w hewythr.

'Be am gael gair efo fo heno dros ginio?' awgrymodd Jeff. 'Oes gen ti awydd coginio'r stêcs 'na i'r tri ohonon ni?'

'Syniad da,' cytunodd. 'Mi ffonia i o i ddweud wrtho am ddod draw erbyn saith. Ond lle wyt ti'n mynd rŵan?' gofynnodd, pan sylweddolodd fod Jeff wedi cymryd troad nad oedd yn mynd yn uniongyrchol tuag at Rhandir Canol.

Parciodd Jeff y car y tu allan i gartref gofal Brithdir a gwelodd Julie, y ferch â'r gwallt coch llachar, yn cerdded o'i char tua'r tŷ.

'Ydach chi'n fy nghofio fi?' gofynnodd.

'O, helô eto.'

'Meira, fy nghariad i, ydi hon,' meddai. 'Dim ond pasio oeddan ni, a meddwl y byswn i'n galw i weld os ydach chi wedi llwyddo i gael gair efo Jane ynglŷn â'r dyn 'na fu'n holi am Dilwyn Parry?'

'O ia. Mae'n ddrwg gen i 'mod i wedi anghofio. Dewch i mewn. Mae Jane yn gorffen ei shifft rŵan.'

Gadawodd Jeff i Meira wneud yr holi. Tybiodd fod merched yn deall ei gilydd yn well mewn sefyllfa fel hyn.

Roedd Jane yn ddynes dipyn hŷn na'i chydweithwraig, ac yn ddigon parod i helpu heb holi pam. Dywedodd ei bod hi'n cofio'r amgylchiadau yn glir.

'Sut un oedd o?' gofynnodd Meira.

'Dyn mawr digywilydd, digon i ddychryn rhywun,' meddai.

'Mawr?'

'Ia, ymhell dros chwe throedfedd, dwi'n siŵr. Ei ben o bron yn foel – wedi'i shafio dwi'n feddwl – a *goatee* bach cochlyd ar ei ên. Anghynnes ydi'r unig ffordd fedra i ei ddisgrifio fo.'

'Sut gar oedd ganddo?'

'Un o'r pethau mawr du 'ma, wyddoch chi, efo ffenestri du fel na fedrwch chi weld i mewn. Rêl math o gar 'sach chi'n ddisgwyl gan ddyn fel'na.'

Gwenodd Meira. 'Be oedd o isio?' gofynnodd.

'Isio gwybod pa bryd farwodd Dilwyn Parry ac os oedd 'na unrhyw eiddo yn perthyn iddo fo yn dal i fod yma. Mi ddywedais i wrtho fo pryd farwodd y dyn ac nad oedd ei betha fo yma. Y polisi ydi cael gwared ar bopeth os nad oes perthnasau sy isio'u cael nhw. Dywedodd y dyn a alwodd ei fod o'n holi ar ran y teulu, ond mi eglurais i bod hi'n rhy hwyr i ddod i holi bedair blynedd ar ôl iddo farw.'

'Wel, mae'n edrych yn debyg dy fod ti'n llygad dy le,' meddai Meira ar y ffordd oddi yno. 'Mae'n debygol fod

MacLean yn gweithredu ar ran un o deulu Dilwyn Parry.'

'A chyn belled ag y gwyddon ni, doedd gan Dilwyn druan neb ond Gwyndaf. Ond pam rŵan, Meira? Pam rŵan?'

Pennod 25

'Wel, do'n i ddim yn disgwyl cael dy gwmni di eto mor fuan, Meira fach,' meddai Walter pan gyrhaeddodd blasty Rhandir Canol y noson honno. Gwenodd Meira, ei gofleidio a'i gusanu ar ei foch.

'Fedra i ddim cadw'n ddiarth,' atebodd. 'Os dach chi isio'r gwir, Yncl Walter, y dyn 'ma sy'n fy nhynnu fi'n ôl. Ac wrth gwrs mi ydw i'n falch o'ch gweld chitha bob amser hefyd,' ychwanegodd. 'Rŵan ta, mi welson ni Robat heddiw, ac mi gawson ni dair stêc ganddo fo. Mae o isio i chi gymharu'r rhain efo'ch cig eidion chi'ch hun.'

'Wel, dwi wedi clywed ei fod o'n un da am edrych ar ôl ei gig. Mi gawn ni weld yn y munud ydi o gystal â f'un i, cawn? Reit, mae'n well i ni gael diod fach cyn bwyta, tydi? Gymera i jin a thonic dwi'n meddwl. Mae 'na ddigon o gwmpas y lle 'ma'n rwla. Gymeri di un?' gofynnodd.

'Ia, iawn,' atebodd hithau. Doedd dim rhaid gofyn iddi ddwywaith.

'Gwnewch o'n dri,' galwodd Jeff o ddrws y gegin.

'Dos di i nôl y rhew 'ta,' gorchmynnodd Walter, 'a Meira, sbia os oes 'na lemon yma, wnei di,' ychwanegodd wrth ddiflannu i gyfeiriad yr ystafell a ddefnyddid fel bar gan yr ymwelwyr a fyddai'n aros yn y plas.

Gwenodd Jeff a Meira ar ei gilydd. Gwyddai'r ddau fod Walter wrth ei fodd yn rhoi cyfarwyddiadau, ac wrth gwrs, ei dŷ o oedd plas Rhandir Canol, er mai gŵr gwadd oedd o heno.

Daeth Walter yn ei ôl efo tri gwydryn â mesurau hael ynddyn nhw.

'Mi welais i eich bod chi wedi paratoi'r ystafell fwyta fawr ar ein cyfer ni,' meddai. 'Ardderchog. Pwy sy'n coginio?'

'Ymdrech ar y cyd,' atebodd Meira. 'Nionod, madarch, tatws wedi'u ffrio a ffa. Sut ydach chi'n lecio'ch stêc?' gofynnodd.

'Efo digon o waed ynddi,' meddai Walter.

''Run fath â ninna, felly,' meddai Jeff.

Eisteddodd y tri yn un pen i'r bwrdd derw hir lle roedd y botel o win coch agored wedi bod yn eu disgwyl am ddwy awr. Roeddynt hanner ffordd drwy'r pryd pan drodd Walter y sgwrs i'r pwnc a oedd ar wefusau pawb.

'Be sy'n newydd, felly?' gofynnodd.

'Rwbath na fyddwch chi'n falch o'i glywed, Walter. Mae'r dystiolaeth hyd yn hyn – a fy holl brofiad i fel ditectif – yn dweud wrtha i fod yr hyn rydach chi wedi ei ddiodda'n ddiweddar yn debygol o fod yn gysylltiedig â digwyddiadau dros chwarter canrif yn ôl.'

'Dwi'n gwrando,' meddai Walter, yn rhoi tamaid o'r cig yn ei geg a'i olchi i lawr efo mwy o'r gwin coch. Edrychodd ar Meira yn ofalus. 'Rhaid i mi gyfadda bod y stêc 'ma'n dda,' canmolodd, yn ceisio osgoi'r drafodaeth anochel.

'Dwi'n gwybod y cwbl o'r hanes,' meddai Meira. Gwelodd y siom ar wyneb ei hewythr ond teimlai y byddai'n well iddi fod yn gwbwl agored efo fo cyn iddynt droedio tuag at faterion personol, neu gyfrinachol, ei hewythr.

'Mi ddywedais i wrthat ti nad oeddat ti'n pori yn y cae iawn, Jeff, a dwi'n dal i goelio 'mod i'n iawn,' mynnodd Walter. 'Beth bynnag ddigwyddodd yr adeg honno, busnes oedd y cwbl. Mi wn i'n iawn 'mod i wedi bod yn graff – ond mae hynny, yn aml iawn, yn rhan bwysig o fod yn ddyn busnes llwyddiannus.'

'Dwi isio i chi ddallt nad ydi Jeff na neb arall yn eich cyhuddo chi o fod yn anonest na dim byd felly, Yncl Walter, ond ella bod 'na rywun arall yn dal i feddwl mai dyna ddigwyddodd, ac mai dyna'r rheswm dros yr holl drafferthion 'ma.'

'Pwy, Meira? Y dyn MacLean 'ma? Pam? Be sy a wnelo fo â fy mhryniant i o Randir Canol?'

'Am mai fo oedd cyfaill pennaf Gwyndaf Parry, mab Dilwyn,' atebodd Jeff. Eglurodd ei ddarganfyddiadau, yn enwedig yr hyn a ddysgodd yng nghwmni Robat Price ac yng nghartref Brithdir yn gynharach y diwrnod hwnnw.

'Wyt ti'n meddwl bod MacLean yn gweithredu ar ran Gwyndaf felly?'

'Bosib iawn. Neu rywun arall sy'n agos i'w deulu o.'

'Pa mor siŵr wyt ti mai MacLean sy'n gyfrifol?' gofynnodd Walter, yn syllu arno dros ben ei wydr gwin ac yn barod i resymu neu i ddadlau â'r ateb.

'Meira, ga i'r llun yna ddoist ti efo chdi o Lerpwl?'

Estynnodd Meira am amlen a thynnodd ohoni lun o'r briw chwyddedig ar foch ei hewythr. Tynnodd Jeff fodrwy arian Gwyn Cuthbert o'i boced. Dangosodd Meira ail lun – llun o'r fodrwy wedi'i chwyddo i'r un maint â'r llun cyntaf – yn dangos yn glir y tebygrwydd rhwng y fodrwy a'r marc ar wyneb Walter.

'Mae'n amlwg mai hon oedd yn gyfrifol am eich anaf chi,' meddai Jeff. 'Mi fyddai gwyddonydd fforensig yn cytuno, dwi'n siŵr. Dynion MacLean oedd yn gyfrifol am wneud hyn i chi, Walter, a dwi'n credu mai'r unig reswm na wnaeth MacLean ddelio efo fi o flaen pawb yn y Goron y noson o'r blaen oedd bod ganddo reswm da iawn i beidio gwneud hynny.'

'Fel?'

'Rhywbeth oedd yn bwysicach iddo fo na hyd yn oed dial arna i am ei herio o flaen pawb yn y dafarn. Mi fyswn i'n dychmygu bod 'na rwbath hynod o bwysig ar droed.'

'Dwi ddim yn dallt,' meddai Walter. 'Os mai fo a'i ddynion oedd yn gyfrifol am ymosod arna i, lle mae'r bobl 'na ddaru adael heb dalu, y Maffia fel mae fy nhwrna yn eu galw nhw, yn ffitio i mewn?'

'Anghofiwch am y rheini am funud, Walter, a throwch eich meddwl at ddiflaniad Amelia. Mi ydw i bron yn sicr mai MacLean oedd yn gyfrifol am fynd â hi oddi yma, a dwi'n ofni mai hi gafodd ei throsglwyddo i'r dyn yn y Merc echnos.'

Gwelodd Jeff a Meira fod Walter yn myfyrio ar yr wybodaeth.

'Ychydig iawn 'dan ni'n wybod amdani hi,' meddai Meira. 'Dim ond ei bod hi wedi troi i fyny 'ma mewn ymateb i hysbyseb, wedi bod yn gweithio am gyflog bychan, a'i bod hi byth i weld yn gwario'r hyn roedd hi'n gael.'

'Cywir,' cytunodd Walter. 'Roedd hi'n cael lle i aros, wrth gwrs, a'i holl fwyd am ddim hefyd, cofia Jeff, ond welodd neb hi efo na dilledyn na dim arall newydd tra bu hi yma. Ac ar ei dyddiau i ffwrdd o'r gwaith, roedd hi'n mynd allan i ddwyn ... neu dyna'r amheuaeth o leia.'

'Peth anarferol iawn i hogan ifanc,' meddai Meira. 'Ond sut fedrwn ni ddarganfod mwy am y cyhuddiadau yma o ddwyn?' gofynnodd, er ei bod hi'n amau fod gan Jeff gynllun i geisio canfod yr ateb.

'Jeff?' Trodd Walter i syllu arno. Roedd yn sefyll i reswm fod gan y ditectif gysylltiadau proffesiynol a allai fod yn ddefnyddiol.

'Fedra i ddim risgio mynd drwy sianelau swyddogol yr heddlu, os mai dyna ydach chi'n awgrymu, Walter. Be am i chi gael gair efo'ch twrna?' Dydi o ddim yn debygol o ddweud llawer wrtha i, ond ella y medra i bwysleisio pa mor bwysig ydi cael yr ateb – er lles Amelia.'

'Mi ga i air efo fo yn y bore,' cadarnhaodd Walter, cyn newid ei feddwl. 'Na, yn well byth, mi ga i air efo fo rŵan. Dwi wedi dod i'w nabod o'n reit dda dros y blynyddoedd, yn ei argymell o i'm ffrindiau ac ati. Mae arno fo ffafr fach i mi.'

Aeth Walter i'r ystafell nesaf i ffonio.

'Ti'n meddwl ei fod o wedi derbyn y stori, Jeff – fod y mater yn mynd yn ôl mor bell?' gofynnodd Meira.

'Ydw, dwi'n credu 'i fod o, ond mae'n well i ni beidio'i wthio fo'n rhy galed ynglŷn â sut y prynodd o'r lle 'ma, rhag ofn iddo fo droi yn erbyn yr holl syniad a'n gadael ni heb ei gefnogaeth.'

Cliriodd Meira'r llestri a daeth â'r pwdin o'r popty yn ôl efo hi. Cyrhaeddodd Walter yn ôl yr un pryd.

'A, pwdin bara menyn. Mi gofiaist ti mai dyma ydi fy ffefryn i, Meira fach, chwarae teg i ti.' Eisteddodd Walter i lawr a gorffen ei win. 'Wel, mae George Pritchard yn fodlon dy weld ti bore fory am naw, cyn iddo fynd i'r llys. Ydi hynny'n gyfleus, Jeff?'

'O, George Pritchard ydi'ch twrna chi?' atebodd Jeff wrth dywallt hufen oer dros ei bwdin cynnes. 'Mi allai hynny achosi problem fach i mi. Mae llwybrau George a finna wedi croesi lawer gwaith. Y peth diwetha dwi isio ydi i swyddogion yr heddlu ddarganfod 'mod i'n arwain fy ymchwiliad answyddogol fy hun. Dwi mewn digon o drwbwl fel mae hi.'

'Be wnei di felly?' gofynnodd Meira.

'O dan yr amgylchiadau, ei risgio hi, am wn i. Mi ydw inna wedi dod i nabod George yn o lew hefyd, Walter, drwy'r llysoedd wyddoch chi, a dwi bron yn siŵr y gwneith o gau ei geg taswn i'n gofyn iddo wneud.'

Ystyriodd Meira'r canlyniadau petai penaethiaid Jeff yn dod i glywed am ei brosiect bach.

'Bydda di'n ofalus, rŵan,' siarsiodd.

Newidiodd Walter bwnc y drafodaeth. 'Gad i ni fynd yn ôl at y bobl 'ma ddaru adael heb dalu, Jeff,' meddai. 'Wyt ti'n dal i feddwl eu bod nhw ynghlwm â gweddill y digwyddiadau?'

'Ydw,' atebodd Jeff ar unwaith, ond wnaeth o ddim cynnig ymhelaethu.

'Sut?'

'Does gen i ddim syniad ar hyn o bryd, Walter. Ond mae'r ateb yn siŵr o ddod i'r amlwg cyn bo hir. Dwi'n ffyddiog o hynny.'

Yn ddiweddarach, gorweddai Jeff a Meira ym mreichiau ei gilydd.

'Wyt ti'n bendant bod Amelia'n gysylltiedig â hyn i gyd, Jeff?'

'Mor siŵr ag y medra i fod,' atebodd. 'Ond mae 'na rywbeth dan yr wyneb ynglŷn â'r ferch na fedra i roi fy mys arno. Mi oedd hi'n gweithio'n galed ar y tir 'ma, ac yn helpu yn y tŷ, a hyd y gwela i, byth y gwario'i henillion. Lle aflwydd oedd ei harian i gyd yn mynd? Ac wedyn, yn ôl pob golwg, mi oedd hi'n mynd allan i ddwyn, neu o leia'n cael ei hamau o ddwyn. Doedd hi ddim yn edrych i mi fel y math o ferch fyddai'n lladrata o siopau, Meira. Be welais i oedd geneth swil oedd, yn ôl pob golwg, yn byw bywyd syml. Ond yn rhyfedd, does neb yn gwybod dim amdani chwaith – dim gwybodaeth o gwbl – a does neb wedi bod yn holi amdani ers iddi ddiflannu. Pam? Meira, dydi hyn ddim yn gwneud llawer o synnwyr i mi. Mae 'na rwbath o'i le. Saff i ti.'

'Efallai y gwnei di ddarganfod mwy fory,' atebodd o gynhesrwydd ei gesail.

'Dos i gysgu,' meddai Jeff. 'Mi wyt ti wedi cael diwrnod hir.'

* * *

Cyfreithiwr yn gweithio iddo fo'i hun oedd George Pritchard heb uchelgais i ehangu ei ffyrm nac ymuno â busnes mwy yn bartner. Roedd wedi gwneud enw da iddo'i hun drwy amddiffyn troseddwyr y fro yn frwdfrydig, ac ni fyddai byth ofn ymosod ar yr heddlu a'u tactegau yn y llysoedd, pe byddai angen. Roedd Jeff wedi cyflwyno troseddwyr iddo lawer gwaith dros y blynyddoedd, ond wnaeth hynny erioed owns o wahaniaeth i groesholi dyfal y cyfreithiwr pan fyddai Jeff ym mocs y tyst. O ganlyniad, tyfodd parch y naill at y llall.

Eisteddai'r cyfreithiwr ar gadair ledr ddu tu ôl i'w ddesg fawr; cyfrifiadur ar y naill ochr iddo a phentyrrau o bapurau taclus ar y llall. Tu ôl iddo roedd cwpwrdd llyfrau trawiadol yn llawn o gyfrolau cyfreithiol, rhai yn dyddio'n ôl ymhell i'r bedwaredd ganrif ar bymtheg.

'Dwi ddim yn siŵr 'mod i'n deall dy sefyllfa di ar hyn o bryd, Jeff,' mentrodd. 'Dwi'n nabod Walter Price ers blynyddoedd, wrth gwrs, ond wnes i erioed eich cysylltu chi. A wyddwn i ddim bod adran y ditectifs yn delio â'r achos yn erbyn Amelia Popescu.'

'Nid fel heddwas dwi yma heddiw, George, ond fel cyfaill i Walter Price. A chyn i ti ofyn, dydw i ddim yn gweithio iddo fo. Gwneud cymwynas ydw i, a dyna'r cwbwl. Wyt ti wedi clywed 'mod i wedi cael fy ngwahardd o'm gwaith dros dro?'

'Wel, mae 'na si yn mynd o gwmpas, ond wn i ddim o'r manylion.'

Rhoddodd Jeff fraslun o'i amgylchiadau iddo. 'Dyna pam nad ydw i am i neb yn yr heddlu wybod 'mod i yma heddiw.'

Edrychodd y cyfreithiwr i fyw ei lygaid. 'Ac mae gen ti ddigon o brofiad, Jeff, i wybod na fedra i roi unrhyw wybodaeth i ti am fy nghleient, Amelia. Mae'n rhaid i bob trafodaeth rhyngddi hi a finna barhau yn gyfrinachol.'

'Dwi'n ymwybodol iawn o hynny ac yn parchu dy safbwynt di, George, ond serch hynny, dwi'n ffyddiog y medrwn ni drafod y mater tu allan i dy gyfrifoldeb di fel ei chyfreithiwr. Gad i mi egluro'r hyn sy gen i dan sylw, ac os wyt ti'n teimlo y medri di ateb, mi fyswn i'n falch o gael yr wybodaeth.'

'Reit, tân arni 'ta. Mae gen ti hanner awr cyn i mi orfod gadael am y llys.'

Cymerodd Jeff ddeng munud i roi'r darlun iddo. Gwrandawodd y cyfreithiwr yn astud cyn rhoi ei farn.

'Wel, Jeff, os ydi Dafi MacLean ynghlwm â hyn i gyd, mi fydd gen ti angen llygaid yng nghefn dy ben. Bydda'n ofalus. Mi wn i dipyn amdano fo a fyswn i byth yn gweithredu ar ran y diawl drwg. Dyn peryg iawn – ond ma' siŵr dy fod ti'n gwybod hynny. Os ydi o, MacLean, yn gysylltiedig ag Amelia Popescu, mi alli di fentro bod rwbath anfad ar droed.'

'Be ydi'r cyhuddiad yn erbyn Amelia felly?' gofynnodd Jeff.

'Dydi o ddim yn fater cyfrinachol ei bod hi dan amheuaeth o ddwyn o siop yn y dre 'ma. Mi ges i fy ngalw i'w chynrychioli pan oedd yr heddlu yn ei holi hi y tro cynta, ond doedd dim digon o dystiolaeth i'w chyhuddo hi'r adeg honno. Mae'n amlwg erbyn hyn bod yr heddlu wedi gwneud mwy o ymholiadau, a'u bod nhw'n awyddus i'w holi hi eilwaith.'

'Ac wrth gwrs, mae hi wedi diflannu –yng nghwmni MacLean, o bosib,' cadarnhaodd Jeff.

Gwyddai'r ddau nad oedd ganddo dystiolaeth o hynny, ond roedd yr hyn a ddigwyddodd ar noson y tân yn y garafán ac ym maes parcio Tesco yn ddiweddarach yn ddigon i blannu hedyn o amheuaeth ym meddyliau'r ddau ddyn profiadol.

'Rhaid i mi ddweud 'mod i'n bryderus am ei diogelwch hi, George. Fedri di ddweud wrtha i pam fod yr heddlu isio ei holi hi eto?'

'Dydi hynny chwaith ddim yn fater cyfrinachol, felly mi fedra i ateb dy gwestiwn di. Yn ôl yr hyn dwi'n ddallt, mae'r heddlu'n meddwl ei bod hi wedi treulio amser yng nghwmni pobl ifanc eraill sy wedi bod yn dwyn o siopau mewn trefi eraill.'

'Pwy, ac yn lle?' gofynnodd Jeff.

'Wn i ddim, ond dyna oedd trywydd yr holi am fod.'

'Be oedd ganddi hi i'w ddweud ynglŷn â'r cyhuddiadau?'
Gwyddai Jeff ei fod yn trio'i lwc yn gofyn y fath gwestiwn.

Gwenodd George Pritchard arno ac ysgydwodd ei fys o ochr i ochr, yn arwydd bod y cwestiwn gam yn rhy bell.

'Ddaru hi ddatgelu unrhyw wybodaeth ynglŷn â'i bywyd personol, neu unrhyw deulu, cyfeillion ... rhywun o gwbl?'

Meddyliodd y cyfreithiwr yn hir heb ateb.

'Pryderu am ei diogelwch ydw i, George,' ychwanegodd, a gwelodd Jeff fod y cyfreithiwr yn ystyried ei eiriau'n ddwys.

'Roedd hi'n anodd ofnadwy cael unrhyw wybodaeth ganddi,' meddai o'r diwedd. 'Nid yn unig oherwydd y problemau ieithyddol, ond am ei bod hi'n gyndyn o siarad.'

'Pam oedd hynny, ti'n meddwl, George?'

'Am ei bod hi ofn, Jeff, neu dyna ydi fy marn i beth bynnag. Fedra i ddim dweud mwy, a'r rheswm am hynny ydi nad ydw i'n gwybod mwy.'

'O ble mae hi'n dod yn wreiddiol?' holodd Jeff.

'Rwmania, ond gwrthododd roi cyfeiriad ei theulu i mi. Dywedodd nad oedd hi isio iddyn nhw wybod am yr helynt.'

'Oedd ganddi basbort o RWmania?'

'Welais i mohono. Mi ddywedodd ei bod hi wedi'i golli o.'

'Rhaid i mi ofyn y cwestiwn amlwg, George. Oes gen ti syniad lle mae hi rŵan?'

'Taswn i'n gwybod, mi fysa hynny'n fater cyfrinachol.' Oedodd eto a meddyliodd am rai eiliadau cyn parhau. 'Ond yr ateb ydi, na. Does gen i ddim syniad lle mae hi.'

Cododd Jeff ar ei draed i adael.

'Un peth arall,' meddai. 'Roedd Walter yn dweud wrtha i dy fod ti'n trio darganfod pwy oedd y parti o saethwyr a adawodd heb dalu ar ddechrau'r tymor.'

'Y parti o Budapest – o'r fan honno roeddan nhw'n dod yn ôl Walter. Ar hyn o bryd does gen i ddim syniad pwy ydyn nhw. Maen nhw wedi diflannu'n llwyr. Ond os ga i rywfaint o wybodaeth, mi fydda i ar y ffôn efo Walter yn syth. Be ydi dy ddiddordeb di ynddyn nhw?'

'Dwi ddim yn siŵr iawn ar hyn o bryd – ond gwranda, George, dwi wedi cymryd digon o dy amser di, a thitha isio mynd i'r llys. Diolch i ti am dy gymorth ... a chofia, dim gair wrth neb am fy niddordeb i yn yr achos yma os gweli di'n dda.'

'Dwi'n rhoi 'ngair i ti, Jeff. A chofia, dwi ddim isio busnesu, ond os wyt ti angen help efo unrhyw ymchwiliad ... neu gyhuddiad ... mi wyt ti'n gwybod lle i gael gafael arna i.'

'Mi gofia i. Diolch, George.'

Pennod 26

Canodd ffôn symudol Jeff yn ei boced. Edrychodd arno a gwelodd mai'r Ditectif Brif Arolygydd Irfon Jones oedd yn galw.

'Dwi wedi bod yn ffonio dy gartref di ac wedi galw acw. Mae'n amlwg nad wyt ti wedi bod adra ers dyddiau.'

'Cywir,' atebodd. 'Dwi wedi bod yn aros efo cyfaill i mi. Waeth i mi wneud hynny ddim, tra dwi'n disgwyl.'

'Wel, fydd dim rhaid i ti ddisgwyl llawer mwy,' cyhoeddodd. 'Mae'r Ditectif Uwch Arolygydd Gordon Holland yn barod i dy gyfweld di.' Clywodd Irfon Jones ochenaid uchel Jeff.

'Pryd ac yn lle?' gofynnodd.

'Yma, yng ngorsaf heddlu Glan Morfa. Hanner awr wedi dau, bnawn heddiw.'

'Dydi hynny ddim yn rhoi llawer o amser i mi.'

'Yr unig beth ddyweda i ydi y byddai'n annoeth i ti beidio â chydweithredu.'

'Does gen i ddim bwriad o wneud hynny. Na, mi fydda i yno am hanner awr wedi dau.'

'Ty'd i gownter y cyhoedd felly, yn hytrach na mynedfa'r staff.'

Diffoddodd Jeff y ffôn a'i roi yn ôl yn ei boced. Suddodd ei galon a daeth teimlad anghyfarwydd, ansicr drosto. Eisteddodd yn ei gar a throi ei feddwl yn ôl i'r diwrnod hwnnw ym Maes Awyr Caernarfon. Gwyddai nad oedd ganddo esgus – dim esgus a dim amddiffyniad.

Sut ddylwn i ymateb, tybed?' gofynnodd iddo'i hun. Roedd yr un cwestiwn wedi bod yn cyniwair yn ei feddwl yn ddyddiol ers tair wythnos bellach, ond roedd o wedi hen sylweddoli mai dim ond un dewis a oedd ganddo.

Bum munud yn gynnar, cerddodd Jeff trwy ddrws y dderbynfa yng ngorsaf heddlu Glan Morfa a chanu'r gloch.

'Helo, Jeff,' cyfarchodd llais digalon swyddog y dderbynfa.

'Sut wyt ti, John? Wnei di ddweud wrth Irfon Jones 'mod i yma os gweli di'n dda.'

Cododd y ffôn, siaradodd, gwrandawodd ac yna trodd yn ôl i gyfeiriad Jeff.

'Mae o isio i ti ddisgwyl yn fama os gweli di'n dda, Jeff. Mi fydd rhywun i lawr i dy weld di cyn bo hir.'

Eisteddodd Jeff ar y fainc yn y dderbynfa. Dyma'i orsaf o'i hun, lle byddai ganddo, fel arfer, ryddid i fynd a dod fel y mynnai. Ond nid heddiw. Aeth deng munud heibio, ac yna chwarter awr. Oedd rhywun yn ceisio chwarae castiau meddyliol arno fo? Faint o weithiau yn ystod y pymtheng mlynedd ddiwethaf roedd o wedi gorfodi troseddwyr yr ardal i ddisgwyl cyn iddo'u cyfweld? Ei dro o oedd hi heddiw. Diolchodd nad oedd o'n disgwyl yn y gell, o leiaf. Agorodd y drws mewnol ac ymddangosodd gŵr nad oedd o'n ei adnabod – dyn yn ei dri degau yn gwisgo sbectol, siwt lwyd a choler a thei.

'Ditectif Sarjant Morrison, Heddlu Swydd Caer,' meddai yn Saesneg. 'Dewch y ffordd yma, os gwelwch yn dda.' Doedd dim arlliw o wên ar ei wyneb nac ymdrech i ysgwyd llaw. Ni wnaeth Jeff ymgais i wneud chwaith.

'Dwi'n gwybod y ffordd,' meddai, o dan ei wynt.

Dilynodd Jeff yn ufudd, ar hyd y coridor cyfarwydd i'r ddalfa yng nghefn yr adeilad ac i un o'r ystafelloedd cyfweld. Un o'r ystafelloedd lle bu Jeff ei hun yn holi nifer helaeth o bobl dros y blynyddoedd. Gwelodd Jeff fod y ddesg wedi'i pharatoi, a bod nifer fawr o ddogfennau mewn ffolder yn barod i gyfeirio atynt. Roedd y tîm ymchwil yn sicr wedi bod yn brysur iawn yn ystod yr wythnosau cynt. Trodd Jeff pan glywodd rywun arall yn cerdded i mewn i'r ystafell a gwelodd ddyn tal yn ei bedwar degau gyda gwallt brown wedi'i dorri'n gwta, yn gwisgo siwt binstreip las tywyll, crys glas golau a thei Heddlu Swydd Caer.

'Ditectif Uwch Arolygydd Gordon Holland,' cyflwynodd ei hun yn swta. 'Eisteddwch,' gorchmynnodd, heb fath o deimlad yn ei lais ac yn hynod o ddifrifol ei olwg. Roedd ei wyneb yn fain ac yn galed, ac edrychai ei lygaid glas drwyddo yn hytrach nag arno.

Gwyddai Jeff yn syth nad un o'r llafnau uchelgeisiol oedd wedi gwneud enw da iddo'i hun yng ngholeg yr heddlu oedd hwn, ond ditectif wedi gweithio'i ffordd i'w safle drwy ddelio â throseddwyr caled ei ardal. Heb fwy o gyflwyniad, agorodd y Ditectif Sarjant ddau dâp glan allan o amlenni plastig a'u rhoi yn y peiriant recordio wrth ei ochr. Pwysodd y botwm a chanodd y peiriant ei barodrwydd i ddechrau. Edrychodd Jeff ar y ddau ddyn yn eistedd wrth ymyl ei gilydd yr ochr arall i'r bwrdd, a theimlodd chwys yn cosi cledrau ei ddwylo. Ceisiodd ei orau i beidio â dangos hynny.

Rhoddodd y Ditectif Uwch Arolygydd Holland y rhybudd swyddogol iddo a darllenodd y rhaglith arferol ar gyfer cyfweliad o'r fath. Sychodd Jeff ei ddwylo ar ddefnydd ei drywsus.

'Ydach chi'n deall mai cyfweliad ymchwilio i fater troseddol yw hwn, nid mater disgyblu?' meddai Holland.

'Ydw.'

'Cwyn am ymosodiad.'

'Dwi'n dallt.'

'A does ganddoch chi ddim cyfreithiwr yn bresennol.'

'Cywir.'

'Os hoffech chi gael un rhyw dro yn ystod y cyfweliad, mi allwn ni ohirio er mwyn i chi gael un.'

'Diolch, dwi'n ymwybodol o hynny,' atebodd Jeff.

'Nawr te, rydan ni'n troi at y digwyddiadau ym Maes Awyr Caernarfon, a'r amgylchiadau a arweiniodd at eich ymosodiad ar y Comander Toby Littleton o New Scotland Yard.' Edrychodd y ddau yn ddwfn i lygaid Jeff.

'Cyn i chi fynd ymhellach, Uwch Arolygydd, dwi wedi penderfynu dweud dim ynglŷn â'r cyhuddiad yn fy erbyn i. Dydw i ddim yn dymuno dangos unrhyw amarch tuag atoch chi na'ch swydd ond mae gen i hawl i wneud hynny – ac o dan yr amgylchiadau, dyna rydw i am ei wneud.'

'Ond dyma'ch cyfle chi i roi eich fersiwn *chi* o'r digwyddiadau.'

Nid atebodd Jeff.

'Mae tystiolaeth y Comander Littleton yn y fan hon,' meddai, gan amneidio at y ffeil drwchus wrth ei ochr, 'a thystiolaeth pawb arall oedd yno ar y pryd.'

Parhaodd Jeff yn fud. Gofynnodd y Ditectif Uwch Arolygydd nifer o gwestiynau eraill iddo yn ystod y chwarter awr nesaf cyn sylweddoli nad oedd Jeff am newid ei feddwl.

'Reit,' meddai. 'Mi ddown ni â'r cyfweliad hwn i ben.'

Diffoddwyd y peiriant recordio. Tybiodd Jeff mai'r cam

nesaf fyddai iddo gael ei arwain o flaen sarjant y ddalfa a'i arestio, ei gyhuddo'n swyddogol a'i ryddhau ar fechnïaeth. Safodd y Ditectif Uwch Arolygydd ar ei draed ac, yn ofni'r gwaethaf, gwnaeth Jeff yr un peth.

'Mae 'na ormod yn y fantol yn yr ymchwiliad yma i mi benderfynu beth ddylai ddigwydd nesaf,' meddai Holland. 'Mi fydda i'n gwneud adroddiad ar gyfer y Cyfarwyddwr Erlyniadau Cyhoeddus ac mi gawn ni ei ddyfarniad o mewn da bryd.'

Ceisiodd Jeff yn ofer i atal ei ochenaid o ryddhad. O leia roedd ganddo fwy o amser rŵan i geisio darganfod beth ddigwyddodd i Amelia Popescu. Peth rhyfedd mai dyna'r peth cyntaf a ddaeth i'w feddwl. Ond er hynny, ni wyddai faint o amser oedd ganddo.

Ar y ffordd allan o'r adeilad digwyddodd daro'n annisgwyl ar ei gyfaill, Cwnstabl Rob Taylor.

'Sut wyt ti, Jeff? Dwi wedi bod yn meddwl llawer amdanat ti. Mi alwais i dy weld ti un noson, a thrio dy ffonio di ... ond rydan ni i gyd wedi cael ein rhybuddio i beidio cysylltu â chdi.'

'Rob,' chdi ydi'r union ddyn dwi angen siarad â fo, ond dim yn fama. Wyt ti'n fodlon dod i gael sgwrs fach efo fi er gwaetha'r rhybudd?'

'Dwi ar fin gorffen fy shifft. Gyrra i'r traeth a pharcia ym mhen draw'r promenâd a disgwyl amdana i. Mi fydda i yno ymhen ugain munud.'

Eisteddodd Jeff yn ei gar yn disgwyl. Bu'n disgwyl droeon mewn amgylchiadau tebyg, ond fel arfer am leidr neu hysbyswr yn hytrach nag am gydweithiwr yn yr heddlu. Tro ar fyd, ystyriodd. Trodd ddigwyddiadau'r awr flaenorol yn ei feddwl. Penderfynodd ei fod wedi cymryd y cam callaf o dan yr amgylchiadau. Drwy geisio esbonio'i ymddygiad, gwyddai y buasai wedi tyllu twll dyfnach iddo'i hun, fel yr oedd wedi gweld nifer o droseddwyr yn ei wneud cyn heddiw. Heb amheuaeth, roedd y Ditectif Uwch Arolygydd Gordon Holland yn ddyn galluog dros ben, a gwyddai Jeff beth allai ditectifs fel fo ei wneud yn yr un sefyllfa. Ystyriodd a ddylai ffonio Meira i ddweud wrthi am y canlyniad. Ceisiodd wneud, ond ni chafodd ateb. Ffoniodd ei mam, a deallodd ei bod wedi cael ei galw'n ôl i'w gwaith yn annisgwyl. Peth rhyfedd, meddyliodd, nad oedd Meira wedi dweud dim wrtho am hynny. Rhoddodd ei ffôn symudol yn ôl yn ei boced pan welodd gar Rob Taylor yn dod i aros gerllaw.

Gwisgai Rob ei gôt ei hun dros ei iwnifform ac edrychodd o'i gwmpas yn ofalus cyn croesi'r ffordd tuag ato.

'Reit, yr hen fêt,' meddai, gan ddringo i mewn i sêt flaen car Jeff. 'Be fedra i wneud i ti?'

'I ddechrau, be wyt ti'n wybod am yr ymchwiliad i'r gŵyn 'ma amdana i?'

'Uffarn o ddim, mêt. Does 'na neb yn clywed dim gan mai'r heddlu yn Swydd Caer sy'n ymchwilio i'r achos. Maen nhw wedi bod yn drwyadl iawn, mae hynny'n sicr. Nid yn unig maen nhw wedi cyfweld â phawb oedd ym Maes Awyr Caernarfon y diwrnod hwnnw, ond maen nhw hefyd wedi siarad efo pawb oedd yn gweithio efo chdi yn ystod yr ymchwiliad hwnnw hefyd.'

Daeth Meira i'w feddwl yn syth. Doedd hi ddim wedi sôn ei bod hi wedi cael ei chyfweld hyd yma.

'Ydi hynny'n dy gynnwys di, Rob?' gofynnodd.

'Ydi, finna hefyd.'

'Be ddeudist ti?' Doedd o ddim yn siŵr ddylai o fod wedi gofyn y fath gwestiwn i'w gyfaill.

'Dim mwy na'r gwir, Jeff. Dyna'r cwbwl.'

Gwenodd Jeff yn ôl arno. 'Fyswn i ddim wedi disgwyl dim arall gen ti.'

'Wel – lle wyt ti wedi bod 'ta, a be ti 'di bod yn wneud ar dy wyliau, felly?' holodd Rob, gyda gwên.

'Aros efo perthynas i Meira,' atebodd, 'a dyna pam dwi angen tipyn o gymorth gen ti. Fel arfer, mi fyswn i'n gwneud fy hun, Rob, ond fel ti'n gwybod ...'

'Ia, ma' petha'n anodd i ti ar hyn o bryd, mi wn i. Be wyt ti isio?'

Cymerodd Jeff ugain munud i roi braslun o'r digwyddiadau yn Rhandir Canol iddo.

'Diawl drwg wyt ti, Jeff Evans,' meddai Rob, yn ysgwyd ei ben yn anobeithiol. 'Ond dwi'n synnu dim. Fedri di ddim rhoi'r gorau iddi, na fedri? Be wyt ti angen gen i?'

'Dwi'n gwybod bod yr achos tu allan i dy waith arferol di, ond fedri di ddarganfod rwbath am amgylchiadau'r honiadau yn erbyn Amelia Popescu? Sut ddechreuodd y peth a pham mae'r heddlu isio'i gweld hi eto?'

'Mi dria i. Dwi'm yn credu y bydd hynny'n anodd.'

'Da iawn ... ac un peth arall. Fedri di ddarganfod rwbath am Dafi, neu David, MacLean?' Rhoddodd Jeff rif y Mitsubishi Animal iddo. 'Unrhyw fanylyn fedri di ei ffendio, dim ots pa mor bell yn ôl. Hefyd – ond wn i ddim os ydi hyn yn bosib hyd yn oed – unrhyw wybodaeth am ddyn o'r enw Gwyndaf Parry. Dydi o ddim wedi cael ei weld ym Mhrydain ers tua chwarter canrif, felly ella y gall INTERPOL helpu.'

'Ti'm yn gofyn llawer, nag wyt, Jeff? Mi gymerith y dasg olaf 'na dipyn mwy o amser, ond mi ddylwn i gael atebion i'r ddau gwestiwn cynta mewn diwrnod neu ddau i ti.'

'Da iawn, mêt. Mae rhif fy ffôn symudol i gen ti, tydi?'

Cadarnhaodd Rob hynny. Dringodd allan o'r car a throdd yn ôl i wynebu Jeff.

'Bydda'n ofalus, wnei di? Mi wyt ti'n chwarae efo tân, wsti, yn enwedig yn y sefyllfa rwyt ti ynddi ar hyn o bryd.'

'Chwarae efo tân? Fi?' Cododd Jeff ei ysgwyddau yn ddiniwed. Chwarddodd Rob ac ysgydwodd ei ben mewn anobaith.

'Dim gair wrth neb rŵan, cofia,' rhybuddiodd Jeff. Cododd Rob ei law ac edrychodd o'i gwmpas eto wrth groesi'r ffordd yn ôl at ei gar ei hun.

Roedd hi wedi chwech erbyn i Jeff gyrraedd yn ôl i Randir Canol. Roedd o wedi ceisio cysylltu â Meira, yn ofer, nifer o weithiau yn y cyfamser ac wedi gyrru tecst a gadael neges ar ei ffôn. Roedd yn beth anghyffredin iawn iddi beidio ateb.

Gorweddodd ar ei wely yn y fflat yn pendroni. Pryd ddeuai'r penderfyniad am ei ddyfodol? Lle oedd Amelia? Lle oedd Gwyndaf Parry? Pa ddrygioni wnâi Dafi MacLean nesaf tybed? Sylweddolodd yn sydyn mai Aled Rees, y gwas, oedd wedi closio fwyaf at Amelia, a bod Walter wedi cael geiriau croes efo'r bachgen ynglŷn â'i berthynas efo'r eneth. Pam na fyddai wedi sylweddoli ynghynt y dylai siarad â'r llanc? Edrychodd drwy ffenest yr ystafell wely a gwelodd fod car Aled yn dal i fod yno. Canodd ei ffôn i dorri ar draws ei fyfyrdod, a gwelodd enw Meira yn fflachio arno.

'Lle wyt ti wedi bod, 'nghariad i? Ro'n i'n dechra poeni.

Mi ddywedodd dy fam dy fod ti wedi cael dy alw yn ôl i'r gwaith.'

'Do, mae hynny'n wir. Ond dim o achos fy ngwaith i yn uniongyrchol,' eglurodd. 'Dwi wedi treulio'r rhan fwyaf o'r pnawn yng nghwmni dwy blismones o Swydd Caer. Arolygydd oedd un a Sarjant oedd y llall.'

'Mi ddylwn i fod wedi rhagweld hynny,' meddai Jeff. 'Sut ddaru nhw dy drin di?'

'Iawn, ches i ddim problem a dweud y gwir. Dwi'n falch o weld dy fod ti'n dal i fod yn ddyn rhydd,' ychwanegodd.

'O, paid â gwneud hwyl. Do'n i ddim yn siŵr fy hun fyswn i'n cael fy rhyddhau. Wyt ti ar dy ffordd yn ôl yma heno?'

'Ydw. Rho ddwy awr dda i mi. Mi gawn ni'n dau sgwrs iawn pan welwn ni'n gilydd.'

'Ardderchog,' meddai Jeff. 'Gwranda, wnei di fy nôl i o'r dafarn, y Goron? Dwi angen peint neu dri, ac mi ga i rwbath i'w fwyta yno tra dwi wrthi.'

Pennod 27

'Ty'd am beint efo fi ar dy ffordd adra,' meddai Jeff wrth Aled Rees fel yr oedd o'n cerdded at ei gar. 'Ma' hi'n hen bryd i ni gael llymaid bach efo'n gilydd – ac mi ydw inna wedi cael diwrnod reit galed heddiw.'

'Iawn,' meddai Aled. 'Mi fydda i'n galw yn y Goron bob hyn a hyn. Dewch yn fy nghar i. Mi a' i â fo adra gynta. Dwi'n byw o fewn dau gan llath i'r dafarn.'

'Aros i mi nôl fy nghôt.' Aeth i'w gar i'w nôl hi, gan sicrhau fod ei bastwn bach arbennig yn dal i fod yn y boced bwrpasol. Doedd o ddim yn hoff o'r syniad o ddibynnu gormod arno, ond ar y llaw arall, ni wyddai pwy fyddai'n debygol o ymweld â'r dafarn heno, nag unrhyw noson arall.

'Be gymri di, Aled?' gofynnodd ar ôl cyrraedd y bar.

'Peint o lager plis, Jeff. Iawn i mi'ch galw chi'n Jeff, ydi?

Gwenodd Jeff arno. 'Ydi, tad annw'l. Dwi am gymryd pei hefyd. Be amdanat ti?'

'Diolch.'

Edrychodd Jeff o'i gwmpas a gwelodd fod tua dwsin o ddynion yn y bar, a'r rheini, fel arfer yr adeg hon o'r dydd, yn dal i fod yn eu dillad gwaith. Nodiodd un neu ddau eu pennau arno a gwnaeth yntau'r un peth yn ôl. Roedd pawb yn y dafarn yn gwybod pwy oedd o erbyn hyn, a phawb yn y cyffiniau wedi clywed sôn am ei gampau y tro diwethaf iddo fod yno. Gwelodd fod Wil Morgan yn dal i fod tu ôl i'r bar.

'Mr Robert Wilson yn dal i fod ar ei wyliau, mae'n amlwg,' meddai Jeff wrtho.

'Tan y diwrnod ar ôl fory,' atebodd Wil yn nerfus. 'Dach chi ddim yn mynd i ddechra codi twrw yma eto heno, gobeithio?'

Syllodd Jeff ar y barman i ddangos nad oedd o'n gwerthfawrogi ei agwedd.

'Os cofi di'n iawn, amddiffyn fy hun wnes i. Mae'n amlwg i mi fod 'na gwsmeriaid reit annymunol yn dod yma pan fydd Mr Wilson ar ei wyliau ... heb sôn am y dwyn.'

'A dwi ddim wedi penderfynu pwy ydach chi eto chwaith. Ai milwr ar wyliau ydach chi, rhywun sy'n gweithio ar ran Bob Wilson, 'ta perthynas i Walter Price?' Roedd yn amlwg fod Morgan wedi bod yn pendroni ers eu cyfarfyddiad cyntaf.

'Tydi hynny ddim yn berthnasol i ti. Dim ond iti gofio pa dystiolaeth sydd gen i yn dy erbyn di, ac nad ydw i wedi penderfynu eto sut i'w ddefnyddio fo.'

Roedd y bygythiad yn ddigon i gau ceg y barman a'i ysgogi i ganolbwyntio ar ei waith. Archebodd Jeff ddau beint, lager i Aled a pheint o gwrw mwyn iddo'i hun, a phei bob un iddyn nhw. Eisteddodd wrth ochr y gwas mewn cornel ddistaw.

'Dwi'n siŵr bod syched mawr arnat ti, a titha wedi bod yn gwneud gwaith corfforol caled drwy'r dydd. Yfa hwnna yn reit handi ac mi gei di fwynhau'r nesa efo dy fwyd,' meddai.

Gwenodd y bachgen o glust i glust. Wnaeth o ddim ystyried gwrthod. Ymhen dim, yr oedd y ddau wedi gwagio'u gwydrau a gorffen eu bwyd.

'Fi sy'n prynu'r nesa,' meddai Aled.

'Na, stedda di yn fanna,' mynnodd Jeff a cherddodd at y bar unwaith eto.

Daeth â pheint arall bob un iddynt yn ôl at y bwrdd. Yfodd Aled yr hanner cyntaf ar ei union a gwelodd Jeff fod ei lygaid yn loyw o ganlyniad i'r cwrw.

'Wyddost ti be,' meddai Jeff, heb edrych ar y bachgen, 'dwi'n poeni am Amelia.'

Nid atebodd y bachgen yn syth, ond pan wnaeth, clywodd Jeff yr union ateb yr oedd wedi bod eisiau ei glywed.

'A finna hefyd,' meddai, 'poeni'n ofnadwy.'

'Be ti'n feddwl sy wedi digwydd iddi, Aled?'

Cymerodd y bachgen ychydig o amser eto cyn ateb. 'Wn i ddim wir.' Gwelodd Jeff ddeigryn yn ei lygad.

'Wyt ti'n iawn?' gofynnodd. 'Dwi'n gwybod dy fod ti wedi closio ati. Roeddach chi'n hynod o agos, dwi'n dallt.'

'Dwi ddim wedi dweud hyn wrth neb, Jeff, ond ro'n i'n ei charu hi, dach chi'n gweld.' Llanwodd ei lygaid, a gwyddai Jeff fod effaith y cwrw'n cydio.

'Fel yna ma' hi pan wyt ti'n cael rhyw am y tro cynta efo rywun, sti.'

Gwenodd y bachgen a sychodd ei lygaid. 'Sut dach chi'n gwybod?' gofynnodd.

'Am fy mod i wedi bod yn ifanc fy hun unwaith, Aled bach.' Oedodd. 'Ydw wir, dwi'n poeni am ei diogelwch hi. Fasa gen ti unrhyw wrthwynebiad taswn i'n dy holi di amdani? Ella, efo'n gilydd, y medrwn ni ddod gam yn nes at ei ffeindio hi.'

'Mi wna i beth bynnag fedra i er mwyn dod o hyd iddi. Rwbath o gwbl.'

'Pa mor agos oedd y ddau ohonach chi, Aled?'

'Agos iawn. Ro'n i'n mynd i'r garafán ati bob cyfle gawn i. Mi ges i fy nal yno un noson gan Mr Price ac mi aeth pethau'n ddrwg rhyngddan ni. Mi oedd yn rhaid i mi fod yn ofalus ar ôl hynny.'

'Pryd wnest ti ddechrau mynd efo hi?'

'Yn fuan ar ôl iddi gyrraedd acw. Ei gweld hi'n beth dlws wnes i, a hithau ar ei phen ei hun, a meddwl ei bod hi eisiau cwmni.'

'Ar ei phen ei hun, ddeudist ti?'

'Ia, o Rwmania roedd hi'n dod. Wedi gadael y wlad efo'r bwriad o gael swydd dda yn y wlad yma a gwneud digon o arian i'w yrru'n ôl i'w mam a'i chwaer. Chwarae teg iddi, ond sbiwch lle landiodd hi. Mewn carafán ac yn gweithio am y nesa peth i ddim.'

'Oedd hi ar ei phen ei hun, ti'n meddwl, Aled?'

'Nag oedd, ddim yn hollol, dwi'm yn meddwl. Mi sylweddolais cyn bo hir fod 'na rywun, rhywun o'i gwlad hi ei hun am wn i, yn dod i'w gweld hi'n gyson. Unwaith bob wythnos, ella, ac mi oedd hi'n rhoi ei holl gyflog iddo fo.'

'Iddo fo?'

'Ia, roedd o'n ei yrru o i'w theulu yn Rwmania. Dyna pam nad oedd ganddi byth geiniog i'w wario arni hi'i hun.'

'Pwy oedd yn dod i'w gweld hi, Aled? Welaist ti'r person hwnnw erioed?'

'Naddo, ddim yn iawn. Ond mi wn i mai dyn oedd o. Wel, ro'n i ar y ffordd i 'ngwaith un diwrnod pan welais i hi mewn rhyw racsyn o gar hanner ffordd rhwng y stad a'r pentre, a dwi bron yn siŵr mai dyn oedd yn gyrru.'

'Sut gar oedd o?'

'Rwbath glas golau. Ches i ddim amser na chyfle i sylwi ar fwy, ond dwi'n amau mai fo oedd yn galw yno, ac yn mynd â hi oddi ar dir y stad pan oedd hi'n cael diwrnod i ffwrdd o'i gwaith.'

'Y dyddiau pan oedd hi'n dwyn, ti'n feddwl?' mentrodd Jeff. Cymerodd Aled lymaid o'i wydr eto ac oedodd cyn ateb.

'Ro'n i'n gwybod ei bod hi'n dwyn, oeddwn. Mi ddeudodd wrtha i ei bod hi wedi cael ei dal. Mi driais fy ngorau i'w pherswadio hi i roi'r gorau iddi, ond wnâi hi ddim ... dweud bod yn rhaid iddi gario 'mlaen, ond gwrthododd ddweud pam – a gwrthod dweud rhagor am y dyn arall 'ma. Er 'mod i wedi gofyn iddi, wnâi hi ddim ymhelaethu. Dwi'n meddwl ei bod hi ofn am ryw reswm, neu dyna'r argraff ro'n i'n ei chael.'

'Ofn be?'

'Wn i ddim.' Gadawodd Jeff iddo syllu'n fud i ryw wagle o'i flaen am funud neu ddau.

'Dyweda be sy ar dy feddwl di, 'ta,' mynnodd Jeff o'r diwedd.

'Dwi'n amau bod rhywun yn ei rheoli hi, Jeff. Fedra i ddim dweud mwy oherwydd sgin i ddim prawf, ond dyna dwi'n feddwl.'

'Ddywedodd hi cyn noson y tân yn y garafán ei bod hi'n meddwl mynd i rywle?' gofynnodd Jeff.

'Naddo, ond dwi'n gwybod ei bod hi'n poeni'n ofnadwy bod yr heddlu isio ei holi hi eto. Ella mai dyna be wnaeth iddi hi ddianc.'

'Os mai dianc ddaru hi. Be wyddost ti am y tân?'

'Dim byd. Adra o'n i'r noson honno, ond mi wn i un peth: nid damwain oedd hi, na diffyg yn y trydan chwaith. Roedd Amelia'n eneth ofalus iawn – rhy ofalus i achosi unrhyw dân drwy ddamwain neu ddiffyg.'

'Welaist ti ffôr bai ffôr mawr du yn dod ar ei chyfyl hi ryw dro?'

'Naddo,' meddai, gan ysgwyd ei ben.

'Wyt ti'n nabod Dafi MacLean?'

'Dim ond ran ei weld, a gwybod am ei enw drwg. Cadw'n glir o'r boi yna a'i ddynion ydi'r peth callaf i wneud os dach chi'n gofyn i mi. Fel ma' hi'n digwydd bod, dacw fo un o'i griw wrth y bar yn fan'cw. Mae o wedi bod yn edrych arnon ni'n dau ers meitin.'

Edrychodd Jeff draw, ond doedd y gŵr y cyfeiriodd y llanc ato ddim yn gyfarwydd. Trodd yn ôl i edrych ar Aled.

'Welaist ti MacLean neu un o'i ddynion yn cyboli efo Amelia ryw dro?'

'Naddo, erioed.'

'Dwi'n dallt bod Amelia wedi bod i ffwrdd o'r stad am dridiau un tro yn ystod yr haf.'

'Yn ôl yn nechrau mis Awst, pan oedd hi'n symol.'

'Symol?'

'Ia, roedd yn rhaid iddi gael ryw fath o lawdriniaeth. Dwi'n cofio'r adeg, oherwydd doedd hi ddim isio cysgu efo fi am gyfnod. Rhy boenus, medda hi, ei chorff hi dwi'n feddwl. Wnes i ddim pwyso arni, wrth gwrs. Mi oedd gen i ormod o feddwl ohoni. Ond ddaru'r sefyllfa honno ddim para mwy nag wythnos ffor'no.'

'Pwy oedd ei doctor hi, neu ym mha ysbyty gafodd hi'r llawdriniaeth, wyt ti'n gwybod?'

'Dim syniad. Do'n i ddim yn ymwybodol o'r peth nes iddi ddod yn ôl. Dwi'n meddwl mai'r dyn yn y rhacsyn car glas aeth â hi, a dod â hi'n ôl.'

'Sut wyt ti'n gwybod hynny?'

'Dydw i ddim, ddim yn sicr, ond pwy arall oedd 'na? P'run

bynnag, mi ddaeth ati ei hun yn reit handi ac mae hi wedi bod yn berffaith iach ers hynny. Gofynnwch i Sarah Gwyn. Dwi'n meddwl bod Amelia wedi sôn wrthi hi am y digwyddiad.'

'Dweud i mi,' meddai Jeff, 'fedra i ddim dallt hyn, ond os oedd hi'n dwyn o siop, neu siopau, welaist ti unrhyw nwyddau neu eiddo amheus yn y garafán?'

'Dim byd, Jeff, naddo wir, ac mae hynny'n efengyl i chi.'

'Peint arall?' gofynnodd Jeff.

'Na wnaf wir, diolch. Rhaid i mi fynd. Mi goda i un i chi os leciwch chi.'

Eisteddodd Jeff ar ei ben ei hun am yr hanner awr nesaf yn yfed ei drydydd peint o gwrw mwyn yn bwyllog. Edrychodd ar ei oriawr. Roedd hi'n tynnu am naw o'r gloch a byddai Meira yno cyn hir. Ystyriodd eiriau Aled. Oedd Amelia'n cael ei rheoli gan rywun – y dyn yn y rhacsyn o gar glas golau? Os oedd hi'n dwyn, roedd yn rhyfedd nad oedd y nwyddau o gwmpas y lle ganddi. Yn bwysicaf, oedd gan hynny unrhyw gysylltiad â thrafferthion Walter Price?

Agorodd drws y dafarn a cherddodd Meira i mewn yn llawn hyder, yn union fel petai'n ymwelydd cyson. Trodd pennau nifer o'r dynion tuag at yr eneth smart, ddieithr. Anwybyddodd Meira bawb arall a cherddodd yn syth at Jeff, a oedd wedi codi ar ei draed i'w chyfarch. Rhoddodd gusan ar ei foch a gwenodd arno.

'Rwyt ti'n ddewr iawn, yn mentro i le garw fel hwn,' mwmialod Jeff fel na allai gweddill y cwsmeriaid glywed. 'Pam na wnest ti fy ffonio o'r tu allan yn lle cerdded i mewn ar dy ben dy hun?'

'Gwranda,' atebodd, gan roi gwên dlos iddo, 'dwi wedi cerdded i mewn i dafarnau gwaethaf Scotland Road yn Lerpwl i arestio pobl cyn heddiw. Dallt?'

Chwarddodd Jeff yn ddistaw. 'Gymri di wydryn bach o win gwyn cyn i ni ei throi hi am adra? Neu be am damaid o fwyd?'

'Dim ond gwin, diolch iti. Mae gen i ddau gyrri parod yn y car, i'w taro yn y meicro.'

Eisteddodd Meira ac archebodd Jeff y ddiod iddi. Wrth y bar, gwelodd fod y gŵr ifanc a oedd, yn ôl Aled, yn gyfaill i MacLean â'i gefn ato, yn siarad ar ei ffôn symudol.

'Paid â chymryd dy amser efo'r gwin 'na,' meddai, pan roddodd y gwydr ar y bwrdd o'i blaen. 'Dwi ar lwgu.' Celwydd cyfleus.

Cymerodd Jeff bum munud yn manylu ar y cyfweliad a gafodd yng Nglan Morfa. Wrth gwrs, doedd dim llawer o fanylion i'w rhoi.

'Ty'd,' meddai. 'Mi gei di ddweud wrtha i am dy gyfweliad di dros y pryd 'ma, ac mi ddeuda i wrthat ti be arall dwi wedi bod yn ei wneud.'

Doedd Meira ddim yn deall ei frys, ond gorffennodd ei diod yn sydyn. Cerddodd y ddau at y drws ond agorwyd hwnnw cyn iddynt ei gyrraedd. Yno, ar ei ben ei hun ac yn llenwi'r ffrâm, safai Dafi MacLean yn ei iwnifform o grys T gwyn a jîns, ei groen yn dynn dros ei gyhyrau caled ac yn sgleinio fel petai newydd ddod o'r gampfa. Efallai mai dyna lle roedd o pan dderbyniodd yr alwad gan ei gyfaill wrth y bar yn gynharach, tybiodd Jeff. Ond erbyn hyn, rhwystro'u ffordd nhw allan oedd bwriad y cawr o'u blaenau. Yn reddfol, cyffyrddodd Jeff y pastwn bychan yn ei boced, heb fwriad o'i ddefnyddio.

Camodd MacLean i mewn i'r bar a gwelodd Jeff ei fod yn cario darn o haearn trwchus tua dwy droedfedd a hanner o hyd yn ei law dde. Cydiodd Jeff ym mraich Meira a chamodd o'i blaen. Syllodd MacLean yn syth i'w lygaid a chododd y darn haearn dros ei ben a'i osod tu ôl i'w wddf noeth. Disgynnodd distawrwydd llethol dros y dafarn a symudodd y cwsmeriaid agosaf o'r ffordd.

Defnyddiodd MacLean ei law chwith i afael ym mhen arall y bar haearn, a chydag ymdrech aruthrol a oedd yn amlwg ar ei wyneb creulon, plygodd y metel fel petai'n frwynen. Gwyddai Jeff y byddai MacLean wedi medru ei daro'n syth petai o eisiau gwneud hynny – a'i anafu'n ddifrifol hefyd – ond sylweddolodd mai sioe fawr oedd hon er mwyn dangos pwy oedd y bòs.

'Symuda o'r ffordd,' meddai Jeff wrtho, gan hebrwng Meira o'i flaen a rownd MacLean tuag at y drws.

Trodd yn ôl i wynebu MacLean, oedd erbyn hynny'n chwyrnu fel teigr mewn sw. Gwyddai Jeff na fyddai'n ddoeth troi ei gefn arno.

'Welais i erioed ddarn o fetel yn cwffio'n ôl,' meddai Jeff wrtho. 'Ond mi welwn ni'n dau ein gilydd ryw dro eto. Nid heno.'

Camodd yn ei ôl yn araf nes roedd o'n teimlo ei bod hi'n saff i droi ei gefn.

'Dos i danio'r car, Meira. Dyna chdi wedi cyfarfod Dafi MacLean rŵan. Mae'n rhaid bod ganddo reswm da iawn o hyd i beidio hanner fy lladd i. Mae 'na rwbath mwy ar droed, oes, mae hynny'n saff i ti.'

'Wnes i ddim sylweddoli pa mor debyg ydi'r Goron i Scottie Road!'

Pennod 28

Wedi iddynt gynhesu'r prydau parod eisteddodd yn ddau wrth y bwrdd yng nghegin fawr plasty Rhandir Canol i'w mwynhau. Roedd Meira'n awyddus i ddechrau trafod digwyddiadau'r dydd.

'Wyt ti'n meddwl mai dweud dim yn ystod y cyfweliad bore 'ma oedd y peth callaf?' gofynnodd.

'Am wn i,' atebodd Jeff, a'i geg yn llawn o gyw iâr Tikka Massala. 'Rargian, mae hwn yn flasus. Lle gest ti o?'

'Rhyw le bach arbennig yn Lerpwl,' atebodd, cyn troi'r sgwrs yn ôl. 'Mae pawb erbyn hyn yn gwybod pa mor hurt oedd y dyn Littleton 'na.'

'Wel, mi oedd o'n haeddu'r slap, dwi'n gwybod,' atebodd Jeff. 'Ond slap ydi slap, a ddylwn i ddim fod wedi gwneud, ac yntau'n uwch swyddog. Beth oedd agwedd y ddwy blismones welaist ti?' gofynnodd.

'Clên iawn a dweud y gwir. Wrth gwrs, roedd ganddyn nhw gopi o fy natganiad i ynglŷn â'r ymchwiliad a arweiniodd at dy ffrwgwd bach di efo Littleton, ond mi ges i fy holi yn fanwl ynglŷn â d'ymddygiad di y diwrnod hwnnw – er na welais i lawer.'

'Gan gynnwys ein perthynas ni?' gofynnodd yn awyddus.

'Ia, ond does ganddon ni ddim i'w guddio, nag oes? 'Dan ni'n dau'n oedolion, ac yn ddibriod, a does a wnelo'r peth ddim byd â neb yn yr heddlu.'

'Ia, ond ti'n gwybod cystal â finna sut mae ymchwiliadau mewnol yr heddlu yn tueddu i archwilio'r posibilrwydd fod perthynas bersonol heddweision â'i gilydd yn amharu ar eu gwaith.'

'Wel mi gân' nhw ymchwilio hynny lician nhw. Chdi oedd yn gyfrifol am atal ymosodiad dychrynllyd fysa wedi effeithio ar Brydain gyfan, Toby blydi Littleton neu beidio. A hebddo fo mi fysa'r ddau oedd yn gyfrifol am yr holl gynllwyn wedi cael eu dal a'u llusgo o flaen llys barn.'

'Ella wir, 'ngeneth i, ond paid ag anghofio am dy ran ditha yn yr ymgyrch. Ta waeth am hynny ar hyn o bryd. Mi gawn ni weld be ddaw o'r holl beth cyn bo hir, mae'n siŵr.'

'Be ddysgaist ti gan gyfreithiwr Yncl Walter?' gofynnodd Meira.

'Do'n i ddim wedi dallt mai George Pritchard ydi'i gyfreithiwr o. Rydan ni'n nabod ein gilydd ers blynyddoedd.' Rhoddodd adroddiad o'u trafodaeth. Pan soniodd Jeff mai brodor o Rwmania oedd Amelia, gwelodd wedd Meira'n newid.

'Be sy'n bod?' gofynnodd Jeff.

'Mi ddyweda i wrthat ti mewn munud,' meddai, ar ôl llyncu'r bwyd oedd yn ei cheg. 'Caria 'mlaen.'

'Y rheswm mae'r heddlu isio'i gweld hi eto ydi am fod 'na fwy o dystiolaeth yn ei herbyn hi wedi dod i'r amlwg. Ond yr hyn sy wedi fy nharo fi yn fwy na dim, ydi'r awgrym fod yr eneth yn ofnus o rwbath yn ystod ei hamser yma, a does neb i weld yn sicr be.'

'Barn y cyfreithiwr oedd hynny, wrth gwrs.'

'Nid ei farn o'n unig, ond barn gwas bach y stad 'ma, Aled. Mi es i am beint efo fo heno.'

'Aled?'

'Ia. Mi oedd yr hogyn wedi mopio'i ben yn lân efo hi –
yn ôl ac ymlaen i'w charafán hi bob cyfle gâi o.'

'A be sy o'i le efo hynny?' gofynnodd Meira â gwên fach
ddireidus.

Gwenodd yntau'n ôl. 'Ond y busnes ofn 'ma sy'n fy
mhryderu i,' parhaodd. 'Mae o'n fachgen reit ddiniwed
mewn un ffordd, ond mae o wedi mynd cyn belled â dweud
ei fod o'n amau fod rhywun yn ei rheoli hi.' Ailadroddodd
Jeff yr hanes a ddysgodd am y dyn yn ei racsyn car glas
golau. 'Gyda llaw,' ychwanegodd, 'Be oedd ar dy feddwl di
pan ddywedais i fod Amelia'n dod o Rwmania?'

'Dim ond bod y wlad honno wedi codi yn fy ymholiadau
innau heddiw hefyd,' esboniodd Meira.

'O?' Cododd aeliau Jeff yn syth.

Cymerodd Meira lymaid o ddŵr i glirio'i cheg cyn ateb.

'Pan o'n i'n disgwyl cael fy ngweld gan y ddwy
blismones o Swydd Caer yn y swyddfa yn Lerpwl y bore
'ma, mi ddefnyddiais i'r amser yn ddoeth.'

'Wel dweud, 'ta,' mynnodd Jeff, yn glustiau i gyd. Ni fu
erioed yn un da am ddisgwyl.

'Mae gen i ffrind sy'n gweithio yn y Gangen Arbennig
ym maes awyr Manceinion sydd â'r hawl i archwilio
manylion pawb sy'n teithio i mewn ac allan o Brydain. Mi
ofynnais iddi edrych trwy faniffestau hediadau o'r maes
awyr hwnnw ar gyfer y dyddiau ar ôl i'r parti saethu tramor
'na adael Rhandir Canol heb dalu. Wel, mi ges i ateb
ganddi yn hwyr y pnawn 'ma. Nid o Budapest oedden
nhw'n dod.'

'Naci?' Roedd Jeff yn dechrau colli ei amynedd.

'Mae rhywun wedi gwneud camgymeriad yn rwla. Mi
ddaru nhw, pawb ond un ohonyn nhw, adael Prydain ar

awyren am chwarter wedi saith o'r gloch y bore hwnnw. Wyddost ti i ble?'

'Dweud wrtha i, ddynes, wnei di,' meddai Jeff, ar binnau eisiau'r ateb.

'Nid Budapest ond Bucharest – dyna'r camgymeriad.'

'Bucharest ... yn Rwmania,' meddai Jeff yn gegrwth. 'Ac mi oeddan nhw'n ddynion dychrynllyd, yn ôl y sôn. Dwi'n cofio Amelia'n rhewi'n gorn pan grybwyllais i enw eu harweinydd nhw, Val. Mae'r holl beth yn dechrau gwneud synnwyr, Meira, ti'm yn meddwl?'

'Ella wir, ond fedra i ddim gweld pa gysylltiad sy rhwng Yncl Walter a hyn i gyd chwaith.'

'Oes gen ti fwy o fanylion am y criw saethu? Enwau?'

'Dim eto. Ond mae fy ffrind yn dal i dyrchu.'

'Wyddost ti be, y ditectif ddelaf yn y byd,' meddai Jeff, ei feddwl ar garlam, 'ella mai Gwyndaf Parry ydi'r ateb yn y diwedd. I ble aeth hwnnw fel brici? Ti'n cofio?'

'I Ddwyrain Ewrop.'

'Rwmania, tybed?'

Roedd Jeff a Meira'n dal i geisio gwneud synnwyr o'r cyfan yn gynnar y pnawn canlynol, wrth gerdded trwy gaeau gwlyb Rhandir Canol law yn llaw, pan ganodd ffôn symudol Jeff. Rob Taylor oedd yno.

'Do'n i ddim yn disgwyl galwad yn ôl mor handi gen ti, Rob. Oes gen ti rywfaint o newydd i mi?' Rhoddodd ei ffôn ar uchelseinydd er mwyn i Meira glywed hefyd.

'Rhywfaint? Llawer iawn mwy na ro'n i'n disgwyl! Lle ti isio i mi ddechrau?'

'Lle bynnag leci di, mêt.'

Gwyddai Jeff o brofiad pa mor dda oedd Rob Taylor am

ddilyn trywyddion cudd-wybodaeth yr heddlu i chwilio am fanylion troseddwyr ac unigolion dan amheuaeth.

'Reit, mi ddechreua i efo'r Amelia Popescu 'ma. Fel ti'n gwybod, mi gafodd hi ei harestio ar amheuaeth o ddwyn o siop. Siop gemwaith oedd hi, a doedd dim digon o dystiolaeth i'w chyhuddo. Rai wythnosau ar ôl iddi gael ei rhyddhau, daeth mwy o wybodaeth i'r fei. Yn ôl pob golwg, mae 'na dîm o ladron yn teithio o gwmpas trefi gogledd Cymru yn dwyn o siopau yn rheolaidd.'

'Lle yn union?'

'Cyn belled ag Aberystwyth, Amwythig a Chroesoswallt, Wrecsam, Caer, Rhyl, Bae Colwyn, Llandudno, Bangor a Chaernarfon – ond does 'na ddim adroddiadau yn Sir Fôn hyd yn hyn.'

'Am ei bod hi ddim mor hawdd dianc, mae'n siŵr. Doeth iawn. Mater syml ydi cadw golwg ar y ddwy bont. Mae'n amlwg mai'r trefi prysuraf maen nhw'n eu targedu.'

'Yn hollol, 'cytunodd Rob. 'Mae hyd yn oed Pwllheli a Phorthmadog wedi'i chael hi yng nghanol yr haf.'

'Sut 'dan ni'n gwybod mai'r un criw ydyn nhw?' gofynnodd Jeff.

'Am mai tramorwyr ydyn nhw bob tro, ac mae pobol wedi sylwi ar acen dwyrain Ewrop, os ydi hynny'n golygu rwbath i ti.'

''Sat ti'n synnu faint mae hynny'n ei olygu,' atebodd Jeff. 'Sut maen nhw'n mynd o'i chwmpas hi?'

'Yn reit syml a dweud y gwir, a'r un dull bob tro. Dyna sut nad ydyn nhw wedi cael eu dal. Mae'n amlwg bod rhwng hanner dwsin a dwsin ohonyn nhw, ella mwy, yn taro rhyw dref ar yr un pryd ac yn dwyn pethau gwerthfawr, gemwaith fel arfer, cyn ei heglu hi oddi yno. Weithiau maen nhw'n taro ar dair neu bedair siop mewn un dref ar union yr un amser. A dim ond yr eitemau drytaf maen nhw'n eu dwyn. Weithiau maen nhw'n tynnu sylw staff y siop.'

'Sut, Rob?'

'Mewn un neu ddau o lefydd, mae dyn a dynes yn mynd i mewn i siop efo'i gilydd, gan smalio'u bod nhw'n chwilio am fodrwy briodas ella, a thra eu bod nhw'n edrych ar y gemwaith drud daw bachgen i mewn ac agor cês dillad yn llawn o golomennod. Tua dau ddwsin o'r diawlaid yn hedfan o gwmpas tu mewn i'r siop. Mi fedri di ddychmygu'r pantomeim dilynol, ond erbyn i'r holl beth ddistewi, mae'r bachgen, y cwpl a'r gemwaith wedi diflannu.'

'Mae hwn yn dîm trefnus a phroffesiynol, mae'n amlwg,' meddai Jeff. 'Ac maen nhw'n amau fod Amelia Popescu yn aelod?'

'Dyna ydi'r amheuaeth, ond wn i ddim pa mor gryf ydi'r dystiolaeth yn ei herbyn chwaith.'

'I ble mae'r tîm 'ma'n diflannu, tybed?'

'Dyna 'di'r cwestiwn ar wefusau pawb, Jeff. Mae'n ymddangos fel petaen nhw'n diflannu oddi ar wyneb y ddaear bob tro.'

'Be arall sy gen ti, Rob?'

'Wel, mae hyn yn ddiddorol hefyd. David Andrew MacLean ydi enw bedydd Dafi MacLean. Fe'i ganwyd yn Falkirk yn yr Alban, ond symudodd ei deulu i lawr 'ma pan oedd o'n ddwyflwydd oed, wedi i'w dad gael swydd yn atomfa Traws. Uffarn drwg ydi o, Jeff.'

'Paid â sôn. Dwi wedi'i gyfarfod o'n barod.'

'Bydda'n ofalus, da chdi. Mae ganddo fo hanes go arw – wedi ei gael yn euog o ymosodiadau a mynnu arian trwy drais pan oedd o'n byw yng Nghaer rai blynyddoedd yn ôl, ac mi gafodd ei garcharu am saith mlynedd yn yr wyth degau am geisio llofruddio perchennog rhyw dŷ tafarn a wrthododd dalu arian diogelwch iddo.'

'Dydi hynny ddim yn fy synnu i. Be ydi'i hanes o ar hyn o bryd?'

'Wel, dydi o ddim wedi cael ei ddal yn troseddu ers blynyddoedd, ond mae 'na faint fynnir o amheuaeth ei fod o'n cyflenwi cyffuriau ar raddfa go helaeth. Ac mae yna fwy na hynny o wybodaeth amdano yn ddiweddar.'

'Fel?'

'Dri neu bedwar mis yn ôl, gwelwyd ei gar o, y Mitsubishi Animal, wedi'i barcio yn hwyr un noson ger safle'r bad achub yn Hoylake, Cilgwri.'

'Dyna le rhyfedd iddo fo fod,' awgrymodd Jeff.

'Dim mor rhyfedd ag y bysat ti'n meddwl, mêt. Y noson honno, mi oedd 'na le diawledig yno. Uffern o le. Cafodd yr heddlu eu galw i ffeit – rhyfel, debycach – rhwng penaethiaid dwy gang.'

'Dwy gang? Be ti'n feddwl?'

'Ia. Tsieiniaid oedd ar un ochr. Triads o ochrau Lerpwl yn ôl pob golwg.' Gwelodd Jeff fod Meira'n nodio'i dealltwriaeth. 'A nifer o ddynion o gyfandir Ewrop ar yr ochr arall.'

'Be aflwydd oedd yn digwydd yno felly?'

'Hel cocos.'

'Hel blydi cocos?'

'Ia, mi glywaist ti'n iawn, hel cocos. Mae 'na arian mawr i'w wneud yn hel cocos. Wyt ti'n cofio'r achos 'na pan ddaeth y llanw i mewn a boddi nifer o bobl yn agos i Blackpool rai blynyddoedd yn ôl? Wel, rwbath tebyg i hynny oedd yn digwydd yn fama hefyd. Mae yna wlâu cocos helaeth allan yn y tywod oddi ar yr arfordir yn Hoylake – ac mae arian mawr i'w wneud yna.'

'Ti'n fy synnu i,' meddai Jeff.

'Mae'n bosib i un person gynaeafu dau gan cilo a hanner bob llanw, ac mae bag hanner can cilo werth ugain punt y dyddiau yma.'

'Mae un person yn hel gwerth can punt bob llanw felly.'

'Dyna chdi – saith can punt yr wythnos, ac os oes gen ti ddeg person yn cynaeafu i ti?'

'Saith mil yr wythnos. A dim ond hyn a hyn o gocos sy yno felly does dim rhyfedd bod 'na ymladd am y fraint o'u casglu.'

'Yn hollol. Torrwyd coes a braich un o reolwyr y Triads efo coes caib y noson honno, sy'n dangos yn union be ydi gwerth yr hawl i'w cynaeafu. Mae'r heddlu'n gwybod mai MacLean oedd yn gyfrifol am yr anaf hwnnw.'

'Pam nad ydi o wedi cael ei arestio felly?'

'Am nad ydi'r sawl a anafwyd yn fodlon gwneud cwyn. Dim cwyn, dim tystiolaeth.'

'Dwi'n dallt. Mae'n sefyll i reswm na fysa pobl fel y Triads yn cwyno i'r heddlu. Wel, Rob, mae'n amlwg bod arian sylweddol i'w wneud yn y gêm yma, ond ei fod o'n waith caled, 'swn i'n dweud,' meddai Jeff.

'Y broblem ydi, Jeff, fel dwi'n ei dallt hi, nad y bobl sy'n hel y cocos sy'n cael yr arian, ond y rhai sy'n eu rheoli nhw. Cyfran fechan iawn, cyn lleied â deg punt yr wythnos, mae'r gweithwyr yn ei gael, ac mae'r gweddill yn mynd i bocedi penaethiaid y criw a'u meistri hwythau.'

'A Dafi MacLean ydi pennaeth y criw yma?' gofynnodd Jeff. 'Oes 'na ryw syniad o ble yn Ewrop oedd criw MacLean yn dod?'

'Rhywle yn Rwmania, ond fedra i ddim dweud mwy wrthat ti, mae gen i ofn.'

Edrychodd Jeff a Meira ar ei gilydd yn ddistaw.

'Oes gen ti wybodaeth ynglŷn â Gwyndaf Parry bellach?' gofynnodd Jeff.

'Na, dim eto, mae'n ddrwg gen i, Jeff, ond ella ca i alwad yn ôl gan INTERPOL fory.'

'Rob, mi wyt ti wedi gwneud job arbennig, diolch i ti. Paid â gofyn be ydi arwyddocâd hyn i gyd eto, os gweli di'n dda. Dwi ddim yn sicr fy hun ar hyn o bryd, ond pan fydda i'n gwybod, mi fydd yn rhaid i mi wneud y cwbl yn swyddogol.'

'Pryd fydd hynny?'

'Duw a ŵyr, Rob. Duw a ŵyr.'

'Chdi sy'n gwybod orau,' atebodd Rob.

Pennod 29

Yn ddiweddarach y prynhawn hwnnw treuliodd Meira beth amser yn siarad ar y ffôn â swyddogion o Asiantaeth Ffiniau'r Deyrnas Unedig a'r Ganolfan Masnachu mewn Pobl, sy'n rhan o'r Asiantaeth Troseddau Cyfundrefnol Difrifol. Dywedodd wrthynt ei bod, fel plismones yn Lerpwl, eisiau ehangu ei gwybodaeth ynglŷn â masnachu pobl ym Mhrydain.

Yn ôl yn Rhandir Canol, daeth Jeff ar draws Aled Rees yn trin hen injan yn un o'r adeiladau allanol. Roedd yn defnyddio bloc a thacl a phwli mawr oedd yn sownd yn nho'r adeilad i godi'r injan drom oddi ar y llawr a'i rhoi ar drelar er mwyn ei symud oddi yno. Pan gerddodd Jeff ato roedd Aled wrthi'n tynnu hynny a fedrai ar y rhaff i godi'r holl bwysau.

'Rargian, ydi hwnna'n saff, dŵad?' gofynnodd Jeff.

'Mae o wedi bod yn saff am flynyddoedd, a saff fydd o am flynyddoedd eto, gewch chi weld,' atebodd, wrth gysylltu'r rhaff â chadwyn gerllaw. Synnodd Jeff ei weld o'n codi'r fath bwysau ar ei ben ei hun. 'Mae'n syndod faint o bwysau all un person ei godi wrth ddefnyddio offer fel hwn, wyddoch chi,' meddai'r llanc, fel petai'n darllen meddwl y ditectif.

'Gysgaist ti'n iawn ar ôl yr holl gwrw 'na neithiwr?' gofynnodd Jeff yn hwyliog.

'Fel top,' meddai'n gadarnhaol. 'Wel ... dim cystal â hynny, ella. Ro'n i'n deffro bob hyn a hyn yng nghanol y nos, yn meddwl am ein sgwrs ni ynglŷn ag Amelia.'

'Dyna pam dwi yma rŵan Aled, a dweud y gwir wrthat ti,' cyfaddefodd Jeff. 'Mae be ddeudist ti am dy ddamcaniaeth fod Amelia'n cael ei rheoli yn fy mhoeni i.'

Gollyngodd Aled ei dŵls, sychodd ei ddwylo a cherddodd ato.

'Be yn union dach chi'n feddwl?' gofynnodd.

'Fedri di ychwanegu rwbath arall, Aled? Wyt ti wedi cofio unrhyw beth arall? Dwi wedi dysgu ffeithiau heddiw sy'n golygu ei bod yn hynod o bwysig i ni ddarganfod lle mae hi a phwy sy'n ei rheoli hi.'

'Yr unig beth dwi'n ei wybod ydi ei bod hi wedi dod o deulu tlawd yn Rwmania, ac fel y soniais i neithiwr, ei bod hi wedi bwriadu cael swydd dda ym Mhrydain er mwyn gyrru arian adra i'w mam. Hyd y gwn i, roedd pwy bynnag ydi'r dyn arall 'ma yn gyrru ei harian hi yno ar ei rhan hi. Ond do, mi gofiais i rwbath arall yng nghanol y nos, Jeff.' Cododd Jeff ei aeliau. 'Bod y boi arall 'ma wedi cymryd ei phasbort oddi arni pan gyrhaeddodd hi'r wlad 'ma, a'i bod hi'n teimlo'n anesmwyth oherwydd hynny.'

'Oedd hynny'n cyfrannu tuag at y teimlad o ofn y soniaist ti amdano neithiwr, tybed?'

'Oedd, dwi'n meddwl. Ond mi oedd yr ofn yn rhedeg yn ddyfnach na hynny. Tybio ydw i, cofiwch, ond mi ges i'r argraff ei bod hi'n ofni am ei theulu yn Rwmania hefyd.'

'Sut felly?' gofynnodd Jeff.

'Ofn y bysa niwed yn dod iddyn nhw, adra, os na fysa hi'n ufuddhau fel y dylai yn y wlad yma.'

'Os ydi hynny'n wir, mae llaw'r rheolwr yn gallu ymestyn yn bell ar y diawl. Gorchymyn gan bwy i wneud fel y dylai, Aled?'

'Y boi yn y car bach glas ... y rheolwr ... wn i ddim. Pam na wnewch chi ofyn i Sarah Gwyn neu Margiad? Ella'u bod nhw'n gwybod mwy. Mae Sarah yn y gegin rŵan, yn paratoi ar gyfer parti o saethwyr sy'n cyrraedd fory.'

Llwyddodd Jeff i ddal Sarah fel yr oedd hi'n tanio'i char i adael.

'Oes gynnoch chi eiliad, Sarah? Ga i ddod i mewn am funud?'

Diffoddodd Sarah beiriant y car ac agorodd ddrws ffrynt y car ar ochr y teithiwr.

'Wrth gwrs,' meddai. 'Be ydach chi angen, Jeff?'

'Dipyn o wybodaeth am Amelia, os gwelwch chi'n dda.'

Heb ddatgelu gormod iddi, dysgodd Jeff yn ystod y deng munud nesaf nad oedd Amelia Popescu wedi rhannu dim o'i phryderon â Sarah.

'Fedrwch chi gofio'r adeg pan oedd hi'n symol?' gofynnodd. 'Ella fod hyn yn bwysig iawn.'

'Tua dechrau mis Awst oedd hynny, dwi'n meddwl, neu ryw bythefnos ynghynt. Llawdriniaeth gafodd hi,' atebodd Sarah.

'Sut fath o lawdriniaeth?'

'Ar yr aren. Yr ochr chwith.'

'Yr ochr chwith,' myfyriodd Jeff, yn awchu am fwy o wybodaeth.

'Ia, mi welais i'r graith. Diwrnod neu ddau ar ôl iddi ddod yn ôl i'w gwaith ddigwyddodd hynny, yn y gegin. Mi welais i hi'n codi bocs go drwm oddi ar y llawr. Pan sylweddolais ei bod hi mewn poen mi es i draw ati i ofyn be oedd yn bod. Wrth iddi blygu, roedd gwaelod ei chefn hi'n noeth ac mi welais graith fawr i lawr ei hochor chwith.

Roedd yn ddigon hawdd gweld mai craith newydd oedd hi.'

'Wnaethoch chi ofyn iddi be oedd yn bod?'

'Wel do, siŵr. Er nad oedd o'n fusnes i mi o gwbl, ond fel mae rhywun yn busnesu, wyddoch chi. Ddywedodd hi fod haint ar ei haren, ac y bu'n rhaid iddi gael ei thynnu hi.'

'Ym mha ysbyty ddigwyddodd y llawdriniaeth?'

'Wn i ddim. Ddaru hi ddim dweud. Wel, ella y bysa "gwrthod dweud" yn nes ati. Ro'n i'n meddwl ar y pryd fod hynny'n rhyfedd, Jeff. Llawdriniaeth breifat, medda hi, ond wnâi hi ddim ymhelaethu dros ei chrogi. Mi synnais fod merch ifanc, yn enwedig un oedd yn gweithio am y nesa peth i ddim yn fama, yn medru fforddio llawdriniaeth breifat. Ma' raid gen i fod rhywun arall wedi talu drosti.'

'Ddaru hi sôn ymlaen llaw ei bod hi'n mynd am y driniaeth, neu pwy oedd ei meddyg hi?'

'Dim gair,' atebodd Sarah. 'Dim ond gadael nodyn ddaru hi yn dweud ei bod hi'n gorfod mynd ar unwaith, ac ar ôl clywed ganddi ar ôl iddi ddychwelyd be oedd wedi digwydd, synnais ei bod hi'n ôl yn ei gwaith mor fuan. Wel, mae cael tynnu aren yn beth reit ddifrifol 'swn i'n meddwl, ac mi fysa rhywun angen amser i ddod ato'i hun wedyn, yn enwedig wrth fynd yn breifat.'

'Diolch i chi, Sarah. Ond ylwch, os cofiwch chi rwbath arall, dewch yn ôl ata i wnewch chi?'

'Gwnaf, tad, Jeff,' atebodd Sarah, yn gwenu arno, ond gwelodd Jeff rywbeth yn ei hagwedd oedd yn datgelu fod ganddi rywbeth arall ar ei meddwl.

'Be sy?' gofynnodd.

'Dim ... 'mond 'mod i'n rhyfeddu pa mor broffesiynol ydach chi'n holi'r holl gwestiynau 'ma, os ga i ddweud, o feddwl mai milwr ydach chi.'

Gwenodd Jeff yn ôl arni. 'Mi fedar pawb fod yn chwilfrydig, siawns? Rhaid i mi ddweud, serch hynny, 'mod i'n poeni am Amelia druan.'

'A finna erbyn hyn,' meddai Sarah, 'yn enwedig ar ôl sylweddoli goblygiadau'ch cwestiynau chi.'

Diolchodd Jeff eto a gadawodd y car.

'Poeni am Amelia druan?' clywodd ei eiriau'n atsain yn ei ben. Oedd wir, mi oedd o'n poeni mwy nag erioed erbyn hyn. Ond lle oedd hi? Dyna, meddyliodd, oedd y cwestiwn a ddylai gael ei ateb cyn gyflymed â phosib.

Dychwelodd Jeff i'r plasty a gwelodd fod Meira yn yr ystafell roedd ei hewythr yn ei defnyddio'n swyddfa. Roedd y cyfrifiadur ymlaen ar y ddesg o'i blaen ymysg llwyth o bapurau a ddefnyddiwyd ganddi i wneud nodiadau brysiog, yn ôl pob golwg.

'Prynhawn prysur, 'nghariad?' gofynnodd Jeff. Ceisiodd roi tinc ysgafn i'w gwestiwn er nad oedd o'n teimlo felly mewn gwirionedd.

'Do, wir,' atebodd Meira, gan symud yn ôl oddi wrth y bwrdd a rhwbio'i bysedd drwy ei gwallt hir, cyrliog. 'Wel, mae pawb wedi bod yn hynod o agored, chwarae teg, a dwi wedi cael tipyn o fraw wrth sylweddoli pa mor eang ydi problem masnachu pobol yn rhyngwladol. Mae'r ffieidd-dra wedi cyrraedd ein glannau ni erbyn hyn, wyddost ti, ac mae'n llawer iawn mwy cyffredin nag y gwnes i erioed ddychmygu.'

'Chydig iawn dwi'n wybod am y peth, rhaid i mi ddweud.'

'Wyddost ti fod 'na rhwng dwy a thair mil o ddioddefwyr ym Mhrydain bob blwyddyn? Mae'r cyhoedd yn gyffredinol yn ystyried mai trosedd heb lawer o sylfaen iddi yn y wlad hon ydi'r math yma o beth, ond mae'n broblem fawr, sy'n cynyddu bob blwyddyn ac nid tramorwyr yn unig sy'n dioddef. Mae 'na enghreifftiau o bobl yn diflannu ym Mhrydain, yn cael eu herwgipio a'u trin fel caethweision. Maen nhw'n cael eu cadw dan amgylchiadau budur ac arswydus, yn cael eu llusgo i fyd o gaethwasiaeth lle mae'r syniad o ddianc yn cael ei dderbyn efo bygythiadau a thrais mwyaf ofnadwy. Dros amser, blynyddoedd mewn rhai amgylchiadau, mae eu hiechyd meddyliol yn dirywio. Meddylia eu bod nhw'n cael eu gorfodi i weithio o saith y bore hyd naw o'r gloch y nos am ddim cyflog o gwbl. A dydi hynny ddim ond yn gyfran fechan iawn o'r hyn dwi wedi'i ddysgu pnawn 'ma.'

'A 'swn i'n meddwl fod y rhai sy'n gyfrifol am y fath bethau ynghlwm â phob math o droseddau difrifol eraill hefyd,' meddai Jeff, gan eistedd wrth ei hochr a'i chusanu ar ei boch.

'Mae'r broblem yn un enfawr ledled y byd, yn enwedig mewn llefydd fel y Dwyrain Pell, Affrica a De America.'

'Be am Ewrop?'

'Rwmania ydi canolfan masnachu pobol Ewrop erbyn hyn, ac mae'r mwyafrif o'r dioddefwyr yn cael eu cario i wledydd fel yr Eidal, Sbaen a Ffrainc,' esboniodd Meira. 'Prydain hefyd erbyn hyn.'

'Maen siŵr fod ganddyn nhw'r dechnoleg i ffugio pasbort a dogfennau fisa hefyd.'

'Yn sicr. Mae Rwmania'n cael ei defnyddio yn llwyfan i ddod â phobl o rannau eraill o'r byd i mewn i Ewrop hefyd,' ychwanegodd, 'gan fod cymaint o lygredd o fewn yr awdurdodau yno,' esboniodd. 'Yn y fan honno, mae llond dwrn o arian yn ddigon i droi pen unrhyw swyddog yn ôl pob golwg.'

'Synnwn i ddim,' cytunodd Jeff. 'Oes 'na unrhyw ymchwil sy'n dangos be sy'n digwydd iddyn nhw ar ôl cyrraedd Prydain?' gofynnodd. 'Ychydig iawn dwi wedi'i glywed am y broblem yng Nghymru,' ychwanegodd.

'Fel dwi'n dallt, dydi hi ddim yn anodd dod â nhw i mewn i Brydain y dyddiau yma. Ond ar ôl cyrraedd, mae eu hanner nhw'n cael eu defnyddio ar gyfer masnach rhyw a'r hanner arall ym myd caethwasiaeth. Mae rhai yn cael eu hebrwng i dde'r Alban, os ydyn nhw am gael eu gorfodi i briodi'n fuan ar ôl cyrraedd yma.'

'Gretna Green?'

'Ia. Ond i Leeds, Sheffield neu Bradford maen nhw'n mynd os mai puteinio neu yrfa mewn clwb rhyw ydi'r bwriad. I lefydd fel Norfolk maen nhw'n cael eu gyrru fel caethweision amaethyddol – casglu ffrwythau, cynaeafu llysiau a'r math yna o beth.'

'Yn debyg iawn i Amelia, felly. Wel, 'ngeneth i, dwi'n dechrau credu fod gogledd Cymru erbyn hyn yn dyst i gaethwasiaeth amaethyddol.'

'A hel cocos, a dwyn eiddo gwerthfawr o siopau hefyd,' ychwanegodd Meira.

'Yn anffodus ... yn anffodus iawn, mae 'na fwy, Meira,' meddai Jeff yn ddigalon. 'Mi ddysgais rwbath gynna sy'n rhoi darlun llawer iawn mwy difrifol o amgylchiadau Amelia.' Edrychodd arni'n ddwys gan adrodd wrthi yr hyn a ddysgodd gan Sarah Gwyn.

'O, na!' Ochneidiodd Meira'n uchel. Chwiliodd drwy'r papurau o'i blaen a dechreuodd astudio rhai o'r nodiadau a wnaeth yn gynharach. 'Fysat ti byth yn credu pa mor ddidostur ydi'r bobl sy'n gwneud y math yma o beth, Jeff,' meddai, gan chwilio drwy'r papurau am rywbeth cyn mynd yn ei blaen:

'Mi ddysgais i heddiw fod rhwng pymtheg ac ugain mil o arennau'n cael eu gwerthu yn anghyfreithlon drwy'r byd bob blwyddyn. Dim ond deg y cant o'r cleifion sydd angen aren iach ledled y byd sy'n cael un ...'

'... felly mae'r angen am arennau anghyfreithlon yn cynyddu.'

'Yn hollol,' cytunodd Meira. 'Dyna pam y gall rhywun sy'n gwerthu aren iach ofyn am gymaint ag wyth deg mil o bunnau amdani. Hynny ydi, os nad ydi'r person â gwaed teip 'O' – yna mi allan nhw hawlio deuddeg mil yn ychwanegol, gan fod gwaed teip 'O' yn siwtio'r rhan fwyaf o'r cleifion sydd angen aren iach. Wyddost ti fod calon iach yn mynd am gymaint â miliwn o bunnau?'

'Gan fod, wrth reswm, angen lladd y perchennog i'w chael, a bod y risg gymaint mwy. Sut dechreuodd y fath farchnad?' anobeithiodd Jeff, a oedd erbyn hyn yn bendant fod mwy o reswm byth dros geisio darganfod Amelia.

'Wedi cwymp comiwnyddiaeth yn nwyrain Ewrop bu tlodi mawr yno, ac yn y gwledydd hynny trodd sawl un at werthu eu horganau eu hunain er mwyn gallu cynnal eu teuluoedd, a chamodd y troseddwyr i'r bwlch i gymryd mantais. Rhoi deng mil, pum mil, neu lai i'r rhoddwr am yr organ, a chodi wyth deg mil neu fwy amdani. Yn ôl pob golwg mae 'na lawfeddygon sy'n fodlon bod yn rhan o'r peth am y pris iawn, ac mae 'na un neu ddau wedi cael eu cosbi am hynny yn India, Affrica a rhannau eraill o'r byd.'

'Ond nid pawb sy'n gwerthu eu horganau o'u gwirfodd, dwi'n siŵr?' gofynnodd Jeff.

'Na, ti'n iawn. Mae rhai yn eu gwerthu o'u gwirfodd ond mae eraill yn cael eu twyllo i gredu fod angen tynnu'r aren er lles eu hiechyd – a rhai yn cael eu gorfodi i'w rhoi trwy drais. Ambell dro, mae cardiau rhoi organau'n cael eu ffugio i ddangos bod y rhoddwr a'r derbynnydd yn berthnasau agos.'

Eisteddodd y ddau yn dawel, yn myfyrio ar y sefyllfa erchyll oedd yn eu hwynebu.

Pennod 30

Canol y bore canlynol derbyniodd Jeff alwad ar ei ffôn symudol oddi wrth y Cwnstabl Rob Taylor yng Nglan Morfa.

'Jeff mae gen i dipyn o wybodaeth dwi'n siŵr y byddi di'n awyddus i'w gael.'

'Wyt ti wedi clywed oddi wrth INTERPOL eto?'

'Naddo, ond gwranda ar hyn. Yn hwyr bnawn ddoe, mi arestiwyd merch ifanc ar amheuaeth o fod yn rhan o gynllwyn i ddwyn gemwaith o siop yn y dre. Llwyddodd ei chyd-droseddwyr i ddianc. Bu lladradau o dair siop arall yn y cyffiniau 'ma ddoe hefyd, ac mae'n edrych yn debyg bod y tîm o ladron roeddan ni'n sôn amdanyn nhw ddoe wedi bod o gwmpas.'

'Dim Amelia Popescu ydi ei henw hi, siawns gen i?' gofynnodd yn obeithiol.

'Naci, ma' gen i ofn. Nadia Ionesau ydi enw hon, ond o Rwmania mae hithau'n dod hefyd.'

'Be ddigwyddith iddi, Rob.'

'Wel, does 'na ddim digon o dystiolaeth i'w chyhuddo hi. Tu allan i'r siop oedd hi pan gafodd hi ei gweld, a doedd yna ddim eiddo wedi'i ddwyn ar ei chyfyl hi. Mae'n edrych yn debyg bod aelodau eraill y tîm wedi diflannu a'i gadael hi ar ôl i wynebu'r canlyniadau.'

'Ydi hi'n debygol o gael ei rhyddhau felly, Rob?'

'Ydi,' cadarnhaodd Rob. 'Ond gwranda, dyma be sy'n

ddiddorol. Dwi wedi gweld y Mitsubishi Animal hwnnw sy'n perthyn i MacLean yn loetran o gwmpas y dre y bore 'ma, ac fel rheol, fydd o byth yn dod ar gyfyl Glan Morfa.'

'Disgwyl iddi gael ei rhyddhau mae'r diawl,' awgrymodd Jeff. 'Gwranda, Rob, dwi'n poeni'n ofnadwy am ddiogelwch Amelia ac ella mai'r ferch Nadia 'ma ydi'r unig un all ein harwain ni ati. Be ti'n feddwl?'

'Wel ia, mae hynny'n gwneud synnwyr, tydi?'

'Dwi am ddod draw. Dwi ddim isio cael fy ngweld yn agos i orsaf yr heddlu felly mi ddaw Meira â fi yn ei char hi. Be am gyfarfod yn y maes parcio ar y Maes?'

'Iawn, ond paid â bod yn hir. Wn i ddim am faint fyddan ni'n ei chadw hi yma.'

'Reit, a chadwa olwg ar MacLean yn y cyfamser, wnei di?'

'Mi fydd yn bleser, mêt. Yn bleser mawr.'

Ymhen awr a hanner dringodd y Cwnstabl Rob Taylor i mewn i gefn car Meira yn y maes parcio fel y trefnwyd.

'Sut wyt ti'n cadw, Meira? Wyt ti wedi gwella'n iawn ers yr holl firi 'na efo'r awyren?'

'Ydw, dwi'n iawn erbyn hyn, Rob. A chditha, gobeithio?'

'Grêt, diolch. Rŵan ta, dyma'r sefyllfa ar hyn o bryd, bois. Mae'r eneth yn dal i fod yn y ddalfa. Mae hi wedi cael ei holi neithiwr a'r bore 'ma ond dydi hi ddim am siarad, a does 'na ddim tystiolaeth yn y byd yn ei herbyn hi. Er mai Rwmaniad ydi hi mae ganddi berffaith hawl i fod yn y wlad 'ma a does gan yr heddlu ddim dewis ond ei rhyddhau hi. Mae'r gwiriadau terfynol yn cael eu gwneud ar hyn o bryd ac allan fydd hi'n mynd ar ôl cwblhau hynny.'

'Ble mae MacLean?' gofynnodd Jeff.

'Wedi parcio gyferbyn â gorsaf yr heddlu, yn disgwyl

amdani.' Newidiodd Rob Taylor y pwnc. 'Ers i mi siarad efo chdi'r bore 'ma, Jeff, mi ges i'r ateb roeddan ni'n ei ddisgwyl oddi wrth INTERPOL.' Trodd Jeff yn y sêt flaen i wynebu ei gydweithiwr yn y sêt ôl. 'Does ganddyn nhw ddim llawer o wybodaeth mae gen i ofn, ond mae'r hyn *sydd* ganddyn nhw'n ddiddorol dros ben.'

'Wel ty'd 'ta'r lembo! Paid â gwneud i mi ddisgwyl.'

Chwarddodd Meira wrth weld ei natur ddiamynedd a gwenodd Rob ar ei gyfaill hefyd.

'Yr unig record sy ganddyn nhw ydi bod Gwyndaf Parry wedi'i garcharu am bymtheng mlynedd yn Rwmania yn 1986 am lofruddio, ond dydi'r manylion ddim ar gael.'

'Sy'n golygu ei fod o wedi'i ryddhau yn 2001 ar yr hwyraf felly,' meddai Jeff.

'Wn i ddim os oes y fath beth â pharôl yn y wlad honno, ond yn y cyfamser mi gafodd bum mlynedd ychwanegol am geisio dianc.'

'Mae Gwyndaf Parry yn dipyn o bry, felly. Ydi o allan erbyn hyn?'

'Mi gafodd ei ryddhau yn nechrau 2006, a bwriad yr awdurdodau oedd ei alltudio o Rwmania yn ôl i Brydain yn syth, ond ddaru hynny ddim digwydd.'

'O?' Cododd Jeff ei aeliau, sef ei ffordd o holi am wybodaeth bellach i bawb a oedd yn ei adnabod yn dda.

'Ar y ffordd i faes awyr Henri Coană, ymosodwyd ar y fodurgad oedd yn ei hebrwng yno, a herwgipiwyd Gwyndaf Parry. Does neb wedi ei weld o ers hynny.'

'Rargian Dafydd,' ebychodd Meira.

'Yn ôl pob golwg, mi oedd pwy bynnag a oedd yn gyfrifol am y peth yn broffesiynol iawn – yn ôl pob sôn, roedd y digwyddiad fel ymgyrch filwrol. Defnyddiwyd arfau a saethwyd ac anafwyd tri o'r plismyn oedd yn ei hebrwng. Lladdwyd un ohonyn nhw.'

'Dwi'n siŵr, felly, fod yr heddlu wedi chwilio'n fanwl am y rhai a oedd yn gyfrifol,' sylwodd Jeff.

'Mae'n edrych yn debyg bod rhywun go uchel yn rhwydwaith troseddol Rwmania y tu ôl i'r peth felly,' awgrymodd Meira. 'Rhywun efo dipyn go lew o ddyfeisgarwch.'

'Reit,' meddai Jeff, ar ôl munud o ystyried. 'Dyma'n cynllun ni.'

Ymhen pum munud, wedi i Jeff egluro i'r ddau arall beth oedd ar ei feddwl, eisteddai Jeff yn sedd gyrrwr car Meira, a hithau wrth ei ochr, nid nepell o orsaf yr heddlu. Gallent weld Mitsubishi Animal MacLean wedi'i barcio hanner canllath i ffwrdd, yn dal i ddisgwyl am yr eneth. Roedd Jeff a Meira ill dau yn gyfarwydd iawn â'r math hwn o blismona – disgwyl, cuddio, aros yn amyneddgar yn y gobaith y byddai rhywbeth diddorol yn digwydd.

'Dwi'n dechrau gweld bod hyn i gyd yn gwneud synnwyr erbyn hyn, Meira – ti'm yn meddwl?'

'Hyn i gyd? Be ti'n feddwl?' gofynnodd.

'Mae dy ewythr yn cael ei ddwylo ar y tir sy'n cyflenwi dŵr Melysddwr y Cwm yn 1987 ac yn prynu Rhandir Canol yn 1989. Twyll neu beidio, y canlyniad ydi fod yr hen Dilwyn Parry druan yn colli'r rhan fwyaf o'i eiddo. Fedar ei fab, Gwyndaf, wneud dim ynglŷn â'r peth oherwydd ei fod wedi'i garcharu yn Rwmania yn 1986.'

'A bu'n garcharor hyd at dair blynedd yn ôl. Lle wyt ti'n meddwl mae o wedi bod yn y cyfamser, Jeff?' gofynnodd Meira.

Cyn i Jeff fedru ei hateb, tinciodd ei ffôn i nodi fod neges destun wedi cyrraedd. Rob, yn cadarnhau bod yr eneth ar fin cael ei rhyddhau.

Yn syth, ymddangosodd tri chwnstabl mewn iwnifform ac un ditectif yn ei ddillad ei hun o gefn yr orsaf. Gwyliodd Jeff a Meira nhw'n amgylchynu'r Mitsubishi Animal mawr du cyn agor y drysau a thynnu MacLean ac un dyn arall ohono. Heb lawer o eglurhad dechreuwyd chwilio trwy eu dillad yn y fan a'r lle, a chwiliwyd y modur mawr du hefyd. Gwenodd Jeff. Gwyddai'n iawn y byddai'r ddau ohonyn nhw yno am gryn amser, hyd yn oed pe na byddai'r swyddogion yn darganfod cyffuriau neu rywbeth diddorol arall.

Erbyn hyn roedd Meira wedi disgyn o'r car ac yn cerdded tuag at brif fynedfa'r orsaf. Cyrhaeddodd yno fel yr ymddangosodd merch ifanc drwy'r drws. Sylwodd Jeff yn syth nad oedd y ferch hon o'r un natur ag Amelia – edrychai'n ddynes lawer iawn harddach a mwy soffistigedig, wedi'i gwisgo'n arbennig o daclus mewn dillad o ansawdd da. Pam y gwahaniaeth, meddyliodd? Er hynny, edrychai'r ferch yn wyliadwrus ac yn nerfus o'i chwmpas pan gamodd i'r pafin y tu allan i'r adeilad.

Gyrrodd Jeff gar Meira yn araf i'w chyfeiriad. Cydiodd Meira'n gadarn ym mraich y ferch, agorodd ddrws cefn ei char a'i hebrwng i'r sedd ôl ac eistedd wrth ei hochr yn y fan honno. Ni frwydrodd yr eneth na gwrthwynebu. Tybiodd Jeff a Meira ei bod hi'n disgwyl i rywbeth tebyg ddigwydd iddi. Gyrrodd Jeff y car yn ei flaen heb stŵr. Ni chymerodd yr holl ymgyrch fwy nag ychydig eiliadau ac ni welodd MacLean na'i ddynion yr hyn a ddigwyddodd. Dim ots beth bynnag, meddyliodd Jeff, gan na allent ei ddilyn am awr dda o leiaf.

Gyrrodd Jeff allan o'r dref ac i gyfeiriad yr A55 ar hyd arfordir gogledd Cymru. Tybiai fod Nadia Ionesau oddeutu ugain oed, efallai ychydig yn hŷn, ac edrychai'n flinedig ac yn ansicr. Yn syth, dechreuodd Meira siarad â hi yn Saesneg.

'Cyfeillion ydan ni,' meddai. 'Nid ein bwriad ydi gwneud niwed i chi. Yma i'ch helpu chi ydan ni, Nadia.' Nid ymatebodd Nadia. 'Ydach chi'n deall Saesneg, Nadia?' Nodiodd y ferch ei phen. 'Plismones ydw i,' eglurodd Meira ymhellach, gan ddangos ei cherdyn swyddogol iddi.

Gwelodd Meira lygaid Jeff yn edrych arni drwy gyfrwng y drych ôl. Nid oedd datgelu mai plismones oedd hi yn rhan o'r cynllun, ond teimlai Meira y byddai'n well iddi wneud.

'Tydi hyn ddim yn gysylltiedig â'r achos o ddwyn o'r siop 'na ddoe, na'r achosion eraill yn y gorffennol – ac mi ydach chi'n berffaith saff efo ni.' Am y tro cyntaf, gwelodd fod llygaid Nadia yn dangos rhywfaint o gydnabyddiaeth. 'Mi ydan ni'n poeni am eich dyfodol chi, Nadia,' parhaodd Meira. 'Eich dyfodol chi a'ch diogelwch chi. Nid yn unig eich diogelwch chi, ond diogelwch Amelia hefyd.'

Newidiodd agwedd Nadia yn syth. Agorodd ei cheg mewn anghrediniaeth a llanwodd ei llygaid â dagrau. Ymhen dim roedd y dagrau'n llifo i lawr ei gruddiau.

Rhoddodd Meira hances bapur iddi a cheisiodd ei gorau i'w chysuro gan roi ei braich o amgylch ysgwyddau'r eneth. Ni wyddai Meira mai dyma'r tro cyntaf ers amser maith i'r eneth brofi unrhyw fath o gysur gan neb. Yn sicr, yr oedd y driniaeth yn wahanol iawn i'r hyn yr oedd hi wedi ei brofi gan ei meistri yn ddiweddar.

'I ble dach chi'n mynd â fi?' oedd ei geiriau cyntaf. 'Peidiwch, plis, a gadael iddyn nhw ddod o hyd i mi, neu mi fydda i yn yr un sefyllfa yn union ag Amelia.' Mewn dwy frawddeg sylweddolodd y ddau fod gan Nadia feistrolaeth dda o Saesneg, a'i bod hi wedi cael addysg dda yn rhywle.

'Rydan ni'n mynd â chi i fy nghartref i,' esboniodd Meira. 'Mi fyddwch chi'n saff yn y fan honno. Allan o afael pawb all wneud unrhyw niwed i chi.'

'Sut dwi'n gwybod y medra i ymddiried ynddach chi?' gofynnodd. 'Plismyn ydach chi wedi'r cyfan.'

'Dwi'n meddwl 'mod i'n sylweddoli pa mor anodd ydi'r sefyllfa yma i chi, Nadia,' ceisiodd Meira ei darbwyllo, 'ac mae gen i syniad, ond dim ond syniad bras, o'r hyn rydach chi wedi gorfod ei ddioddef yn ystod yr wythnosau a'r misoedd diwethaf. Yr unig beth dwi'n mynd i ofyn i chi ei wneud ar hyn o bryd ydi gwrando ar yr hyn sy ganddon ni i'w ddweud. Dwi'n gobeithio y gwnewch chi sylweddoli ein bwriad a dod i'r penderfyniad cywir.' Edrychodd Nadia Ionesau i fyw ei llygaid. 'I ddechrau, Meira ydi fy enw i, a Jeff sy'n gyrru. Jeff ydi fy nghariad i ac ar hyn o bryd rydan ni'n gweithio y tu allan i'n dyletswyddau fel plismyn.'

Roedd syndod Nadia yn amlwg, a gwyddai Meira ei bod yn ystyried a ddylai eu credu ai peidio. Gwelodd Jeff yn edrych arni eto. Ei chariad? Doedd dweud hynny ddim yn y sgript chwaith.

'Dyma'r gwir, Nadia,' parhaodd Meira. 'Roedd Amelia yn gweithio ar ffarm fy ewythr heb fod ymhell oddi yma, ac roedd Jeff wedi cwrdd â hi fwy nag unwaith cyn iddi ddiflannu.' Gwelodd Meira bryder yn llygaid Nadia unwaith eto. 'Peidiwch â phoeni,' ceisiodd Meira ei chysuro wrth ddeall pryder yr eneth. 'Doedd gan fy ewythr ddim syniad be oedd yn mynd ymlaen. Mi geisiodd o ei helpu hi, ac rydan ni'n tybio mai oherwydd hynny y dioddefodd ymosodiad a achosodd anafiadau difrifol iddo. Yr ymosodiad hwn oedd yn gyfrifol am ein tywys ni'n dau i ymchwilio i'r amgylchiadau, ac rydan ni wedi sylweddoli yn ystod y dyddiau diwethaf pa mor ddychrynllyd yw'r sefyllfa mae Amelia ynddi – a chithau hefyd, mae'n debyg. Rŵan, rydan ni'n awyddus i chi ddod efo ni o'ch gwirfodd. Mi fyddwn ni'n gofalu amdanoch chi. Plis, credwch hynny.'

Gwyddai Jeff a Meira mai'r gamp gyntaf oedd sicrhau fod Nadia yn ymddiried yn llwyr ynddynt.

Pennod 31

Edrychodd Nadia Ionesau o'i chwmpas yn gegrwth pan gerddodd i mewn i gyntedd cartref Meira yng Nghilgwri.

'Chi bia'r lle 'ma?' gofynnodd.

'Rhannu'r tŷ efo merch arall ydw i. Dewch, mi awn ni drwodd i'r gegin am baned. Te 'ta coffi gymerwch chi, Nadia?'

'Coffi, plis. Ble mae'ch cariad chi, Jeff, wedi mynd?'

'Allan i siopa. Mi fydd yn ei ôl cyn bo hir. Mi gawn ni rwbath i'w fwyta wedyn, a sgwrs hefyd, os ydach chi'n barod i siarad efo ni. Mae Jeff yn credu nad oes llawer o amser i ni fedru gwneud rwbath i helpu Amelia.' Gobeithiai y byddai'r awgrym yn annog y ferch i ddatgelu'r cyfan am ei sefyllfa.

Ar ôl iddynt orffen eu diodydd, aeth Meira â hi i fyny'r grisiau.

'Dyma'ch ystafell chi, Nadia. Mae 'na gawod yn y fan acw os ydach chi isio 'molchi. Erbyn i chi orffen, mi fydd 'na ddillad isa glân i chi ar y gwely ac mi olcha i'ch rhai chi. Mae croeso i chi ddefnyddio'r gŵn acw tu ôl i'r drws. Mi welwch nad oes clo ar 'run o'r drysau yma, ond mi wyddoch chi cystal â neb pa mor bwysig ydi hi ein bod ni'n ymddiried yn ein gilydd.'

'Diolch,' meddai Nadia, yn amlwg dan deimlad. 'Yn yr amser byr ers i ni gyfarfod, rydach chi wedi f'atgoffa y gall pobol fod yn garedig efo'i gilydd. Fedra i ddim cofio'r tro diwetha i mi gael fy nhrin fel bod dynol. Dim ond rhywbeth i'w fasnachu er mwyn gwneud arian ydw i ers blynyddoedd. Does gen i ddim bwriad i ddianc i unman, Meira. Lle fyswn i'n mynd beth bynnag? Yn ôl i gaethiwed? Na, dwi ddim yn meddwl.'

Tosturiai Meira drosti. 'Beth bynnag sydd o'ch blaen chi, Nadia, mi gewch chi bob cymorth gen i, dwi'n addo. Cymerwch ddigon o amser. Gorweddwch am dipyn os leciwch chi.'

Caeodd Meira ddrws yr ystafell wely cyn dychwelyd i lawr y grisiau i'r gegin. Ymhen hanner awr, clywodd sŵn y dŵr yn llifo yn y gawod uwchben a cheisiodd ddychmygu'r hyn oedd yn mynd trwy feddwl Nadia – pa mor anodd fu ei bywyd, a pha mor anodd fyddai ei dyfodol. Ystyriodd Meira ei gallu i gadw'r addewid a wnaeth i'r ferch hanner awr ynghynt. Gwelsai lawer o dristwch ac anobaith ar strydoedd Glannau Merswy, ond roedd sefyllfa Nadia yn codi ofn arni, yn enwedig yng ngoleuni'r hyn a ddysgodd y diwrnod cynt am fasnachu mewn pobl a chaethwasiaeth. Faint o ferched eraill oedd yn yr un sefyllfa â hi, dyfalodd?

Daeth Nadia allan o'r gawod ac yn ôl i'w hystafell wely. Gwelodd fod ei dillad isaf budr wedi diflannu a rhai newydd sbon, mewn papur heb eu hagor, wedi'u gosod ar y gwely yn eu lle. Yn wahanol i'r rhai awgrymog y cawsai ei gorfodi i'w gwisgo gan ei meistri cyn mynd i weithio, roedd y rhain yn ddeniadol a chyffordus. Gwisgodd nhw a darganfod eu bod yn ffitio'n berffaith. Edrychodd yn fodlon ar ei hadlewyrchiad yn y drych o'i blaen. Gwisgodd weddill ei dillad ac aeth i lawr y grisiau i'r gegin lle roedd Jeff yn sefyll dros y stof yn coginio a Meira'n gosod y bwrdd.

Cododd Meira ei phen pan glywodd Nadia'n agosáu. 'Teimlo'n well?' gofynnodd.

'Ydw, diolch. Oglau da – be ydych chi'n goginio?'

'Spaghetti Bolognaise,' atebodd Jeff. 'Dwi'n dipyn o arbenigwr erbyn hyn. Yn tydw, Meira?' ychwanegodd yn hwyliog, yn chwilio am ganmoliaeth.

'Gad i Nadia benderfynu hynny drosti ei hun,' atebodd Meira'n ddiplomataidd. 'Ddaru chi ddod o hyd i bopeth, Nadia?' gofynnodd i'r ferch.

'Do, diolch yn fawr, ond dwi'n teimlo'n euog yn gwisgo'ch dillad isaf newydd chi.'

'Nid fy nillad i ydyn nhw,' meddai. 'Jeff aeth allan i'w prynu nhw'n arbennig i chi.'

Edrychodd Nadia'n swil i gyfeiriad Jeff ac edrychodd yntau'n ôl yr un mor ansicr.

'Dilyn cyfarwyddiadau Meira o'n i, Nadia, dyna'r oll, coeliwch fi. Dwi'n gwybod dim am y fath ddillad,' esboniodd. 'Ond dwi'n gobeithio eu bod yn plesio.'

'Ydyn, diolch,' atebodd Nadia. Edrychai'n swil o hyd, ond o leia roedd hi'n edrych yn weddol gartrefol, ac yn dechrau ymateb iddyn nhw.

Tywalltodd Jeff hanner llond tri gwydryn o win coch o'r botel roedd o'n ei defnyddio i goginio, ac eisteddodd y tri o amgylch bwrdd y gegin tra oedd y saws yn mudferwi'n araf.

'O ba ran o Rwmania dach chi'n dod?' gofynnodd Meira.

Oedodd Nadia cyn ateb. 'O, mae'r holi'n dechrau, ydi?' gofynnodd.

'Ceisiwch drin hyn fel trafodaeth, Nadia, yn hytrach na fel cael eich holi. A chofiwch mai ar eich ochr chi ydan ni, a neb arall – yn sicr tydan ni ddim ar ochor neb sydd â bwriad i'ch niweidio chi.'

Edrychodd Nadia i lawr, a byseddu coes ei gwydr gwin.

'Mi ges i fy ngeni a'm magu mewn tref hardd o'r enw Timisoara lle roedd fy nhad yn berchen ffatri lwyddiannus yn cynhyrchu rhannau trydanol i geir. Roeddan ni'n deulu hapus ac yn eitha cefnog. Ro'n i'n unig blentyn ac mi ges i addysg dda mewn ysgol breifat, ond lladdwyd fy rhieni mewn damwain car pan o'n i'n bedair ar ddeg. Dyna pryd y dechreuodd pethau ddirywio. Daeth brawd fy nhad o Bucharest i'm casglu, ac mi symudais i fyw at fy ewythr a'm modryb. Cyn bo hir dechreuodd fy ewythr fy hambygio. Parhaodd hyn am sbel go hir, ac yn y diwedd penderfynais redeg i ffwrdd. Erbyn hynny roedd o wedi cael popeth roedd o eisiau – hynny ydi, arian ac eiddo fy nhad i gyd – a doedd gen i ddim ceiniog wrth f'enw. Wyddwn i ddim ble i fynd, ond yn sicr, doeddwn i ddim am aros yno.'

Sylweddolodd Jeff y byddai Nadia'n fwy parod i agor ei chalon i Meira heb ei bresenoldeb ef, felly cododd oddi wrth y bwrdd yn dawel a safodd â'i gefn atynt i orffen paratoi'r pasta, y bara garlleg a gweddill y pryd – gan sicrhau ei fod o fewn clyw iddynt. Roedd ganddo ffydd yng ngallu Meira i ddenu'r holl wybodaeth angenrheidiol heb ei ymyrraeth o.

'Ble aethoch chi?' parhaodd Meira'r drafodaeth.

'I ganol dinas Bucharest,' atebodd. 'Fy mwriad oedd ceisio cael gwaith yn weinyddes mewn caffi neu westy, ond doedd dim i'w gael. Dwi'n cofio cerdded drwy'r strydoedd yng nghanol y nos heb le yn y byd i fynd. Syrthiais i gysgu yn y diwedd mewn congl dywyll. Honno oedd y noson gyntaf i mi gysgu ar y stryd. Ar ôl cerdded o gwmpas y ddinas am ddyddiau, cefais fy hun yn ne-orllewin Bucharest, mewn ardal o'r enw Ferenari. Doedd o ddim yn lle braf iawn, yn llawn adeiladau unffurf a adeiladwyd yn wael yn ystod blynyddoedd olaf Comiwnyddiaeth. Ers hynny gadawyd nhw i ddirywio a dymchwel – os gorffennwyd eu hadeiladu yn y lle cyntaf. Welais i erioed y fath dlodi yn fy nydd, a chofiwch, do'n i ddim wedi arfer â'r fath beth.'

Oedodd am beth amser i chwarae efo'r gwydr o'i blaen cyn parhau. Roedd Meira yn berffaith fodlon rhoi digon o amser iddi.

'Doedd y bobl yn ddim gwell. Roedd y lle'n llawn o sipsiwn Roma, y rhan helaethaf ohonyn nhw'n gyffurgwn budr. Pawb yn barod i ddwyn neu'ch twyllo. Do'n i ddim yn un ohonyn nhw, dach chi'n gweld. Unwaith y daeth tywyllwch y nos, ro'n i'n wirioneddol ofnus.'

'Sut oeddach chi'n llwyddo i fyw?'

'Sut ydych chi'n feddwl, Meira?' gofynnodd, a'i phen yn isel. 'Trwy werthu ffafrau rhywiol i bwy bynnag oedd â rhywbeth i'w gynnig i mi. Bwyd, cysgod, y math yna o beth. Mi ddiflannodd fy hunan-barch, ond doedd gen i ddim dewis, nag oedd? Roedd yn rhaid i mi fwyta.'

'Am faint barhaodd hynny?'

'Anodd iawn cofio. Wythnosau, misoedd ... blwyddyn neu fwy. Collais bob synnwyr amser, ond yna daeth Gogu, bachgen golygus ychydig hŷn na fi, i 'mywyd. Roedd yn ddigon hawdd gweld nad o Ferenari roedd o'n dod. Mi oedd o'n fachgen glân a thwt. Rhoddodd fwyd i mi heb ofyn am ddim byd yn ôl, a dyna'r tro cyntaf i hynny digwydd ers i mi golli Mam a Nhad. Daeth y ddau ohonon ni'n ffrindiau, ac mi es i efo fo i'w ystafell o un diwrnod. Ei gartref o, fel ro'n i'n meddwl ar y pryd.'

'Yn lle?'

'Rhyw ddwy filltir i ffwrdd, yn nes i ganol y ddinas. Yr adeg honno ro'n i'n llawn hyder ei fod o wedi f'achub i o farwolaeth sicr, ond ro'n i'n rhy ddiniwed o lawer i ddeall yr hyn oedd yn digwydd i mi. Dwi wedi sylweddoli erbyn hyn bod y byd yma yn llawn o fastards creulon, a'r pella'n y byd ro'n i'n teithio o 'nghartref yn Timisoara, y mwya'n y byd oedd yna ohonyn nhw. Oedd, mi oedd Gogu yn fachgen caredig dros ben, ond dwi'n gwybod erbyn hyn y dylwn i fod wedi sylweddoli fod rhywbeth o'i le pan na wnaeth o ofyn i mi am ryw. Ro'n i'n byw'n reit hapus efo fo am rai misoedd nes y dywedodd o un diwrnod ei fod o'n brin o arian, a'i bod hi'n hen bryd i mi ddechrau ennill rhywfaint. Dywedodd wrtha i fod cyfaill iddo eisiau cwmni i fynd i ryw barti'r noson ganlynol, a'i fod o'n barod i dalu arian da am y fraint o gael geneth ifanc brydferth fel fi i fynd efo fo. "Geneth brydferth" – ei eiriau o, nid fy rhai i. Cytunais wrth gwrs, a phrynodd Gogu ddillad newydd hardd i mi ar gyfer y noson, gan gynnwys dillad isaf. Y noson honno, pan ollyngodd Gogu fi i gyfarfod ei gyfaill, dywedodd wrtha i am beidio meiddio gwrthod petai ei gyfaill eisiau cael rhyw efo fi'r noson honno.'

'Sut oeddach chi'n teimlo?' gofynnodd Meira.

'Wel, do'n i ddim wedi cael rhyw llawn ers i mi redeg i ffwrdd o dŷ fy ewythr, ond ro'n i wedi gwneud pethau ysglyfaethus eraill er mwyn gallu bwyta yn y misoedd wedi hynny. Ac, wrth gwrs, roedd Gogu wedi bod mor garedig efo fi. Ond pan welais ei gyfaill, mi ddychrynais – do'n i ddim wedi disgwyl dyn tew wedi pasio'i ganol oed. Ond wedi dweud hynny, roedd o'n fonheddig iawn tuag ata i – ymysg ei gyfeillion yn y parti, o leiaf. Wyddoch chi mai dyna'r tro cyntaf i mi fwyta cystal ers marwolaeth fy rhieni?

Dywedodd y dyn ei fod o wedi'i blesio efo'r ffordd ro'n i'n ymddwyn wrth y bwrdd bwyd ac o flaen ei gyfeillion. Wyddai o ddim 'mod i wedi cael fy magu mewn teulu parchus, ac wedi derbyn gwersi moesgarwch yn yr ysgol breifat. Fe ddaeth yn amlwg i mi yn hwyrach y noson honno ei fod o'n disgwyl cael rhyw efo fi. "Yn gynwysedig yn y pris," dyna oedd ei eiriau o. A dyna ddigwyddodd. Wel, fel ro'n i'n dweud yn gynharach, roedd fy hunan-barch wedi diflannu fisoedd ynghynt. Roedd yn syndod i mi nad o'n i'n ffieiddio gwerthu fy nghorff gymaint ag yr o'n i'n dychmygu y byswn i. Ac yn y pen draw, mi ges i bryd o fwyd hynod o dda – ac os ydw i'n berffaith onest, roedd y cwmni'n ddiddorol hefyd. Cofiwch nad oeddwn i wedi bod mewn cwmni mor soffistigedig â hyn ers amser maith.'

'Ddigwyddodd hynny – hebrwng dynion i bartïon a chael rhyw – fwy nag unwaith?' gofynnodd Meira.

'Do,' atebodd. 'Ond roedd hi'n haws ar ôl y tro cyntaf. Mynd yn haws bob tro a dweud y gwir, ac ymhen dim roedd y peth yn ail-natur i mi.'

'A chithau'n cael arian da am wneud, mae'n siŵr.'

'Roedd yr arian ro'n i'n ei ennill i gyd yn mynd i gadw'r tŷ, yn ôl Gogu. Neu dyna oedd o'n ddweud, o leiaf. Ychydig iawn o arian welais i. Fo oedd yn gwneud y busnes i gyd ac i'w boced o roedd yr arian yn mynd.'

'Am faint o amser barhaodd hyn?'

'Bron i ddwy flynedd 'swn i'n meddwl. Ceisiwch ddeall, Meira, fy mod i'n hollol ddibynnol ar Gogu. Doedd gen i ddim cyfeillion, yn ferched na bechgyn. Fo oedd yr unig un ro'n i'n ei gyfarfod tu allan i'r gwaith roedd o'n ei roi i mi.'

'Dwi'n dallt yn iawn,' meddai Meira, ond gwyddai yn ei chalon mai ceisio deall yn unig a allai hi, a hithau'n eneth wedi'i geni a'i magu ar aelwyd gariadus a chrefyddol.

'Yna,' parhaodd Nadia. 'Dywedodd Gogu wrtha i tua chwe mis yn ôl bod cyfle i mi wella fy hun ym Mhrydain, a'i fod o'n nabod dyn fyddai'n fodlon trefnu i mi fynd yno, a threfnu llety a gwaith i mi yno hefyd.'

'Be oeddach chi'n feddwl o hynny?'

'Mi ddywedais wrtho 'mod i wedi clywed am nifer o bobl yn gadael Rwmania ac yn mynd i Brydain, a llwyddo yno hefyd, ond nad oedd y syniad – hynny ydi, symud o fy mamwlad – yn apelio ata i. Gwylltiodd Gogu'n gacwn a bygwth mynd â fi'n ôl i Ferentari petawn i'n gwrthod. Eglurodd fod ganddo nifer o ferched yn yr un sefyllfa â fi, ac mai fo fyddai'n dewis pwy gâi fynd i Brydain a phwy fyddai'n mynd i Ferentari. Credwch fi, hynny oedd y peth diwethaf ro'n i eisiau. Ymhen dau ddiwrnod ro'n i mewn ystafell fawr, fudr mewn rhyw dŷ yng nghanol y wlad yn Rwmania, yng nghwmni nifer o bobl ifainc eraill oedd yn yr un sefyllfa â fi. Bechgyn a merched. Dyna lle gwnes i gyfarfod ag Amelia am y tro cyntaf.'

Gwelodd Meira ben Jeff yn troi tuag atynt.

'Dyma fo'r bwyd yn barod,' meddai Jeff. Rhoddodd y platiau o'u blaenau, y bara garlleg a'r caws Parmesan. Tywalltodd dipyn mwy o'r gwin i'r tri gwydr.

'Dewch, genod, mwynhewch,' meddai. 'I'ch dyfodol chi, Nadia,' ychwanegodd, yn codi'i wydr mewn llwncdestun, ond yn ei galon, roedd Jeff yn poeni mwy am ddyfodol Amelia.

Pennod 32

Eisteddai'r tri wrth fwrdd y gegin yn bwyta mewn distawrwydd. Teimlai Jeff y byddai'n well iddyn nhw roi ychydig o seibiant i Nadia tra oedd hi'n bwyta. Gwyddai'r ddau pa mor anodd oedd y dasg o adrodd hanes un o gyfnodau mwyaf annifyr ei bywyd byr – cyfnod a oedd wedi parhau am bron i hanner y bywyd hwnnw. Er hynny, gwyddai Jeff fod brys garw i ddysgu'r peth pwysicaf, yr hyn nad oedd Nadia wedi'i rannu eto. Teimlai'n ffyddiog eu bod wedi achub Nadia, ond lle oedd Amelia, a beth oedd ei dyfodol hi?

'Fydd pobl yn Rwmania yn bwyta Spaghetti Bolognaise?' gofynnodd Jeff wrth orffen ei bryd.

'Paid â bod mor wirion,' wfftiodd Meira'n chwareus. 'Mae pawb yn y byd yn bwyta Spaghetti Bolognaise.'

'Ro'n i'n meddwl mai Tagliatelle oedd enw'r pasta yma,' meddai Nadia. 'Ond ydyn, rydyn ni'n ei fwyta adref, er nad ydi o'n un o'n bwydydd traddodiadol ni. Mae hwn yn arbennig o dda, rhaid i mi ddweud, Jeff.'

'Ddeudais i wrthat ti, yn do, Meira. Arbenigwr, yli.' meddai Jeff, yn codi i glirio'r platiau. 'Awn ni i'r lolfa i gael coffi, ia Meira?' gofynnodd.

Aeth Jeff a Nadia drwodd i eistedd gan adael Meira i olchi'r llestri a gwneud y coffi. Rhoddodd Jeff CD Eric Bogle ymlaen ac edrychodd ar Nadia yn gwrando ar y geiriau storïol. Ymhen chwarter awr daeth Meira â thri choffi i mewn ar hambwrdd a dewis eistedd mewn cadair gyfforddus yn hytrach nag wrth ymyl Nadia ar y soffa, er mwyn rhoi digon o ofod personol iddi. Roedd Jeff wedi setlo'i hun yn y gadair arall, ond cododd i ddiffodd y miwsig.

'Hoffwn glywed mwy o hwnna,' meddai Nadia. 'Ai dyna'r math o fiwsig fyddwch chi'n gwrando arno fel rheol?' gofynnodd.

'Fel mae'n digwydd bod,' esboniodd Jeff, 'mi ydan ni'n dau'n hoff iawn o'i felodïau a'i eiriau o.'

'Wyddoch chi fod y caneuon yn dweud llawer iawn wrtha i amdanoch chi'ch dau? Yn enwedig honno sy'n gofyn pam mae gwledydd yn gyrru'u plant i ladd plant pobl eraill yng ngwledydd eraill y byd.'

'Ia, "Other People's Children" ydi enw honna. Cwestiwn da 'te? Ond fel y gwyddoch chi cystal â neb, gwaetha'r modd, Nadia, does dim rhaid mynd i ryfel i wneud niwed i blant.' Oedodd am ennyd. 'Dywedwch wrthan ni sut gyrhaeddoch chi i Brydain.'

Meddyliodd Nadia am sbel a chymerodd lymaid o'i choffi cyn ateb. Roedd Jeff yn falch o weld ei bod hi'n eistedd yn ôl ac yn edrych wedi ymlacio o hyd.

'Lle o'n i, dwedwch? O ia, yn y tŷ yng nghanol y wlad yntê? Welais i ddim o Gogu ar ôl cyrraedd yno. Roedd tua dwsin ohonon ni yn yr ystafell, ac yno fuon ni am dridiau neu bedwar. Roedd pawb yn cysgu ar fatresi budr ar y llawr, merched a dynion, a phawb yn ymolchi a phopeth arall tu ôl i gyrten nad oedd yn cyrraedd y llawr, a phawb yn gweld a chlywed y rhan fwyaf o'r hyn a oedd yn mynd ymlaen. Fel y dywedais i, yn y fan honno y gwelais i Amelia am y tro cyntaf. Ar ôl tridiau daeth gair ein bod ni'n gadael a derbyniodd pob un ohonan ni basbort Rwmanaidd. O, mi anghofiais ddweud, dwi'n cofio ein bod ni wedi cael tynnu'n lluniau pan gyrhaeddon ni yno – dyna ddigwyddodd i mi beth bynnag. Synnais weld fod fy mhasbort yn dangos 'mod i wedi ymweld â Phrydain ddwywaith o'r blaen. Doedd hynny ddim yn wir, ond do'n i ddim am ddadlau. Yn yr un amlen â'r pasbort roedd llythyr yn fy ngwahodd i weithio mewn cartref henoed yn rhywle, dwi ddim yn cofio lle, ond chyrhaeddais i erioed yno, mae hynny'n sicr.'

Edrychodd Jeff a Meira ar ei gilydd, yn sylwi fod hanes Nadia yn nodweddiadol o'r hyn a ddysgodd Meira ychydig ddyddiau ynghynt gan y swyddog o'r Ganolfan Masnachu mewn Pobl.

'Arweiniwyd ni i gyd i gefn ryw fan fel sardîns, a dyna lle buon ni, yn y tywyllwch, am ddau ddiwrnod yn teithio ar draws Ewrop heb fwyd na llawer iawn i'w yfed. Cyrhaeddodd y fan Calais yng nghanol nos ac mi gawson ni ein rhyddhau i gerdded o gwmpas rhyw iard fawr efo weiren bigog o'i hamgylch hi.'

'Sut deimlad oedd yna yn eich mysg chi?' gofynnodd Meira. 'Wnaeth rhywun geisio dianc?'

'Naddo. Roedd pob un ohonan ni'n ffyddiog bod bywyd gwell o'n blaenau. Addawyd gwaith da ar ffermydd yn hel ffrwythau a llysiau i rai o'r bechgyn, ac roedd y merched yn meddwl eu bod yn mynd i warchod plant ifanc o deuluoedd Rwmanaidd, glanhau ysbytai neu weithio mewn cartrefi henoed. Unrhyw beth, unrhyw swydd i ddechrau, ond yna symud ymlaen a gwella'n byd oedd gobaith pawb. Hyd yn oed mewn sefyllfa mor ddigalon, mi ddysgais i a phawb arall yno fod gobaith yn beth rhyfeddol.'

Defnyddiodd Nadia ei dwy law i godi'r mẁg a llyncu

mymryn mwy o'i choffi yn araf cyn parhau, gan edrych i ryw wagle o'i blaen.

'Rhoddwyd ni mewn gwahanol grwpiau o dri gydag un gofalwr, un o bobl y meistri. Pobl newydd oedd y rhain, na welais i nhw o'r blaen. Arhoson ni yn eu cwmni nhw ar y cwch nes i ni gyrraedd Dover. Mi gawson ni gyfarwyddyd i beidio cysylltu â neb o'r grwpiau eraill.'

'Gawsoch chi'ch holi gan y swyddogion yn Dover?' gofynnodd Meira.

'Do. Edrychodd rhywun trwy fy mag i, ac edrych yn fanwl ar fy mhasbort a'r llythyr yn cynnig gwaith cyn gadael i mi fynd drwodd. Yna, unwaith roedden ni tu allan i'r porthladd, unwyd pawb unwaith eto mewn lorri fawr a gyrrwyd ni ar daith hir arall. Pobl wahanol eto oedd yn edrych ar ein holau ni ym Mhrydain. Mae'n rhaid bod nifer fawr o bobl yn gweithio i bwy bynnag oedd yn trefnu'r cwbl. Diwedd y daith oedd fferm flêr yng nghanol mynyddoedd, rhyw ddeuddeg awr ar ôl cychwyn o Dover. Tywyswyd ni i un o'r adeiladau allanol – adeilad oer, tywyll, tamp a budr – a dywedodd un o'r meistri mai'r fan honno fyddai ein cartref o hynny ymlaen. Nid dyna oedd yr un ohonon ni'n ei ddisgwyl, o bell ffordd. Cymerwyd ein pasborts a'r llythyrau yn cynnig gwaith oddi arnon ni. Teimlad rhyfedd iawn oedd hynny, teimlad o fod yn ddiymadferth. Estroniaid oedden ni erbyn hynny, heb obaith o ddychwelyd adref. Estroniaid yn gorfod dibynnu ar eraill i barhau. Beth bynnag, mi gawson ni fwyd o'r diwedd: cawl a bara, dyna i gyd, ond gan ein bod i gyd ar lwgu erbyn hynny, achwynodd neb. Y diwrnod canlynol, aethpwyd â ni fesul un i adeilad y fferm ei hun. Lle llawer iawn mwy cyfforddus o beth welais i – ac roedd meddygfa yno.'

'Meddygfa? Mewn ffarm?' holodd Jeff, yn methu credu'r hyn roedd o'n ei glywed.

'Ia, meddygfa,' atebodd Nadia. 'Efo mainc i orwedd arni a phob math o offer meddygol. Dyna lle gwelais i'r meddyg.'

'Sut gwyddoch chi mai meddyg oedd o?' gofynnodd Meira.

'Am mai dyna ddywedodd o wrtha i oedd o, ac roedd o'n ymddwyn fel meddyg hefyd. Roddodd archwiliad llawn i mi, cymryd sampl o ddŵr gen i er mwyn darganfod o'n i'n feichiog ai peidio ac yna, ar ôl gorffen y cwbl, dywedodd fy mod i'n berffaith iach. Dyna pryd y gwelais i Mr G am y tro cyntaf. Dyn anghynnes, dyna oedd fy argraff gyntaf ohono.'

'Mr G?' holodd Jeff, yn codi'i aeliau.

'Ia. Mi oedd o o gwmpas y fferm yn aml, a does neb yn gwybod ei enw iawn o. Deallodd pawb mai Mr G oedd y prif feistr, yr un a oedd yn rheoli'r meistri eraill, ac roedd pawb, hyd yn oed yr is-feistri, yn ei ofni.'

'Dyn anghynnes, ddywedoch chi?' meddai Meira. 'Sut felly?'

'Pan o'n i yn y feddygfa'r diwrnod cyntaf hwnnw, ro'n i'n noeth lymun pan gerddodd o i mewn. Defnyddiais fy nwylo i 'nghuddio fy hun, ond safodd o 'mlaen i a gorchymyn mewn llais cas i mi roi fy mreichiau i lawr wrth fy ochrau. Wnes i ddim ufuddhau i ddechrau, ond roedd yr edrychiad ar ei wyneb yn ddigon i 'mherswadio i. Gafaelodd yn fy wyneb yn frwnt efo un llaw, a theimlodd fy mronnau a 'nhethi – ond nid mewn ffordd rywiol – a gwnaeth yr un peth efo fy mhen-ôl hefyd. Yna edrychodd rhwng fy nghoesau a'm gorchymyn, yn llym, i eillio.'

'Pa iaith ddefnyddiodd o?' gofynnodd Jeff.

'Rwmaneg oedd o'n siarad efo fi. Saesneg efo'r meddyg, ond dwi wedi'i glywed o'n siarad iaith arall hefyd. Dwi'n meddwl mai'r un iaith ydi hi â'r un rydach chi'ch dau yn ei siarad efo'ch gilydd weithiau. Dwi wedi'i chlywed hi nifer o weithiau ers i mi gyrraedd yma.'

'Cymraeg ydi'r iaith honno, Nadia. Efo pwy glywsoch chi o'n siarad Cymraeg?' gofynnodd Jeff.

'Un o'i ddynion o – un arall dwi'n ei gasáu. Dyn mawr cryf, pen moel ... meistr arall sy'n meddwl ei hun ymysg ei gyfeillion. Mi welais i ei gar o yn gynharach heddiw cyn i chi fy nghodi i, ac ro'n i ofn y byddai'r un peth yn digwydd i mi eto.'

'Yr un peth yn digwydd eto?' holodd Meira.

'Ia, gwrthodais wneud fel y gorchmynnodd Mr G i mi wneud unwaith ac mi ges i fy nghosbi ... y gosb oedd cael fy nhreisio gan y dyn mawr pen moel a dau o'i ddynion ar yr un pryd. Dwi'n dal i gyfogi wrth gofio'r digwyddiad.'

'Pwy oedd y ddau arall?' gofynnodd Jeff.

'Dau ddyn oedd yn siarad yr un iaith – Cymraeg. Dwi'n cofio bod un yn gwisgo modrwy fawr a phen tarw arni ac roedd honno'n fy mrifo fi.'

Edrychodd Jeff a Meira ar ei gilydd.

'Pryd gyrhaeddoch chi'r ffarm?' gofynnodd Jeff.

'Yn y gwanwyn, tua mis Mai.'

'A be ydach chi wedi bod yn ei wneud ers hynny?'

'Yn y feddygfa, y diwrnod cyntaf hwnnw, dywedodd Mr G wrtha i fod gen i fwy i'w gynnig na mynd i weithio ar ffarm, neu unrhyw waith corfforol arall, mai hebrwng dynion cyfoethog oedd fy nyfodol i. Ers hynny dwi wedi bod yng nghwmni nifer fawr o ddynion ariannog ar hyd a lled Prydain, mewn partïon, ym mocsys y cyfarwyddwr mewn gemau pêl-droed – unrhyw fath o achlysur lle mae dyn eisiau cael ei weld â geneth ifanc ar ei fraich.'

'A rhyw?'

'Weithiau, ambell dro wrth gwrs, ond nid bob tro.'

'Be am y bobl eraill a ddaeth drosodd o Rwmania efo chi?' gofynnodd Meira.

'Mae rhai o'r dynion yn cael eu gyrru allan yn ddyddiol i weithio ar ffermydd yn yr ardal, ond y meistr sy'n cael yr arian i gyd. Mae rhai yn gwneud gwaith peryglus yn hel rhyw gregyn gwerthfawr o lan y môr pan mae'r llanw allan. Collwyd un ohonyn nhw i'r môr tua mis yn ôl, ond does neb yn poeni llawer am hynny. Mae rhai yn mynd allan i gardota bob dydd – eistedd ar gongl stryd efo ci a het o'u blaenau. Synnech chi faint o arian mae hynny'n ei ennill. Ac wrth gwrs mae pawb, pob un ohonon ni, yn cael ein gyrru allan i ddwyn mewn timau efo'n gilydd. Dyna sut y ces i fy nal ddoe. Yr un mawr pen moel fydd yn gofalu amdanon ni ar yr adegau hynny. Fo fydd yn ein dysgu ni ac yn dewis i ba drefi y byddwn ni'n mynd i ddwyn.'

'Sut ydach chi wedi bod mor llwyddiannus hyd yma? Anaml mae unrhyw un ohonach chi'n cael ei ddal,' meddai Jeff.

'Os oes rhywbeth yn digwydd, mae pawb yn rhedeg i wahanol gyfeiriadau, ac ar ôl aros peth amser, rydyn ni'n mynd yn ôl yn wyliadwrus i'r fan fawr sy'n disgwyl amdanon ni.'

'Fan fawr?'

'Ia, fan symud dodrefn ydi hi, efo manylion cwmni ffug wedi eu peintio'n amlwg ar yr ochrau. Mae popeth wedi bod yn ffug ers cyn i mi gyrraedd y wlad yma. Doedd gan neb unrhyw fwriad o adael i mi wella fy safle, dim ond gwneud arian ar fy nhraul. Nhw, y meistri, sy'n cael yr arian i gyd, enillion pawb, a'r holl nwyddau sy'n cael eu dwyn.'

'Fedra i ddim deall pam nad oes neb yn ceisio dianc,' meddai Meira.

'Mae rhesymau pawb yn wahanol, mae'n siŵr gen i, ond yr un ydi rheswm pawb yn y bôn. Ofn. Does gan neb unrhyw le arall yn y byd i fynd. Dim pasbort, dim teulu – neu os oes yna deulu, mae'r meistri'n bygwth eu niweidio, neu ddial arnyn nhw, yn ôl yn Rwmania. Ond yr ofn ydi'r peth mwyaf.'

'Pa mor aml oeddach chi'n gweld Amelia yn ystod y cyfnod yma?' gofynnodd Jeff. Gwyddai fod y ferch yn barod i drafod y cyfan erbyn hyn. Gwelodd wyneb Nadia yn troi yn fwy nerfus wrth iddi feddwl am Amelia.

'Dwi wedi ei gweld hi hanner dwsin o weithiau yn ystod y chwe mis diwethaf – ar y dyddiau pan oedden ni'n dwyn fel tîm gan amlaf.'

'Sut oedd hynny'n digwydd?' gofynnodd Jeff. 'Y dwyn fel tîm?'

'Roedd pawb yn cael eu codi fesul un. Hen gar bach glas oedd yn dod ag Amelia i'r fan fawr. Unwaith roedd pawb yn y fan ddodrefn, i ffwrdd â ni, ac roedd pawb yn cael cyfarwyddyd ynglŷn â pha siop i daro arni yn y dref a pha bryd. Roedd yn bwysig taro'r siopau yn union yr un pryd. Byddai dau neu dri ohonon ni ym mhob siop er mwyn creu dryswch.'

'A dyna'r unig adeg roeddach chi'n gweld Amelia, felly?'

'Na,' cyfaddefodd Nadia, a'i phen i lawr fel petai'n methu edrych i lygaid Jeff wrth ei ateb. 'Mi welais i hi pan gafodd hi'r llawdriniaeth.'

'Mi glywais i am hynny,' cadarnhaodd Jeff. 'Ewch 'mlaen, plis.'

'Roedd y ddwy ohonon ni'n ddiniwed iawn yr adeg honno, os gredwch chi hynny. Dywedodd y meddyg ar y fferm wrthi fod afiechyd ar un o'i harennau a bod yn rhaid iddi gael ei thynnu. Digwyddodd hynny yn fuan ar ôl i ni gyrraedd y wlad 'ma, ond ...' oedodd, a'r tristwch yn amlwg yn ei llais, '... dwi'n deall erbyn hyn fod tynnu aren yn ddigwyddiad cyson ar y fferm.' Dechreuodd y dagrau lifo i lawr ei gruddiau.

Gwnaeth Meira ymdrech i godi er mwyn ei chysuro, ond gwelodd Jeff yn codi'i fys yn gynnil mewn awgrym iddi beidio â thorri ar rediad y sgwrs ar funud mor ddylanwadol.

'Oes 'na fwy nag un wedi colli'u harennau yno felly?' gofynnodd Jeff.

'Tri rydw i'n gwybod amdanyn nhw, ac mae'n debygol iawn fod mwy. Yn ôl pob golwg gellir gwneud mwy o arian drwy werthu aren na thrwy flynyddoedd o weithio ar ffarm, dwyn gemwaith neu hel cregyn. Ac ar ôl i roddwr yr aren wella, mae'n ddigon hawdd eu troi nhw allan ar y tir i ennill arian unwaith eto. Dim ond un aren sydd ei hangen i fyw, yntê? Dwi'n meddwl mai'r unig reswm nad ydyn nhw wedi tynnu fy aren i ydi y byddai'r graith yn amlwg pan fuaswn i'n cael rhyw efo'r dynion cefnog y bydda i'n eu hebrwng. Ond cofiwch, pan na fydd unrhyw un ohonon ni o ddefnydd iddyn nhw mwyach – drwy weithio, dwyn neu buteinio, mae ein horganau ni yn dal i fod yn werthfawr. Llawer mwy gwerthfawr na'n bywydau ni.'

'I ble mae Amelia wedi diflannu yn ystod y dyddiau diwetha 'ma, Nadia?' Gofynnodd Jeff y cwestiwn mewn llais dwfn, sicr.

'Dwi wedi clywed ei bod hi'n ôl ar y fferm am y tro cynta ers iddi gael tynnu'i haren.' Dechreuodd Nadia feichio crio.

'Be ma' hi'n wneud yn ôl yno? Mae hyn yn bwysig, Nadia.'

'Ydi, dwi'n gwybod,' meddai, gan sychu ei dagrau. 'Dydi hi ddim yn mynd a dod o gwmpas y lle neu mi fuaswn i wedi ei gweld hi, a dim ond un peth mae hynny'n olygu,' oedodd am ennyd a sychodd ei dagrau eto cyn parhau, 'hynny ydi, ei bod hi yn y ffermdy ei hun.'

'A be'n union mae hynny'n ei olygu i chi, Nadia?'

'Mae 'na gell yn y tŷ. Reit drws nesa i'r feddygfa. Dyna lle oedd hi yn ôl un o'r bechgyn eraill a aeth â bwyd iddi echdoe. Ond mae 'na fwy, mae gen i ofn. Mi glywodd o ei bod hi'n disgwyl llawdriniaeth unwaith eto.'

'Sut glywodd o hynny?'

'Clywed Mr G yn siarad efo'r meddyg. Ddywedodd y meddyg rywbeth am y faith fod gwaed Amelia o fath 'O', ac y byddai ei haren hi'n siwtio'r rhan fwyaf o bobl y byd, a ...'

'Ond all neb fyw heb 'run aren!' torrodd Jeff ar ei thraws cyn iddi orffen y frawddeg.

'Dyna'r pwynt – dywedodd y meddyg mai dim ond disgwyl am rywun addas i dderbyn ei *chalon* hi maen nhw.'

Cododd Jeff ar ei draed a cherddodd mewn cylch bychan o amgylch rhan o'r ystafell. Rhwbiodd cledr ei law dros ei dalcen.

'Be ddeudist ti echdoe, Meira? Can mil o bunnau am aren a hyd at filiwn am galon? Pam lladd Amelia am gan mil pan mae ganddi galon iach ddaw â miliwn ychwanegol o elw iddyn nhw?' Teimlodd Jeff y cyfog yn pwyso'n drwm yng ngwaelod ei stumog.

'Dyna pam dwi mor ofnus, dach chi'n gweld,' meddai Nadia. 'Mi wyddwn fod Amelia wedi cael ei harestio ryw fis neu ddau yn ôl, ac mi ddywedodd hi wrtha i y tro diwethaf i mi ei gweld hi fod yr heddlu eisiau ei holi hi eto. Dim ond un peth mae hynny'n feddwl. Bod yr heddlu wedi'i chysylltu hi â'r tîm sy'n dwyn ar draws y wlad, ac mae 'na berygl felly iddi agor ei cheg ac achwyn am holl fenter Mr G. Na, all y meistri ddim ymddiried ynddi bellach, ac mae ei gallu hi i ennill arian iddyn nhw wedi lleihau. Yr ateb i'r broblem honno ydi gwerthu pob organ sydd ganddi a chael gwared o'i chorff. Wrth gwrs, ar ôl cael fy nal ddoe, rydw innau yn yr un safle â hi. Allwch chi ddim credu pa mor falch o'n i o'ch gweld chi heddiw, yn lle'r dyn mawr 'na.'

'Ble mae'r ffarm yma, Nadia? Rhaid i mi gael gwybod,' meddai Jeff, ei lais yn codi ychydig yn uwch.

Dechreuodd Nadia grio unwaith yn rhagor a symudodd Meira i eistedd wrth ei hochr a gafael amdani. Wnaeth Jeff ddim ei hatal y tro hwn.

'Ble mae'r ffarm, Nadia?' ail ofynnodd Meira iddi. 'Er mwyn Amelia, lle ma' hi? Ceisiwch gofio.'

'Dyna'r drwg. Dydw i ddim yn gwybod. Bob tro ro'n i'n cyrraedd yno neu adael y lle, roeddwn un ai yng nghefn y fan fawr fel na fedrwn i weld allan, neu roedden nhw wedi rhoi mwgwd amdana i. Dydw i ddim yn gwybod lle mae'r fferm. Dydw i ddim yn gwybod,' ailadroddodd trwy'i dagrau.

'Gwrandwch rŵan am funud, plis, Nadia,' mynnodd Meira, yn dal i afael ynddi ac yn siarad yn dyner yn ei chlust. 'Mewn tref o'r enw Glan Morfa gawsoch chi eich arestio ddoe, a dyna lle gwnaethon ni eich cyfarfod chi amser cinio heddiw. Ceisiwch ddychmygu faint o amser gymerodd hi i'r fan symud dodrefn deithio o'r ffarm i'r fan honno.'

Meddyliodd Nadia am funud. 'Tua dwy awr go lew am

wn i, efallai mwy,' meddai o'r diwedd. 'Ond bu'n rhaid i ni aros i godi mwy o'r tîm ar y ffordd.'

'Sut dir oedd o gwmpas y ffarm?'

'Mynyddoedd.'

'Rhai creigiog, 'ta bryniau gwyrdd? Oeddan nhw'n uchel?'

'Dwi'n meddwl bod y fferm yn uchel oherwydd roedd hi'n chwythu ac yn oer yno o hyd. Dwi'n cofio bod nifer o dyrbinau gwynt ar ben y mynyddoedd yn y pellter, a choedwig o binwydd i un cyfeiriad.'

'Wel, dydan ni ddim yn sôn am Eryri felly,' awgrymodd Jeff. 'Rwla i'r dwyrain o Fetws-y-coed, 'swn i'n dweud. Allwch chi feddwl am rywun sy'n gwybod ble mae'r ffarm?'

'Dim ond Mr G a'i ddynion, am wn i,' atebodd Nadia.

'Yn cynnwys y dyn mawr pen moel yn y car mawr du felly?'

'Ia,' atebodd o freichiau Meira. 'Mae o wedi bod yno droeon.'

'Dyna ni, felly, Meira,' meddai Jeff. 'Dafi MacLean ydi'r ateb i'n problem ni.'

'Tybed ydi hi'n amser i ni wneud hyn i gyd yn swyddogol?' awgrymodd Meira.

'Ella wir,' atebodd Jeff. 'Ond be fysa'n digwydd wedyn? MacLean yn cael ei arestio. Cael ei holi o flaen chwip o gyfreithiwr yn y ddalfa fysa'n dweud wrtho nad oes yn rhaid iddo ddweud dim os nad ydi o isio gwneud hynny – a rhyw blismon yn rhoi rhybudd swyddogol iddo. Twt lol, Meira. O dan amgylchiadau fel'na, wneith o byth agor ei geg. Bydd yn rhaid i mi ofyn iddo fo fy hun, dwi'n meddwl.'

'A ti'n disgwyl iddo fo ddweud y cwbwl wrthat ti?' gofynnodd Meira'n anghrediniol.

'Gawn ni weld, Meira. Mi gawn ni weld pa mor ddewr ydi o pan ddaw'r amser hwnnw.'

'Ac, wrth gwrs, 'dan ni wedi dysgu dipyn am yr uwch feistr heno hefyd, do? Dyn sy'n siarad Rwmaneg, Saesneg a Chymraeg.'

'Do,' cytunodd Jeff. 'Mr G. Mr Gwyndaf, synnwn i ddim. Ydi Gwyndaf Parry yn ei ôl, tybed?'

Pennod 33

Roedd Rwmania'n un o wledydd tlotaf Ewrop pan gyrhaeddodd Gwyndaf Parry yno yn nechrau 1984, wedi iddi ddioddef am flynyddoedd dan reolaeth gomiwnyddol Nicholae Ceauşescu. Er hynny, gwelodd y gŵr ifanc o Gymru drwy'r angen, y prinder a'r blerwch a oedd yn amlwg mewn nifer o'r trefi ar hyd ei daith drwy'r wlad.

Gofidiai ei fod yn gadael ei deulu a'i gartref, Rhandir Canol, ond roedd yn sicr fod ei rieni wedi derbyn ei ysfa i deithio Ewrop am ddwy neu dair blynedd. Roedd yn rhagweld y byddai'n dychwelyd i Gymru i setlo i lawr rhyw dro yn y dyfodol, ond ysai am y cyfle i droedio rhannau eraill o'r byd, ac yntau'n ddyn ifanc. Gallai fanteisio ar ei grefft fel briciwr tra oedd yn teithio, a thybiai y byddai digon o waith adeiladu i fachgen ifanc a oedd yn fodlon gweithio'n galed. Ar ôl hynny, pwy a ŵyr pa lwybr y byddai'n ei gymryd. Efallai y byddai'n barod i wireddu breuddwyd ei dad a mynd adref i ddysgu rheoli'r stad.

Gwyddai fod ei fam yn deall ei awydd i deithio yn well na'i dad, ond gadawodd ei gartref gyda bendith y ddau. Ei atgof olaf ohonynt oedd edrych allan drwy ffenestr y trên wrth adael platfform gorsaf reilffordd Bangor. Safai ei fam yno â hances wen yn ei llaw, yn gwneud ei gorau i atal deigryn, ond yn methu. Safai ei dad y tu ôl iddi ag un llaw ar ei hysgwydd, y llall yn chwifio'n araf, ond heb yr un arwydd arall o emosiwn. Ni wyddai ei rieni – na Gwyndaf chwaith ar y pryd – i ble yn union yr oedd o'n meddwl mynd, na beth fyddai ei ddyfodol. A diolch i'r nefoedd am hynny. Yr oedd Gwyndaf wedi cynilo digon o arian i'w gynnal ei hun am beth amser, ond cyn gadael, yn annisgwyl, gwthiodd ei dad amlen i'w law, amlen a agorodd wedi iddo eistedd yn y trên. Gwelodd fod pum can punt ynddo – dim byd arall, dim nodyn, dim gair. Eisteddodd yno'n syllu ar yr amlen. Nid oedd angen nodyn na geiriau. Roedd yr arian yn arwydd, yr unig arwydd, fod ei dad o'r diwedd wedi rhoi sêl ei fendith ar yr antur. Addunedodd y byddai'n talu'n ôl iddo ryw ddydd, rywsut. Ond yn gyntaf roedd yn rhaid iddo fodloni ei ddymuniadau ei hun.

Â'i sach deithio ar ei gefn, yn dal ei holl eiddo, gan gynnwys y teclyn pwysicaf, ei drywel, esgynnodd ar drên arall ym Mharis am Fucharest. Hon oedd un o lwybrau hanesyddol yr Orient Express. Pam Bucharest? Doedd dim rheswm arbennig. Roedd ganddo ddigon o arian am y tro ac roedd yn dal yn ffyddiog y byddai ei grefft yn ei gynnal mewn gwlad na wyddai lawer amdani.

Treuliodd bron i wythnos yng nghanol y brifddinas. Ymddiddorodd yn hanes y wlad – yr Oesoedd Canol a chyn hynny, a'i lle yn hanes dwyrain Ewrop. Mwynhaodd astudio pensaernïaeth yr hen adeiladau urddasol a'r math o ddiwylliant a thraddodiadau nad oedd o wedi'u profi hyd hynny. Yna dewisodd gymryd trên arall cyn belled â Constanta ar lan y Môr Du ar ôl darllen fod yr ardal honno'n un o'r rhai mwyaf poblogaidd yn y wlad ar gyfer gwyliau, a bod angen tipyn o waith adeiladu yno ar ôl blynyddoedd o esgeulustod. Tybiodd ar unwaith y byddai digon o waith yno iddo fo a'i drywel.

Syrthiodd Gwyndaf Parry mewn cariad â'r lle yn syth.

Er bod dros ddau gan mil a hanner o bobl yn byw yn yr ardal, doedd y ddinas dim yn ymddangos yn orboblog. Roedd traeth tywodlyd braf yn agos at y porthladd, a hwnnw dros saith milltir o hyd. Dyma un o ardaloedd cynhesaf Rwmania yn y gaeaf gan fod y môr cynnes cyfagos yn dylanwadu ar yr hinsawdd hyd yn oed ym misoedd llwm y gaeaf. Ychydig iawn o eira oedd yn disgyn yno o'i gymharu â gweddill y wlad, er bod gwynt cryf, cyson a digon o law. Rhywbeth i'w atgoffa o Gymru, meddyliodd. Yn yr haf, yr oedd hi'n gynnes iawn ond gydag awel braf o'r môr yn ddyddiol i ysgafnhau gwres canol dydd.

Wrth gerdded o gwmpas yn ystod ei ddyddiau cyntaf yno profodd fwy o ddiwylliant a hanes y ddinas. Gwelodd fod angen tipyn o waith ar yr adeiladau er mwyn gwella diwydiant twristiaeth yr ardal a chodi'r gwestai i'r safon a ddisgwylid yn niwedd yr ugeinfed ganrif. Penderfynodd aros yno a gwnaeth drefniadau i rentu ystafell syml yng nghongl tŷ mawr oedd â gwely a chyfarpar coginio.

Dysgodd fod tîm pêl-droed yn y ddinas a oedd yn chwarae yn ail adran bêl-droed Rwmania. Roedd yno ddau dîm rygbi hefyd. Ar ei ddydd Sadwrn cyntaf yno penderfynodd Gwyndaf fynd i weld tîm rygbi Farul Constanta'n chwarae yn Stadionul Mihai Naca yn erbyn Dinamo Bucharest, a gwelodd fod safon y chwarae'n dda. Cofiodd fod tîm rygbi cenedlaethol Rwmania wedi rhoi stîd iawn o 24 pwynt i 6 i dîm cenedlaethol Cymru ym mis Tachwedd y flwyddyn cynt, a'u bod nhw'n cael eu parchu ledled Ewrop ac yn ehangach. Dim rhyfedd felly fod safon y chwarae yn Constanta cystal, meddyliodd. Ar ôl y gêm llwyddodd i fynd i'r rhan o'r stadiwm lle roedd y chwaraewyr wedi ymgynnull ar ôl y gêm, drwy gyfleu iddynt, rywsut, mai Cymro oedd o a'i fod yn adnabod Gareth Edwards, John Dawes a Gerald Davies, a'i fod yn arfer bod yn gymydog i J. P. R. Williams. Roedd o'n weddol ffyddiog na fyddent yn darganfod ei gelwydd. Dywedodd wrthynt ei fod wedi hen arfer chwarae'r gêm gartref a gofynnodd a gâi ymarfer efo'r tîm yng nghanol yr wythnos. Gwnaeth argraff mor dda ar yr hyfforddwr ychydig ddyddiau wedyn nes iddo gael cynnig chwarae yn ganolwr i'r ail dîm ar y dydd Sadwrn canlynol. Roedd Gwyndaf yn fachgen mawr, cryf a chyflym, a sgoriodd ddau gais y prynhawn hwnnw. O fewn pythefnos roedd y bachgen o Gymru wedi gwneud enw da iawn iddo'i hun ymysg chwaraewyr y clwb, ac wedi gwneud ffrindiau hefyd. Nid oedd rhwystr yr iaith i weld yn llawer o broblem iddo, a dysgai fwy o eiriau yn yr iaith Rwmanaidd bob dydd. Yr wythnos ganlynol, dywedodd un o'i gyd-chwaraewyr wrtho fod ei dad yn berchen cwmni adeiladu, a'i fod yn chwilio am friciwr. Wrth gwrs, roedd gan Gwyndaf ddiddordeb yn y swydd.

Cyrhaeddodd y safle adeiladu am chwarter i wyth yn y bore – gwesty ar lan y môr oedd o, tua hanner awr ar droed o'i gartref newydd. Cyn belled ag yr oedd Gwyndaf yn y cwestiwn, bricio oedd bricio, waeth ym mha wlad oedd o. Cyn belled â bod ganddo gyflenwad o friciau a digon o sment, gweithiodd Gwyndaf yn gyson trwy'r diwrnod cyntaf hwnnw, gan gymryd dim mwy na hanner awr o seibiant i fwyta'i ginio. Erbyn chwech y noson honno roedd wedi ymlâdd a'i gyhyrau'n dynn, gan nad oedd wedi gweithio ers iddo adael Cymru rai wythnosau ynghynt. Er hynny, nid oedd wedi arafu trwy'r dydd ac enillodd glod gan y fforman a pharch ei gydweithwyr. Y peth pwysicaf i

Gwyndaf, wrth gwrs, oedd ei fod wedi mwynhau ei hun, ac wedi dechrau setlo.

Dyna sut y treuliodd Gwyndaf Parry ei flwyddyn gyntaf yn Constanta – yn mwynhau ei hun ac yn gweithio'n galed ar y safle adeiladu a chwarae'n frwdfrydig ar y maes chwarae. Gwnaeth nifer o gyfeillion a buan y daeth yn rhugl yn yr iaith frodorol. Parhaodd i chwarae rygbi i Farul Constanta pan ddechreuodd y tymor newydd yn hwyr y flwyddyn honno, gan chwarae i dîm cyntaf y clwb cyn diwedd tymor 1985. Roedd yn ymarfer bron bob nos ar ôl gorffen ei waith yng nghwmni dau o chwaraewyr y clwb a oedd yn gobeithio cael eu dewis i gynrychioli eu gwlad ym Mhencampwriaeth Rygbi'r Byd yn Lloegr yn 1987.

Ysgrifennodd adref yn gyson a derbyniodd lythyrau'n ôl hefyd, pob un wedi'i ysgrifennu gan ei fam. Cafodd Gwyndaf bleser yn adrodd hanes ei waith a'i lwyddiant ar y cae chwarae a dysgodd am holl ddigwyddiadau Rhandir Canol a'r fro. Ond yn niwedd 1985 dechreuodd deimlo newid yng nghynnwys llythyrau ei fam. Ni sylwodd Gwyndaf ar yr awgrymiadau cynnil yn ei eiriau yn syth – cymerodd wythnosau iddo ddeall naws ei eiriau – ond wedi iddo wneud, gwyddai fod rhywbeth o'i le yn ei gartref. Doedd ei fam ddim wedi sôn am ddim yn neilltuol. Dechreuodd drwy ddweud nad oedd pethau cystal ag yr oedden nhw, ond heb ymhelaethu. Pan holodd Gwyndaf am eu hiechyd, atebodd i ddechrau eu bod ill dau yn iawn, ond ymhen rhai wythnosau dechreuodd y llythyrau ddisgrifio rhwystrau ariannol oedd yn effeithio ar hyder ei dad, a'r dirywiad i'w iechyd o ganlyniad i hynny. Roedd ei phoen yn amlwg erbyn hynny.

Myfyriodd Gwyndaf yn hir dros y newyddion. Ni chofiai

erioed o'r blaen unrhyw sôn am anawsterau ariannol, hyd y gwyddai o beth bynnag. Daeth y Nadolig ac yna Ionawr 1986. Roedd hi'n tynnu am ddwy flynedd ers iddo gyrraedd Constanta ac er ei fod yn hapus iawn yno, dechreuodd ystyried dychwelyd adref. Wedi'r cyfan, roedd o'n bedair ar hugain oed erbyn hyn ac wedi bodloni ei chwant am anturio. Penderfynodd adael, a gwnaeth drefniadau i hedfan adref ymhen pythefnos.

Y noson honno oedd hi – yr union ddiwrnod pan benderfynodd Gwyndaf ddychwelyd adref – pan newidiodd ei fywyd am byth. Roedd o'n cerdded adref ar ei ben ei hun, ar ôl treulio'r gyda'r nos yn ymarfer efo'i gyd-chwaraewyr yn y clwb rygbi, pan welodd dri gŵr ifanc yn ymosod ar eneth ifanc tu allan i dafarn. Roedd yr eneth yn sgrechian ac yn tynnu bob ffordd wrth geisio dianc oddi wrth y tri a oedd erbyn hynny yn ei churo. Croesodd Gwyndaf y ffordd a gafaelodd yn un o'r tri, ei dynnu oddi ar y ferch a'i daro'n galed ar ei ên efo'i ddwrn. Syrthiodd hwnnw i'r ddaear fel plwm. Gollyngodd y ddau arall y ferch a rhedodd honno i ffwrdd yn syth. Trodd y ddau ddyn arno, ond roedd Gwyndaf yn ddyn cryf a chaled erbyn hynny ar ôl misoedd lawer o waith corfforol ac ymarfer corff cyson. Doedd gan y ddau arall, er eu bod yn ddynion digon abl, ddim gobaith yn ei erbyn ac mewn ychydig eiliadau, gadawyd y tri yn llonydd ar y ddaear wrth ochr y ffordd. Edrychodd o'i gwmpas. Rodd yr eneth wedi rhedeg i ffwrdd a doedd yna neb i'w weld yn unman. Aeth Gwyndaf adref.

Fore trannoeth cychwynnodd i'r safle adeiladu a dechrau gweithio am wyth yn ôl ei arfer. Tuag un ar ddeg o'r gloch cododd ei ben a gweld chwe dyn dieithr yn sefyll mewn hanner cylch o'i amgylch. Roedd gan ddau ohonynt gleisiau ar eu bochau a llygaid duon. Adnabu'r ddau o'r ffrwgwd y noson cynt. Edrychodd Gwyndaf o'i gwmpas a gwelodd ei fod ar ei ben ei hun. Rhuthrodd y chwech amdano heb oedi, a heb feddwl, cododd y bachgen o Gymru yr unig arf yn ei feddiant i amddiffyn ei hun. Er bod rhai o'r dynion yn ceisio'i ddal i lawr, gwthiodd Gwyndaf ei drywel hynny allai o tuag at stumog y dyn cyntaf a ddaeth amdano. Gwyddai ar ei union ei fod wedi gwneud niwed corfforol difrifol iddo. Yr oedd y trywel wedi'i hogi cystal â chyllell a threiddiodd i frest y dyn ac i mewn i'w galon, gan ei hollti'n ddwy. Syrthiodd y dyn yn farw yn y fan a'r lle a diflannodd gweddill y giwed.

Roedd Gwyndaf ar ei liniau uwchben y dyn a drywanodd, yn waed drosto, pan gyrhaeddodd yr heddlu. Y darlun a roddwyd gerbron y llys oedd bod Gwyndaf Parry wedi ymosod ar y tri y noson cynt heb achos. Ni fu sôn am yr eneth. Honnwyd bod oriawr a chadwyn aur wedi'i ddwyn oddi ar un ohonynt a phan aeth y perchennog a'i gyfeillion at y Cymro'r bore canlynol i geisio adennill yr eiddo, ymosododd Gwyndaf arnynt heb esgus na chyfiawnhad. Ni wrandawodd neb ar ochr Gwyndaf o'r stori. Cyhuddwyd ef o lofruddiaeth, fe'i cafwyd yn euog a'i garcharu am bymtheg mlynedd.

Ni wyddai Gwyndaf ble i droi. Ni chafodd gyfle i'w amddiffyn ei hun, a'r unig dystion oedd y pum dyn a ymosododd arno ar y safle adeiladu. Eisteddodd yn ei gell yn meddwl am ei rieni yn Rhandir Canol. Roedden nhw ei angen o – a pha ddefnydd oedd o iddyn nhw dan glo? Dim o gwbl. Gwyddai ei fod mewn sefyllfa anobeithiol, ac nad oedd gobaith iddo dderbyn cyfiawnder yn y Rwmania gomiwnyddol. Gwyddai fod pethau erchyll yn digwydd i drigolion y wlad yn enw'r gyfraith, heb sôn am estron fel fo. Cyrraedd adref oedd ei unig ddymuniad, ond sut?

Yna gwnaeth beth gwirion. Penderfynodd geisio dianc. Pan ddaeth yr amser i'w symud i'r carchar lle roedd o i fod i dreulio'r pymtheg mlynedd nesaf, defnyddiodd gadwyn y gefyn o amgylch ei arddyrnau i dagu'r swyddog a oedd yn cario'r allweddau, ond ofer oedd ei ymgais. Rhuthrodd dau warchodwr arall yno i'w rwystro, a'r canlyniad oedd i Gwyndaf dderbyn dedfryd ychwanegol o bum mlynedd arall o garchar.

O dan ofal gwarchodwyr arfog, fe'i hebryngwyd i garchar Gherla yn swydd Cluj yn Transylfania.

Pennod 34

Cawsai Amddiffynfa Gherla ei hadeiladu yn 1540 ac yn ystod y ddwy ganrif ddilynol bu'n gartref i nifer o deuluoedd bonheddig Rwmania, a thywysogion Transylfania yn eu mysg. Collodd yr adeilad ei bwysigrwydd strategol yn 1706 ac fe'i gweddnewidiwyd yn farics. Yna, yn 1785, fe'i haddaswyd yn garchar canolog ar gyfer troseddwyr peryclaf Transylfania. Roedd y waliau bedair medr o drwch a'r ddyfrffos o amgylch yr adeilad yn golygu ei fod yn addas iawn ar gyfer y pwrpas hwnnw; felly hefyd y ffaith mai un fynedfa yn unig oedd i'r safle. Ceir yno nifer o dwnneli o dan y ddaear sy'n arwain i wahanol rannau o'r adeilad, a dyna lle gadawyd carcharorion afreolus am ddyddiau neu fisoedd yn griddfan yn unig yn eu cadwyni. Defnyddiwyd Gherla i garcharu nifer o garcharorion gwleidyddol, er mai carchar diogelwch eithaf ar gyfer y carcharorion peryclaf oedd ei bwrpas pennaf. Yn 1986, pan gyrhaeddodd Gwyndaf Parry yno, hwn oedd y carchar hynaf yn Rwmania – ac yr oedd yn ddigon hawdd gweld bod yr adeilad wedi hen ddechrau dirywio ac adfeilio.

Yn nhywyllwch ei noson gyntaf yn ei gell fudr, ddrewllyd, oer a thamp, clywodd Gwyndaf synau griddfan, sgrechiadau o boen ac ofn, a chwerthin afreolus fel petai'n dod o enau dynion gwallgof. Parhaodd y sŵn i gyniwair drwy gydol y nos hir. Dychmygodd mai ysbrydion yr henfyd o fewn y waliau hanesyddol oedd yn deffro yn oriau'r nos. Roedd Gwyndaf ofn cau ei lygaid i gysgu'r noson honno.

Yn y bore, agorwyd drws y gell iddo, a cherddodd gyda gweddill y carcharorion i'r ystafell fwyta. Doedd yr enw hwnnw ddim yn deilwng o'r hyn a welodd o'i flaen. Doedd yr un bwrdd ar gyfyl y lle, na chadeiriau chwaith. Yr unig ddodrefn, os oedd hynny'n ddisgrifiad cywir, a welai oedd slabiau o gerrig trwchus a slabiau llechi llai wrth eu hochrau i eistedd arnynt. Roedd tua thri chant o ddynion yn yr ystafell a phawb yn gwisgo'r un peth – rhywbeth tebyg i grys nos gwlân hir hyd at eu pengliniau o liw llwyd a streipiau glas arnynt – a dyna'r cwbwl. Pan gerddodd i mewn edrychodd pawb yn fygythiol arno – y dyn newydd, y bachgen newydd yn eu mysg. Gwelodd Gwyndaf hanner dwsin o warchodwyr arfog o amgylch yr ystafell ac ystyriodd faint o gymorth fydden nhw petai rhywbeth yn digwydd iddo. Dim llawer, oedd yr ateb amlwg.

Safodd Gwyndaf ymysg rhes o ddynion eraill a oedd yn disgwyl am eu bwyd. Pan ddaeth yr amser, derbyniodd bowlen o gawl a edrychai fel dŵr budr a thamaid bychan o fara nad oedd yn ddim mwy na chrystyn. Edrychodd o'i gwmpas ac eisteddodd ar un o'r llechi gerllaw. Daeth dyn ato'n syth a safodd uwch ei ben, gan ddweud mai ei le o oedd hwnnw. Symudodd Gwyndaf ac eisteddodd ar y llechen nesaf. Daeth gŵr arall ato a digwyddodd yr un peth drachefn. Cododd Gwyndaf a phenderfynodd sefyll i fwyta. Rhoddodd y bara yn y cawl gwan a'i godi i'w geg, a darganfod bod ei flas mor ddrwg â'i olwg. Cyn iddo benderfynu os oedd o am fwyta mwy, daeth gŵr arall o rywle a rhoi hergwd brwnt iddo nes oedd ei bowlen a gweddill ei fwyd ar y llawr. Erbyn hyn roedd pob llygad yn yr ystafell yn edrych arno. Ymddangosodd hen fachgen o rywle a disgynnodd i'r llawr yn frysiog, codi'r crystyn a'i lyncu mewn un symudiad. Edrychodd i fyny ar Gwyndaf wrth gyrcydu oddi yno'n nerfus.

Ar y ffordd yn ôl i'w gell, siaradodd un o'r carcharorion eraill ag ef yn ddistaw. Dyn tenau, gwan yr olwg oedd hwn, yn ei chwe degau a'i wallt hir yn llwyd ac yn flêr. Roedd rhyw oerni yn ei lygaid, fel petai ei enaid ar goll. Tybiai Gwyndaf ei fod wedi bod yno ers blynyddoedd.

'Dyna dy wers gyntaf di,' meddai. 'Os nad wyt ti'n barod i edrych ar ôl dy hun yn y lle yma, wnei di ddim para'n hir. Mi ddigwyddith yr un peth i ti yn ystod y pryd bwyd nesa hefyd. Bydda'n barod i amddiffyn dy hun neu mi eith pethau o ddrwg i waeth.' Ddywedodd o ddim un gair arall cyn llusgo'i hun i lawr y coridor a'i ben i lawr.

Dyna'n union a ddigwyddodd. Ar ôl derbyn ei gawl a'i grystyn caled, eisteddodd Gwyndaf i lawr. Cyn iddo ddechrau bwyta, daeth yr un dyn ato i hawlio'i le a rhoi ei bowlen ei hun ar y llechen o flaen Gwyndaf. Roedd hwn yn ddyn mawr, yn ei bedwar degau â golwg arw a chas arno, ac yn sicr roedd wedi bod yn ddyn mwy ar un adeg. Edrychai fel petai'n hen law yno ac yn rheoli gweddill y carcharorion, ond nid oedd wedi ystyried fod Gwyndaf hefyd yn ddyn mawr, ac yn fwy ffit nag ef. Cododd Gwyndaf yn araf ond yn lle symud o'r ffordd rhoddodd ddwy ergyd galed i'r gŵr, un yn ei fol a'r ail yng nghanol ei wddf. Disgynnodd y llall i'r llawr ar unwaith, yn tagu'n afreolus. Gafaelodd Gwyndaf ym mhowlen y gŵr a'i throi â'i phen i lawr dros ei wyneb. Yna sathrodd arni ddwywaith â'i holl bwysau gan dorri trwyn y dyn yn waedlyd o boenus. Gwelodd pawb yr hyn a ddigwyddodd – yn cynnwys y gwarchodwyr arfog, a drodd eu pennau ymaith. Gwyddai'r rheini o brofiad bod yn rhaid i bawb ddarganfod ei le yn hierarchaeth carchar caled Gherla.

Cafodd Gwyndaf Parry barch o hynny allan, er y bu, yn ystod ei flwyddyn gyntaf yno, fwy nag un ymosodiad arno yn yr ystafell ymolchi. Yn ôl y sôn, yn y fan honno y byddai ymosodiadau o'r fath yn digwydd gan amlaf, gyda dau, tri neu bedwar yn ymosod ar garcharor ar ei ben ei hun. Ond daliai Gwyndaf ei dir bob tro, gan ei fod yn dal i ymarfer ei gorff, er nad oedd y bwyd yn ddigon i'w gynnal fel y dylai. Yn ei gell, treuliai oriau bob dydd yn gwneud yr ymarferion roedd o wedi eu dysgu pan oedd o'n chwarae rygbi. Diolchai'n aml am y cefndir hwnnw, gan i'w gryfder achub ei fywyd fwy nag unwaith yn yr ystafell ymolchi. Roedd yn ymwybodol hefyd fod canolbwyntio ar yr ymarfer cyson yn ei gadw'n gall. Doedd dim arall i'w ddiddori yn ystod y dyddiau, yr wythnosau a'r misoedd hir, diflas. Dysgodd yn fuan fod yn rhaid iddo fyw gan edrych dros ei ysgwydd, ond yn fwy na hynny, sylweddolodd fod ei gymeriad yn newid. Roedd yn fwy treisgar erbyn hyn, a gallai'n hawdd fod yn frwnt pe byddai rhaid. Wnâi o ddim meddwl ddwywaith cyn ymosod ar garcharor arall, yn enwedig os oedd hwnnw'n gas neu'n greulon tuag at rywun hŷn neu rywun gwannach nag ef. Ond ei flaenoriaeth oedd gwarchod ei safle – y safle uchel roedd o wedi dod i'w haeddu yn y gymuned dreisgar hon. Yn y flwyddyn gyntaf honno daeth y Cymro yng ngharchar Gherla yn ddyn i'w ofni. Gelwid ef yn Gal – y gair Rwmanaidd am Gymro.

Synnodd Gwyndaf pan sylweddolodd nad oedd ei feddwl yn troi at ei fam a'i dad mor aml mwyach. Ond eto, roedd canolbwyntio ar edrych ar ôl ei hunan a goroesi mewn lle mor ddidostur â hwn yn waith diddiwedd. Ceisiodd chwilio am ffordd i gysylltu ag Amnest Rhyngwladol er mwyn gweld a oedd unrhyw obaith iddyn nhw gysylltu â'i rieni, ond doedd gan 'run o'r gwarchodwyr unrhyw ddiddordeb i'w helpu.

Pasiodd tair blynedd cyn i Gwyndaf gael unrhyw gysylltiad â'r byd tu allan i garchar Gherla. Yn annisgwyl, cafodd ymweliad gan fachgen o'r enw Andrei Doja y bu'n chwarae rygbi efo fo yn Constanta. Ers y dyddiau hynny, roedd Andrei wedi cynrychioli'i wlad yn chwarae'r gêm ac wedi dod yn ddyn adnabyddus. Ni wyddai Gwyndaf a oedd yr ymweliad yn syniad da ai peidio, ac roedd Andrei yn amlwg o'r un farn. Disgwyliodd Andrei weld y bachgen ifanc hyderus a brwdfrydig yr oedd yn ei gofio ar y maes chwarae, ond dyn tra gwahanol a'i hwynebai. Roedd creithiau'r blynyddoedd yn amlwg ar ei gorff a'i wyneb, ond roedd creithiau eraill hefyd, yn ddwfn yn ei lygaid. Synnodd Gwyndaf fod y gwarchodwyr wedi caniatáu i Andrei roi amlen wedi'i selio iddo, a thybiodd mai enwogrwydd Andrei ar y cae rygbi oedd yn gyfrifol am hynny. Dywedodd Andrei fod y llythyr wedi'i adael yng nghyn-gartref Gwyndaf yn Constanta. Yn ôl pob golwg, roedd llythyrau eraill wedi eu gyrru iddo, ond bod yr heddlu wedi'u meddiannu. Adnabu lawysgrifen ei dad ar yr amlen a gwelodd fod y llythyr wedi'i yrru fisoedd ynghynt.

Yn ôl yn ei gell, agorodd Gwyndaf y llythyr a cheisio'i ddarllen cyn i olau'r dydd wanhau. Synnodd i ddechrau mai ei dad oedd wedi'i ysgrifennu yn hytrach na'i fam. Dyma'r llythyr cyntaf iddo ei dderbyn gan ei dad – yr amlen gyntaf ganddo iddo'i hagor ers derbyn yr arian yng ngorsaf reilffordd Bangor gynifer o flynyddoedd yn ôl. Yr ail beth a'i synnodd oedd cyflwr y llawysgrifen. Sgrifen hen ddyn oedd hi, yn wahanol iawn i'r caligraffi roedd o'n ei gofio. Darllenodd, a dychrynodd o ddysgu bod ei dad yn fethdalwr. Daeth caledi i diroedd Rhandir Canol a bu'n rhaid i'w dad ddibynnu ar gronfeydd wrth gefn i geisio achub ei fusnes. Efallai y buasai hynny wedi bod yn ddigon i'w achub petai'r busnes lle roedd o wedi buddsoddi ei arian, Melysddwr y Cwm, wedi llwyddo. Ond yn ôl ei dad, twyllwyd cyfarwyddwyr y cwmni hwnnw a chollasant yr hawl i'r cyflenwad dŵr o'r mynydd, y dŵr pur a wnaeth y cwmni mor llwyddiannus. O ganlyniad, suddodd gwerth y cwmni a chollodd ei dad ddogn helaeth o'i gyfoeth. Doedd ganddo ddim gobaith o achub Rhandir Canol heb fenthyca gan y banc, ond aeth y llog ar y benthyciad yn drech nag ef, ac aeth pethau o ddrwg i waeth. I rwbio halen yn y briw, llwyddodd y twyllwr, yr un a wnaeth yr holl arian drwy brynu cyflenwad y dŵr, i brynu Rhandir Canol am lawer llai na gwerth y stad. Roedd pawb yn yr ardal yn amau bod rhyw fath o gynllwyn twyllodrus rhwng hwnnw, dyn o'r enw Walter Price, a'r asiant a werthodd y stad ar ran y Derbynnydd Swyddogol a'r banc. Yr oedd yr holl achos wedi dylanwadu'n ddifrifol ar iechyd y ddau ohonynt. Ar ôl blynyddoedd o fyw'n dda ar dir Rhandir Canol, roeddent erbyn hyn yn byw mewn tŷ teras bychan yng nghanol y dref. Roedd yn amlwg i Gwyndaf fod ysbryd ei rieni wedi'i dorri, a'u hunan-barch wedi diflannu am byth. Dywedodd ei dad hefyd fod cyfreithwyr gorau'r wlad a llywodraeth Prydain wedi ceisio cysylltu â llywodraeth Rwmania er mwyn ailagor yr achos yn ei erbyn. Gwnaethpwyd cais iddo dreulio'i ddedfryd mewn carchar ym Mhrydain ond ni lwyddodd yr un apêl. Mater i lywodraeth Rwmania oedd ei garchariad, medden nhw.

Yng nghanol caledi carchar Gherla roedd Gwyndaf Parry wedi anghofio sut i wylo – tan y funud honno. Daeth teimlad o chwithdod drosto a theimlodd gryndod yn ei stumog a wnaeth i'w holl gyhyrau dynhau. Gwyddai yn awr beth oedd gwreiddyn yr ansicrwydd a deimlodd yn y llythyrau olaf a dderbyniodd gan ei fam. Dechreuodd y casineb dyfu. Roedd Gwyndaf am ddial – dial ar bwy bynnag oedd yn gyfrifol am ddinistrio'i deulu – ond beth allai o ei wneud ac yntau dan glo yng nghanol Transylfania?

Symudodd pob carcharor arall ymhell o'i ffordd yn yr ystafell fwyta'r noson honno. Roedd Gal yn ddyn gwallgof, roedd hynny'n amlwg.

Llifodd casineb trwy wythiennau Gwyndaf Parry o'r diwrnod hwnnw ymlaen. Gwelai pawb y trais yn ei lygaid, ond ni wyddai neb beth oedd y rheswm. Treuliai y rhan helaethaf o'i amser yn ei gell yn gwneud yr un ymarferion corfforol drwy'r dydd. Pwmpio, pwmpio, pwmpio. Casáu, casáu, casáu. Dial, dial, dial. Os oedd o'n ddyn brwnt cynt, mi oedd o'n uffern brwnt a chas erbyn hynny, ac ni wyddai neb yng ngharchar Gherla sut i'w drin.

Cafodd lythyr arall ddwy flynedd yn ddiweddarach. Ni wyddai sut y cyrhaeddodd yno, a doedd dim llawer o ots ganddo chwaith. Gwelodd mai'r awdur oedd hen gyfaill iddo yn yr ysgol, Dafydd MacLean. Roedd wedi ysgrifennu i rannu'r newyddion trist bod ei fam wedi marw a'i dad yn byw mewn cartref ar gyfer pobl a oedd yn dioddef â chlefyd Alzheimers. Treuliodd Gwyndaf weddill y flwyddyn mewn llesmair o gasineb, yn corddi ac yn crefu am gael dial. Ceisiodd eto, yn ofer, i chwilio am unrhyw gymorth er mwyn cysylltu â Chymru. Ond unwaith yn rhagor, doedd gan neb ddiddordeb. Pa obaith oedd ganddo ac yntau mewn gwlad a garcharodd ac a ddienyddiodd ei harweinydd, Nicolae Ceauşescu, a'i deulu mewn un diwrnod, ddydd Nadolig 1989, pan ddaeth Comiwnyddiaeth yno i ben? Pa reswm oedd yna i neb boeni am un carcharor o Gymru yn nyfnderoedd carchar Gherla?

Roedd hi'n rhyfedd sut y newidiodd ei amgylchiadau. Unwaith yn rhagor, un digwyddiad treisgar a weddnewidiodd ei fyd, ond y tro hwn er gwell. Yn nechrau 1999 daeth carcharor newydd i Gherla. Dyn yng nghanol ei dri degau oedd o; edrychai'n ffit ac yn hyderus, yn wahanol i bob newydd-ddyfodiad arall, a rhyfeddodd Gwyndaf ar y diwrnod cyntaf hwnnw na wnaeth neb o'r carcharorion eraill geisio ei fygwth. Dysgodd Gwyndaf yn ddiweddarach mai arweinydd gang o Fucharest oedd o, wedi'i garcharu am wyth mlynedd am geisio llofruddio un o'i wrthwynebwyr yn is-fyd y ddinas honno. Roedd yn ddyn a oedd yn mynnu parch, ac yn ei dderbyn. Valeriu Barbu oedd ei enw. Yn amlwg, yr oedd yn ddrwg-enwog ymysg nifer o'r carcharorion eraill.

Ond doedd pawb yn Gherla ddim yn ei barchu – roedd rhai yn eu mysg yn cefnogi gang yr un a anafodd yn Bucharest. Rhyw fis ar ôl i Barbu gyrraedd yno, cerddodd Gwyndaf i mewn i'r ystafell ymolchi am gawod. O'i flaen gwelodd dri dyn wrthi'n ymosod ar Barbu, a phedwerydd dyn yn sefyll uwch ei ben gydag arf yn ei law – cyllell gyntefig wedi'i saernïo mewn rhyw gongl dywyll o'r carchar. Ymosododd Gwyndaf arnynt heb oedi, a llwyddodd i dynnu'r gyllell oddi ar y dyn cyn iddo lwyddo i drywanu Barbu. Gyda chasineb tuag at yr holl fyd yn dal i redeg trwy ei wythiennau, defnyddiodd Gwyndaf y gyllell i dorri gwddf yr ymosodwr mewn un symudiad. Trodd at y tri arall a gwnaeth yr un peth i ddau ohonynt. Cydiodd Barbu yng ngwddf y pedwerydd tra oedd yn ceisio adennill ei gydbwysedd ar y llawr llithrig, a hyrddiodd ei ben yn erbyn y wal a'r peipiau dŵr mor galed nes torrwyd ei benglog mewn tri lle. Rhedodd gwaed y pedwar yn gymysg â dŵr y gawod. Rhedodd y ddau allan.

'Na,' gorchmynnodd Barbu yn uchel. 'Gad y gyllell lle ma' hi.'

Lluchiodd Gwyndaf yr arf yn ôl i gyfeiriad y cyrff. Roedd Barbu, yn amlwg, yn brofiadol mewn sefyllfa fel hon.

Do, bu ymchwiliad i'r digwyddiad yn ystod y dyddiau canlynol, ond nid un mor drwyadl ag yr oedd Gwyndaf yn ei ddisgwyl. Chafodd o na Barbu eu holi, a daeth yr awdurdodau i'r penderfyniad bod y pedwar wedi'u lladd wrth ymladd â'i gilydd. Anwybyddodd Barbu a Gwyndaf ei gilydd am dri mis ar ôl y digwyddiad. Ni wnaeth y ddau hyd yn oed edrych i gyfeiriad ei gilydd ar draws yr ystafell fwyta lawn.

Yna, un diwrnod, daeth un o'r gwarchodwyr i gell Gwyndaf a dweud wrtho ei fod yn symud. Aethpwyd ag ef i ran arall o'r carchar a'i roi mewn cell lawer mwy na'r un lle roedd wedi treulio'r deuddeng mlynedd ddiwethaf. Roedd yno fatres ar y gwely pren yn lle'r garreg yr oedd o wedi cysgu arni cyn hynny, a synnodd o weld fod trydan yno, a hanner dwsin o lyfrau. Ni chaewyd ac ni chlowyd y drws pan adawodd y gwarchodwr, a safodd Gwyndaf yn llonydd yng nghanol y gell am funud i geisio dirnad y sefyllfa. Yna ymddangosodd Valeriu Barbu yn y drws. Safodd yno am ychydig eiliadau cyn camu i mewn a rhoi ei freichiau o amgylch Gwyndaf.

'Gal,' meddai.

'Be sy'n digwydd?' gofynnodd Gwyndaf.

'Sut arall fedra i ddiolch i ti am achub fy mywyd i? Byddwn yn gymdogion o hyn ymlaen. Fy nghell i sydd drws nesaf. Os wyt ti angen unrhyw beth, gad i mi wybod.'

'Dwi ddim yn dallt,' meddai'r Cymro. 'Sut mae gen ti gymaint o ddylanwad i fewn yn fama?'

'Am fy mod i'n ddyn dylanwadol, wrth gwrs. Mae gen i ymerodraeth sylweddol tu allan i'r lle 'ma, ac mi ydw i'n ddyn cyfoethog a llwyddiannus. Mae arian yn siarad ble bynnag wyt ti – a tydi'r waliau yma ddim yn rhwystr. Mae'r gwarchodwyr yma'n cael eu talu gen i, eu talu'n hael i edrych ar f'ôl i ... ar ein holau ni, Gal, o hyn ymlaen. Tyrd drws nesa am damed o fwyd. Mi wyt ti'n edrych fel taset ti angen dipyn o faeth.'

Dyna'r cig a'r caws gorau i Gwyndaf ei flasu yn ei fywyd. Dyna sut y bu pethau am y misoedd a'r blynyddoedd canlynol, a dysgodd Gal, y bachgen o Randir Canol, lawer gan Valeriu Barbu. Dysgodd sut i reoli ei dymer, sut i ddefnyddio'i gasineb er ei les ei hun, sut i ddisgwyl am y cyfle i ddial yn ei amser ei hun ac yn bennaf, sut i gynllwynio hynny ac ymlacio mewn amgylchiadau anodd.

O fewn dwy flynedd, Gwyndaf a Valeriu oedd yn rhedeg a rheoli gweddill y carcharorion, ac roedd y ddau yn uchel eu parch. Teimlai Gwyndaf yn euog o dro i dro ei fod o a Valeriu yn bwyta gymaint yn well na'r gweddill. Penderfynodd annog yr holl garcharorion i beidio eillio nac ymolchi, ac i faeddu'r holl adeilad â'u carthion. Canlyniad hynny oedd amgylchedd afiach nad oedd yn ffit i unrhyw un fyw na gweithio ynddo. Sylweddolwyd yn fuan nad oedd digon o warchodwyr i gadw'r carchar yn ddiogel, a bod y sefydliad mwy neu lai yn rhedeg ar fympwy'r carcharorion eu hunain. Erbyn hynny roedd arweinydd yn eu plith – rhywun a allai siarad ar ran pawb – ac aeth Gwyndaf at y prif warden ar ôl tri mis o fudreddi i ddatgan yn ffyddiog y gallai ddod â phopeth yn ôl i drefn petai safon bwyd yr holl garcharorion yn gwella. Doedd gan yr awdurdodau ddim dewis ond ildio.

Dros nos, cododd safon y bwyd. Glanhawyd yr adeilad gan y carcharorion ac yr oedd Gal yn arwr. Sylweddolodd Valeriu Barbu hefyd pa mor ddylanwadol y gallai ei gyfaill newydd fod.

Isafbwynt 2004 i Gwyndaf oedd derbyn llythyr arall gan Dafi MacLean. Y tro yma, anfonwyd ef yn syth i'r carchar. Eglurai'r llythyr fod ei dad wedi marw yn y cartref gofal ar ôl blynyddoedd yn niwl Alzheimers.

'Cymer bwyll, fy ngwas i, cymer bwyll,' cysurodd Valeriu ei gyfaill, gan roi ei law ar ei ysgwydd. 'Mi gei di dy gyfle. Fydd hi ddim yn hir rŵan.'

Er hynny, roedd Gwyndaf Parry yn dal i gorddi, yn ddistaw a diemosiwn.

Rhyddhawyd Valeriu Barbu chwe mis cyn i gyfnod carchariad Gwyndaf Parry ddod i ben. Y peth olaf a ddywedodd Valeriu wrth Gwyndaf oedd y byddai'n edrych ar ei ôl, gan na fyddai byth yn anghofio'r diwrnod hwnnw pan achubodd Gwyndaf ei fywyd wyth mlynedd ynghynt.

Daeth amser Gwyndaf i adael y carchar. Y bore hwnnw, gwisgodd ei ddillad ei hun am y tro cyntaf mewn ugain mlynedd, gan synnu eu bod wedi eu cadw ar ei gyfer a rhyfeddu eu bod nhw'n dal i ffitio. Ond nid aeth pethau fel y disgwyl. Heb fath o esboniad fe'i rhoddwyd mewn gefynnau llaw eto a'i hebrwng yn ôl i ganol Bucharest. Suddodd ei galon.

Pennod 35

Treuliodd Gwyndaf weddill y diwrnod hwnnw'n teithio mewn cadwyni i gell arall o dan y llysoedd barn yn Bucharest. Y diwrnod canlynol, fe'i dygwyd o flaen y llys a gwnaethpwyd gorchymyn i'w alltudio o'r wlad i Brydain y diwrnod canlynol. Efallai nad oedd hynny'n ddrwg o beth, ystyriodd Gwyndaf. Dyna'n union oedd ei awydd – mynd adref. Ond beth oedd ar ôl yno iddo? Dim o'r hyn a adawodd, roedd hynny'n sicr. Un peth oedd ar ei feddwl wedi'r holl flynyddoedd – dial.

Ben bore trannoeth, rhoddwyd y gefynnau llaw am ei arddyrnau eto ond y tro hwn, gwyddai beth oedd o'i flaen. Rhoddwyd ef i eistedd yn sêt gefn car du gyda dau warchodwr un bob ochr iddo, a chychwynnodd y daith i Faes Awyr Rhyngwladol Henri Coandă tua deng milltir i'r gogledd-orllewin o ganol Bucharest. Hanner ffordd yno, gyrrodd lorri drom o'r ochr dde iddynt a tharo'r car ar gyflymder, a throdd y cerbyd ar ei ochr ar fin y ffordd. Roedd un o'r gwarchodwyr wrth ei ochr yn anymwybodol a'r llall wedi'i anafu'n ddrwg. Ni symudodd y gyrrwr. Clywodd Gwyndaf sŵn saethu. Yn sydyn, gwelodd ddynion yn ymddangos o bob cyfeiriad yn gwisgo mygydau du, a chodwyd y car yn ôl ar ei olwynion. Ymbalfalodd un ohonynt am allwedd y gefynnau llaw a rhyddhau Gwyndaf. Cyn iddo sylweddoli beth oedd yn digwydd, fe'i dallwyd pan roddwyd mwgwd dros ei ben a'i arwain yn frysiog i gerbyd arall gerllaw. Gwthiwyd ef i orwedd ar y sêt gefn a gyrrwyd y car i ffwrdd, yn gyflym i ddechrau ac yna'n arafach er mwyn tynnu llai o sylw. Ymhen chwarter awr arhosodd y car ac fe'i symudwyd i gar arall gerllaw. Unwaith eto, fe'i gorfodwyd i orwedd ar y sêt gefn a dyna lle treuliodd y tair awr nesaf.

Pan arhosodd y car, synhwyrodd Gwyndaf arogl y môr. Tynnwyd y mwgwd oddi ar ei lygaid ac i ddechrau cafodd drafferth i ymgynefino â'r golau. O'i flaen roedd fila fawr a phrydferth yr olwg, ac yn gefndir iddi, awyr las gydag ambell gwmwl ysgafn a môr yn disgleirio yn y cefndir. Gwelodd ŵr smart mewn siwt wen daclus a chrys du â'i fotymau uchaf yn agored yn cerdded tuag ato o gyfeiriad drws ffrynt y tŷ. Gwenodd Valeriu Barbu arno, ei gofleidio a'i gyfarch fel brawd.

'A finna'n meddwl 'mod i'n mynd adra!' meddai Gwyndaf.

Ni wyddai Valeriu a oedd o'n siomedig ai peidio.

'Dydi hi ddim yn amser i ti fynd adra eto, Gal,' meddai. 'Mae gen ti lawer i'w ddysgu cyn dechrau dial ar dy elynion yng Nghymru. Ty'd, mae'n amser i ti ddechrau mwynhau bywyd unwaith eto.'

Arweiniwyd Gwyndaf trwy'r fila foethus ac i ystafell wely lle roedd feranda yn edrych dros y traeth a'r Môr Du i'r dwyrain.

'Hoffwn i ti aros yn fama am gyfnod,' esboniodd Valeriu. 'Mi fydd popeth rwyt ti isio yn cael ei ddarparu i ti. Pan ddaw'r amser – pan wyt ti'n teimlo fod yr amser yn iawn – mi wna i drefniadau i ti ddychwelyd i Gymru. Ond cyn hynny, hoffwn wneud cynnig busnes i ti. Mi gawn ni drafod y peth dros ginio heno, ond rŵan, cymer amser i orffwys. Mae heddiw wedi bod yn ddiwrnod hir i ti, ac efallai y dylwn i ymddiheuro am y ffordd y des i â chdi yma.'

'Mae hi wedi bod yn ugain mlynedd hir, Val,' meddai Gwyndaf. 'Heb sôn am ddiwrnod hir.'

'Mae 'na ddigon o ddillad yn y fan hyn i ti – mi ddylen nhw dy ffitio,' meddai Valeriu, gan agor drws y cwpwrdd dillad. 'Cinio am wyth heno, iawn?'

Teimlodd Gwyndaf y trywsus golau ysgafn a'r crys sidan yn gyfforddus amdano pan gerddodd i mewn i'r bar lle roedd Valeriu yn disgwyl amdano ychydig cyn wyth.

'Be gymeri di?' gofynnodd.

'Beth bynnag wyt ti'n ei yfed,' atebodd.

'Champagne felly. Mae hi'n amser dathlu.'

Daeth un o'r gweision atynt cyn hir i ddweud bod y bwyd yn barod. Aethant i'r ystafell fwyta gyfforddus a rhyfeddodd Gwyndaf at y bwrdd mawr a oedd wedi'i osod i ddau gyda blodau a chanhwyllau. Edrychodd ar yr amryw baentiadau olew ar y waliau. Chwaethus, meddyliodd.

'Doedd dim isio i ti fynd i'r fath drafferth,' meddai Gwyndaf, yn gwerthfawrogi'r ymdrech.

'Wnes i ddim,' gwenodd Valeriu. 'Mae gen i bobl i wneud y math yma o beth drosta i.'

Yn ystod y ddwy awr a ddilynodd, gwleddodd y ddau ar gimwch i ddechrau ac yna saig o gig llo, a ffrwythau gyda gwahanol gawsiau i orffen. Yn ystod y pryd, esboniodd Valeriu ei fod o'n rheoli rhwydwaith sylweddol oedd â changhennau yn ymestyn dros Ewrop ac ymhellach. Doedd o ddim yn barod i roi'r holl wybodaeth i Gwyndaf yn syth oherwydd natur droseddol a chyfrinachol ei waith. Fodd bynnag, esboniodd nad oedd ganddo gynrychiolaeth ym Mhrydain eto, ond mai dyna oedd ei fwriad yn ystod y flwyddyn neu ddwy nesaf. Yr oedd Ewrop, meddai, yn agor ei ffiniau ac roedd cyfleoedd sylweddol i'w fusnes yn sgil hynny.

'A lle ydw i'n ffitio i mewn i dy gynlluniau di?' gofynnodd Gwyndaf.

'Rheolwr fy ngweithgarwch ym Mhrydain,' atebodd, yn cymryd cegaid o'r gwin gwyn sych. 'Dwi'n addo y byddi di'n ddyn cyfoethog a dylanwadol ymhen dim.'

'Ond mi wyt ti'n gwybod be ydi fy mlaenoriaeth i, Val,' meddai.

'Dwi'n dallt dy angen di i ddial ar y dyn 'ma dwyllodd dy dad yn iawn. Mi wyt ti wedi disgwyl ugain mlynedd. Wnaiff blwyddyn neu ddwy arall wahaniaeth i ti? Be wyt ti'n bwriadu 'i wneud iddo fo beth bynnag?'

'Ei ladd, wrth gwrs. Dwi wedi lladd pedwar yn barod, ti'n cofio? Fydd un arall ddim yn llawer o broblem i mi, na fydd?'

'Ond mi alla i dy ddysgu di i drin hyn i gyd fel busnes, Gal, heb emosiwn, wedyn mi fyddi'n llai tebygol o gael dy ddal. Pobl sy'n gweithredu heb gynllunio sy'n cael eu dal. Dwyt ti ddim yn meddwl y byddai'n well petai'r dyn yma, Walter Price, yn dioddef dipyn gyntaf, cyn i ti ei ladd o? Dyna fyswn i'n ei wneud, sicrhau ei fod yn dioddef fel y gwnaeth dy dad. Rhoi pwysau arno, ei fygwth, ei anafu, ei niweidio'n ariannol, tolcio'i hyder a dryllio'i safle yn y gymuned. Gadael iddo sylweddoli fod rhywun yn rheoli ei fywyd ac na all o wneud dim ynglŷn â'r peth.'

Gwenodd Gwyndaf wrth ddychmygu'r posibiliadau. 'Ond sut fedra i gynllunio'r fath beth o'r fan hyn?' gofynnodd.

'Mae 'na ffordd bob amser, Gal, mae 'na ffordd,'

atebodd Valeriu. 'Er enghraifft, sut ddyn ydi dy fêt di, y dyn MacLean 'ma?'

'Dipyn o wariar ers talwm, ond dydw i ddim wedi'i weld o na chysylltu â fo ers hynny, fel rwyt ti'n gwybod. Yr unig gysylltiad rhyngddan ni ers i mi adael Cymru ydi'r llythyrau ges i yn y carchar.'

'Wel,' parhaodd Valeriu. 'Dwi o dy flaen di yn y fan hyn. Dwi wedi medru cysylltu â fo ers i mi gael fy rhyddhau o Gherla.' Allai Gwyndaf ddim cuddio'i syndod. 'Oes wir, Gal, er nad oes gen i gangen fusnes ym Mhrydain eto, mae gen i gysylltiadau yno. Mae'n edrych yn debyg mai MacLean ydi'r union ddyn i'n helpu ni. Mae'r ymholiadau dwi wedi'u gwneud amdano'n swnio'n addawol. Trefnodd eisoes i mi brynu ffermdy sydd ag adeiladau allanol – yr union beth y byddwn ni ei angen ar gyfer ein busnes ym Mhrydain. Mi gei di siarad efo fo ar y ffôn fory os leci di.'

'Wel, wel, Val. Mi wyt ti wedi bod yn brysur ers i ti gael dy ryddhau, yn dwyt?'

Gwenodd Valeriu. 'Prysur a dylanwadol,' atebodd. 'Arhosa di yn y fila yma fel gŵr gwadd am y tro, ac mi ddysga i'r cwbwl i ti. Wedyn, ar ôl iddo ddioddef, mi gei di ladd Walter Price yn y ffordd fwyaf creulon y medri di feddwl amdani.'

Dechreuodd y syniad apelio'n fawr iawn at Gwyndaf.

Y noson honno, daeth arogl benywaidd melys i ffroenau Gwyndaf Parry am y tro cyntaf. Bachgen gweddol ifanc oedd o pan gafodd ei garcharu – bachgen heb lawer o ddiddordeb mewn merched. Cofiodd ei fwriad flynyddoedd yn ôl i briodi a magu plant ryw dro, ond edrychai fel petai'r fraint honno wedi'i ddwyn oddi arno am byth. Roedd yn agosáu at ganol ei bedwar degau, ac yn rhywiol ddibrofiad heblaw am ymbalfaliad di-glem unwaith neu ddwy efo merch y gwas yn y das wair adre yn Rhandir Canol. Darganfu'n reit sydyn nad merch ifanc ddibrofiad oedd yn sefyll o'i flaen ond dynes aeddfed a hyderus, a sicrhaodd Val ef y byddai'n diwallu pob un o'i ddymuniadau. Llwyddodd i agor y llen ar fyd newydd o bleser iddo, nes yr oedd haul y bore'n ymddangos dros orwel y Môr Du ac yntau'n llipa a bodlon.

Yn sicr, roedd Valeriu Barbu wedi meddwl am bopeth.

Yn ystod y dyddiau canlynol, siaradodd Gwyndaf ar y ffôn efo'i hen gyfaill Dafi MacLean. Peintiodd MacLean ddarlun llawer iawn tywyllach na'r gwirionedd am gaffaeliad Walter Price o ddŵr Melysddwr y Cwm a Rhandir Canol. Roedd yr hanes a gyrhaeddodd Rwmania'n llawn dyfaliadau, dychymyg a chlecs yr ardal, ond roedd y cwbl a glywodd yn melltithio Walter Price i'r diawl.

Dechreuodd stumog Gwyndaf gorddi unwaith eto ond clywodd eiriau Val yn ddwfn yn ei isymwybod.

'Cymer bwyll, fachgen, cymer bwyll.'

Treuliodd y gŵr o Gymru'r misoedd nesaf yn derbyn yr addysg a addawodd Valeriu Barbu iddo. I ddechrau, cysgododd y dynion oedd yn delio mewn cyffuriau ac arfau, a sylweddolodd yn fuan iawn fod menter droseddol Valeriu yn helaeth. Ymhen chwe mis cyflwynwyd Gwyndaf i ran arall o'r busnes – masnachu pobl. Deallodd mai dyma oedd gan y dyfodol i'w gynnig iddo, a bod Valeriu a'i ddynion yn symud a gwerthu pobl ifanc ar draws Ewrop yn barod. Roedd y rhan fwyaf ohonynt yn enedigol o Rwmania er bod rhai yn cael eu cludo o wledydd eraill dwyreiniol a'r Dwyrain Pell, a'u cadw yn Rwmania nes byddai lle wedi'i drefnu iddynt weithio, neu nes byddai rhywun yn fodlon eu prynu er mwyn eu masnachu eilwaith yn yr Eidal, Ffrainc neu Sbaen. Sylweddolodd Gwyndaf pa mor drefnus a chyfrinachol oedd yr holl fenter, ac mai dim ond Valeriu ac un arall o'i ddynion mwyaf dibynadwy oedd yn gwybod am bob cell yn y sefydliad. Felly, os oedd un o'r celloedd yn cael ei darganfod gan yr awdurdodau, doedd dim posib i'r digwyddiad hwnnw arwain yr awdurdodau at y celloedd eraill.

Sefydlwyd un o'r celloedd i fod yn gyfrifol am recriwtio. Y targedau oedd pobl ifanc, tlawd oedd wedi eu cael eu hunain ar y stryd am ryw reswm neu'i gilydd. Nid oedd yn anodd eu perswadio bod gwaith a byd llawer iawn gwell ar eu cyfer mewn gwlad arall tua Gorllewin Ewrop. Yna, ar ôl derbyn y gwahoddiad roedd aelodau'r celloedd yn edrych ar eu holau a'u bwydo'n dda, eu prynu â bwyd ac addewidion, cyn iddynt gael traed oer. Yn fuan, byddai'n rhy hwyr i droi'n ôl. Byddai'r trueiniaid wedi gorfod dibynnu ar eu meistri am fisoedd cyn sylweddoli mai meistri oeddynt, ym mhob ystyr y gair. Heb bapurau swyddogol, pasbort na chyfeillion heblaw'r rheini oedd yn yr un sefyllfa â nhw, bwriad y gell oedd sicrhau eu bod yn rhy ofnus a dibynnol arnynt i wrthod dim ar ôl cyrraedd pen eu taith.

Mewn sefyllfaoedd eraill byddai bechgyn golygus yn denu a dechrau canlyn merched ifanc prydferth er mwyn eu recriwtio. Pe byddai angen, byddai'r bechgyn hyd yn oed yn gwneud ffrindiau â rhieni'r merched a'u twyllo hwythau hefyd. Byddai eu haddunedau'n gyffrous a diddorol ond yr eneth druan yn cael ei harwain i fyd o buteindra cyn iddi sylweddoli hynny.

Wedi'r recriwtio, byddai celloedd eraill yn gyfrifol am eu symud ar draws Ewrop, a chell arall wedyn yn eu derbyn ym mha bynnag wlad roedd y meistri am iddynt weithio.

Yn aml, byddai gan Valeriu a'i giwed reolaeth dros y gweithle hefyd, gan benderfynu pwy oedd yn fwyaf addas ar gyfer pa swydd. Gwaith ffarm, dwyn mewn timau, puteinio, hel cocos, neu unrhyw waith peryglus neu droseddol arall fyddai'n chwyddo cyfoeth y meistr. Un peth oedd yn gyffredin – fyddai'r gweithwyr ddim yn gweld ceiniog o'u cyflog i'w codi o'u byd o ddryswch a thlodi anobeithiol.

Synnodd Gwyndaf cyn lleied o bobl Valeriu oedd yn cael eu dal, a bod yr awdurdodau a gwarchodwyr y ffiniau'n cael eu twyllo'n ddyddiol. Roedd agwedd yr awdurdodau yn Rwmania wedi dechrau llymhau ers rhai blynyddoedd yn dilyn pwysau gan lywodraethau eraill Ewrop a'r tu hwnt, ond er hynny, dysgodd Gwyndaf fod swyddogion llywodraeth Rwmania a sawl gwlad arall yn agored i lygredd, boed yn arian neu ffafrau rhywiol.

Ond yr hyn a wnaeth argraff arbennig ar Gwyndaf oedd yr arian a ellid ei ennill trwy werthu organau'r corff. Synnai fod rhai o'r dioddefwyr yn cytuno i'r peth, ac yn ddigon twp i gredu y byddent yn gweld cyfran o'r arian ar ôl y driniaeth. Roedd yn rhaid twyllo eraill i roi eu horganau, eu perswadio bod haint yn yr organ a bod yn rhaid ei thynnu. Barn Valeriu Barbu, deallodd Gwyndaf, oedd bod gwerth pob person yn y pen draw yn dibynnu ar y swm y gallai'r unigolyn hwnnw ei ennill iddo mewn hyn a hyn o amser. Os nad oedd modd i rywun ennill arian drwy weithio, roedd gwerth i'w horganau. Er bod y risg yn uchel, roedd calon iach person ifanc yn werth miliwn o ddoleri Americanaidd – oedd bywyd unrhyw berson ar strydoedd Bucharest yn werth mwy na hynny? Deallodd Gwyndaf fod Valeriu yn cyflogi meddyg a oedd ar ffo ar ôl cael ei ddiswyddo yn India am fasnachu organau anghyfreithlon.

Myfyriodd Gwyndaf beth fyddai gwerth calon Walter Price.

'Buan daw'r amser,' meddai wrtho'i hun. 'Fydd hi ddim yn hir eto.'

Ymhen dwy flynedd ar ôl iddo gael ei ryddhau, roedd gan Valeriu ddigon o ffydd yng ngallu'r Cymro i ofyn iddo reoli ei fenter ym Mhrydain. Y ffermdy a brynodd mewn rhan anial o ogledd Cymru gyda chymorth Dafi MacLean fyddai pencadlys Gwyndaf Parry. Crëwyd pasbort newydd iddo gan ddefnyddio enw ffug, a chyn diwedd y mis, bron i chwarter canrif ar ôl iddo adael ei gartref, yr oedd Gwyndaf yn ôl yn ei famwlad. Yn fuan wedyn, dechreuodd ar ei gynllun i ddinistrio Walter Price. Roedd ei hen gyfaill ysgol eisoes wedi paratoi'n fanwl, ac wedi dechrau gweithredu ar ei ran.

Pennod 36

Wedi iddi adrodd ei hanes i Meira a Jeff, cysgodd Nadia'n sownd drwy'r nos. Y bore wedyn, penderfynwyd y dylai Meira fynd â hi i ganolfan R.A.S.A. North West ym Mhenbedw.

'R.A.S.A. North West? Pwy ydi'r rheini?' gofynnodd Nadia'n boenus. 'Dwi ddim isio cael fy ngadael yn rwla dieithr hebddoch chi. Dydi hynny ddim yn deg.'

'Peidiwch â phoeni, Nadia,' atebodd Meira. 'Does neb am eich gadael chi. Mae R.A.S.A. yn sefyll am Rape And Sexual Abuse, sefydliad cenedlaethol ym Mhrydain ydi o sy'n edrych ar ôl merched fel chi sydd wedi dioddef. Mae ganddyn nhw ganolfan heb fod ymhell o'r fan hyn. Dwi'n adnabod dynes yno o'r enw Rita, ac mae hi'n un arbennig o dda am helpu. Mi ddo i yno efo chi, Nadia, ac aros,' ychwanegodd.

'Aros?'

'Cyn hired ag y mynnwch chi,' cadarnhaodd Meira. 'Mi fyswn i'n lecio dechrau cofnodi'ch datganiad chi yn ystod y dyddiau nesaf,' meddai.

'Fyddi di'n iawn heb gar, Meira?' gofynnodd Jeff, wrth gofio bod ei gar o yn dal i fod yn Rhandir Canol. 'Dwi angen siarad efo MacLean, cyn gynted â phosib dwi'n meddwl.'

Cadarnhaodd Meira nad oedd hi angen ei char a chychwynnodd Jeff yn ôl am ogledd Cymru. Dechreuodd ystyried y ffordd orau o ddelio â Dafi MacLean, ond heb wybod pa mor eang oedd y rhwydwaith y tu ôl iddo, ac i ba raddau y byddent yn gwarchod eu hymgyrchoedd troseddol, roedd hi'n anodd cynllunio unrhyw beth.

Roedd Jeff yn gyrru i lawr Gallt Rhuallt pan ganodd ei ffôn symudol. Tynnodd i mewn i'r encilfa hanner ffordd i lawr yr allt er mwyn ei ateb. Y Ditectif Brif Arolygydd Irfon Jones oedd yn galw.

'Jeff, mae angen i ti ddod i orsaf heddlu Glan Morfa ar unwaith,' meddai.

'Fedra i ddim, dwi'n brysur.'

'Jeff, dim cais ydi hwn ond gorchymyn.'

'Ydi hyn yn gysylltiedig efo'r ymchwiliad i gŵyn Comander Littleton?'

Cadarnhaodd Irfon Jones ei fod o. Aeth pob math o syniadau trwy feddwl Jeff. Oedd y diwrnod roedd o wedi bod yn ei ofni wedi cyrraedd? Y diwrnod pan fyddai'n cael ei gyhuddo'n ffurfiol o ymosod ar uwch swyddog o heddlu'r Met? Dyna oedd yn debygol. Ac yn sicr, byddai'n cael ei arestio a'i ryddhau ar fechnïaeth – wel, gobeithiai y câi fechnïaeth. Ond os na fyddai'n cael ei ryddhau, ac roedd yn rhaid iddo ystyried y posibilrwydd hwnnw, beth fyddai canlyniad ei ymchwiliad bach answyddogol, ac yn bwysicach, beth fyddai dyfodol Amelia?

'Jeff, wyt ti yna? Wyt ti'n fy nghlywed i?' daeth llais Irfon Jones dros y ffôn.

'Ydw, dwi yma,' atebodd, a gwyddai nad oedd ganddo ddewis ond ufuddhau. 'Iawn, ocê,' meddai. 'Mi fydda i acw ymhen awr, awr a hanner.'

Penderfynodd brynu rôl gig moch o'r fan fwyd gerllaw cyn ailgychwyn. Efallai mai hwn fyddai'r pryd olaf iddo'i fwynhau fel dyn rhydd. Ochneidiodd yn uchel.

Roedd hi'n gynnar yn y pnawn pan gerddodd Jeff i mewn i orsaf heddlu Glan Morfa.

Mae'r D.B.A. isio 'ngweld i,' meddai wrth swyddog y ddesg, ac aeth i eistedd i lawr i ddisgwyl cyfarwyddiadau. Hon oedd yr un sedd ag yr eisteddodd arni am bron i hanner awr cyn cael ei holi gan y swyddogion o Heddlu Swydd Caer.

Cododd swyddog y ddesg y ffôn, ac ar ôl siarad am eiliad neu ddwy dywedodd wrth Jeff, 'Isio i ti fynd i fyny i'w swyddfa, medda fo.'

Peth rhyfedd, meddyliodd Jeff, nad oedd neb yn dod i'w hebrwng y tro hwn. Cerddodd i fyny'r grisiau cyfarwydd a churodd ar y drws ar yr ail lawr.

'Dewch,' meddai llais caled ei bennaeth.

Roedd Jeff wedi disgwyl gweld Irfon Jones yno yng nghwmni'r Ditectif Uwch Arolygydd Gordon Holland o Heddlu Swydd Caer, ond cafodd ei synnu wrth weld y Dirprwy Brif Gwnstabl Tecwyn Williams yn eistedd ar gadair wrth ochr desg y D.B.A. Ni chafodd Jeff wahoddiad i eistedd. Pam oedd o yng nghwmni'r ddau yma os oedd o am gael ei gyhuddo?

Cododd y Dirprwy Brif Gwnstabl ar ei draed o flaen Jeff ac edrychodd arno'n llym. Ciledrychodd Jeff i gyfeiriad Irfon Jones. Golwg reit sobor oedd arno yntau hefyd.

'Be haru chdi – yn gwneud peth mor wirion ag ymosod ar y dyn Littleton 'na dŵad, ac o flaen pawb? Yn enw'r tad, plisman wyt ti, a dydi plismyn ddim i fod i ymddwyn fel yna.' Roedd Tecwyn Williams yn gweiddi arno, ond nid dyma'r amser i wrthwynebu, ystyriodd Jeff.

'Mae rhaid i ti ddallt,' parhaodd y Dirprwy, 'nad ydi ymddygiad amhroffesiynol fel hyn yn dderbyniol. Ddim gen i, ddim gan y Prif Gwnstabl na neb arall chwaith, a dydw i ddim isio clywed dy fod wedi ymddwyn yn anghyfreithlon fel hyn byth eto. Dallt?'

'Ydw, Syr,' atebodd Jeff, '... ond nac'dw, dwi'm yn dallt.' Yna gwelodd Jeff fflach yn llygaid yr uwch swyddog.

'A dweud y gwir wrthat ti, dydw inna ddim yn dallt chwaith. Ddim yn dallt o gwbwl sut wyt ti wedi cael get-awê efo hi mor hawdd. Yr hyn dwi newydd wneud rŵan ydi rhoi cyngor swyddogol addas i ti, yn ôl gorchymyn Cyfarwyddwr Erlyn y Cyhoedd. Nid rhybudd – mi fysa hynny wedi gorfod cael ei gofnodi ar dy record swyddogol di am weddill dy yrfa. Wrth gwrs, mae'n rhaid i ti dderbyn y cyngor, ond dwi ddim am roi'r cyfle i ti i beidio, gan mai ei dderbyn o ydi dy unig ddewis di. Rŵan ta, mae'r mater yma wedi ei gau.'

'Ga i eistedd i lawr, os gwelwch yn dda?' gofynnodd Jeff yn wantan.

'Cei siŵr, fachgen,' meddai'r Dirprwy wrtho, yn codi o'i gadair ei hun a'i rhoi y tu cefn iddo. 'Mae pawb yn sylweddoli'r boen a'r ansicrwydd rwyt ti wedi eu profi yn ystod y mis dwytha 'ma, ond mae'n rhaid i'r pethau 'ma gael eu gwneud yn iawn, wsti. Er hynny, mi fasat ti'n synnu faint o drafod fu ar dy achos di, ar lefel uchel iawn, er mwyn dod i'r penderfyniad cywir.'

Eisteddodd Jeff i lawr ac eisteddodd y Dirprwy ar ochr desg Irfon Jones. Teimlai Jeff yn grynedig – dychmygodd mai rhyddhad oedd yn gyfrifol am hynny. Edrychodd tua'r llawr, ei ben yn ei ddwylo a'i fysedd yn cribo drwy ei wallt blêr.

'Dwi'n meddwl y bysa panad yn dda,' cyhoeddodd Irfon Jones, yn agor ei geg am y tro cyntaf. Cododd y ffôn a gofynnodd am dri choffi.

'Wel, ro'n i'n disgwyl cael fy nghyhuddo, wir i chi,' meddai Jeff. 'Be oeddach chi'n olygu, Syr, fod pobl yn uchel i fyny wedi gwneud y penderfyniad?' gofynnodd.

'Dydi hynny ddim yn fater i ti, Jeff. Ond coelia fi fod hynny'n ffaith.'

'Be am y Comander Littleton?' gofynnodd eto. 'Sut mae o wedi ymateb i'r penderfyniad?'

'Mae'r cyn-Gomander Littleton wedi ymddeol ers tridiau ar bensiwn llawn ac mi ddylai fod yn hapus efo hynny. Rhan o'r penderfyniad ynglŷn â'r holl achos ydi bod ei weithredoedd o y diwrnod hwnnw ym maes awyr Caernarfon wedi galluogi dau o'r troseddwyr peryclaf mae'r wlad hon wedi'u gweld erioed i ddianc erlyniad. Do, fe'u lladdwyd wrth iddyn nhw ddianc, ond mater arall ydi hynny. Yn ogystal, Mr Littleton oedd yn gyfrifol am y perygl i fywyd Meira Lewis ac mae pawb yn deall mai hynny ddaru arwain i ti ymosod arno. Er mwyn achosi llai o embaras i heddlu'r Met a'r llywodraeth yn Llundain, cynigiwyd i Mr Littleton ymddeol ar bensiwn llawn ac anghofio'i gŵyn yn dy erbyn di, neu fel arall byddai'n gorfod wynebu achos mewnol yn ei erbyn o'i hun.'

Cyrhaeddodd merch yn cario hambwrdd a phot mawr o goffi a bisgedi arno. Irfon Jones dywalltodd i bawb, ac wrth wylio'r hylif tywyll yn llifo roedd meddwl Jeff ar garlam. Nid oedd wedi dychmygu mai dyma fyddai canlyniad ei ymweliad brys. Ceisiodd ddychmygu ei gam nesaf, ond gwyddai nad oedd ganddo lawer o ddewis.

'Pryd wyt ti isio ailddechrau yn dy waith, Jeff?' gofynnodd Irfon Jones wrth roi'r cwpan o'i flaen. 'Mae dy waharddiad di drosodd,' ychwanegodd, gan dynnu cerdyn gwarant Jeff o'i boced a'i roi o'i flaen.

'Wel, waeth i mi ddweud wrthach chi'ch dau rŵan ddim,' meddai Jeff. 'Mae gen i gyfaddefiad i'w wneud.'

Edrychodd y ddau brif swyddog ar ei gilydd, yn amheus o'r hyn oedd i ddod. Cododd y Dirprwy oddi ar y ddesg ac estyn cadair arall iddo'i hun. Nid oedd yn rhaid iddynt ddisgwyl yn hir am yr esboniad:

'Dwi wedi bod yn gweithio'n answyddogol yn ystod y mis dwytha. Fel aelod o'r cyhoedd, nid fel plisman, ond wrth gwrs, mi ddefnyddiais fy holl brofiad fel ditectif.'

Cofiodd yn sydyn y dylai beidio sôn am y cymorth a gafodd gan ei gyfaill, y Cwnstabl Rob Taylor.

'Mater reit syml oedd o ... wel, ar y dechrau o leia ... ond yn y dyddiau dwytha 'ma rydw i wedi darganfod achosion o fasnachu mewn pobol, ac o bosib, masnachu organau anghyfreithlon – i gyd ar stepen ein drws ni. Dwi'n credu bod geneth y gwn i amdani ar fin cael ei lladd er mwyn gwerthu ei horganau yn ystod y dyddiau nesa. Dim ond gobeithio nad ydan ni'n rhy hwyr yn barod.'

Gwelodd Jeff y ddau yn edrych ar ei gilydd ac yn ysgwyd eu pennau'n anobeithiol.

'Ty'd was, dweud yr hanes. Y cwbl,' mynnodd y Dirprwy.

Cymerodd yn agos i ddwy awr iddo drosglwyddo'r holl wybodaeth a gwrando ar, ac ateb, cwestiynau'r ddau. Pan oedd yn agos at derfyn yr adroddiad soniodd am yr anhawster mwyaf.

'Does gen i ddim syniad lle mae'r ffarm 'ma. Dwi'n dychmygu o'r ychydig ffeithiau sy gen i ei bod yng ngogledd Cymru yn rwla, i'r dwyrain o Fetws-y-coed a'r Bala. Ond dim ond dyfalu ydw i wedi clywed disgrifiad yr eneth Nadia o'r lle. Rŵan 'ta, dwi angen ymweld â rhywun all ein harwain ni at y lle heno.' Ni soniodd mai MacLean oedd hwnnw, a gwyddai y byddai'n rhaid iddo barhau â'r ymchwiliad yn answyddogol am sbel eto os oedd o am ddarganfod safle'r ffarm. 'Dwi'n gobeithio y medra i ddarganfod lle mae hi bryd hynny, wedyn bydd yn rhaid i ni symud yn gyflym.'

'Be wyt ti ei angen ganddon ni?' gofynnodd y Dirprwy.

'Casglu tîm sylweddol o blismyn, yn cynnwys arbenigwyr chwilio, cyfwelwyr, ffotograffwyr a meddygon, a sicrhau fod ambiwlans ar alwad. Mi ffonia i'r eiliad y bydda i wedi cael yr wybodaeth, ond fydd hynny ddim tan yn hwyr heno. Hynny ydi, os fedra i gael gafael ar y dyn.'

'Reit,' meddai'r Dirprwy. 'Mi wnawn ni'r trefniadau.'

'Uffarn drwg wyt ti, Jeff Evans, uffarn drwg,' meddai Irfon Jones. 'Ond mewn ffordd, fyswn i ddim wedi disgwyl dim llai.'

'Dim ond gobeithio y llwydda i heno, dyna'r cwbwl ddeuda i,' atebodd.

Penderfynodd Jeff fynd â char Meira'n ôl i Randir Canol a'i adael yno. Gwelodd olau yn ystafell y curwyr ac aeth draw i weld beth oedd ar droed. Cael paned yng nghwmni Marc Mathias y cipar oedd yr hogiau ar ôl diwrnod arall o hela. Roedd Aled Rees yn eu plith hefyd.

'Dew, Humph 'di hwn,' meddai Bychan. 'Lle ti 'di bod ers dyddiau?' gofynnodd.

'Gwaith yn fy nghadw i draw,' esboniodd.

'Panad?' gofynnodd Gwallt Hir.

'Diolch,' atebodd.

'A finna hefyd,' meddai Mawr, 'ond paid â rhoi gormod o goffi ynddo fo fel gwnest ti'r tro dwytha.'

'Be dach chi'n feddwl, gweithio?' meddai Aled. 'Ro'n i'n meddwl mai ar eich gwyliau o'r fyddin oeddach chi.'

'Reit, gwrandwch hogia,' meddai Jeff, yn codi ei ddwylo o'i flaen i gael eu sylw. 'Mae'n ddrwg iawn gen i, bois, ond tydw i ddim wedi bod yn hollol onest efo chi.'

Trodd pawb eu pennau ac edrych arno'n syn. Yr unig un nad oedd wedi'i synnu oedd Cyll, a oedd yn amlwg wedi cadw cyfrinach Jeff.

'Nid milwr ydw i ond cyfaill i deulu Walter Price. Wna i ddim dweud mwy na hynny ar hyn o bryd. Fel mae pawb ohonach chi'n gwybod, mae'r hen ddyn wedi'i anafu'n ddiweddar 'ma, a'i niweidio mewn ffyrdd eraill hefyd. Dwi'n credu bod diflaniad Amelia yn gysylltiedig â'r cwbl, ac yn gobeithio y medra i atal mwy o niwed i'r ddau ohonyn nhw – ond fedra i ddim gwneud hynny heb eich cymorth chi. Oes 'na rywun yn fama sy'n fodlon fy helpu i?'

Edrychodd pawb ar ei gilydd yn fud i ddechrau. Bychan dorrodd ar y distawrwydd.

'Ddeudis i nad blydi milwr oedd o, do? Mi oedd o'n gofyn gormod o gwestiynau.'

Gwenodd Jeff arno. Roedd mwy o ddistawrwydd.

'Wel, mae'r hen fachgen wedi bod yn dda efo fi erioed,' meddai Mawr.

'A finna hefyd,' ategodd Bychan.

'Fedri di ddibynnu arna i hefyd,' meddai Gwallt Hir.

'Os ydi Amelia mewn peryg, mi wna inna beth bynnag sydd ei angen i helpu,' ychwanegodd Aled.

'Ond mater i'r heddlu ydi hwn, debyg?' gofynnodd Marc Mathias.

'Peidiwch â phoeni,' atebodd Jeff. 'Mi fydd yr heddlu'n chwarae eu rhan pan ddaw'r amser.'

Yna newidiodd Jeff ei feddwl. Os oedd o'n disgwyl i'r dynion gonest a chyfiawn o'i flaen roi'r math o gymorth roedd o'n gobeithio'i gael y noson honno, dylai fod yn fwy agored efo nhw.

'Hyd yn hyn, dwi wedi bod yn gweithio ar fy mhen fy hun ac yn answyddogol,' meddai, gan dynnu ei gerdyn gwarant swyddogol allan o'i boced a'i ddangos i'r dynion.

Edrychodd pawb ond Cyll yn gegrwth arno.

'Oherwydd yr amgylchiadau, mi fydd yn rhaid i mi weithredu'n answyddogol am dipyn bach hwy. A'r lleia'n y byd dach chi i gyd yn ei wybod am hynny, gorau'n y byd.'

'Wel,' meddai Bychan. 'Mae gen ti lwyth o ddepiwtis yn fama beth bynnag. Mi fyddwn ni tu ôl i ti.'

'Depiwtis!' chwarddodd pawb.

'Marc,' meddai Jeff yng nghlust y cipar ar y ffordd allan. 'Mi fyswn i'n ddiolchgar tasat ti'n cadw llygad barcud ar yr hen ddyn yn ystod y dyddiau nesa 'ma. Alla i ddim bod yn siŵr be sydd o'n blaenau.'

'Siŵr iawn,' atebodd Mathias.

Pennod 37

Penderfynodd Jeff beidio â galw yn nhŷ Walter wrth gerdded allan o'r stad y noson honno. Doedd dim diben cynhyrfu'r dyn, ac roedd yn well iddo beidio â bod yn ymwybodol o'r hyn oedd ar droed.

Roedd hi'n tynnu am naw o'r gloch pan gyrhaeddodd dafarn y Goron. Nid oedd arwydd o'r Mitsubishi Animal y tu allan. Cerddodd i mewn. Daethai Jeff i adnabod wynebau rhai o'r selogion, a nodiodd un neu ddau arno. Gwnaeth yntau'r un modd. Gwelodd fod un o ddynion MacLean – yr un a'i ffoniodd i ddweud wrtho bod Jeff yno y tro diwethaf – yn ei le arferol ym mhen draw'r bar. Penderfynodd ddefnyddio hyn i'w fantais. Roedd ei gynllun yn datblygu'n eitha da hyd yn hyn, meddyliodd. Archebodd beint o gwrw mwyn, cymerodd lymaid ohono gan wagio'r fodfedd uchaf. Yna dechreuodd siarad yn fwriadol uchel.

'Dwi'n gweld nad ydi'r mwnci mawr hyll MacLean 'na yma heno. Mi glywais i fod y diawl ofn trwy'i din ac allan y dyddiau yma. Mae o rêl hen ferch.'

Edrychodd y dwsin neu fwy o ddynion eraill oedd yn y bar arno fel petai'n wallgofddyn, yn methu credu'r hyn roeddan nhw'n ei glywed. Ni chymerodd fwy na hanner munud i'r dyn ym mhen draw'r bar godi a cherdded i gyfeiriad y lle chwech, ei ffôn symudol yn ei law. Dewisodd rhai ei throi hi am adref cyn i'r trwbwl ddechrau, ond arhosodd y mwyafrif i ddisgwyl am y tân gwyllt a fyddai'n sicr o ffrwydro cyn hir. Doedden nhw ddim yn bell o'u lle.

Ymhen dim, agorodd y drws a syrthiodd distawrwydd nerfus a disgwylgar dros yr ystafell. Doedd dim rhaid i Jeff droi i weld pwy oedd yno. Clywodd sŵn traed Dafi MacLean yn cerdded yn araf at y bar a dod i aros wrth ei ochr.

Trodd Jeff i'w wynebu, ac yna ymaith i wynebu pawb arall. Roedd yn gamblo na fuasai MacLean yn dechrau codi twrw yn y bar, o flaen pawb.

'Wel, wel,' meddai'n uchel, 'mae'r coc oen wedi cyrraedd o'r diwedd. Ydi be mae pobl yn ddweud amdanat ti'n wir?' gofynnodd, yn troi eto i wynebu MacLean a oedd yn sefyll fel tŵr uwch ei ben. 'Dy fod ti nid yn unig yn goc oen, ond yn uffarn celwyddog ac yn gachgi hefyd? Mae'r lle 'ma wedi dechrau drewi'n barod. Dwi am ei throi hi am adra – mae cwmni gwell yn fanno.'

Gwelai fod MacLean yn crynu drwyddo, ond nid o ofn. Roedd ei gyhyrau i gyd yn dynn a gwelai Jeff ei fod yn ysu i ddinistrio'r llipryn wrth ei ochr. Sgyrnygai MacLean arno, ei lygaid yn danllyd a'i ddannedd yn crensian yn erbyn ei gilydd.

'Ffonia am dacsi i mi, wnei di,' gofynnodd Jeff i'r dyn tu ôl i'r bar. 'Na,' ychwanegodd, gan roi'r argraff ei fod yn newid ei feddwl. 'Mi gerdda i adra i'r diawl. Dwi angen awyr iach ar ôl bod mor agos i'r cachu yma.'

Cleciodd weddill ei beint a cherddodd tuag at y drws. Petai pín wedi disgyn yr eiliad honno, buasai pawb wedi'i chlywed yn taro'r llawr. Ers blynyddoedd, yr oedd enw Dafi MacLean yn ysgogi ofn yn yr ardal. Gwyddai pawb pa mor dreisgar oedd o – treuliodd sawl un ddyddiau yn yr ysbyty ar ôl meiddio'i groesi – a doedd neb erioed o'r blaen wedi mentro codi yn ei erbyn fel hyn, yn enwedig o flaen cynulleidfa.

Ond roedd Dafi MacLean yn ystyried ei hun yn ddyn cyfrwys. Cymerodd bwyll, ac archebodd wydryn o ddŵr a'i yfed yn araf o flaen pawb, a disgwyliodd am ddeng munud llawn cyn gadael y dafarn.

Yng ngolau lampau mawr y Mitsubishi Animal, gwelodd Dafi MacLean siâp gŵr yn gwisgo côt ddyffl yn cerdded ar hyd y ffordd gul tuag at Randir Canol efo'i ddwy law yn ei boced a'r cwfl dros ei ben. Clywodd y gŵr a oedd yn cerdded sŵn yr injan drom yn nesáu y tu ôl iddo. Pasiodd y Mitsubishi'r gŵr, a thynnodd i mewn i ochr y lôn ychydig lathenni o'i flaen. Fel yr oedd MacLean yn dechrau dringo allan o'i gar, daeth golau llachar cerbyd arall i'w gyfarfod. Arhosodd lle roedd o am funud. Yna, daeth golau car arall o'r tu cefn. Cyn iddo sylweddoli beth oedd yn digwydd ymddangosodd dau gerbyd gyriant pedair olwyn, un o'r tu ôl iddo a'r llall o'i flaen, a'r ddau wedi stopio mor agos i'r Mitsubishi fel nad oedd gobaith iddo fedru gyrru ymaith, y naill ffordd na'r llall. Mewn chwinciad roedd MacLean wedi'i amgylchynu gan nifer o ddynion. Agorwyd drws y Mitsubishi led y pen ac fe'i tynnwyd allan. Ymdrechodd i frwydro ond rhoddwyd sach du dros ei ben a'i glymu â chortyn. Cyn iddo gael cyfle i ddefnyddio'i nerth i gwffio'n ôl sylweddolodd fod rhaff o'i amgylch, nid yn unig am ei freichiau ond ei goesau a'i draed hefyd. Yr oedd y dyn mawr erbyn hyn yn ddiymadferth.

Bwndelwyd MacLean i gefn un o'r cerbydau, a thaniwyd yr injan. Gyrrodd y car ymaith, a thybiodd MacLean fod y daith wedi cymryd hanner awr neu fwy.

Yna, fe'i cariwyd o'r cerbyd, yn brwydro fel cythraul, a'i daflu ar lawr caled. Ceisiodd yn ofer i ddychmygu sawl dyn oedd o'i gwmpas, ond ni chlywodd air o enau 'run ohonyn nhw. Gadawyd o yn y fan honno am yn agos i hanner awr, i ddisgwyl. Rhuthrodd pob math o syniadau drwy ei feddwl. Pwy fuasai'n meiddio gwneud y fath beth iddo? Yna clywodd sŵn cadwyni'n symud, yn agos iddo, a rhywbeth yn cael ei fachu yn y rhaffau oedd yn rhwymo'i draed. Clywodd sŵn rhyw fath o beirianwaith, a theimlodd ei goesau'n cael eu tynnu. Codwyd ei draed i'r awyr a'i gorff yn glir oddi ar y llawr. Brwydrodd eto, ond doedd dim diben.

Gadawyd MacLean i hongian am funudau cyn i'r sach du gael ei dynnu oddi ar ei ben. Doedd o ddim yn gweld llawer yn y tywyllwch, ond wrth i'w lygaid ddechrau dod i arfer â'r gwyll, anelwyd goleuadau llachar arno o sawl cyfeiriad i'w ddallu unwaith eto. Pan adferwyd ei olwg, sylweddolodd ei fod yn hongian â'i ben i lawr tua phum troedfedd uwchben y llawr, a bod rhywun yn sefyll o'i flaen yn gwisgo siwt blastig wen ddi-haint a chwfl dros ei ben, gyda rhywbeth o amgylch ei wyneb fel na ellid ei adnabod. Arswydodd MacLean pan welodd gasgen fawr yn syth oddi tano a honno'n llawn dŵr.

'Be 'di'r dyddiad heddiw?' gofynnodd y llais iddo.

'Be ddiawl 'di'r ots be 'di'r blydi dyddiad!' atebodd MacLean.

'Am mai dyddiad dy farwolaeth di ydi o. Mae pawb isio gwybod pryd mae o'n mynd i farw, yn tydi?'

'Y bastard!' Brwydrodd eto'n ofer.

'Gwranda, a gwranda'n astud arna i,' meddai'r llais. 'Does gen i ddim amser i ddechrau malu cachu efo chdi. Dim ond un tamaid o wybodaeth dwi isio. Chwilio am

Amelia Popescu ydw i, dyna'r cwbwl. Dyna ydi dy werth di i mi ar hyn o bryd. Dy ddewis di ydi byw neu farw, ac mi fydd un o'r ddau yn digwydd yn ystod y munudau nesaf.'

'Dos i'r diawl,' oedd ateb MacLean.

Cydiodd y gŵr yn y siwt ddi-haint mewn olwyn a oedd yn cysylltu'r rhaff â'r cadwyni. Gyda help y pwli uwchben traed MacLean gollyngwyd ef yn araf i mewn i'r gasgen ddŵr at ei ganol, a'i adael yno am bum eiliad. Pan godwyd MacLean, roedd o'n tagu ac yn poeri ac yn anadlu am ei fywyd.

'Ble mae hi?' gofynnwyd iddo eto.

'Fedra i ddim dweud. 'Sa 'mywyd i ddim gwerth ei fyw.'

'Wyt ti'n cofio be ddeudis i? Fydd gen ti ddim bywyd ar ôl os na ddywedi di wrtha i lle ma' hi.'

Gollyngwyd y rhaff eto a'i adael, a'i ben i waered yn y dŵr, am ddeg eiliad y tro hwn. Pan godwyd MacLean meddyliodd y gŵr yn y dillad gwyn ei fod wedi'i adael yno'n rhy hir y tro hwn. Roedd y dŵr wedi dechrau llenwi ei ysgyfaint, a bu'n tagu'n hir cyn iddo fedru siarad.

'Ocê, Ocê, dim eto, plis, plis, dim eto. Ar ffarm dyn o'r enw Val mae hi, yng nghanol nunlle.'

'Yn lle?'

'Ar dop y Berwyn, ddim yn bell o Goedwig Ceiriog,' meddai, yn dal i anadlu'n afreolaidd a thagu'r dŵr allan o'i ysgyfaint.

'Pwy sy'n ei chadw hi yno?'

'Boi o'r enw Gwyndaf, Gwyndaf Parry a'i griw, ond peidiwch â sôn amdana i.'

'Be 'di'r cyfeiriad?'

Rhoddodd MacLean enw'r ffarm iddo.

Gollyngwyd y dyn mawr i mewn i'r gasgen am bum

eiliad eto cyn ei godi i fwy o'r sŵn tagu mwyaf dychrynllyd.

'I dalu'n ôl am Walter Price oedd hynna. Wyt ti isio mwy?'

'Na, na. Peidiwch, plis!'

Tynnwyd y rhaff drachefn a gollyngwyd ef ar y llawr yn fwndel oer, ofnus a diolchgar.

'Mi fyddi di'n aros yma nes i mi gadarnhau dy fod ti'n dweud y gwir. Os nad wyt ti, fydda i ddim yn cyfri'r eiliadau y tro nesa byddi di o dan y dŵr. Dim ond dy adael di yno. A fysa hynny'n ddim llai nag yr wyt ti'n ei haeddu.'

Yn ddiweddarach, myfyriodd Jeff ar yr addewid a wnaeth i'r Dirprwy Brif Gwnstabl yn gynharach y diwrnod hwnnw – na fuasai'n ymddwyn yn anghyfreithlon nag yn amhroffesiynol eto. Ceisiodd ei argyhoeddi'i hun fod yr hyn a ddigwyddodd i Dafi MacLean yn hanfodol i'w ymchwiliad – ac wedi'r cyfan, allai neb gadarnhau pwy yn union oedd yn y siwt wen honno.

Roedd hi'n tynnu am hanner nos pan ffoniodd Jeff y Ditectif Brif Arolygydd Irfon Jones.

'Dyma fo'r cyfeiriad,' meddai. 'Ffarm yng nghyffiniau Glyn Ceiriog.' Rhoddodd yr union gyfeiriad iddo.

'Dwi'n gobeithio fod dy hysbyswr di'n siŵr o'i bethau, Jeff. Mi fydd yn rhaid i mi gael ei enw fo gen ti ryw dro, er mwyn cofnodi ei fanylion yng nghofrestr yr hysbyswyr.'

'Wyddoch chi be, D.B.A., does gen i ddim syniad pwy oedd o. Mi ges i'r wybodaeth ar yr amod honno.'

'Rargian! Wyt ti'n siŵr dy fod ti'n gwybod be ti'n wneud, dŵad?'

'Peidiwch â phoeni, mae'r wybodaeth yn hollol gywir ...

fel petai'r hysbyswr wedi bod ar ei wely angau yn siarad efo fi.'

Ymhen ugain munud roedd y timau wedi ymgasglu – deg ar hugain o blismyn, rhai yn arfog, a'r cwbl yn cael cefnogaeth gan feddygon ac aelodau o'r gwasanaethau cymdeithasol.

Yn nhywyllwch tri o'r gloch y bore, a'r plismyn fel llygod bach yn chwilio am damaid yng nghanol y nos, trawyd ar y fferm anghysbell ger coedwig Ceiriog. Torrwyd pob un o ddrysau'r adeiladau ar yr un pryd, a dechreuodd yr heddweision weiddi'n uchel wrth redeg drwy'r tŷ. Dallwyd yr holl breswylwyr gan eu goleuadau llachar, ac roedd hynny ynghyd â'r sioc yn ddigon i sicrhau nad oedd llawer o wrthwynebiad i'r cyrch. Er mai estron oedd pawb yno, nid oedd yn anodd gwahaniaethu rhwng y meistri a'r dioddefwyr. Mewn beudy wedi'i gloi roedd y dioddefwyr yn trigo, ac yn ôl pob golwg roedd tri deg tri ohonynt, yn ddynion a merched, wedi bod yn gaeth yno mewn budreddi am rai misoedd. Matresi budr, tamp, ar lawr oedd eu gwlâu, heb fath o wres na chyfleusterau ymolchi. Yng ngolau llachar lampau'r heddlu, roeddynt yn cyrcydu yng nghonglau'r ystafelloedd a'u dwylo'n ceisio arbed eu llygaid. Hyd yn oed i lygaid amhrofiadol roedd yn amlwg yn syth fod cyrff amryw ohonynt yn datgelu arwyddion o lawdriniaethau, a'r creithiau – rhai yn newydd, eraill yn hŷn – i gyd yn agos i leoliad yr aren. Roedd rhai yn amlwg yn tybio mai cael eu codi ar gyfer diwrnod arall o waith caled roedden nhw, ond yr hyn a wnaeth yr argraff fwyaf ar yr heddweision oedd yr ofn a'r anobaith yn eu llygaid.

Darganfuwyd darlun llawer iawn mwy sinistr yn y

ffermdy. Dyna lle roedd y meistri Rwmanaidd yn byw ac yn bod, a hynny mewn cyflwr tipyn, ond nid llawer, gwell na'r trueiniaid yn y beudy. Torrwyd drws yr ystafell a ddefnyddid ar gyfer y triniaethau llawfeddygol, a chydiwyd mewn dyn o dras Indiaidd a oedd yn ceisio dileu gwybodaeth oddi ar ei liniadur a charpio dogfennau papur. Roedd yn gwisgo dillad llawfeddyg a'r rheini'n waedlyd, a chafwyd esboniad dychrynllyd am hynny pan agorwyd y drws i'r ystafell nesaf. Yn gorwedd ar fwrdd roedd corff noeth, gwaedlyd Amelia Popescu, a golau llachar yn disgleirio arni o'r to. Nid olion llawdriniaeth oedd arni ond ôl gwaith cigydd brwnt a dyllodd am ei chalon a'i hail aren. Roedd y rheini mewn bocsys pwrpasol i gludo organau ar y llawr wrth ei hochr.

Roedd ymgyrch yr heddlu yn rhy hwyr i achub Amelia druan. Y noson cynt daeth gair bod rhywun eisiau prynu ei chalon – geneth tua'r un oed ag Amelia o deulu Americanaidd cyfoethog. Roedd yr eneth wedi hedfan i Ffrainc mewn awyren breifat y diwrnod cynt, ac roedd hofrennydd ar ei ffordd o'r fan honno i gludo calon Amelia i'r ysbyty preifat yn Ffrainc. Pan welodd peilot yr hofrennydd oleuadau glas yr heddlu o amgylch y ffarm, sylweddolodd beth oedd ar droed a throdd ar ei sawdl yn ei ôl am y sianel.

Yn ystafelloedd eraill y ffermdy casglwyd nifer o eitemau o emwaith aur ac offer i'w toddi, a barrau o aur yn barod i'w gwerthu ymlaen. Tu allan, yn y buarth, safai'r fan symud dodrefn a ddefnyddid i gludo'r timau o gwmpas trefi gogledd Cymru. Ond roedd y darganfyddiadau hynny'n ddi-nod i'r heddweision pan ddaeth y gair am Amelia a'r ffordd ddychrynllyd y'i lladdwyd hi. Roedd yn amlwg y byddai'n rhaid i'r heddlu a'u timau gwyddonol cefnogol dreulio wythnosau yno er mwyn chwilio am gyrff eraill a ddioddefodd yn yr un modd.

Doedd dim sôn am Gwyndaf Parry. Chwiliwyd ffônau symudol y pump is-feistr, oedd yn cael eu gwarchod gan blismyn arfog yn un o ystafelloedd y tŷ. Gwelwyd fod un wedi ffonio rhif oedd yn cyfateb i enw 'Mr G' fel yr oedd y plismyn yn cyrraedd ddwyawr ynghynt. Ni ddywedodd hwnnw air o'i ben, ond roedd hi'n rhesymol i gasglu fod Gwyndaf Parry erbyn hyn yn gwybod am gyrch y bore cynnar.

Cafodd MacLean ei ryddhau pan gadarnhawyd bod y cyfeiriad a roddodd i'r gŵr yn y siwt ddi-haint yn gywir. Byddai'n ddigon hawdd cael gafael arno eto petai rhaid, a doedd o ddim yn debygol iawn o gyfaddef i neb ei fod wedi datgelu cyfrinach Gwyndaf drwy artaith.

Roedd Jeff ar ei ffordd i ardal Glyn Ceiriog pan ganodd ei ffôn. Dysgodd nad oedd Gwyndaf Parry yn y ffermdy, a dysgodd hefyd am farwolaeth Amelia. Yn y tywyllwch unig agorodd ddrws ei gar a chwydodd gynnwys ei stumog i'r clawdd. Ei fai o oedd hyn i gyd, meddyliodd. Pam na fuasai wedi symud ynghynt? Eisteddodd yno'n meddwl am yr eneth swil a welodd dair wythnos ynghynt yng nghegin Rhandir Canol, a'i gwên dlos. Allai o fod wedi sylweddoli yn gynt beth oedd ei ffawd?

Daeth ato'i hun rywfaint wrth feddwl am Gwyndaf Parry. Ble oedd o? Sylweddolodd yn sydyn yng nghanol ei anobaith ei fod wedi anghofio cadw llygad ar darddiad yr holl firi. Yr ymgyrch yn erbyn Walter Price! Roedd Gwyndaf Parry yn siŵr o fod yn sylweddoli bod ei weithgarwch yn y ffarm wedi dod i ben, a ble arall oedd yna iddo fynd?

Trodd ei gar rownd, ond cyn gyrru'n ôl am Randir Canol ffoniodd Marc Mathias.

'Dos ar unwaith, Marc, i warchod yr hen ddyn. Ac os gei di gyfle, ffonia am gymorth.'

Pwysodd troed dde Jeff yn drwm ar y sbardun.

Yn y rhacsyn bach glas o gar a ddefnyddiai Gwyndaf Parry er mwyn peidio tynnu sylw ato'i hun, daeth ar draws ei hen gyfaill Dafi MacLean fel yr oedd hwnnw, a'i ben o dan y boned, yn ceisio cychwyn y Mitsubishi Animal ar gyrion Rhandir Canol. Gorchwyl amhosib, gan fod rhannau o'r injan wedi hen ddiflannu.

'Be ti'n wneud yn fama?' gofynnodd MacLean, yn dal i fod yn wlyb ac yn oer.

'Mae'r cops wedi ymosod ar y ffarm ac mae popeth drosodd yno. Popeth, ti'n dallt? Mi fydd Val o'i go'! Sut ddiawl gawson nhw hyd i'r blydi lle?' gofynnodd, heb ddisgwyl ateb. Oedodd pan sylwodd ar gyflwr MacLean. 'A be ddiawl ddigwyddodd i ti?'

Gwelodd Gwyndaf y cleisiau a'r briwiau ar ben moel MacLean lle roedd o wedi'i daro yn erbyn ochrau'r gasgen yn gynharach. Edrychodd Gwyndaf Parry arno'n fud.

'Paid â dweud wrtha i mai chdi ... chdi ddeudodd, yr hurtyn!' meddai o'r diwedd. Allai MacLean ddim gwadu o dan lygaid oer ei gyfaill.

'Mi oedd yn rhaid i mi ddweud, Gwyn. Roedd o am fy lladd i.'

'Pwy?'

'Wn i ddim pwy oedd o, ond doedd gen i ddim dewis, coelia fi.'

'Pam ... pam gest ti dy drystio i fod yn rhan o hyn i gyd, wn i ddim wir. A pham ddoist ti â'r blydi eneth 'na i weithio i lawr i fan hyn, o bob man? Dyna oedd dy gamgymeriad mwya di.'

'O, paid â dechra gweld bai rŵan,' protestiodd MacLean. 'Mi welaist ti a Val ochr ddoniol hynny hefyd. Ac mi roddodd y ffaith ei bod hi yma ddigon o gyfle i ti ddod yn nes at dy uchelgais o niweidio Price. Wnest ti ddim cwyno pan lwyddais i i ddryllio'i fywyd o cyn i ti gael dy ffordd efo fo. Dy syniad di oedd hynny. Ti'n cofio?'

'Ia.' Trodd ei gefn arno. 'A dyma ni wedi cyrraedd y sefyllfa yma rŵan. Dyma fi, yn ôl yn fy nghynefin, ac yn barod i ddelio â Walter Price. Ond sut fedra i wneud hynny pan mae un o fy nynion i fy hun, hen gyfaill i fod, yn dweud y cwbl wrth yr heddlu? Rwyt ti wedi bod yn gyfrifol am chwalu'n cynlluniau ni ym Mhrydain – gwaith blynyddoedd. Sut fedra i ymddiried ynddat ti rŵan?

Pan drodd Gwyndaf Parry yn ôl i wynebu MacLean roedd ganddo wn yn ei law, a theclyn distewi arno.

'Na ... na!'

Daeth tair ergyd o'r gwn cyn i MacLean allu symud. Dwy fwled i'w frest a'r drydedd yn ei dalcen ar ôl iddo ddisgyn i'r llawr.

Ychydig yn ddiweddarach pasiodd Jeff Evans y Mitsubishi a gwelodd fod y boned wedi'i godi. Stopiodd ei gar a gwelodd gorff MacLean yn farw o'i flaen. Doedd dim rhaid iddo ofyn pwy oedd yn gyfrifol. Ffoniodd am gymorth ei gydweithwyr, gan sicrhau mai tîm arfog fyddai'n cael ei yrru i ymateb.

Gyrrodd yn ei flaen ac yng ngolau lampau mawr ei gar gwelodd fod drws tŷ Walter Price ar agor. Dringodd allan o'r car yn araf a theimlodd am y pastwn bach ym mhoced ei got dyffl, ond doedd hwnnw, hyd yn oed, ddim yn llawer o gysur iddo heno. Clywodd sŵn griddfan yn dod o'r tu mewn i'r tŷ. Yn araf, camodd dros y trothwy, rhoddodd y golau ymlaen a gwelodd Marc Mathias yn gorwedd o'i flaen, yn amlwg mewn poen ac yn gwneud ei orau i geisio codi. Roedd gwaed yn llifo o'i ben, i lawr ei dalcen ac ar hyd ei foch dde.

'Marc, wyt ti'n iawn?' gofynnodd.

'Paid â phoeni amdana i,' meddai mewn llais gwan. 'Mae o wedi mynd â'r hen ddyn i gyfeiriad y plasty. Ond bydd yn ofalus – mae ganddo fo wn.'

Trodd Jeff am y drws.

'Bydda'n ofalus,' meddai Marc Mathias eto. 'Ella bydd yr hogia o gwmpas cyn bo hir.' Ond ni chlywodd Jeff ei eiriau olaf.

Roedd hi'n dal i fod yn ddu fel y fagddu pan gyrhaeddodd Jeff flaengwrt plasty Rhandir Canol, a doedd dim yn edrych o'i le. Roedd drws y tŷ wedi'i gloi. Yng ngoleuni ei dortsh, cerddodd at un o'r adeiladau allanol. Edrychodd yn sydyn i mewn iddo a gweld y gasgen yn llawn dŵr a chadwyni uwch ei phen. Doedd dim allan o'i le yn y fan honno. Aeth ymhellach draw i gyfeiriad ystafell y curwyr, a gwelodd hen Ford Fiesta glas ar yr iard. 'Rhacsyn o gar glas,' meddai wrtho'i hun. Cyffyrddodd ei law ar y boned a'i gael yn gynnes. Nesaodd at ystafell y curwyr yn araf a chlywodd ryw sŵn na allai ei ddirnad. Agorodd y drws yn araf, a daeth golau'r ystafell ymlaen.

Arswydodd Jeff pan welodd yr hyn oedd o'i flaen. Roedd Walter Price yn ei byjamas, yn gorwedd ar ei gefn ar y bwrdd bwyd yng nghanol yr ystafell a'i freichiau a'i goesau wedi'u rhwymo rownd gwaelod y bwrdd gyda chortyn cryf. Uwch ei ben safai Gwyndaf Parry yn gwisgo siaced ledr frown a chap stabl o'r un defnydd. Roedd y gwn awtomatig a'r teclyn distewi arno yn ei law chwith, a chyllell feddygol yn ei law dde.

Edrychodd Walter Price o un i'r llall yn chwyslyd, ei wyneb yn biws. Ni allai godi'i ben oherwydd bod mwy o'r un cortyn o amgylch ei wddf.

'Ty'd i mewn. Ymuna efo ni,' meddai Gwyndaf Parry, gan anelu ei wn i gyfeiriad Jeff. 'Dwi'n cymryd mai chdi ydi perthynas Mr Price – dwi wedi clywed straeon amdanat ti'n lluchio dy bwysau o gwmpas y Goron. Milwr, ia?'

'Na, dydi hynny ddim yn hollol gywir. Well i mi gyflwyno fy hun. Ditectif Sarjant Jeff Evans, Heddlu Gogledd Cymru.'

Culhaodd llygaid Gwyndaf Parry.

'A chdi sy'n gyfrifol am yr helynt yn gynharach heno felly?'

'Ai dyna pam laddoch chi MacLean?'

'Wel, dyna beth nodweddiadol o blismon. Ateb cwestiwn efo cwestiwn,' meddai. 'Ia, fi laddodd Dafi MacLean. Doedd o ddim o ddefnydd i mi bellach, ac roedd o wedi fy mradychu i hefyd. Dyna pam leddais i o, yn union fel dwi am ladd Mr Walter Price yn fama rŵan, a fedri di na neb arall fy rhwystro i. Mi dorrodd y dyn yma galon Mam a Nhad. Gyrrodd Mam i'w bedd o flaen ei hamser. Dw inna'n mynd i dorri ei galon o rŵan – yn llythrennol.'

Defnyddiodd y gyllell feddygol i rwygo pyjamas Walter, gan dorri'i groen yn ysgafn yn y broses.

'Na, peidiwch,' mynnodd Jeff. 'Dydi hen fachgen fel Walter ddim yn haeddu'r fath driniaeth.'

'Llygad am lygad, dant am ddant ... dyna maen nhw'n ddweud yn y Beibl yntê?'

Cymerodd Jeff gam tuag atynt a saethodd Gwyndaf Parry'r llawr o'i flaen.

'Wna i ddim dweud eto,' rhybuddiodd. 'Aros yn fanna. Dwi isio i ti gael gweld be sy'n digwydd pan mae calon yn cael ei thorri.'

Clywodd Jeff y drws yn agor tu ôl iddo a gwelodd lygaid Gwyndaf Parry yn culhau unwaith eto pan gerddodd y dynion i mewn i'r ystafell fesul un yn araf. Bychan, Gwallt Hir, Mawr, Cyll, Tagwr a Jac Sais – ac Aled Rees ar eu sodlau.

'Be wnei di yn ein herbyn ni i gyd?' gofynnodd Mawr.

'Mi welwch chi mai gwn awtomatig ydi hwn,' atebodd Gwyndaf Parry. 'A dwi'n saethwr digon profiadol i fedru'ch taro chi i gyd cyn i chi fy nghyrraedd i.'

Yna, sylwodd Gwyndaf Parry ar y dyn olaf i ymddangos yn y drws – Marc Mathias. Cododd Mathias y gwn twelf bôr, dwy faril a'i anelu'n syth tuag at lygaid Gwyndaf Parry.

'Oes 'na rywbeth yn hwnna?' gofynnodd Jeff.

'Bob amser,' atebodd Mathias, a chofiodd Jeff Evans y tro cyntaf iddo glywed y cipar yn dweud hynny wrtho.

Yn sydyn, gwelodd Jeff y gwn a'r gyllell yn nwylo Gwyndaf Parry yn dechrau symud. Yr eiliad honno, atseiniodd y glec fwyaf a glywyd erioed yn ystafell y curwyr, a diflannodd pen Gwyndaf Parry mewn smonach gwaedlyd ar y wal tu ôl iddo.

'Rargian, be ddiawl oedd gen ti yn honna, Marc?' gofynnodd Bychan.

'S.S.G's,' atebodd. 'Ti'm yn disgwyl i mi ddefnyddio cetrisen gêm i waith fel hyn, nag wyt?' Ceisiodd y dynion chwerthin, ond sylweddolodd pob un ohonynt eu bod yn crynu o ganlyniad i'r sioc, yn enwedig Walter Price.

'Be ddigwyddith pan ddaw'r heddlu, Humph?' gofynnodd Bychan. 'Sori, Sarjant Evans wyt ti rŵan yntê.'

'Mi fydd angen cofnodi datganiadau gan bob un ohonoch chi. Pawb i ddweud yn union fel yr oedd hi yma. Mae gan bawb hawl i amddiffyn ei hun mewn ffordd sy'n briodol i'r amgylchiadau. Dyna ddigwyddodd gynna, ac all neb weld bai arnat ti am achub bywyd Walter, Marc. Achub ein bywydau ni i gyd, mwy na thebyg.' Trodd at Bychan. 'Mi wneith "Humph" yn iawn tra bydda i yma, Bychan. Dwi'n teimlo 'mod i'n un ohonach chi erbyn hyn. Pawb â'i lysenw. Diolch am eich cymorth heno, hogia.'

'A diolch i ti, Jeff,' ychwanegodd Walter Price, oedd yn dal i fod ynghlwm wrth y bwrdd.

Drwy'r ffenestr, gwelsant oleuadau glas cerbydau'r heddlu'n goleuo'r bore cynnar.

* * *

Yn ddiweddarach y diwrnod hwnnw eisteddodd Jeff o flaen desg Irfon Jones yng ngorsaf heddlu Glan Morfa.

'Mi gymerith wythnosau i ni glirio'r holl lanast 'ma, Jeff – ac mi fydd yn rhaid i mi gael adroddiad llawn gen ti cyn gynted â phosib. A hwnnw'n cynnwys sut gest ti'r wybodaeth am gyfeiriad y ffarm,' meddai'r Ditectif Brif Arolygydd.

'Hysbyswr dienw oedd o, fel ro'n i'n dweud wrthach chi dros y ffôn, a does gen i ddim syniad sut i gael gafael arno fo eto,' atebodd.

Gwelodd Jeff fod ei bennaeth yn amau gwirionedd ei ateb, ond wnaeth o ddim ymhelaethu. Gwyddai y byddai'n rhaid iddo gyfiawnhau ei ymddygiad yn nhafarn y Goron yn y dyfodol agos, ac y gallai hynny fod yn dreth ychwanegol ar ewyllys da Irfon Jones. Efallai, meddyliodd Jeff, ei bod hi'n amser iddo ddechrau gwneud pethau yn ôl y drefn ... ond pa bleser fyddai yn hynny?

Hefyd ar gael gan yr un awdur:

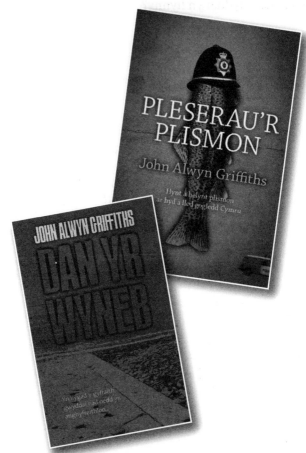

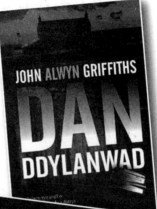

JOHN ALWYN GRIFFITHS

DAN
DDYLANWAD

JOHN ALWYN GRIFFITHS

DAN EWYN
Y DON

Cwlwm tyn arall o ddrwgweithredu a datrys

Nofelau eraill o Wasg Carreg Gwalch

... nofel arloesol, ddifyr a darllenadwy.

J. Graham Jones,
adolygiad oddi ar
www.gwales.com
trwy ganiatâd
Cyngor Llyfrau Cymru

Chwip o nofel garlamus, fyrlymus

Geraint Løvgreen